平安文学研究・衣笠編

立命館大学中古文学研究会 編

和泉書院

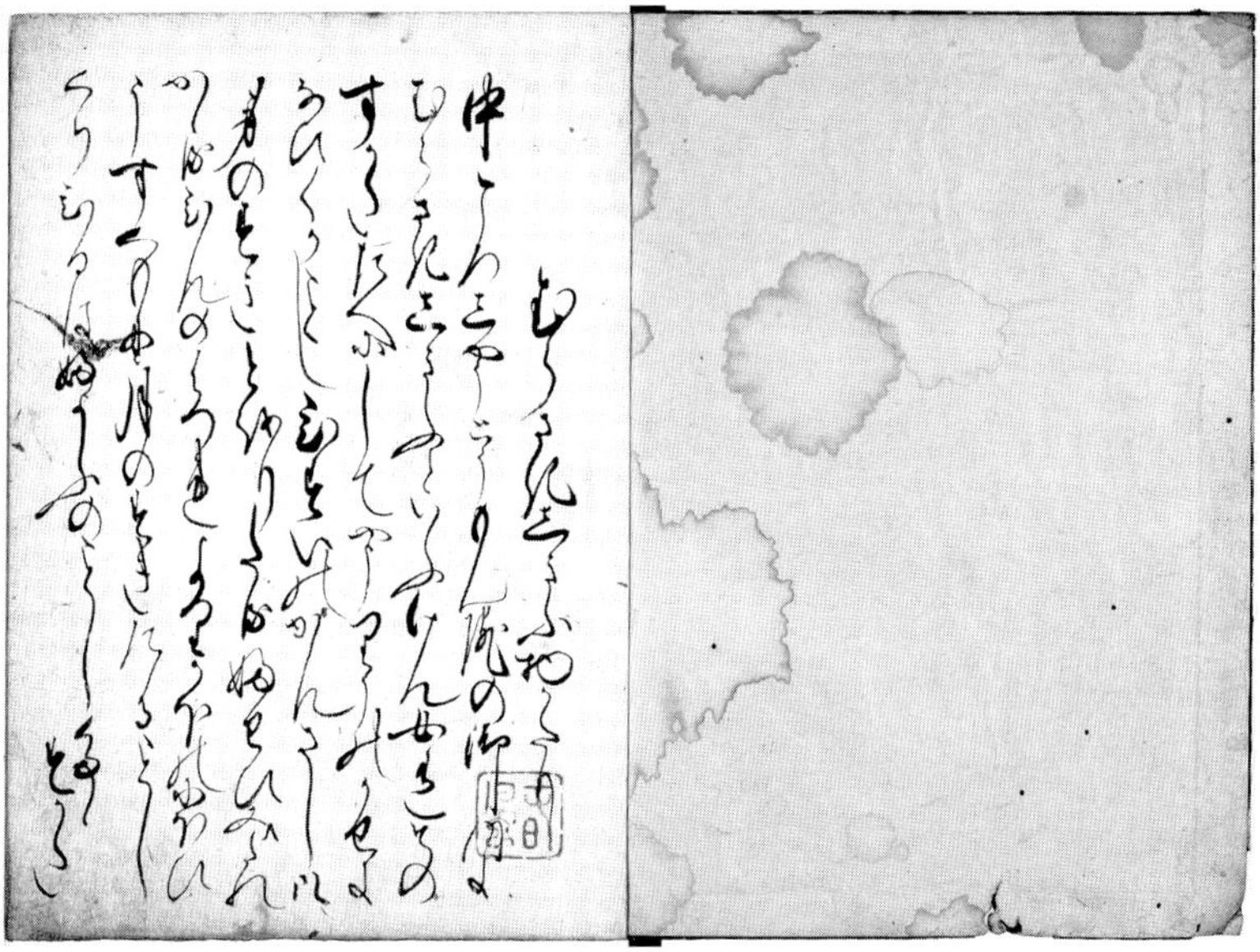

『むらさきしきふ物かたり』前表紙裏と一丁表（本書140頁）

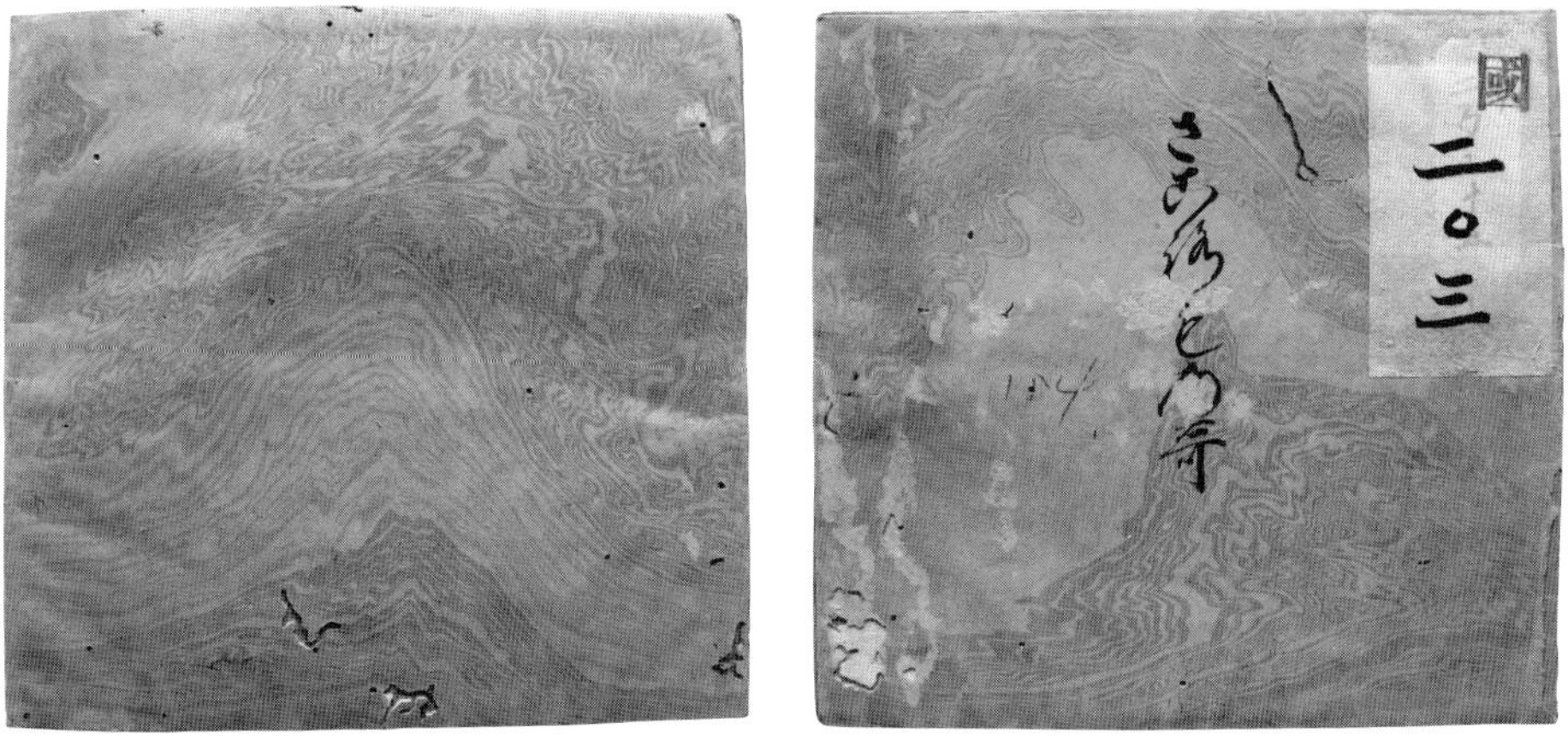

青山会文庫蔵『さころもの哥』前表紙と後表紙（本書213頁、260頁）

目次

【論文】

柏木の「身」意識
――源氏物語における「古代」と「近代」―― 神田洋 一
物語の「女院」再考
――平安後期及び鎌倉物語に『源氏物語』藤壺の影響を見る―― 野村倫子 一五
光孝・宇多天皇の即位に関する一考察
――『大鏡』源融自薦譚を起点として―― 高橋照美 三三
『松浦宮物語』の「血の涙」表現をめぐる作品構造考
――渡唐の物語展開における『うつほ物語』取りの〈重なり〉―― 松浦あゆみ 四七
『河海抄』の「和漢朗詠集」
――主に朗詠注との関連から―― 吉岡貴子 六七

高島天満宮拝殿天井画「百人一首歌仙絵」について　長谷川正樹　八五
「あえかに」か「ひはづに」か
——源氏物語忍草・若菜上・下巻本文検討から——　中西健治　一〇三
読解力の理論的基礎
——垣内松三初期国語教育学説の考察——　安直哉　一一七
【資料紹介】
新資料『紫式部物語　附・和泉式部物語』紹介
——解題・影印・翻刻——　藤井佐美　一三七
十本対照「さころもの哥」本文と校異
——青山会文庫蔵「さころもの哥」の紹介——　須藤圭　一七五
（付）青山会文庫蔵「さころもの哥」全文影印　二一一
編集後記　二六五

柏木の「身」意識

――源氏物語における「古代」と「近代」――

神田　洋

はじめに

源氏物語研究史において三部構成説は、「人物論」の進展とともに確立されてきた。しかし、そこには近代的文学観に基づいての古典に対する照らし合わせがあったことも否めない。確かに文学は享受を抜きに論じることはできないし、同時代の時代性を無視してはまた、古典研究もあり得ないだろう。三部構成説が唱えられた時代は、まさにそういう「古典と文学」というテーマが提出された時代でもあった。従って、現在は、ポスト近代という現代の同時代性を無視しては、古典研究もまた、意味のないものになるであろう。

研究者とは時代の落とし子であり、古典の読者でもある。読者としての研究者の感覚を通してこそ、はじめてそこに古典の文学性が明確になるものと思われる。だから、研究者のなかに同時代者としての「近代意識」への反省がなされてある必要があると思われる。近代意識への反省のない読みは、単に作品という寓話に現代の自分自身を投影しているに過ぎないものであるからだ。もちろん、かくいうところの「近代意識」とは、源氏物語においてはいかなるものか。以下の論のなかでそれもまた、おのずと明らかにしていきたい。

一　物語と歌表現

和歌と物語の影響関係を「表現」のレベルからみると『古今集』時代の小町や伊勢の歌にあるとの考え方がある。それは、小町や伊勢の歌というのは「新しい時代の女歌の成立」を意味するからであり、その発想が以後の女流の日記文学や物語文学の表現上の基盤となっているとみられるということである。散文文学における形式のある言葉は、そういう表現上の基盤となった「女歌」の語法が媒介となったものであり、そこには当然のことながら、女流作家たちと和歌との強い結びつきがあるということであった（「王朝女流文学の発想と表現」(1)）。そこでもう少し詩と散文の違いという点を厳密に考えてみると、女流の日記文学や物語文学が、言うまでもなく書かれた物（散文）であり、その表現上の基盤となったとされる「女歌」と言えば、まさに「ウタ」としての伝承性を持ったものであることだ。そうすると、表現上の問題と考えたとしても女歌が物語表現に影響するべき位相とは、耳で聞くか歌われたかというその享受のレベルでの違いを想定せざるを得ない。書かれた「女歌」とは、当然のことながらそれは「撰集」の段階のものという限定されたものになる。この影響段階の想定をはっきりおさえておかなくてはなるまい。

たとえば、古代においての歌人を、近代でいう「詩人」に当たるものとするなら、日記作者や物語作者は、「職業」ということは別にして、近代でいう「作家」に当たるものとなる。小町の歌、「花の色はうつりにけりないたづらにわが身世にふるながめせしまに」には、確かに「人」に対置されるべきものとしての「われ」「（わが）身」が確立されてあるとみることもできよう。その意味で、この歌には、明らかに主体があるとも考えられる。そして、当然その主体とは、小町という「歌い手」そのものであるはずだ。だが、散文の、特に物語の文に歌と同じような主体というものがはたして、提示されてあるものであろうか。物語の文には例えば、次のように語り手は提示される。

　昔、男ありけり。

つまり、そのように語り出された瞬間から語り手として意識され、読み手もそこに対峙されてある。だが、「昔、男ありけり」と読むとき、一体その語りだす「主体」なるものはどこにいるのか。その読み手は、一体いかなる「主体」をそこに確認するのであろう。つまり、物語の語り手には主体なるものとしての「顔」がないということである。「顔」がないということは、すなわち「肉体」を想起しないということだ。

　いづれの御時にか、あまたの女御更衣さぶらひたまひけるなかに

と、語りだされても読み手は、「顔」のない「古女房」を想起するだけである。ところが、

　花のいろはうつりにけりないたづらに

と、歌い出された時は、そこにはまさに「小町」なる歌人の「顔」が浮かびあがってくるものである。ここに大きく和歌と散文の表現の相違があるものと思われる。

歌は、歌人という主体をもたねばならぬ表現である。「読み人知らず」というかたちをもってなお、歌において主体は提示されねばならなかったのだ。それに対して物語は、語り手という「主体」を想定して作者はその裏に姿を隠す。「古女房」に紫式部を意識する必要は必ずしもないのである。

このように見てきたとき、日記文学や物語文学の表現上の「基盤」ともなった女歌の「発想」とは、いかなるものであろうか。それは、表現上の単なる「影響」というよりも、いささかの「曲折」があるものなのではないか。「＝」でなく「≒」か「≠」であるような。

二　柏木における「身」意識

さて、ここでいう柏木の「身」意識とは、源氏物語の登場人物としての柏木が意識している、「身」についての意識のことである。この柏木の「身」についての意識ということを問題にしてみたい。

現代は、言葉として「肉体」という意味での身を、あまり使わない。「身にあまる」とか「身のほど知らず」とか、「身」という語には、単に肉体という感覚以外に人それぞれの、「人生観照」的な意味合いが込められている。一方、「身体」という語には、間身体性というような、哲学でいう現象学的な認識が込められている。現代は、「からだ」「身」「身体」「肉体」とそれぞれの言語を認識レベルにおいて使い分けている時代なのである。

古代において、現代語の「肉体」にあたる「からだ」[2]という語はない。全て、「身」で代用されてきたし、「からだ」は「から」なのだ。従って、代用という言い方自体あたらないのかもしれないのである。古代人は「肉体」を「身」という言葉で代用したとは、実感していなかったものと想定される。

言葉とは、基本的に言語機能の「あらわれ」であるから、当然「身＝肉体」という使われ方での「身」という言葉には、そのときの時代性があらわれてある。

柏木は、自分の恋心の成就の困難なため、その時女三宮が飼っていた猫を手に入れて、それを女三宮の代わりとした。その身代わりとして成り立つこと自体に、「猫」に女三宮としての実体はなく、「から」としての「身」という意識があらわされている。従って、紫上が病み、女三宮の身辺が手薄となったその隙に達成された、柏木の恋の情念は、その枕辺に「唐猫を返す自分自身」を夢見させた[3]。その恋情が達成されたからには、もうその代理としての「から」である「身」、つまり女三宮の身代わりとしての猫は、不要となった。この時点で柏木は「あはれとだにの給はせよ」と、女三宮に要求する。が、彼女は何も答えない。

この「あはれとだにの給はせよ」の「あはれ」の使い方には、伊勢物語の「いちはやき、みやびをなんしける」(4)の「みやび」の表現を思い出させるものがある。どちらも体言である。この物語の語り手の意識に伊勢の世界があったのかもしれないが、柏木にとっての「みやび」とは、一部の世界より馳せてきた、身分の高い女性への思慕であったはずだ。そこには、玉鬘から女三宮への道筋がすでに引かれている。「いちはやき」とは言えぬまでも、光源氏を出し抜いた自身の物語が引かれてある。

思えば、一部世界で六条御息所が、夢で葵上を襲っていた(5)。

身一つの憂き嘆きによりほかに、人を悪しかれなど思ふ心もなけれど、物思ふにあくがるなる魂は、さもやあらんと思し知らるる事もあり。年頃万づに思ひ残すことなく過ぐしつれど、かうしもくだけぬを、はかなき事の折りに、人の思ひ消ちなきものにもてなす様なりし御禊ぎの後、一節に思し浮かれにし心静まりがたう思さるる気にや、少しうちまどろみ給ふ夢には、「かの姫君と思しき人の、いと清らにてある所に行きて、とかく引きまさぐり、現にも似ず、たけくいかきひたぶる心出できて、うちかなぐる」

などと、あるように「夢」が一つの道筋となって葵上の所へと導いていることが分かる。ここでの御息所の「身」意識は、柏木のように「あくがれ出づる」心と身の関係である。身を出て行った「心」とその後の「から」としての身、そのものの位相がみられると言ってもよかろう。

女三宮は、柏木に次のような返歌を与えていた(6)。

あけぐれの空にうき身は消えななん夢なりけりと見てもやむべく

「あはれとだにの給はせよ」との要望にかろうじて答えたものであろう。明け暮れの空に消え果ててしまいそうな「身」が、自身の「憂き身」（大系若菜下巻三七六頁本文）であると言っている。ここでの「夢」は、この柏木とのおぞましいまでの一夜の関係を指している。「見てもやむべく」に、光源氏を意識した女三宮の憂いがある。ただ、ここにも「から」としての「身」意識が見て取れよう。空に消え果ててしまいそうな「身」はまさに、「浮き身」(7)でもある。「あはれとだにの給はせよ」との自分の要望に答えてくれた、女三宮のもとを離れていく柏木の思いは、

魂は、まことに身を離れてとまりぬる心地す。（若菜下三七六頁）

と、単純な男の喜びに表現されている。だが、その喜びを表現する「身を離れて」とまる魂とは、まさに六条御息所の魂と同じ質のものでもあったろう。

三　柏木にみる源氏物語の古代と近代

そこで、柏木巻冒頭をみてみよう。以前から気になっていたことだが、源氏物語の本文を文章としてみれば、そこには主語がないのである。

衛門督の君、かくのみ悩みわたりたまふことなほおこたらで、年も返りぬ。大臣北の方、思し嘆くさまをみたてまつるに、強ひてかけ離れなん命かひなく、罪おもかるべきことを思ふ心は心として、また、あながちに、この世に離れがたく惜しみとどめまほしき身かは、いはけなかりしほどより、思ふ心異にて、何事をも人に今、一際勝らむと、公私の事に触れて、なのめならず思ひのぼりしかど、その心かなひ難かりけりと、一つ二つの節ごとに身を思ひ落としてしこなた、なべての世の中すさまじう思ひなりて、後の世の行ひ匂ひ深くすすみにしを、親達の御恨みを思ひて、野山にもあくがれむ道の重き絆しなるべく思えしかば、とさま

かうざまに紛らはしつつ過ぐしつるを、遂に名を世に立ちまふべくも思えぬ物思ひの一方ならず身に添ひにたるは、我よりほかに誰かは辛き、心づからもて損なひつるにこそあめれと思ふに、恨むべき人もなし、仏神をもかこたんかたなきは、これみなさるべきにこそあらめ、誰も千歳の松ならぬ世は、遂にとまるべきにもあらぬを、かく人にも少しうち忍ばれぬべき程にて、なげのあはれをも掛け給ふ人のあらむこそは、一つ思ひに燃えぬる徴にはせめ、せめて長らへば、自ずからあるまじき名をも立ち、我も人もやすからぬ乱れ出でくるやうもあらむよりは、なめしと心をい給ふらんあたりにも、さりとも思し許いてんかし、万の事、いまはのとぢめには皆消えぬべきわざなり、また異ざまの過ちしなければ、年頃物の折節ごとには、まつはしならひ給ひにし方のあはれも出できなん、などつれづれに思ひ続くるも、打ち返しいと味きなし。

これは、岩波新古典大系「柏木巻」本文である。ご覧のように「大臣北の方」に始まり、引用の最後までが、一文となっている。これに対し、旧の古典大系および、小学館日本古典文学全集本文では、旧が、「身かは」「過ぐしつるを」「誰かはつらき」「人もなし」「こそはあらめ」「しるしにはせめ」「わざなり」「許いてんかし」「味きなし」と、9文にし、小学館は「身かは」「人もなし」以下同じで、7文としている。句読点および、「　」は解釈のうちである。いま、解釈の検討に入る余地はないので別にゆずるが、新古典大系の本文の方が身体観を失った柏木の心情をよく捉えているものと思われる。

そこで、論点を戻してみよう。

「思し嘆くさまをみたてまつる」のは、誰であろうか。文章には読者がいる。すると、読者がこの箇所を読んだ場合、すぐに「柏木」であると気づくものであろうか。もうひとつ。前の文より主語は、「衛門督の君」となる。「柏木」という人物名ではない。当時にあっては、柏木であるということよりも、衛門の督という役職身分の方が、人間関係の基本となっていたということなのだろうか。確かに、「たてまつる」という敬語が使われている。敬語は人間関係の重要なポイントとなるから、ここでの「たてまつる」は、誰が「みたてまつる」のかと考える場合の手掛かりとなる。また、身分制の社会にあっては、現在以上に敬語が厳密に使われていたであろうから、作者＝語り手との関係でいうと、「たてまつる」さえあれば、いちいち誰がそう述べたかということは必要なかったとも考えられる。

そこで、なぜこのようなことを問題とするかであるが、物語の文章に主語がはっきり示されないことは、「私」という主体の捉え方がはっきりしていなかったのではないかと想定されるからである。身分制度とは、言い換えれば何者であるかをいちいち明示する必要のなかった社会とも言える。そこでは、「柏木」（考えてみれば本名ではない）であるよりも、「衛門督」であることの方が先決であり、人々も「柏木」として接するより「衛門督」として見る。当人もまた、「柏木」としての考えよりも「衛門督」として行動思考しようとする。それだけ、個としての主体は明確にはなりえず、即自的な大方のなかにとらわれているものと考えられる。

そこで、この柏木巻冒頭の箇所にかえれば、従来からみられてきたような、柏木自身の「内的独白」であるとか、死を意識したところの「自我」の問題であるとかにおいて、あらたに考えなおすべきところが出てはこないかと思われる。つまり、「内的独白」とか「自我の問題」とかというものは、近代の文学批評の用語である。もちろん、このことは本論において、それを古代の物語に援用することの是非を問題にしようとしているのではない。

源氏物語の書かれた時代においては、先に述べたように身分というものが、個としての、「わたくし的」な部分より先立って考えられるのであれば、この柏木巻においての「自我」であるとか、「内的独白」であるとかとみるものは、柏木という個人に属しての問題として語られている要素を強く意識するということになってしまう。思えば、柏木は極めて古代的人物であった。ここも一人の人物の内的独白というよりも、身体観を失い、「から」となった「身」のまま、茫漠としてあるがままにさまよう、自分自身そのままが示されているものでしかないのではあるまいか。この巻が、ひとりの人物の「独白」に多くの部分を占めて始まるという特異な巻であるということは、源氏物語の「古代」が一部世界であり、「近代」が、若菜巻に始まる二部世界以降だとして、源氏物語の内なる「古代と近代」の接点をこの柏木という人物のなかに見ることができはしないか。

源氏物語の内なる「古代」とは、物語のカタリに潜む神話性である。(8) 柏木の独白は、衛門督としての自分と、私的な自分との葛藤になりえないでいる、混沌そのものではなかったか。混沌そのものであるから、その内的独白の表現にはあのような切れ目のなさが必要でもあった。

源氏物語の内なる「近代」とは、そういう混沌を抱えた物語の人物がやがて、個としての「葛藤」そのものを示すようになる世界だと考えている。

四　柏木における「身」意識の成立―「眺む」にみられるステイタス―

源氏物語の人物達は、元来主語のない世界に生きていたのである。物語という言い方には、聞き手に対する語り手という存在が見えてくるが、物語において主語がないとは、音読することが当時の物語享受の全てであったとはいいがたいものがあるということである。

例えば、時代は下るが、『更級日記』の作者の身分のような女房もしくは、貴族の家柄の女性読者が、高級官僚の姫君のように、絵巻を前にして、源氏物語を享受してきたとは、とうてい思えないからである。(9) つまり、主語のない世界とは、作者が語り手の蔭にかくれているように、語りの主体が読み手の前に隠されているということである。その意味で物語の読者達は、おおまかな即自的世界に包まれている。そういう読書の状態にあって、「浮遊する心」は、主体となる身体の元としての「から」を行き着く所と欲したように表現される。もちろん、ここで使っている「心」とは、心臓という器官の意ではない。

花の色は移りにけりないたづらに我が身世にふる眺めせし間に

これは、一でもふれた、既に人口に膾炙し得た有名な歌であるが、捉え所のない老いた「我が身」を色の移りゆく「花」になずらえた小町の意識そのものであった。ここには、老いたる「身」を相対化した世界などない。ただ、ぼうとして移りゆく「花」の色のように同じな、「老いた自身」があるばかりであるのだ。その意味で「眺む」という語の存在は重要である。

「眺む」という動詞は、当時にあって見る主体としての自分の位置を示す語と考えられる。それは歌人の感性が、見えている風景に対する位置ではあるが、本人は老いた身をただぼうとして眺めるばかり。すなわち、「即自的」である。そして、この位置こそが同時代性である。これを花に即して、身の「老い」を客観的に捉えたと、対自的に考えることは近代的すぎる解釈だと思われる。

葵上の死後、(10)

葉月廿日餘日の有明なれば、空の気色もあはれ少なからぬに、大臣の、闇に暮れ惑ひ給へる様を見給ふも、ことわりにいみじければ、空のみ眺められ給ひて、

昇りぬる煙はそれとわかねどもなべて雲井のあはれなるかな

とある。また、同じ葵巻(11)

中将もいと、あはれなるまみに眺め給へり。

雨となりしぐるる空のうき雲をいづれの方とわきて眺めむ

共通する言葉のイメージが、ここにはある。「空」「眺む」「煙」「あはれ」。共通するイメージとは、すなわち「死」である。そして、柏木の物語にも同じ言葉が見えていた。「あけぐれの空」「行くへなき空の煙」そして、「あはれ」「眺む」と。そこにはまた、やがて消え入るような柏木自身の「死」があったではないか。光源氏も中将も柏木も、ひとつのはっきりした意志をもって「空」を「眺め」たのではなかったのだ。人の死をもって、はかなき世の「あはれ」をぼうとして「眺め」ているにすぎないのである。

伊勢物語、(12)

むかし、男ありけり。奈良の京は離れ、この京は人の家まだ定まらざりける時に、西の京に女ありけり。その女、世人にはまされりけり。その人、かたちよりは心なむまさりたりける。一人のみもあらざりけらし。それをかのまめ男、うち物語らひて、かへりきて、いかが思ひけむ、時は三月の朔日、雨そほふるにやりける。

起きもせず寝もせで夜を明かしては春のものとてながめ暮らしつ

ここでは、「まめ」が好意的に使われている。源氏物語で夕霧の「まめまめしさ」が女房達の冷笑を誘うのとは、対照的である。(13)また、ここの「昔男」には「色好み」の典型が描かれているように思われるのである。

ただひたすら、その時に一人の女を愛するという典型である。その意味で「ながめ暮らしつ」の「ながむ」には、一つの「色好み」としてのステイタスがあらわれているものと考えられよう。つまり、女との情交を思い、女を思いながら物思いに耽る。そして、目に映るのはただぼうとした、流れるごとくにそぼ降る雨ばかりとの。

おわりに

どこまで研究者の「近代意識」が反省されたか、いささか心許ない。しかし、私としては自身の中の「近代」を顧みながら、源氏物語の内なる「古代」と「近代」を柏木という人物を通して考えようとしている。道半ばである。

柏木とは、以上のように源氏物語の世界にあって、現代でいう身体感覚を失った人物であったと思われる。そして、その物語はまさに物語の論理で構成されていたと考える。思えば、古代における共同体の崩壊に伴い、神話が街談巷語となりはてて物語となったとされる物語の発生史以来、神話の論理が生きていた昔とは違って、新しい「物語」という論理の誕生ではあった。そしてそれは、新たなる時代を担う平安朝という時代の、一女性の感性が発見した、物語文学という名の「ルネサンス」であったと言えはしまいか。

注

（1）鈴木日出男『國語と國文學』（一九九六年十一月）
　土方洋一は、このあたりの問題を体験主体としての作者と、表現主体としての作者と定義する形で厳密に述べておられる（『源氏物語』と歌ことばの記憶」『國語と國文學』二〇〇八年三月）。

（2）『角川古語大辞典』
　参照（拙稿「柏木の「身」意識について」『論究日本文学』一九九六年五月）

（3）若菜下巻（三七四頁）

（4）初冠の段
（5）葵巻（三三一頁）
（6）若菜下巻（三七六頁）
（7）『古語林』（大修館書店）古今集恋三を例に「落ち着かない不安定」の意とある。
（8）「モノガタリという言い方自体に古い語りを含んでいる」とは、先人のひらめきである。
（9）更級日記（小学館日本古典文学全集三〇二頁の記事参照）
（10）葵巻（三四〇頁）
（11）同三四五頁
（12）「西の京」（小学館日本古典文学全集一三四頁）
（13）真木柱巻（一五六頁）、夕霧巻（九五頁）
尚、源氏物語本文は、特に注記しない限り全て岩波日本古典文学大系によった。

物語の「女院」再考

――平安後期及び鎌倉物語に『源氏物語』藤壺の影響を見る――

野村倫子

「女院」は正暦二（九九一）年に円融天皇の妃で一条天皇の母、皇太后藤原詮子が宣下を受けたのを嚆矢とし『源氏物語』の藤壺に反映されるが、以後の物語世界の女院は史的変遷とは別に独特の展開を遂げた。旧稿「物語の「女院」、素描」（高橋亨編『源氏物語と帝』森話社・二〇〇四年。以下「旧稿」はすべて本稿を指す。）では物語世界の女院を通観して実在の女院との相違点をまとめたが、『源氏物語』の藤壺（薄雲女院と後世命名）の影響については、『いはでしのぶ』等二、三の指摘に留めた。平安後期物語も鎌倉時代物語も作品個々の問題点が多く単純には論じられないが、現実の女院とのずれが『源氏物語』の藤壺像の影響下にどれほど拘束されているのかを、もう少し丁寧に再考する必要があると思われる。

一　東三条院詮子と藤壺

女院制の成立事情については高松百香氏が、太上天皇の制に倣って后位の延長にありながら、それ以上の権力を有していることを経済待遇の面から論証している。(1)

円融後宮では、天延元（九七三）年二月に入内した兼通女媓子が同年七月に立后、詮子の入内はその後天元元（九(2)

七八）年、太政大臣頼忠女の遵子と同年に女御となる。翌年媓子は崩御し、詮子は円融の第一皇子懐仁（後の一条）を儲けるが、同五（九八二）年、皇子のいない遵子が立后（中宮）する。『栄花物語』[3]は円融の「梅壺（詮子）は今はとありともかかりとも、かならずの后なり」（「花山たづぬる中納言」①一〇七頁）との発言を伝えるが、「一の御子おはする女御を措きながら、かく御子もおはせぬ女御の后にゐたまひぬること、やすからぬことに世の人なやみ申して、素腹の后とぞつけ」（同一一一頁）たという。ただし、円融の一代前の冷泉以降「天皇の即位後早い時期から皇后を固定してしまう方法[4]」がとられるようになった転換期との指摘もあり、摂関家の後宮論理と世人の意識のずれ、もしくは、「后＝天皇生母」という物語世界の論理が『栄花物語』に持ち込まれたかのいずれかである。花山の御代を経て、寛和二（九八六）年に懐仁が即位すると、詮子は新帝生母をもって立后（皇太后）する。退位後の円融は堀河院にあり（同一一八頁）、翌年には出家しており、後院で詮子と睦まじい生活を過ごしたとは伝えられていない。正暦三（九九二）年の院の薨去後一年を待たずに病悩の為に出家、女院宣下を受ける。

一方『源氏物語』の藤壺であるが、先帝の四の宮であり、故桐壺更衣に似た女性を求める桐壺帝の意向によって入内し（「桐壺」①四一～四二頁）[5]、系譜も入内の事情も東三条院との共通点はない。桐壺後宮には一の皇子を儲けた弘徽殿女御が重きを置いており、藤壺との十の皇子（後の冷泉帝）を将来東宮にと考えた桐壺院の意向に拠り立后（中宮）すると、それまでの弘徽殿側からの敵視に加え、「春宮の御母にて二十余年になりたまへる女御をおきたてまつりて」と、世間からも違和感を抱かれるに至る（「紅葉賀」①三四八頁）。東三条院が立后されなかった時の世の反応とは逆である。桐壺院一周忌の法要後に落飾（「賢木」②一三〇～一三一頁）、弘徽殿所生の朱雀の時代を経て冷泉即位の後、「太上天皇になずらへて御封賜らせたま」い、「院司どもなりて、さまことにいつくし」くなる（「澪標」②三〇〇頁）。所生の皇子の即位、夫の院との死別、出家等、女院に至る状況は東三条院と共通し準拠と言われてもよい。ただ、詮子が落飾して宣下を受けたのに対し、藤壺は落飾後冷泉即位まで待って「院」に準じ、この所生の皇子の即位時に女院宣下がなされる形が後世の物語に踏襲される。

物語世界の藤壺についてもう少し押さえておく。

　今は、（藤壺は）まして隙なう、ただ人のやうにて添ひおはしますを、今后（＝弘徽殿）は心やましう思すにや、内裏にのみさぶらひたまへば、立ち並ぶ人なう心やすげなり。（「葵」②一七頁）

巻頭から退位した桐壺院に添う藤壺と、所生の朱雀帝のそばにあって内裏で存在感を強める弘徽殿の対比が語られる。弘徽殿は朱雀の即位により立后し、先に立后した藤壺に対して「今」を冠されたが、母后の立場で内裏に活躍の場を得ている。「ただ人のやうにて」は、桐壺は父の先帝も母后も喪った四の宮を「ただ、わが女御子たちの同じ列《つら》に思ひきこえむ」（「桐壺」①四二頁）と入内させて以来、右大臣の娘で後見も盤石の弘徽殿とは異なる親族の意識で接したものである。

桐壺院が重態に陥った時も、その意識の延長下に見えない対立は続く。

　大后（＝弘徽殿）も参りたまはむとするを、中宮（＝藤壺）のかく添ひおはするに御心おかれて、思しやすらふほどに、おどろおどろしきさまにもおはしまさで（桐壺院は）隠れさせたまひぬ。（「賢木」②九七頁）

弘徽殿は母后として重きを置かれて「大后」と呼ばれるが、藤壺は東宮の母の立場で「中宮」の呼称のままである。桐壺の薨去後四十九日まで院にいた他の女御や御息所たちが散り散りになった後、藤壺も三条宮に退出するが、「馴れきこえたまへる年ごろの御ありさまを思ひ出できこえたまはぬ時の間なきに」（同九九頁）、実家の三条宮が「かへりて旅心地したまふ」（同一〇〇頁）と、御所から後院へと続く院との生活が心中を占め、東宮生母である権力的な面は語られない。その後、「大后（＝弘徽殿）のあるまじきことにのたまふなる（中宮の）位をも去りなん」（同一一四頁）と決意し、院の一周忌に落飾する（同一三七頁）。この落飾は東宮生母の時代であり、詮子の天皇生母とは立場を異にする。ここもまた歴史から離れている。藤壺の落飾後、弘徽殿は「后の宮」（「須磨」②二〇六頁）、「大宮」（同二五二頁）と当代の生母の立場が強調され、朱雀の退位（同二八二頁）後も出家した藤壺を席巻するかに見えたが、藤壺は「入道后の宮、御位をまた改めたまふべきならねば」（同三〇〇頁）と、出家の身をもって通常の后の位には着けないと「院」に準じる待遇を得て、結果的に弘徽殿との地位が逆転する。その後は、母后の立場で冷泉後宮の入内にも関与（「澪標」②三一八〜三二二頁）し、光源氏が後見する故六条御息所の姫宮を朱雀院の思いを知りながら冷泉の後宮に導く。

東三条院と藤壺は、「天皇生母→夫の院に先立たれる→出家して女院となる」経緯は一致するものの、出自・皇子の存在も含めての立后争いの結果・所生の皇子の即位と女院宣下の時期・後院での院との生活の有様などは必ずしも一致せず、藤壺の「女院」の有りようは東三条院を準拠、踏襲していない。

さらに藤壺の臨終近くの述懐、「高き宿世、世の栄えも並ぶ人なく、心の中《うち》に飽かず思ふことも人にまさりける身」（薄雲②四四五頁）との認識、最高位に至っても余人に勝る物思いの深さは物語独自のものである。

二　上東門院と平安後期物語の女院

後期物語と呼ばれる『狭衣物語』『夜の寝覚』『浜松中納言物語』の成立までに、一条中宮の上東門院彰子が二人目の女院となった。一条後宮では最初に入内した中宮定子が帝寵を独占し、皇女も儲けていた。定子の父中関白道隆の没後定子が一旦落飾すると、義子や元子等の女御が参入したが皇子の誕生はなく、長保元（九九九）年に彰子が入内、翌年中宮となると定子は皇后になり、同一の後宮に二后が存在することになる。皇后定子は皇子も儲けたが、二五歳で急逝した。中宮彰子は二人の皇子（後一条・後朱雀）を出産するが、一条は寛弘八（一〇一一）年に退位して日を置かずに薨去、後院で彰子との生活を楽しむ間もなかった。この後、彰子は東宮の母として皇太后、後一条即位後に太皇太后となるが、出家して院号宣下を受けたのは万寿三（一〇二六）年である。皇子の即位、夫の院の薨去、自らの出家等が東三条院と共通する一方、一条院薨去から落飾までの期間は東三条院に比べて長い。その間の上東門院は「家長的女院の権限」をもつと評され[6]、キサキのもつ国母としての親権は夫もしくは父である上皇の没後ゆえ発揮されたものとされる。

後期物語は、この上東門院の登場後に成立するが、歴史から特定されるような引用や『源氏物語』の藤壺引用は認められない。

『狭衣物語』の一条院女院についての詳細は別稿を参照願いたい[7]。自身の出家により女院となるまでの経歴は東三条院や藤壺と共通であり、皇子の即位時ではない。今上（後一条）に今姫君入内を薦めて拒絶され（巻三②三三三〜三三六頁）[8]、皇女一品宮と狭衣の結婚も、養い子（後の一品宮）が狭衣の実子（飛鳥井女君の遺児）であり、狭衣の接近もその子ゆえと知った宮の狭衣拒否によって破綻する（同一一一〜一一五頁）。所生の皇子女の結婚への関与がいずれも不首尾に終わるだけでなく、宮の養い子に対する嫌悪の情も知らずに着袴を主催しようとし（同一二五〜一二七頁）、結果的には卑賤の母から生まれた遺児を宮の姫宮として内裏《うち》住みさせるに至らせ（巻四②三五〇〜三五四頁）、負性を正に逆転させる磁場の中心の役割を果たす。物語世界で「女院」という唯一無二の絶対性をもって君臨するというよりも、狭衣の即位に一品宮の権威が利用され[9]、飛鳥井を母とする遺児の過去を隠蔽するのに最大限の力を発揮して、自らは敗北者の役割を引き受けた。

『夜の寝覚』（古本）は、散逸した末尾部に女院が存在したことが、『物語拾遺百番歌合』（二番）から確認できる。

当代の后（中宮）で、主人公の男君の姉であるが、夫の帝（後の冷泉院）の生母大皇の宮が「我が女にして」[10]（巻三・二五五頁）と執着し、帝もまた心を奪われた寝覚の君に興味を抱き、その美質を認めていく（巻四・三六一〜三六三頁）。優れた人柄から寝覚の君を脅かすこともなく、その存在を引き立てる。

また、この中宮とは別に大皇の宮を「女院」と示唆する木村朗子の解がある。[11]人柄優れた中宮を何とか帝から遠ざけたいと、内侍督に向けた発言「いましばしありて、我が位をも譲るらむ」（巻三・二六四頁）の「我が位」を、上東門院が愛孫の章子内親王に「院分」を譲ろうとした『栄花物語』（「布引の滝」③四六九頁）の発言に依拠して「女院」と解したのである。「我が位」を新全集の頭注は「皇太后」とし、補足的に『栄花物語』のこの箇所を示すが、章子が天皇の生母でなかった為に「母后」として貰える年官・年爵がない女院となる事態を打開するための策とされる。ただ、『栄花物語』（新全集）の頭注は史実（『藤原実方朝臣記』を引用）との相違を示しているので、上東門院の発言については再考の余地を残す。また、章子の女院宣下のあった承保元（一〇七四）年という年も作品成立と微妙な関係にある。ともあれ、この大皇の宮を女院と解せば、帝を挟んで（不発に終わった）三角関係の競争相手である中宮に対して、寝覚の君の優位性を強調する効果はある。

この両作品の女院には即位すべき皇子に競争相手もなく、帝位を争う事情もない。女性の最高位にありながら、『狭衣物語』では娘の一品宮と狭衣の結婚に苦慮し、『夜の寝覚』では帝を挟んで三角関係になりかねない寝覚の上の美質を認めるなど、狭衣や寝覚の上の卓越性を保証する役割を担う。

さて、『栄花物語』は道長の栄華を語るとされるが、それを具体的に示すのが娘三人（太皇太后宮彰子・皇太后宮妍子・中宮威子）の三后独占である。しかし、彰子以外には皇子の誕生がなく、結果彰子が二帝の母として別格の存在と化す。『栄花物語』は孫の代、道長の末娘で早世した嬉子の忘れ形見後冷泉の死を乗り越えて、次女妍子が三条帝の間に儲けた禎子内親王を母とする後三条へ、さらにその子白河へと彰子の血が続くところで物語を閉じる。(12) 摂関家男子の頼通や教通の女子や養女が後宮で皇子を得ず、摂関家の血が皇統に入らなかったかに見えるのとは対照的である。その彰子をして、後一条に続き後朱雀にまで先立たれた時の場面にこのような言葉を言わせている。

命長くてかかる御事を見ることと、人の思ふらんことをさへ添へて思しまどはせたまふ。

（「根あはせ」③三三六頁）

「命長ければ」の類似表現の一例に新全集の頭注は『源氏物語』「桐壺」（桐壺更衣に先立たれた母の嘆き（①二九））を掲出する。後世の物語の女院を考える時、密通の罪に苦しむ『源氏物語』の藤壺よりも、子に先立たれる上東門院の姿に注目する必要がある。

三　陽明門院以後の女院

史上三人目と四人目の女院は皇女であり、ともに上東門院の同母妹を母とする。

三人目の陽明門院禎子は三条皇女で、後朱雀の皇后、後三条生母である。母の妍子は先に入内した娍子をおいて中宮となるが皇子には恵まれず女院宣下を受けていない（娍子も東宮生母であり後れて立后（皇后）するが、皇子敦明の東宮辞退により女院にはなれなかった）。禎子は尊仁（後の後三条）出産後に中宮、後朱雀即位後に皇后となり、寛徳二（一〇四五）年の後朱雀薨去後に出家するが、女院となるのは後三条即位の翌治暦五（一〇六九）年である。上東門院存命中のことで、「院」と同様複数の女院が存在することになった。

四人目の二条院章子内親王は、後一条と威子の皇女で、後冷泉妃。女御、中宮、皇太后と昇り、後冷泉崩御の翌治暦五（一〇六九）年出家を遂げたが太皇太后となり、女院宣下は白河帝の延久六（一〇七四）年である。この時点でも上東門院が存命で（前節で触れた「院分」を巡る発言があったのはこの時である）、一時は陽明門院とともに三人の女院が存在することになる。『栄花物語』は、白河後宮から立后させようにも后位がすべて塞がっていたため、后位にある一人を女院にする（＝后の位を空ける）との噂を伝える。候補者とされた後冷泉の后皇太后宮章子内親王と後三条中宮馨子内親王は同母姉妹で、章子は「次第にて」、馨子は「故院の后」で「内の御継母」でもあるとの理由であったが、章子が女院となると一転して「后（＝母后）にてもおはしませで」と、非難される（「布引の滝」③四六八〜四六九頁）。「内の御継母」である点を世間が重視した故である。

さらに五人目の郁芳門院媞子内親王は後三条皇女で同母弟の堀河に対する養母の資格で、未婚のまま寛治五（一〇九一）年中宮に叙され、同七年に女院宣下を受ける。

以上のように出家と女院宣下の時期の連動が崩れ、帝の生母という条件がはずれ、同時に複数存在し、と現実世界が先行して多様化し、女院宣下の条件が変化してゆく。

陽明門院と同じ時代の『狭衣物語』や『夜の寝覚』の女院は、帝の母であり重きを置かれるが、脇役に終始する。むしろ、女院が史的展開を遂げて多様化した時代以降に、物語世界で中心を占め、あるいは主人公と深く関わるようになる。それらの物語群に登場する女院達は、旧稿で述べたように史的展開とは別の大系をもって物語史を生きている。以下項目を立てて分析し、『源氏物語』の藤壺との遠近を測る。

四　ライバルとの関係

立后に関しては噂や思惑が飛び交う。すでに見たように、『源氏物語』の藤壺立后時には、先に入内して春宮生母でもある弘徽殿を差し置いたと非難され、『栄花物語』は東三条院の立后見送りや、二条院の女院宣下に対する世間の不審を伝える。いずれも、天皇となるべき皇子の存在に大きな意味があるが、立后について暗黙の論理を世間が共有していたということになる。

『源氏物語』の藤壺と弘徽殿はともに天皇生母であるが、藤壺は桐壺の御代に立后、朱雀の不遇の時を経て女院となり、弘徽殿は朱雀治世に母后として権力は振るうものの「女院」の前に敗者とならざるを得ない。いわば「女院」は、物語世界では一枚しかない切り札となったのである。

『源氏物語』の成立時、すでに一条後宮では中宮彰子と皇后定子の二后が同時に存在し、次の三条後宮でも中宮妍子と皇后娍子が並立したにも関わらず、以後の物語世界で一人の帝に対して同時の二后並立はない。中宮から女院へ、常に他の妃との差違化を謀るのが物語世界である。『無名草子』は皇后宮定子と上東門院の二人がともに「めでたき」ものとされるが、物語では中宮（藤壺あるいは弘徽殿が多い）から女院に昇格する展開が圧倒的で、『我身にたどる姫君』のみが例外的に太皇太后・皇太后から女院へと昇る。中宮から女院へと過程は単純化され、物語世界に於いて一つの象徴的な記号となる。時代の下降とともに物語の主題が相逢わぬ恋へと変化すると、『源氏物語』の藤壺と弘徽殿のように帝になる皇子を擁した立后争いには展開しない。たとえば、女一宮（後に女院）が春宮になった『とりかへばや』の場合。朱雀院と故后の間の姫宮は、帝位の交替に際して院にも新帝にも東宮とすべき男子が不在であったことから「女春宮」となった。その際、御子をもたない左大臣の女御は立后できず（巻一・一八二頁）[13]、東宮生母か否かのみが立后（さらにその先にある女院）の大きな（暗黙の）条件となっている。また、『苔の衣』の藤壺中宮は今上と兵部卿宮の二人を得て中宮となり、さらに譲位で新帝生母をもって「院号被らせ給」うが、御子のない麗景殿女御は、大臣の姫君で「幼くおはしましけるより参り初め給ひて年頃」であるにも関わらず藤壺に「差し置きて越」され、帝はそれをいとおしがって「皇后宮」とする（冬巻・二七二頁）[14]。一条後宮以降継承されたように中宮と併立する皇后ではなく、女院に次ぐ位として皇后宮が用意されるのが物語世界の後宮である。一方で『風に紅葉』では、代替わりで梅壺女御が中宮に、弘徽殿中宮（後の女院）が皇后宮と進む中、承香殿女御のみ立后されない。式部卿宮の姫宮で「人より先に参り給ひて、御子たちもおはします。重き方には、上も思ひきこえさせ給へれど、ちからなきならひにて」（下五六頁）[15]、取り残されたのである。承香殿女御の御子が皇女というのを差し引いても、御子のいない梅壺中宮の立后は実家関白家の現在の権力に他ならない。『源氏物語』弘徽殿の入内の早さをもって立后の順位を推し量る世評の心寄せの発言に近似した表現である。ただし皇子を持たぬ梅壺の優位はここまでで、新帝生母の弘徽殿は後に女院に叙される。

競争相手との差違化は他にも次のような形で見える。『雫ににごる』は帝を挟んで、若宮（一の宮）の生母の内侍督と寵を競う。中宮には一品の宮（女一の宮）一所しかいないが、内侍督が遺した一の宮（のちに即位）を後見して女院となる。初発部分では内侍督母子を憎み、一品の宮が若宮を慈しむのを不快に思うが、恨みをすてて養育に当たり、新帝即位に一品の宮は女御代に、自身は女院となる。故内侍督はすでに「一の宮の御母なるによりて贈皇太后宮」（一六頁）[16]となっているが、競争相手が故人である点が特異である。また、『石清水物語』では代替わりに当たり左大臣の女御が中宮に立てられたのに対して梅壺女御は「中宮の心よせにてをしけたれ給」（上五二頁）[17]いて敗れ、中宮は後に所生の東宮の即位に伴って女院となる。立后の条件は家柄（宮家）より権勢に移り、帝の情愛に優先する。『源氏物語』の藤壺が皇族で後見の兄（式部卿宮）も政権に距離がありながら、弘徽殿に先んじて立后する状況とは明らかに異なっている。

ところで、『とりかへばや』や『我が身にたどる姫君』など一部を除いた物語世界では皇位の継承が父から子へ直線的に皇位が継承される。皇子の即位に伴い、後院で院と女院が余生を過ごす時間が見られるが、これも院の寵愛（あるいは女院の権力）の発現と見られる。『源氏物語』「葵」でも、弘徽殿は所生の朱雀帝の側を離れず政治に専念する間に藤壺が桐壺院との生活を楽しむ時期があった。『むぐら』の「院はただ人のなからひのやうに、夜昼傍ら去らず」（二一一頁）[18]や、『木幡の時雨』の「院は、いよいよ安らかなる御住まひにて、ただ人のやうに向かひおはしまして、よろづのことを女院にの給ひ合はせつつ、目安く面立たしき御もてなしなり」（七二頁）[19]などは、『源氏物語』の「ただ人のやうにて」（②一七頁）の引用といえる。夫と死別後出家してから補された初発時の女院にはありえなかった光景が繰り広げられ、他の妃の立ち入る余地はない。ただ「葵」では「（藤壺が桐壺に）添ひおはします」（同前）であったのが、『むぐら』では「院は」と、院が女院を慈しんで側を「去らず」、『木幡の時雨』でも院が女院に「向かひおは」すとあるように主体の男女が入れ替わり、結果、女院の方が心理的に院を支配するに至っている。

五　母として

『源氏物語』の藤壺の影響下にあると思われるのが、秘密の子の存在である。冷泉の存在で弘徽殿との政治的対立に否応なく直面させられるが、子ゆえに苦悩する姿が一つの主題を持ってくる。

入内前に儲けた子どもの存在が大きいのは『有明けの別れ』『むぐら』『しのびね』『木幡の時雨』などであり、男子の場合は宮中での再会、女子の場合には入内という形で名乗れない母の立場を描く。『有明けの別れ』[20]は女院となってからの活躍時期が長い作品であるが、男装の麗人権中納言であった前半生に比して、「家」の問題を抱え込んで入内後女院となっての後半生の実の親子と名乗れぬ我が子との関係に多くを費やされる。[21]『むぐら』は、大将の死後入内して皇子を得た梅壺に女御の宣旨を下すに際し、帝は、「后とも言はせまほしけれど、大将の昨日今日まで思ひまどひし人なれば、人聞きつつましくて」（二〇八頁）と立后はさせず、春宮妃として入内した姉の御息所が次期の帝となるべき若宮の生母として中宮になる。梅壺は後年、次の帝の生母として女院となる。入内前に儲けた大将との忘れ形見の姫君を、姉中宮の生んだ皇子と結婚させる母の面も強調されている。

藤壺との相違点は、光源氏は父とは名乗らぬまま冷泉は桐壺の皇子として育ち、これら後期物語や鎌倉物語群では母子は別離したままである。不義の子の存在は『源氏物語』の藤壺と冷泉院の関係の投影であるが、不義の子は臣下におかれたままで帝位につくことはない。

特異といえる『とりかへばや』は、それが女春宮時代であったことが特徴である。御代替わりに当たり、新帝に男皇子なきをもって朱雀院の女一宮が東宮となる。大納言兼大将の姫君（実は男君）が女東宮のもとに尚侍として出仕し、やがて密かに子を儲ける。帝が今尚侍（もとの女大将）との間に儲けた男皇子を生後五十日程で春宮に立てると、女春宮は即位せぬまま女院となる。秘密の男子は男君（もとの男尚侍）の正妻吉野の君の養子となり、左大臣家の若君、中宮（もとの今尚侍が立后）の甥の資格で女院御所にも参院するようになる。女院の立場は帝位を巡って中宮と対立するものではなく、女性の最高位を確保し続ける。最終場面で見せた「母性」が重要であり、「帝の母」のイメージは変形するものの、「女院」の特性を発現している。

また「母性」から派生したものとして、「苦悩する母」と「養母」の二項があげられる。

『苔の衣』(22)の女院（三条院の藤壺）は遁世した兄の残した姫君を世話し、所生の今上（一の宮）の中宮として入内させる。しかし今上弟の兵部卿宮（二の宮）が中宮に恋慕、中宮は不義の男皇子（東宮）を出産した後に死去する。逆縁を嘆く女院の前で、兵部卿宮の霊は中宮に乗り移って詠歌し女院は姫君の入内さえ後悔する。『源氏物語』の藤壺の密通を中宮が引き受け、女院は愛する子どもに先立たれる母の役割を担い、場面は薫誕生後の柏木の死と、それを悲しむ大臣（もとの頭中将）夫妻の投影に彩られる。

『いはでしのぶ』(23)は白河院の一品宮が二つの「いはでしのぶ」の恋に関わり、その二つ目、世代が替わって女院となってからは母の立場で苦悩する。故内大臣との娘は関白北の方となっているが、いとこの右大将が恋情を寄せ、女院は恨まれつつも娘への恋を防ぎ通し、結果として右大将を出家させる。また『風に紅葉』では、まだ后の宮であった時代に、大将の北の方となっていた娘の一品の宮が宰相中将と密通、出産後急逝する悲劇に見舞われる。『我身にたどる姫君』(24)巻七の事件は、『風に紅葉』に近似的であるが、一方で『いはでしのぶ』の反転といえようか。我身女院は政治を捨てた三条院の生母であり、娘の皇太后宮に対する宮の右大将の恋慕に激怒し阻止したものの（巻五）、元服したばかりの新帝からの横恋慕は防ぎきれず宮に早世される（巻七）。光源氏の義母藤壺女御への思慕を女の母の立場から受け止めたと解せ、藤壺が密通の罪を独りで抱え込んだのとは異なり、側に居て娘の悲劇に立ち合わされる形で、また悲劇の主人公《ヒロイン》となりおおせている。

鎌倉の物語群では、実の母子でありながら家系を別にし、あるいは逆縁に泣く展開がある一方、養母の形で新しい親子関係を構築するのも特徴である。歴史研究からは九世紀の後院設置以来天皇家の私的財産の集積がなされたが、十一世紀末郁芳門院の六条院領を女院領の先駆とし、それと連動して不婚内親王の准母立后、養子関係を利用した伝領へと堅固なものになっている実態がある。(25)しかし、前稿でも述べたように、物語世界では皇女出身の女院はきわめて異例である。入内し、帝の生母となることが女院の階梯であるなら、女院領の相続と養子の関係は物語世界では無用である。養子女の保護はむしろ実家の権力と結びつくからである。

四節と重なる部分も多いが以下に確認しておく。

『しづくに濁る』は、女一宮しか持たぬ中宮（のちの女院）が、過去の経緯を捨てて、故内侍督の若宮を育てて即位させる。『あさぢがつゆ』の女院は、東宮の生母であるが、即位直前の中宮時代に「春宮の御類またもおはしまさぬに、さうざうし」との理由で、同じ後宮にいて故人となった大納言典侍の忘れ形見の姫宮を「迎へとり奉」って養育する（一七六頁）[26]。後半が散逸した『風につれなき』[27]は、『風葉集』（八四五、巻十二恋二）から、関白左大臣の中の君は、姉の帝（後の吉野院）の弘徽殿中宮の死後、帝の求愛を受けるが遺児の若宮（後の堀河院）の養育に専念し、即位に際して准母をもって女院に補されたと推定されている。

養母をもって女院宣下を受けた初発の郁芳門院媞子内親王は未婚の皇女であったが、物語では入内し、競争相手の遺児を養育するのである。

六　権力との関わり

『いはでしのぶ』は巻五に至って姫宮の結婚が進む。女院は嵯峨院の求婚を断るが、嵯峨院から「御ぐしのはこにしかれたるうすように」和歌が添えられていた箇所は、朱雀院の思いを知りながら冷泉と故六条御息所の姫宮（後の秋好中宮）との結婚を推進する「絵合」の朱雀院の贈り物の趣向を引用する[28]。「絵合」（②三八四～三八五頁）の当該箇所に藤壺は直接登場しないが、結婚に関わって冷泉後宮を支配する。『我身にたどる姫君』では後半部の巻四以降に、いずれも帝の生母の三人の女院が登場し、その一人嵯峨女院は女帝の母として、女帝の夫でありながら政治から身を引いた三条院に替わる存在として、除目に同席（巻五・一三一頁）、「とよのみそぎ」の御さじきに参与（同・一三三頁）する。「院」が存命であるにも関わらず、院の機能を代行するのが特異であるが、女帝は三条院へ行幸して女院と対面したのち退位するなど、最後まで女帝を導く。ただ通常であれば、この女帝が退位して女院となるのであろうが、急逝により女院への道は開かれずに終わる。

その点で気になるのが、『風に紅葉』の女院の社会的位置である。「后の宮も、ありし手習の後は、いとど世を憂しとおぼしとりて、やうやうながれ出でんとおぼせば、后の位をも厭ひすてさせ給ひて女院とぞ聞こゆる」（一一三頁）と、出家願望から后位を捨てて、女院となったとある。後世の物語世界では所生の皇子の即位に拠って上皇とともに女院となっており、出家して「后の位」を捨てて女院となるのは極めて古い型であり、出家の身で后に準じる藤壺より時代を遡るものである。

結び

後期物語あるいは鎌倉物語の女院は特異な二作品を除いて臣下の出であり、上昇志向に支えられている（旧稿ではそこに平氏で女房出身の建春門院の影響の可能性も示唆した）。実在の東三条院と異なる『源氏物語』の藤壺、その影響をさまざまな角度から検討した。詞章が一致して場面の引用が明確なのは『いはでしのぶ』であるが、他の物語にみえる、院との生活を「ただ人」という表現も桐壺院との後院での生活を表した『源氏物語』の継承といえる。後宮での競争も含めて実家の血筋の継承と安定に関係し、きわめて図式的に「立后→女院（天皇生母）」と類型化され、後院での院との同居もまた引き継がれる。しかし、不義の子は冷泉のように即位することはなく、臣下に置かれたままの隠し子へあるいは養子・養女の養育と変形されていく。ただ、子ゆえに苦しむ藤壺の述懐を具現化する材として、二人の子に先立たれた上東門院の存在も重要で、今後さらに検討を深める必要がある。

注

（1）「女院の成立―その要因と地位をめぐって―」『総合女性史研究』一五・一九九八年三月。
（2）以下后妃の略歴等は『日本の後宮』（角田文衛・學燈社・一九七三年）、『平安時代史事典』（古代學協会編・角川書店・一九九四年）を基本にした。
（3）本文は新編日本古典文学全集『栄花物語』①〜③に拠る。
（4）岡村幸子「皇后制の変質」古代學協會『古代文化』四八巻九号・一九九六年。
（5）本文は新編日本古典文学全集『源氏物語』①〜⑥に拠る。
（6）服藤早苗『平安時代社会のジェンダー』（校倉書房・二〇〇五年）二〇五頁。
（7）「『狭衣物語』の女院―等価・置換による物語の展開手法―」『立命館文学』583号・立命館大学人文学会・二〇〇四年。
（8）本文は新編日本古典文学全集『狭衣物語』に拠る。
（9）田村良平「『狭衣物語』・脱現実の幻想」早稲田大学大学院平安朝文学研究会『中古文学論攷』九号・一九八八年。
（10）本文は新編日本古典文学全集『夜の寝覚』に拠る。
（11）「帝の〈性〉」『恋する物語のホモセクシュアリティー』（青土社・二〇〇八年）八五頁。
（12）『栄花物語』は宇多の皇子女から起筆される。その子敦実親王の子が源雅信であり、倫子の父である。宇多からの起筆は『六国史』の継承であるが、執筆動機とは別に後半部まで含め、物語は彰子の母方の天皇家に連なる起源に始まり、二人の子、さらに孫に続く血脈で物語を閉じる。道長の栄華の物語であるが、結果的に切り取られた時間は彰子の始祖から子孫に続く物語と見える。
（13）本文は新編日本古典文学全集『住吉物語　とりかへばや』に拠る。
（14）中世王朝物語全集7『苔の衣』（笠間書院・一九九六年）に拠る。
（15）本文は中世王朝物語全集15『風に紅葉　むぐら』（笠間書院・二〇〇一年）に拠る。
（16）本文は中世王朝物語全集11『雫ににごる　住吉物語』（笠間書院・一九九五年）に拠る。

（17）本文は『鎌倉時代物語集成　第二巻』（笠間書院・一九八九年）に拠る。
（18）本文は中世王朝物語全集15『風に紅葉　むぐら』（笠間書院・二〇〇一年）に拠る。
（19）本文は中世王朝物語全集6『木幡のしぐれ 風につれなき』（笠間書院・一九九七年）に拠る。
（20）本文は対訳日本古典新書『有明けの別れ』（創英社・一九七九年）に拠る。
（21）西本寮子「『有明の別』の成立期について」広島大学『国文学攷』116号・一九八七年。
（22）中世王朝物語全集7『苔の衣』笠間書院・一九九六年。
（23）小木喬『いはでしのぶ物語　本文と研究』笠間書院・一九七七年。
（24）平林文雄『我身にたどる姫君』（笠間書院・一九八〇年）、中世王朝物語全集10『しのびね　しら露』（笠間書院・一九九九年）。
（25）野村育世「中世における天皇家」前近代女性史研究会編『家族と女性の歴史　古代・中世』吉川弘文館・一九八九年。
（26）中世王朝物語全集1『あさぎり　浅茅が露』笠間書院・一九九九年。
（27）注（19）に同じ。
（28）注（23）の595頁【考】参照。

光孝・宇多天皇の即位に関する一考察
――『大鏡』源融自薦譚を起点として――

高橋照美

はじめに

融のおとど、左大臣にてやむごとなくて、位に即かせたまはむ御心深くて、『いかがは。近き皇胤を尋ねば、融らも侍るは』と言ひ出でたまへるを、このおとどこそ、『皇胤なれど、姓賜はりて、ただ人にて仕へて、位に即きたる例やある』と申し出でたまへれ。さもある事なれど、このおとどの定めによりて、小松の帝は位に即かせたまへるなり。(1)

冒頭に掲げたのは、陽成天皇の退位が決定的になったとき、新帝の座をめぐって紛糾のあった事を伝える逸話として知られる『大鏡』基経伝の一節である。陽成の退位に際して源融に皇位を窺う野心があったことは『玉葉』の記事にも見え、(2)この事件が後々まで人々の関心を引いたものであったことを窺わせるが、『大鏡』の逸話について言えば、不審な点がいくつかある。

第一に、融が自らを「近き皇胤」と称している点である。融は陽成から四代遡った嵯峨天皇の一世源氏であり（系図参照）、文徳・清和直系の皇親が少なからず存在する中で、とても「近き皇胤」と言えるような立場にはない。

- 嵯峨
  - 仁明
    - 文徳
      - 清和
        - **陽成**（母皇太后藤原高子）
        - **貞固**（母治部大輔橘休蔭女）
        - **貞元**（母参議右兵衛督藤原中統女）
        - **貞保**（母皇太后藤原高子）
        - **貞平**（母更衣神祇伯藤原良近女）
        - **貞純**（母神祇伯棟貞王女）
        - **貞辰**（母女御藤原基経女佳珠子）
        - **貞数**（母更衣中納言在原行平女文子）
        - **貞真**（母更衣斎宮頭藤原諸藤女）
        - **貞頼**（母更衣木工允藤原直宗女）
      - **惟喬**
      - 惟条
      - 惟彦
      - **惟恒**
    - 宗康
    - **時康**
    - 人康
    - **本康**
    - **国康**
    - 常康
  - **秀良**
  - 業良
  - 基良
  - 忠良
  - **源融**

＊太字は、元慶八年（八八四）の陽成退位時に生存していた人物

第二に、基経は融の自薦を「皇胤なれど、姓賜はりて、ただ人にて仕へて、位に即きたる例やある」という正論によって一蹴したことになっているが、そのわずか三年後、光孝天皇の死の際には、臣籍に降っていた第七皇子定省を親王に復し、立太子即日践祚に踏み切った点である。権力者のご都合主義と言えばそれまでだが、基経については、この種の二枚舌を潔しとしない謹直な人となりが指摘されている(3)。また、宇多即位後に起こった「阿衡の紛議」(4)の顚末や、その最中に基経へ送られた菅原道真の「奉昭宣公書」に、「先皇欲下立二今上一為中太子上者数。而大府不レ務二奉行一。其間小事、人皆聞レ之」(5)とあるのを見る限り、定省＝宇多の立太子―即位は、基経にとって

不本意なものであったと考えざるをえない。

むろん、『大鏡』の逸話がすべて事実を伝えているとは限らない。むしろ何らかの虚構・脚色の存在を疑うべきであろう。しかし、この逸話が一面の真実を伝えているとしたら、そこから陽成退位～光孝即位による皇統交代の背景を垣間見ることができるのではないか。この問題については、すでに先学による詳細な論考が積み重ねられており、(6) 付け加えるべきことは少ないが、以下私見を述べたい。

一

陽成天皇には、同母・異母合わせて九人の弟がいた。常識的に考えれば、文字通りの「近き皇胤」として後継候補に挙がるのは、この皇子たちである。なかでも貞保親王は陽成と同母、貞辰親王は基経の外孫という好条件を備えていた。(7) 特に貞保はこの時十五歳で、二年前に元服も済ませている。資質の面でも、後年管弦の名手と謳われる才の片鱗を示していたはずで、宮中での近臣お手討ちが退位の直接の引き金になったとされる陽成の粗暴(8)さとは比較にならなかったであろう。皇太后の所生であることは、血統的な正当性という点で他を圧している。基経にとっても、自らの外戚としての地位を維持しうるもっとも望ましい選択だったはずである。しかし、貞保も、そして貞辰も、その他の皇子たちも、候補に挙げられた形跡すらない。その理由については、幼帝を忌避した(9)ため、皇太后高子の影響力排除のため、(10) 陽成の上皇権を排除するためなどと説明されているが、(11) いまだ決着を見ていないようである。しかし、いずれにせよ、清和の皇子が即位することを容認しない何らかの事情があったのは確かだろう。『大鏡』の逸話が事実ならば、その上で融が「近き皇胤」と主張しうる状況があったことになる。

この点に関連して注目すべきは、陽成退位に際して、基経はまず恒貞親王を擁立しようとしたと伝えられることである。

恒貞親王は淳和天皇の第二皇子で、母は皇后正子内親王（嵯峨皇女）。天長十年（八三三）二月の仁明天皇践祚にともなって皇太子となるが、承和九年（八四二）伴健岑・橘逸勢らが恒貞を擁して謀反を企てたとされる「承和の変」によって廃され、淳和院に隠棲。嘉祥二年（八四九）に出家。この時すでに六十歳だった。『恒貞親王伝』によれば、基経は左大臣融、右大臣源光を率いて親王のもとに行き推挙の意を伝えたが、親王は「悲泣」して拒絶し、食を断つこと三、四日、「将に滅度に入らん」[12]としたため、基経もこれを諦め、光孝天皇を擁立するに至ったという。

承和の変以前の皇位継承は、嵯峨―淳和―仁明（嵯峨皇子）―恒貞（淳和皇子）というように、嵯峨・淳和両統による迭立の様相を呈していた。変の後、恒貞に代わって皇太子になったのは仁明の子道康である。これによって皇位継承は嵯峨系に一本化され、以後文徳―清和―陽成と直系相承が続いた。それを支えたのが文徳には伯父、その清和には祖父にあたる藤原良房である。良房は嵯峨の血脈に深く食い込み、文徳の皇統を護持する一方で、その血縁関係を権力基盤として摂関政治への足掛りを築いた。承和の変が良房の陰謀ともされる所以である。基経は良房の後継者であり、自らも陽成の伯父として摂政の地位に就いた。その基経が陽成を廃し、他の諸皇子も排除して恒貞を擁立することは、良房が築き上げ、自らの拠るところでもある文徳の皇統を否定し、承和の変以前の皇位継承構想＝淳和系による継承に帰ろうとすることにほかならない。

文徳系排除の理由については後述するが、『大鏡』が伝えるように、融が「近き皇胤」であることを根拠に皇位継承の権利を主張したのならば、そのタイミングは恒貞が辞退した後と考えられる。

融は嵯峨の第八皇子で、異母兄仁明の子になったが、『公卿補任』には「淳和帝為子」とある。[13] 融が仁明の猶

子であったことは、『続日本後紀』承和五年（八三八）十一月二十七日条に、

是日亦源朝臣融於㆓内裏㆒冠焉。天皇神筆叙㆓正四位下㆒。嵯峨太上天皇第八皇子。大原氏所㆑産也。賜㆓之天皇㆒令㆑為㆑子。故有㆓此叙㆒。(14)

とあるので疑いようがない。しかし、融の経歴を見ていくと、『公卿補任』の記載が誤りとは言い切れない節がある。融の元服が承和五年十一月二十七日に行なわれたのは、先に引いた『続日本後紀』に見える通りだが、この日には内裏紫宸殿において皇太子恒貞親王の元服も挙行されている。(15)宮中での同時元服の例としては、延暦十七年（七九八）四月十七日に大伴・葛原両親王（桓武皇子）、(16)承和十二年（八四五）二月十六日に時康・人康両親王、(17)同十五年四月十四日本康親王・源冷（いずれも仁明皇子）、(18)元慶六年（八八二）正月二日陽成天皇・貞保親王など(19)があるが、いずれも兄弟の同時元服で、これらの例に徴すれば、融は恒貞の兄弟、すなわち淳和皇子の列にあったと考えられる。また、融の官歴にも、淳和系との結びつきを匂わせるものがある。融は元服と同時に正四位下に叙せられた。一世源氏の初叙は従四位上のことが多かったので、(20)これは今上猶子ゆえの優遇といってよく、極官も従一位左大臣と、大臣公卿を多数輩出した嵯峨源氏の中でも特に順調な昇進を遂げたかのように思われる。しかし、実際にはそうとも言えない。融が参議になったのは元服から十九年目だったが、(21)信は七年目、定は二年目、常に至っては五年目に参議を飛び越えて中納言になっている。別表からは、元服から十年目あたりまでの停滞が目に付く。特に注目すべきは、承和の変から間もない承和九年九月八日に相模守から近江権守に遷り、その後五年間据え置かれたことである。上国相模の守から大国近江の権守への遷任が降格とまで言えるかは微妙だが、変直後の人事で信は中納言、弘は参議に昇進している。(22)さらには、同じく嵯峨源氏の源明が、融と同日に播磨守に任ぜられていることを考えると、(23)今上仁明の猶子であるはずの融の不遇は明らかである。しかし、それも融が

淳和の皇子の列にあったがために、仁明系の勢力から警戒されたとすれば説明がつく。融が近江守に昇進して停滞を脱するのは承和十四年だが、淳和の猶子で、承和七年の淳和崩御後に参議を辞していた異母兄の定もこの年参議に還任している。また、融が従三位に叙せられたのは恒貞出家の直後、右衛門督という要職に就いたのは文徳即位・惟仁（清和）誕生の直後という、いわば仁明後の皇位継承問題が最終的に決着を見た時点のことである。[24] [25] これらの事実も、融が淳和系と見なされ、仁明系から距離を置かれていたことを窺わせる。

太上天皇と今上帝の対立から引き起こされた薬子の変のあとを受けて、二系に分かれた嵯峨・淳和両統の間では、紐帯を強めるための擬制的な父子関係の確認が繰り返し行なわれた。先に触れた定も淳和の子となり、元服直後に従三位に叙せられ翌年には参議に任ぜられるなど、淳和朝では今上の皇子として破格の厚遇を受けた。[26] 融の場合も、初め淳和の子となり、元服に際して今上帝の皇子として一段の優遇を得るために改めて仁明の猶子となった可能性が考えられる。

淳和には恒貞のほかに恒世・恒統・基貞・良貞の四親王がいたが、元慶八年までにすべて没している。[27] 陽成の廃位に際して、文徳系を排除し淳和系に皇位を戻すという方針のもと、恒貞が担ぎ出されようとした。その恒貞が辞退したところで、淳和の猶子だった融が残された唯一の淳和皇子としての資格を主張し、後継候補に名乗り出た――『大鏡』の融自薦譚はこうすることで理解できる。

それにしても、なぜ、文徳系は排除されねばならなかったのか。この問題について、木村茂光氏が興味深い見解を示している。木村氏は、承和の変の後それまでの迭立原則に反して成立した文徳系が、代々内裏に居住せず儀式も滞りがちな「『異常』な王統」であったとし、その「異常」性が陽成の宮中内殺人という極端な形で現出したとき、多くの貴族が陽成に代わる天皇として再び文徳系を用いることはできないという観念をもち、それが

嵯峨一世源氏昇進対照表（『公卿補任』による）

源　融⑧			源　信①	源　弘②	源　常③	源　定⑥（淳和猶子）
承和5（838）	11/27元服・正四位下	1	従四位上	従四位下	従四位下	従三位美作守
6（839）	1/2正四位下侍従	2	従四位上侍従→治部卿	↓	↓	従三位参議
7（840）	↓	3	↓	従四位上宮内卿	従四位上兵部卿	↓兼中務卿
8（841）	↓ 1/12兼相模守	4	↓	↓	従三位兵部卿	↓
9（842）	↓ 9/8遷近江権守	5	↓	↓	従三位中納言	↓
10（843）	↓	6	↓	↓	正三位中納言	↓
11（844）	↓	7	従四位上参議	正四位下宮内卿	↓	↓
12（845）	↓	8	正四位下参議・左兵衛督	正四位下刑部卿	↓	↓
13（846）	↓	9	従三位参議・左兵衛督	↓	↓	辞参議 従三位中務卿
14（847）	↓ 1/？兼近江守	10	↓	↓	↓兼左大将	↓
嘉承元（848）	2/14正四位下右中将	11	正三位参議・左中将	正四位下治部卿	正三位大納言・左大将	↓
	↓ 2/？兼美作介					
2（849）	↓	12	↓	↓	↓	↓
3（850）	1/7従三位 5/17右衛門督	13	↓兼左衛門督	↓	正三位右大臣・左大将	↓
仁寿元（851）	↓ 8/？兼伊勢守	14	↓	↓	従二位右大臣・左大将	↓
2（852）	↓	15	↓	正四位下参議	↓	↓
3（853）	↓	16	↓	↓	↓	従三位参議（還任）
斉衡元（854）	↓	17	↓	↓	従二位左大臣・左大将	↓
2（855）	↓	18	正三位中納言・左衛門督	↓	↓	従三位中納言
3（856）	9/？従三位参議・右衛門督	19	↓	↓	↓	正三位中納言
天安元（857）	↓ 1/？兼備中守	20	↓	従三位参議	↓	↓
2（858）	↓	21	↓	従三位中納言	↓	↓兼右兵衛督
貞観元（859）	11/19正三位参議・右衛門督	22	↓	↓	↓	↓兼左兵衛督
2（860）	↓ 1/16兼近江守	23	↓	↓	↓	↓
3（861）	↓	24	正三位大納言	正三位中納言	↓	↓
4（862）	↓	25	↓	↓	↓	↓
5（863）	↓ 2/10遷左衛門督	26	従二位大納言	↓	↓	↓辞左兵衛督
6（864）	1/12正三位中納言 ↓ 3/8兼按察使	27	↓	↓	没	↓兼右大将
7（865）	↓	28	↓	↓		正三位大納言・右大将
8（866）	↓	29	↓	↓		↓
9（867）	↓	30	従二位大納言	↓		↓
10（868）	↓	31	↓	↓		↓
11（869）	↓ 1/13去按察使	32	↓	正三位大納言		没
12（870）	1/13正三位大納言	33	従二位左大臣	↓		
13（871）	↓	34	正二位左大臣	↓		
14（872）	8/25正三位左大臣	35	↓	↓		

＊1　一・二列目は融の官歴を示す。
＊2　三列目の数字は、融、及び信以下の初叙からの年数を示す。
＊3　丸数字は、嵯峨源氏としての順序を示す。
＊4　信以下の官歴については、地方官等の兼官を一部省略した

さらに「『異常』な王統」を創り出した承和の変をも相対化しようという考え方を生み出し、その具体的方策として変以前の皇位継承原則に戻ることが選択された。恒貞への即位要請は、その原則への回帰を確認するために必要な手順だったとするのである。[28] 従うべきであろう。ただし、『大鏡』の融自薦譚について、氏の見解は私見と多少異なる。融の自薦を恒貞の辞退後とする点では同じだが、木村氏は迭立の原則に則る以上、恒貞辞退後は継承の順番は嵯峨系に戻るべきであり、そこで融が嵯峨皇子としての自己の権利を主張したとする。しかし、嵯峨系ということならば、文徳系を除いても候補になりうる親王は複数存在しており、それらを押しのけてまで臣籍に下った融が権利を主張しうるとも考えられない。臣下であってなお皇位を要求して声を上げうるとすれば、それは他に候補者がいない淳和系としての主張と解すべきではないだろうか。その上で、これを文徳系排除―淳和系復活の動きがあったことを裏付ける逸話と考えたい。

いずれにせよ、木村氏が指摘するように、文徳系の排除が貴族間の総意であったとすれば、基経が血縁の貞保・貞辰を擁立しようとしなかったことも理解できる。したくてもできなかったのである。あるいは、彼の権力をもってすれば強行できたのかもしれないが、あえてそれをせず、世論に従ったところが、良房とは異なるとされる基経の人となりと言えるのかもしれない。その基経は融の主張を「皇胤なれど、姓賜はりて、ただ人にて仕へて、位に即きたる例やある」―ひとたび臣籍に下った者に皇位継承の資格はないというまさに正論によって打ち砕く。融が否定された以上、淳和系にもはや候補者は存在しない。その結果、次善の策として、現存する文徳系以外の親王の中から長老格であり基経との親交も深かった仁明の皇子時康親王が選ばれ、光孝天皇として即位したのである。

二

文徳系の排除が貴族社会の総意であったとすれば、第二の疑問—臣籍降下したことをもって融の皇位継承を否定したはずの基経が、同じく臣籍降下していた源定省の即位を認めたことの説明はつく。

基経以下の推挙を受けて即位した光孝は、斎宮・斎院以外の皇子女二十九人すべてを臣籍に下すことによって、自らの即位が皇位の空白を避けるための緊急避難的なものであり、子孫に継承させる意志がないことを示した。(29)即位の時五十五歳という光孝の年齢を考えれば、その後継者選びは急がれたはずだが、一向に進んだ形跡がない。皇太子の座は空白のまま三年余が過ぎ、光孝の病が篤くなった仁和三年（八八七）八月二十五日に至って第七皇子定省が親王に復し、翌日立太子、光孝の崩御を受けて同日践祚した。(30)

なぜ、光孝の後継者選びは遅々として進まなかったのか。文徳系の排除が既定路線だとし、淳和系も断絶ということになれば、残された選択肢は光孝と同じ仁明の皇子だが、この時点での生存者は本康・国康の二人のみ。二人の生年は不詳だが、おそらく五十歳は越えていたものと推定される。(31)このように高齢の人物を皇位に据えても事態は進展せず、問題の先送りにしかならないのは火を見るよりも明らかである。将来を見通した永続性のある後継者を求めるのならば、仁明の孫世代ということにならざるを得ず、そうなれば一度は子孫による皇位継承を諦めた光孝にも、あわよくばわが子へという欲が生じたことは想像に難くない。また、いったん臣下に下ったとはいえ、今上の皇子である光孝の諸子が有力候補として浮上するのも当然だろう。それでも、先例規範を重んずる基経は二の足を踏んでいたが、光孝の病危急という土壇場になって、定省の即位を認めざるを得なかったの(32)ではないだろうか。

結果として基経は二枚舌を使い、融はまんまといっぱい食わされたということになる。宇多の即位を見つめる融の胸中はいかばかりだったか。融の霊が宇多の前に姿を現したという伝承が残るのも[33]、故なしとしない。

おわりに

以上見てきたように、陽成の退位時に弟皇子たちが候補に上らなかったこと、光孝の後継者選びが急がれながらも遅々として進まなかったことは、文徳系の排除という貴族社会の総意の存在を想定することによってはじめて説明可能であり、皇位継承の資格を一度は放棄させられた宇多が、基経の逡巡にも関わらず即位したことは、その総意の存在を裏付ける。『大鏡』の融自薦譚は、そのあたりの裏事情を基経・融の応酬によって語ったものと位置付けられる。

この件に関連して、『大鏡』はもう一つ興味深い逸話を伝えている。宇多の行幸を見た陽成上皇が、「当代は家人にはあらずや」と慨嘆したという宇多紀のエピソードである。陽成の退位から宇多の即位に至る間の経緯について、『大鏡』は詳しく語ることはしない。しかし、この陽成の一言が、その間の複雑な事情や陽成の宇多に対する軽侮の念を余すことなく伝え、さらには陽成の存在を苦慮し、自らの正当性と権威の確立に努めた宇多の奮闘[34]をも垣間見せる。『大鏡』は事件でなく、人物とその言動で歴史を活写する。その創作意図に基づく虚構の存在や、〝見てきた〟ような描写に含まれる脚色にはむろん留意しなければならないが、そこに一半の真実を見出したとき、歴史の謎や事件の背景を解き明かす鍵が見つかるのではないだろうか。

注

（1）『大鏡』本文の引用は、新潮日本古典集成による。

（2）『玉葉』承安二年十一月二十日条に、「陽成院暴悪無双、二月祈年祭以前、自抜レ刀殺二害人一云々、依二如レ此事一、昭宣公奪二天子位一、授二小松天皇一也、于レ時諸卿出二異議一、事不レ一レ揆、融大臣深有二此心一、仗議大濫吹、爰参議諸葛懸二手於劔柄一、見二御服一云、今日事偏可レ随二太政大臣語一、若於下出二異議一之人上、忽可レ誅レ之云々、于レ時諸卿止二異議一、相率参二小松親王第一、奉レ迎レ之云々」とある。

（3）坂本太郎氏「良房と基経」（『古典と歴史』吉川弘文館、一九七二年所収）、目崎徳衛氏「関白基経」（『王朝のみやび』吉川弘文館、一九七八年所収）

（4）阿衡の紛議については、目崎氏注（3）論文のほか、弥永貞三氏「阿衡の紛議」（『日本と世界の歴史』六、学習研究社、一九七〇年所収）、所功氏「寛平の治の再検討」（『皇學館大學紀要』五、一九七〇年）、瀧浪貞子氏「阿衡の紛議―上皇と摂政・関白―」（『史窓』五八、二〇〇一年）などがある。

（5）『政事要略』巻三十、年中行事（阿衡事）。引用本文は新訂増補国史大系による。

（6）和田英松氏「藤原基経の廃立」（『中央史壇』二―五、一九二一年）、角田文衛氏「陽成天皇の退位について」（『日本歴史』二四三・二四四、一九六八年八・九月）、河内祥輔氏『古代政治史における天皇制の論理』（吉川弘文館、一九八六年）、保立道久氏『平安王朝』（岩波新書、一九九六年）など。

（7）『体源抄』に「管絃名人」「神楽道名人」と称され、横笛譜『南宮竹譜』を撰進した。

（8）和田氏、河内氏注（6）論文、目崎氏注（3）論文。注（2）『玉葉』記事参照。

（9）和田氏注（6）論文

（10）保立氏注（6）論文

（11）瀧浪氏注（4）論文

（12）引用の書き下し本文は続群書類従伝部所収本に基づく。

（13）『公卿補任』嘉祥三年尻付

(14)『続日本後紀』同日条。以下、六国史等の引用本文は新訂増補国史大系による。

(15)「十一月…辛巳。皇太子於二紫宸殿一加二元服一」(『続日本後紀』同日条)

(16)「諱〈淳和太上天皇〉及葛原親王於二殿上一冠」(『日本紀略』同日条)

(17)「天皇喚二時康人康親王等於清涼殿一。令レ加二元服一」(『続日本後紀』同日条)

(18)「本康親王及源朝臣冷於二清涼殿一冠焉。並天皇之遺體也。」(『続日本後紀』同日条)

(19)「天皇加二元服一。…是日。帝同産弟貞保親王同加二元服一。即便授二三品一」(『日本三代実録』同日条)

(20)嵯峨一世源氏では、信・明・生・勤が従四位上、常・弘が従四位下。定の従三位は破格だが、淳和猶子として今上皇子の資格を備えていた上、淳和の嵯峨に対する配慮があったものと考えられる。

(21)以下、官職位階については、特に断りがない限り『公卿補任』の記載に基づく。

(22)『公卿補任』承和九年・『続日本後紀』承和九年七月二十五日条。なお、恒貞の廃位は同年七月二十三日で、この人事は恒貞側近の大納言藤原愛発・中納言同吉野・参議文室秋津等の左遷に伴うものであった。

(23)『続日本後紀』承和九年九月八日条。明は左京大夫の兼官近江守から播磨守(ともに大国)に遷っている。

(24)恒貞の出家は嘉祥二年正月七日の叙三品後まもなく(『日本三代実録』元慶八年九月二十日恒貞薨伝)、融の叙従三位は翌三年正月七日。文徳の践祚は嘉祥三年三月二十一日(即位は四月十七日)、清和の誕生は同二十五日、融の任右衛門督は同年五月十七日である。

(25)それまで無品だった恒貞が嘉祥二年に至って叙品されたことについて、中川久仁子氏は、「元皇太子」である恒貞にとって無品であることが位階制を超越した存在としての礼遇であり、それが叙品されたことは、「元皇太子」としての礼遇を取り消し他の親王と同列に置くことで、その皇位継承の可能性をあらためて否定するものであったし、その背景に同年に四十歳を迎えた仁明天皇の体調不良によって仁明後の皇位継承問題が再浮上しつつあったことを指摘している(「廃太子考―高丘親王と恒貞親王―」、佐伯有清氏編『日本古代中世の政治と文化』吉川弘文館、一九九七年所収)。なお、恒貞の同母弟基貞も、嘉祥二年十二月に出家している。

(26)定が淳和の子となり、淳和の寵姫永原氏が母として養育にあたったことから「二父二母有り」と称されたこと、淳和が定を寵愛して親王にしようとしたことは、『日本三代実録』貞観五年正月三日の定薨伝に詳しい。また、淳和の第一皇子恒世親王の遺児正道王は仁明の子として殿上で元服、即日従四位下に叙せられている（『続日本後紀』承和四年八月二十六日条）。

(27) 恒世は天長三年（八二六）五月一日薨去。その子正道王は承和八年（八四一）六月十一日卒去。恒統は承和九年三月十六日、良貞は承和十五年五月六日、基貞は貞観十一年（八六九）九月二十一日にそれぞれ薨去している。

(28)「光孝朝の成立と承和の変」（十世紀研究会編『中世成立期の政治文化』東京堂出版、一九九九年所収）。後藤祥子氏も「二条后物語の成立」（『日本文学』四〇、一九九一年）において、文徳以降三代にわたる強引な立坊・即位の結果生じた人心の離反を回復するために、基経はその出発点である承和の変の過誤修正にまで立ち戻らなければならなかったとする。また、文徳―清和の二代にわたってその正当性に不安があったこと、その不安を解消するために桓武の後途絶えていた昊天祭祀が行われたことを河内春人氏が論じている（「日本古代における昊天祭祀の再検討」、『古代文化』五二―一、二〇〇〇年）。

(29)『日本三代実録』元慶八年四月十三日条

(30)『日本三代実録』仁和三年八月二十五日条、同二十六日条

(31) 本康は承和十五年（八四八）に元服、翌年叙四品、国康は仁寿四年（八五四）正月七日に叙四品。兄光孝の元服が承和十二年十六歳の時、翌年四品に叙せられたことを考えると、仁和三年（八八七）時点で本康は五十五、六歳、国康は五十歳くらいと推定される。なお、国康は斉衡三年（八五六）四月二十六日、病弱で出仕に堪えぬことを理由に出家している（『日本文徳天皇実録』同日条）。

(32) 角田文衛氏は、定省即位の裏に、基経の異母妹淑子の工作があったことを指摘している（前掲注(6)論文）。

(33)『今昔物語集』巻二十七「川原院融左大臣霊宇陀院見給語第二」など。

(34) 宇多が陽成やその母高子の存在を苦慮していたことは、『宇多天皇御記』に散見する。また、宇多が昇殿制を定め、儀式を整備するなどの宮中改革を行なったことは諸研究に詳しいが、その一半の理由は、傍系、しかも臣籍から皇位に登った自らの権威と正当性の確立にあったと考えてよいだろう。

『松浦宮物語』の「血の涙」表現をめぐる作品構造考

――渡唐の物語展開における『うつほ物語』取りの〈重なり〉――

松浦　あゆみ

はじめに

院政期末頃の王朝物語『松浦宮物語』は、同じく渡唐物語である『うつほ物語』『浜松中納言物語』をはじめ、様々な王朝物語を踏まえている。その踏まえ方が単なるつぎはぎではなく明確な引用意識を読み取れる事は近年の研究で明らかにされつつある。稿者も以前『浜松中納言物語』全体を踏まえた上で再構成した作品性の検討考察を行い（以下、前稿と称す）(1)、本稿では『うつほ物語』との関係を論ずるにあたって、主に物語の始発部、渡唐の物語展開における表現「血の涙」に注目する。「血の涙」―血が涙となって流れるさま、またはそこまで感極まって涙を流すさま―に関しては従来、主に『源氏物語』以前の作品を対象に漢語的表現・和歌的表現・色彩表現として、類似する表現「紅の涙」等との兼ね合いで論じられており、本稿では、これらの研究成果を反映させながら、『松浦宮物語』における『うつほ物語』取りの問題に即して検討を進めていく。

一　『うつほ物語』取りの概観・本文異同による享受の問題検討とその他の問題の所在

『松浦宮物語』（以下『松浦宮』と称す）巻一における冒頭場面の主人公　橘　氏忠《たちばなのうじただ》（以下、氏忠と称す）の紹介及び後掲の渡唐決定場面―本稿で問題とする「血の涙」表現を伴う―を経て遣唐使として渡航する物語展開が、『うつほ物語』（以下『うつほ』と称す）俊蔭《としかげ》巻の冒頭部清原俊蔭をめぐる物語展開を踏まえている事は従来から諸注で指摘されている。『源氏物語』以前の物語に多い「昔…」の書き出しと平安時代以前の天皇の血筋を引く由緒ある氏族（清原氏・橘氏）の父の実名表記を伴い皇女腹の一人子の男子が優れた容貌・才と共に紹介され、早熟な漢学の才が七歳で発揮されて天皇の目にとまり、さらに十二歳の初冠と前後した才発揮も天皇に賞賛され式部省に任官する共通性は、明らかに意識的な引用によるものであろう(2)。『松浦宮』全体を通読した時点では『浜松中納言物語』の主要プロットの再構成が明らかである（前稿で検討）ものの、最初にこの冒頭部を読むに当たってはまず『うつほ』に準じた〈古代〉の物語を想定して読む事になる。『無名草子』の物語評が「今の世の物語」として『松浦宮』を紹介する中で、「うつほなど見るここちして」とほめている内実は諸論あるが、この点も関わるのは確かであろう。『松浦宮』が成立した平安末期の当時に即して言うならば、『うつほ』の〈古代〉を基準にしながらも、その『うつほ』成立時代―村上・円融朝―の人々にとり父祖の代である主人公俊蔭の時代よりも遡るいわば〈真の古代〉「藤原の宮の御時」即ち天武・持統朝の時代の物語に設定し、平安京期よりも本格的な遣唐使の物語を紡ぎ出そうとしているのである(3)。

その冒頭場面の後には神奈備皇女《かんなびのみこ》への身分違いの恋が描かれ、『うつほ』の俊蔭がその後すぐに遣唐使として渡航へ向かう物語展開や（帰国後かなり経ってから結婚し娘を儲けはするものの）愛執の罪を避けて過ごす人物像とはかけ離れていくが、やがて遣唐使として選ばれ渡航するに及び、再び『うつほ』俊蔭巻をなぞった物語展開へと戻ってくることになる。遭難・漂着する『うつほ』の俊蔭と異なり、『松浦宮』の主人公氏忠の渡唐は成功するが、その後唐土における老翁陶紅英《とうこうえい》、次いで第二の女君華陽公主《かようのみこ》からの秘琴伝授を受ける展開では、『うつほ』における漂着地異郷の天人から俊蔭への伝授に加え、更に以降の物語展開、その楽統を受け継いだ俊蔭女から仲忠へ、さらには仲忠の娘であるいぬ宮への楼の上の伝授を想起させられる―というのが『うつほ』引用・変奏の概観である。[4]

このような流れの中に位置する『松浦宮』渡唐決定の場面であるが、この場面でプロット・表現共に踏まえられたと思しき『うつほ』俊蔭巻の渡唐場面で本文異同を生じているのが「涙」／「血の涙」の表現なのである。その際『うつほ』本文のみの問題ならば、最近の『うつほ』諸注[5]が底本とする前田家本を善本として専ら拠ればよいわけだが、『松浦宮』が成立した平安末期～鎌倉初期の享受の問題となると事情は些か異なる。当該箇所では板本系だけでなく前田家本系写本等の異文がある状況や、前田家本でも江戸期書写を遡り得ない諸本の事情を考慮すれば、異文も無視できないものと思われる。まずこの本文異同を明確にしてから、改めて『松浦宮』における享受のあり方を検討していこう。

『うつほ』俊蔭巻の渡唐場面（以下俊蔭巻の当該場面と称す）の、前田家本本文、

父母《ちゝはゝ》、「眼《まなこ》だに二《ふた》つあり」と思《おも》ふほどに、俊蔭《としかげ》十六歳 四イ になる年、①唐土《もろこし》舟出《いだ》したてらる。②こたみは、殊《こと》に才《ざえ》かしこき人を選《えら》びて、③大使・副使と召《め》すに、俊蔭召《としかげめ》されぬ。④父母《ちゝはゝ》悲《かな》しむこと、さらに譬《たと》ふべき方《かた》なし。一生に一人《ひとり》ある子なり。かたち・身の才《ざえ》、人にすぐれたり。朝《あした》に見て夕《ゆふ》べの遅《をそ》なはるほどだに、紅の涙《なみだ》を落《お》とすに、遙《はる》かなるほどに、あひ見《み》むことの難《かた》き道《みち》に出《い》で立《た》つ。⑤父母《ちゝはゝ》・俊蔭《としかげ》（が）悲《かな》しび思《おも》ひやる

べし。三人の人《ひと》、額《ひたひ》を集《つど》へて、◆涙を落《お》として、出《い》で立《た》ちて、つゐに舟に乗《の》りぬ。

（室城秀之校注『うつほ物語』おうふう、平成7年〈以下同〉P.9～10、※ふりがなは翻刻表記、（　）内ナシ）

本文「涙」の直前部分◆は、前田家本の他に同系統の宮内庁書陵部蔵御所本等、木曾本系の蓬左文庫蔵瑩珠院旧蔵本、流布本系の延宝五年刊本や宮内庁書陵部蔵大橋長憲本では該当ナシ即ち「涙」のみの本文である。これに対し「血の」アリ即ち「血の涙」本文であるのは、前田家本系の桂宮本（俊蔭巻のみの一冊本）、木曾本系の中村忠行蔵本等、浜田本系の静嘉堂文庫蔵浜田侯旧蔵本等、流布本系の静嘉堂文庫蔵新宮城旧蔵本等である（西村宗一・笹淵友一『校本うつほ物語俊蔭巻』〈興文社、昭和15年〉に示す校異及び中村忠行「宇津保物語に関する展観書目録（附解説）」〈『平安朝物語Ⅱ』有精堂、昭和49年所収〉(6)等に掲げる諸本系統の分類に拠る）。岩波旧大系では後者、九州大学図書館蔵文化板本書入本等の本文を採用し、底本の延宝五年刊本の前者「涙」を「血の涙」に改める。なお、桂宮本の「血の涙」前後の箇所は影印（神作光一編、笠間書院、昭和46年）によれば、

。かなし《ち、は、としかけイ》ひおもひやるへし三人のひとちの《ひたひをつとへて》涙を

と、直前部分に〈脱文〉と傍書が見受けられる。前田家本と伝来が近い写本という。(7)

他の「血の涙」関連表現の作中例では、孫の仲忠らによるあて宮求婚譚である菊宴巻の場面においても2例が使用されているが、それらの箇所の校異は現段階では未調査である。一方の「紅の涙」表現は次章で後述の通り、俊蔭巻において当該場面の後に遭難・漂着先での阿修羅遭遇場面でも、帰国時の天人との別れの場面でも用いられており、桂宮本を含めて諸本の本文異同はない。この程度の検証の現段階では、本文自体の〈優劣〉はつけ難いといえる。(8)そこで、本文批判は今後の課題として、この二種類の『うつほ』本文の可能性を留保したまま、『松浦宮』の『うつほ』変奏を考えてみよう。

『松浦宮』で対応する渡唐決定の場面（以下、『松浦宮』の当該場面と称す）は、

たえぬ思《おも》ひに、よろづのことおぼえで明《あ》け暮《く》らすに、明《あ》けん年《とし》、①唐土船出《もろこしぶねい》したてらるべき　③遣唐副使になしたまふべき宣旨《せむじ》あり。④大将も、皇女《みこ》も、いみじきことにおぼせど、②すべてすぐれたるを選《えら》ばるゝわざなれば、とゞめむ力《ちから》なし。⑤弁の君《きみ》、一かたならず血《ち》の涙《なみだ》を流《なが》せど、いづれも心にかなふわざにしあらねば、皇女《みこ》ついに参《まい》りたまひぬ。時めきたまふことといみじきを見聞《き》くに、いとゞあぢきなさまさりて、かくなん。

おほかたはうきめを見ずて唐土《もろこし》の雲のはてにもいらましものを(9)

（久保田孝夫・関根賢司・吉海直人編『松浦宮物語』翰林書房、諸注共通章［四］P.17、樋口芳麻呂校注訳小学館新全集対応頁P.23、※ふりがなは翻刻表記〈以下同じ〉）

遣唐使の船を造成し（傍線部①①'）、遣唐大使・副使に優秀な人材を選んだところ（②②'）、避けようもなく主人公が選ばれ（③③'）、これに対し両親が嘆き悲しみ（④④'）、主人公も嘆き悲しむ（⑤⑤'）という成り行きで、やはり『うつほ』を踏まえた表現であろう。ただし本文二重線部、この渡唐決定の場面における別離を嘆く「大将も、皇女《みこ》も」の「皇女《みこ》」は氏忠の母明日香皇女《あすかのみこ》であるのに対し、入内する後者の「皇女《みこ》」は氏忠の思慕の対象神奈備皇女である。つまり、前場面を承けて展開する波線部「たえぬ思ひ」高貴な皇女への叶わぬ恋という、『うつほ』の俊蔭の孝養とは異なる主題が関わっているわけである。三章で後述する通り、続く場面において神奈備皇女から餞別歌を贈られた際にも「血の涙」が用いられてもいる。だが、本章ではまず、『松浦宮』当該場面の「血の涙」表現における『うつほ』俊蔭巻の本文二種類の各変奏のあり方に限って概観してみよう。

踏まえた『うつほ』本文が前田家本等の両親の「紅の涙」＋両親・子三者の「涙」の場合では「紅」から類似

の「血」への表現面の変奏が行われ、誰の涙かという内訳は大まかに言えば両親主体から子主体へ転換させた事になる。また、互いに類似する表現の続く桂宮本等の「紅の涙」＋「血の涙」の場合は表現面で「紅」ではなく「血」を残し、内容で親子の中から子のみを残す取捨選択がそれぞれ行われたものと解せる。前者の場合は『うつほ』の渡唐の物語展開（当該場面における「紅の涙」は比較対象たる日常的な次元での両親の心痛）と『松浦宮』の「血の涙」表現との関連性がやや薄く、後者の方が『松浦宮』において物語展開と表現が密接に関連しての『うつほ』踏襲の意識がより強い（角川文庫注）といえよう。『松浦宮』の諸注釈においては最近の注釈、翰林書房注と小学館新編全集注が前田家本本文の「紅の涙」部分を掲出するのに対して、角川文庫注がその他の本文を採用した岩波旧大系の「血の涙」部分を掲出する内訳の差はこのようなものになる。

以上、『松浦宮物語』における『うつほ物語』取りの概観及び『うつほ』本文異同による享受の違いの検討を行ってきたが、その中でさらなる問題点が生じてもいる。

第一に、『うつほ』変奏における表現面の違いである。つまり、「血の涙」と「紅の涙」は類似するとはいえ、どのように意味合いが違うのか。「紅の涙」だけでなくその他の類似表現も含めて見た場合、時代的な変遷、作品の種類の違いなどに因るのかどうか。

第二に、『うつほ』の当該渡唐場面以外からの影響の可能性である。『うつほ』の他の箇所や他作品における「血の涙」及び「紅の涙」等の類似表現は、どのように『松浦宮』における『うつほ』当該渡唐場面の変奏のあり方に関わってくるのか。『松浦宮』の後続場面におけるもう一つの「血の涙」表現との兼ね合いもある。

第三に、『松浦宮』の物語展開全体における『うつほ』変奏のあり方である。第一・第二の問題と重なってくる点ではあるが、神奈備皇女への恋など、本稿の現時点では触れていない作品の他部分との兼ね合いも含めて、作品の主題のあり方とどう関わってくるのか。

これら三点を意識しながら、まずは『うつほ』全体における「血の涙」及び「紅の涙」等の類似表現を他作品との兼ね合いと共に概観した上で、表現効果面から見た『松浦宮』の渡唐場面「血の涙」の文学史的位相や他箇所との関連を検討していく。

二　「血の涙」「紅の涙」等関連表現における『うつほ物語』享受の可能性

「血の涙」「紅の涙」関連の表現史については、伊原昭・持田早百合・菊地由香・室城秀之・佐伯雅子・ツベタナ-クリステワ・中村康夫・森田直美の諸氏による研究[10]（以下、名字のみ・敬称略で《 》内に各成果を注記）が多くあり、これらの研究成果を、『うつほ』における「血の涙」「紅の涙」及び関連表現全34例（俊蔭巻の当該場面の校異例を含む：伊原論の一覧表に新編国歌大観番号210・528・579・887・900歌5例を『うつほ』諸注に拠り追加）のあり方を中心に簡約しつつ私見を補足しておこう。

(a)「血」を用いた表現が俊蔭巻の当該場面の校異例を含めて3例（「血の涙」2例・「血なる涙」1例）に対し、「紅」を用いた表現は17例（「紅の涙」12例・関連表現5例）及び「血」「紅」を用いない他の関連表現14例と、「血」を用いない表現の方が圧倒的に多い。これは平安前期物語群の中で、『うつほ』より前の成立と思しき『竹取物語』『伊勢物語』『大和物語』が「血の涙」のみの用例なのとは対照的である。漢詩文の影響で色彩の対比をよく伴う《伊原・持田・菊地・佐伯・中村・森田》。なお、日記文学類及び『落窪物語』『平中物語』『源氏物語』以降『松浦宮』成立期近くの〈新しい〉物語類も、『今昔物語集』の「血の涙」4例以外は、「血」を用いない表現のみ又は用例ナシである。

(b)地の文・和歌における使い分けから見れば、「血」を用いた表現は用例3例中の1例のみの和歌でも語としての結合の度合いが弱いと思われる「血なる涙」なのに対し、「紅」を用いた表現は地の文10例・和歌7例の両方に用いられる(「血」「紅」を用いない関連表現は地の文1例・和歌13例)。ただし、「血」を用いない表現の内訳も、地の文では1例を除いて皆「紅の涙」のままの表現(11)であるのに対し、和歌においてはそのままの表現が2例に過ぎず残りは皆応用的な表現(12)といえよう《伊原・菊地・クリステワ》。

(c)一方、「血」を用いた表現は当該場面の校異箇所以外の2例とも、あて宮の求婚者の一人源宰相実忠に用いられる。また、実忠やその妻子等には〝「紅の涙」よりも悲しみが深まり紅の色が濃くなって黒く見えるさま〟を表す誇張表現「赤く黒き涙」等の〈黒き涙〉も墨染の衣との対比等で地の文1例・和歌2例で用いられる《伊原・室城・森田》。

(d)主体となる者や使用の内容における「血の涙」・「紅の涙」両表現の使い分けは、先行研究で概して根本的な差を認めていない。ただし、「血の涙」の作中例数が極めて少ないため、俊蔭巻の当該場面の校異例「血の涙」を考慮する場合は近接する「紅の涙」との言い換えが明確である《伊原》のに比べ、考慮しない場合は『竹取物語』『伊勢物語』『大和物語』の「血の涙」及び日本の漢詩文の「血涙」「紅涙」と比較して共通点と共に相違点も(e)に述べる通り認められ《持田・中村》、些かの違いは生じる。とはいえ、根本的な差がなく男性への多用の傾向(13)は、表現の源泉が漢語にも拘わらず、中国では「血涙」が主に文において悲嘆・憤り全般に関わる涙として、「紅涙」が主に詩において女性の涙として多く用いられるのと異なり、日本独特の傾向とみられる《伊原・持田・佐伯》。

(e)内容は恋に関わる悲嘆が全34例中で最も多い24例で、「血」「紅」の使用の有無に関わらず共通する。他の前期物語や『松浦宮』当該例の「血の涙」でも、『源氏物語』以降の物語の「血」以外の表現でも多い。また地の文で、俊蔭巻の当該場面の校異例「血の涙」を考慮する場合は共に親子の別れ等大切な人に関わる悲嘆にも6例用いられた事になる（『竹取物語』にも有）。その他に地の文の「紅の涙」使用では貧困・不遇に関わる悲嘆・恥・感涙が学生藤英等に4例用いられ、中国の漢文及び日本の漢詩の「血」を用いた表現や「紅涙」、『竹取物語』の「血の涙」との共通点が認められる《伊原・持田・菊地・室城・佐伯・中村》。なお「血の涙」で、実作和歌の数少ない先行歌『古今集』哀傷―八三〇、前太政大臣良房葬送時の素性歌「血の涙おちてぞたぎつ白川は君が世までの名にこそ有りけれ」・日本漢文の願文の「血涙」例・『大和物語』一六八段例は貴人等の死者を悼む悲嘆（『源氏物語』『栄花物語』に「紅の涙」の類例有）、『今昔物語集』例は物言えぬ動物の悲嘆と殺された人間の目からの流血《佐伯・中村》で、『松浦宮』とは異なる。[14]

以上の先行研究による位置づけを踏まえ、本稿では特に（e）内容に関し『松浦宮』による享受を考える上で、『うつほ』における巻単位（一巻または数巻）の特色に注目する。

まずは『松浦宮』で直接踏まえている俊蔭巻に限って見れば、天人が漂着先から波斯国へ渡る俊蔭との別れを惜しんで落とす「紅の涙」もあるが、俊蔭の父母が子を思って落とす「紅の涙」を、遭難・漂着後の俊蔭も渡唐時の反応として回想して阿修羅に陳情する言葉で用いるので、当該場面の桂宮本等の校異例を考慮しなくとも、親子の別れの悲嘆としての「紅の涙」のイメージは印象づけられよう。また、校異例を考慮する場合はまさに親子の別れ間際に「血の涙」を用いる点に、直前使用の「紅の涙」よりも悲嘆の極まりを読み取れよう。

さらに、『松浦宮』での該当場面の「血の涙」が両親との別れを悲しむだけでなく神奈備皇女の入内を悲しむ涙であるのを考える時、菊の宴巻・あて宮巻において美女あて宮の春宮入内の決定に対する求婚者たちの叶わぬ恋の悲嘆として「血」「紅」等の表現で多く用いられる点《伊原・持田》については注目をひく。それ迄の巻における「血」「紅」を用いない恋歌7例よりも多く、主に「血」「紅」使用の和歌8例・地の文4例が用いられるのである。これらの表現は菊の宴巻ではあて宮の春宮入内の決定をめぐり入内阻止の祈願等をする求婚者からあて宮への「涙」をめぐる贈歌にも時折詠み込まれ（三の宮・仲忠の父右大将兼雅・源宰相実忠）、中でも仮死へ至る実忠の悲嘆に前述（c）の通り「血の涙」表現で用いられる。続くあて宮巻の実際の入内に際しては実忠の隠棲に前後し、あて宮の同母兄の源侍従仲澄が仮死の後真の死に至り、あて宮の家における舞の師源少将仲頼が出家する直前の詠歌、及び源涼中将の「袖の色」歌や滋野真菅の直訴騒ぎの様子にも用いられる。これら求婚者たちの、時には命が絶えるほどの悲嘆《中村》は、作品の女主人公の結婚という大事件を表す集団的な原動力に満ちた反応として受け止められようし、『松浦宮』の「血の涙」表現への影響も大いに考えられる。『松浦宮』への『うつほ』あて宮求婚譚の影響としては、男主人公氏忠が神奈備皇女に求愛する状況設定「菊の宴」後についても、『うつほ』においてあて宮入内が決定される場かつ巻名である「菊の宴」との関わりが『源氏物語』花宴巻・『浜松中納言物語』等と併せ近年指摘されている。(15)「菊の宴」後という求愛の場の設定により女君の入内ゆえ悲恋に終わる男主人公の運命が求愛当初から暗示され、当該場面の「血の涙」を流しての悲嘆により実際の悲恋の有様が示されていよう。渡唐による親子の別れの悲嘆に恋の悲嘆が重ねられるため、結局のところ『うつほ』俊蔭巻の渡航譚を主にしながら、この時点では俊蔭孫の仲忠の代、菊の宴・あて宮両巻の女君入内に伴う悲恋譚も匂わせるという、『うつほ』の二重取りなのではないか。

以上のような『松浦宮』の『うつほ』引用は、俊蔭巻において物語展開・表現細部の対応が見られるものの、菊の宴巻・あて宮巻においては巻全体としての大まかな印象の次元で十分考えられ、個々の求婚者の人物像の細部までは特定し難いと思われる（求愛対象の女君の出自も求愛状況も異なる）。ただし、『松浦宮』において「紅の涙」ではなく「血の涙」が用いられた意味を考える上では前掲（c）、『うつほ』のあて宮の求婚者たちの中でも最も悲嘆が描かれる源宰相実忠の表現と同じである点は見過ごせない。また、「紅の涙」が用いられる仲澄の恋死も、『狭衣物語』において宮廷の場で引き合いに出される知名度が注目されよう。そこで、『うつほ』あて宮入内譚から汲み取り得る「血の涙」表現の性格及び仲澄・仲頼の「紅の涙」との比較面に限り先行研究の成果を概観しておく。

あて宮入内をめぐる実忠の悲嘆を表す「血」を用いた表現の菊の宴巻2例のうち、和歌「妹《いも》を置きて賀茂《かも》の社《やしろ》にま（で）来《き》ても血《ち》なる涙《なみだ》をえこそ止《と》めね」（P.336）の方は、あて宮入内中止を祈願する賀茂詣での際にあて宮へ贈られたもので、この実忠歌の次に位置する右大将兼雅の贈歌の二首目「思《おも》ふ事なすてふ神も色深《いろふか》き涙《なみだ》流《なが》せば渡《わた》りとぞなる」（同頁）の場合（及びこれまで贈られた他の求婚者たちの駆け引きの要素も強い〈紅の涙〉歌）と同じく、あて宮の返歌は得られず、この実忠歌の前に位置する春宮の贈歌が返歌を得たのと対照的に描かれるのみである。だが一方、地の文における実忠の描写「血《ち》の涙《なみだ》を流《なが》してのたま《給》へば」（P.342）は、脅しめいた文句を吐きながら、あて宮へ「火の燃《も》ゆる」恋心のたけを伝えるよう仲介の女房兵衛の君に嘆願する様子である。程なく仮死状態となる様子が「宰《さい》相、死《し》に入《い》りて息《いき》もせず、頂《いただき》より黒《くろ》き煙《けぶり》立《た》ちて、青《あを》くなり、赤《あか》くなりて、ただ息《いき》のみ通《かよ》ふ。」（P.344）と色彩表現を伴い描かれる。蘇生した後も「時《とき》の変《か》はるまで思《おも》ひ入《い》りて、赤《あか》く黒《くろ》き涙《なみだ》を滝《たき》のごとく落《お》として」寺寺へ誦経を依頼し（P.345）、あて宮巻で小野に隠棲する。抑も巻頭の菊の宴であて宮入内を父正頼が承諾したのに対し「そこばくの人、肝《きも》心を砕《くだ》きて思《おぼ》す中《なか》に、源宰《さい》相、青《あを》くなり、赤《あか》くなり、魂《たましゐ》もなき気色《けしき》にて候《さぶら》ふを」（P.302）と、実忠があて宮の最初の求婚者で当初は有力な求婚者であった故か、あて宮の求婚者たちの悲嘆を代表した形で[16]同じく色彩表現による悲嘆が描かれていた《以上は持田・室城論》。前述地の文の表現「血の涙を流してのたまへば」はこのような誇張表現の延長上に位置する訳である。求婚者の中では戯画的に描かれる三奇人の一人滋野真菅の「白《しろ》き髪《かみ》・鬚《ひげ》の中《なか》より、紅《くれなゐ》の涙を流《なが》してうれへ申す」様子（P.368）で色彩の対比が漢詩文の技法の影響とはいえ遊戯的・烏滸的に受け取れる誇張《伊原・佐伯》へと繋がりかねないが、それだけではあるまい。

実忠の物語展開が仲澄・仲頼の場合と異なるのは、あて宮への叶わぬ恋に夢中になるあまりに妻子を顧みず、果ては子息まさご君を恋死させて悲しみに暮れるもその後も一家離散・妻子とのすれ違いの〈邂逅〉と現実社会の生活が破綻する様相が具に描かれ続ける[17]点である。これに比べ、同母妹への恋心という禁忌的な感情を抱く仲澄は、あて宮巻で妹の入内直前に「唐紅《からくれなゐ》に泣《な》き流《なが》す涙の川《かは》」（P.356）の歌を妹の懐へ投げ入れた直後に仮死状態となり、一旦蘇生するものの妹の入内後に「紅の涙《なみだ》を流《なが》して、絶《た》え入《い》り給ひぬ。」（P.367）と死に至るわけだが、現実からの劇的な退場ぶりは和歌的な情緒の内でほぼ完結する性格のものであろう。また、あて宮には元々求婚の文さえ拒まれる立場[18]だった仲頼は、あて宮入内後は「紅《くれなゐ》の涙とまらぬ…」（P.356）の歌を詠み「泣き惑ひて」出家しやはり妻子を捨てて水の尾山に籠もり、その後も「紅《くれなゐ》の袖ぞ…今は黒《くろ》くも染《そ》むる涙《なみだ》か」（P.365）の歌を、春宮妃となったあて宮のもとへ贈り初めての返歌を得て感涙しているが、俗世に残された妻子と妻の母等、友人の公達との交流・消息等の後日譚はさほど展開せずに終わる。対する実忠の「血の涙」及び色彩などを伴ったその他の誇張表現は、恋死か遁世を願い涙を詠む繰り返しによる破滅的な恋が辿り着いた末の反応であろうし、また仲澄・仲頼の悲嘆で継承・集約され以後も連関している[19]一方で、二者の「紅の涙」と同様の情緒だけに収まりきれないで現実生活内で破滅的な言動が描かれ続ける側面を体現してもいよう。

以上の概観を踏まえて『松浦宮』の「血の涙」をめぐる『うつほ物語』引用・変奏の内実をまとめ、『松浦宮』

の物語展開において実際に検証してみよう。

三　『松浦宮物語』における孝養と恋の〈重なり〉方

一章で引用した『松浦宮』当該場面の「血の涙」表現を再掲すると、「弁の君、一かたならず血の涙を流せど、いづれも心にかなふわざにしあらねば、皇女ついに参りたまひぬ。」（［四］P.17、小P.23）とある。波線部「いづれも」は、訳を付す諸注、角川文庫（＝全注釈）・小学館新編全集の通り〝遣唐使を辞退し別れを押し留めて両親への孝養を果たすことも、神奈備皇女の入内を押し留めて恋を遂げることも〟の意であろう。その後続けて「おほかたはうきめを見ずて唐土《もろこし》の雲のはてにもいらましものを」と詠む中では、渡唐は孝養のためには心痛を覚えるものの、入内後の寵愛を伝え聞く「朝《あさ》夕の宮仕《づか》へにつけて、たへがたき心」を思い切るための手だてとして相反する思いの中で捉えられている（P.18）。つまり渡唐をめぐり、両親への孝養の叶わぬ苦悩と秘められた恋の叶わぬ苦悩とが（時には相反した言動へ向かいつつも）「血の涙」によって重ねられて表されていよう。その際には、一章で述べた点、主人公の母明日香皇女も求愛の対象の神奈備皇女も同じく「皇女《みこ》」と紛らわしい呼称となっている特徴も、因果関係のない〈重なり〉を感じさせられる。

このような『松浦宮』の場面が拠る『うつほ物語』俊蔭巻の渡唐場面[20]には前述「血の涙」の有無を巡り本文異同の問題はあるものの、親子の別れを悲しむ「紅の涙」「血の涙」表現のイメージを『松浦宮』は継承していよう。その孝養の涙のイメージを子（主人公）単独に用いた上で、同じ『うつほ』ゆえ点描的に重ねられるのが俊蔭巻とは異なる世代の登場人物をめぐる物語展開、「菊の宴」（巻）後において求愛対象の女君の入内で恋を失い、「紅の涙」よりは現実生活内で極端な言動へ向かう「血の涙」のイメージであろう。

もちろん、「血の涙」が『うつほ』固有の表現ではない以上、『うつほ』菊の宴巻・あて宮巻において仮死・死・遁世等へと向かう実忠や仲澄らの悲嘆のイメージだけに限定するのは『松浦宮』における恋の移ろい・女君像（別稿を期す）との対照性からも無理がある。二章の特徴（a）（e）からすれば、同じく〈古代〉物語＝他の前期物語、特に『伊勢物語』の「血の涙を流せど」も、『松浦宮』諸注が当該場面で指摘する通り、考慮する必要があろう。つまり、昔男が第四十段で思う女を親に追いやられて一旦は恋死へ向かう悲嘆や第六十九段で斎宮との再度の逢瀬を得なかった悲嘆のイメージである。身を切るような悲嘆を以てしても、恋の進展が不可能な意を逆接の形で表す点でも似る。いずれにせよ地の文における〈古代〉物語的な表現を通じ[21]、究極の困難が予想される渡唐に際し親子の別れの悲嘆と極端な行動＝渡唐へ向かう恋の悲嘆との二重性が直截的に表されていよう。

さらには、この後まもなくの藤原京出立場面に、一章で言及した通り、神奈備皇女の餞別の歌に氏忠が再び「血の涙」を流す描写がある。

唐土《もろこし》のちへのなみまににたぐへやる心もともにたちかへりみよ

いまはと参《まい》り給しのち、ひと言《こと》葉の御なさけもなかりつるを心うしと思《おも》ふに、なをおりすぐさずのたまへるを見《み》るに、血《ち》の涙《なみだ》を流《なが》せど、使《つか》ひはまぎれうせにければ、〈中略〉

いきのをに君《きみ》が心したぐひなばちへの波《なみ》わけ身をもなぐかに

（〔四〕P.18〜19、小P.24）

当時点の「血の涙」は女君の「ひと言葉の御なさけ」だけでもと思うものの懊悩止まぬ涙で、『うつほ』のあて宮入内後に及ぶ悲恋又は『伊勢』の方を専ら想起させる場面だろう。

もちろんその後の展開においては、筑紫からの渡航の場面で再び両親特に母宮明日香皇女との別れが焦点となり、「松浦の宮」の題号由来歌が詠まれるに及び、作品全体としては孝養の主題の一貫性が目を引く。『うつほ』

の俊蔭は無事に渡唐できず漂着して長年の間に秘琴伝授を得たものの、帰国時には両親は既に亡く孝養の志を果たせなかったのに対し、『松浦宮』の氏忠は無事渡唐・帰国して、巻三の帰国時も渡航場面と対応する形で「松《まつ》浦《ら》の宮に待《ま》ちよろこび給ほどの事も、たゞおしはかるべし。」（〔四八〕P.117、小P.132）と母宮の喜びが略述されている。このように孝養が速やかに実現する『松浦宮』の物語展開のあり方については、先行研究において「松浦宮」の題号に込められた作品の主題として指摘され(22)、また松浦佐用姫伝説の悲劇的な内容に対する無化(23)とも、『源氏物語』における『うつほ』批判を克服した形での『うつほ』変奏(24)とも位置づけられている。

だが、決して孝養の主題単独の展開ではなく、あやにくな恋を潜ませる隠れ蓑のような意味合いがあろう。道義的な批判をかわす目的も考えられようが(25)、それが主眼というよりむしろ、渡唐・帰国を牽引する、孝養という明確な〈表〉の流れに重ねられるからこそ、渡唐後あっけなく移り変わる恋のあやにくさが際だつのではないか。しかも、孝養は単に「各種の実験劇を展開するための舞台を提供しているサブプロット(26)」というわけでなく、その対象たる母宮・父大将の愛は男主人公氏忠のあやにくな恋の移り変わりを培う〈土壌〉であろう。後考を要すが、恋と孝養には、直接の因果関係も相反する関係も認められないにも拘わらず、不即不離の関係が潜む。当該場面での内実は、同一表現「血の涙」の重なりにおいて意味が〈兼ね合わされ〉(27)、両者が共存する仕組みであろう。

この関係のありようには、『源氏物語』や平安後期物語の影響が及んでいよう。『源氏物語』との関係については後稿を期す必要があるが、須磨・明石両巻は『松浦宮』の構造や表現へ影響を与えると共に(28)、複線的な叙述方法も決定づけていよう。『狭衣物語』において『うつほ』の前述仲澄の〈いもうと〉恋になずらえられる(29)、源氏宮への男主人公狭衣の恋は、彼女の入内又は斎院の動きに苦悩する恋・手をとらえるだけの恋であり、その際には絶えず〈何も知らない〉父母による鍾愛との兼ね合いが付きまとう。『松浦宮』の当該場面の直前、氏忠が神奈備皇女に迫った後に入内の噂に苦悩するさまを〈何も知らない〉父母が気遣う場面（当該場面直前のP.15〜16）に継承されていよう。また、『浜松中納言物語』は前述の通り『松浦宮』全体で踏まえられている先行の渡唐物語だが、同じく『うつほ』の影響を受けており、その物語展開の変奏も考えられる。『浜松中納言物語』の男主人公は、『松浦宮』の場合と同じく無事に渡唐かつ帰国して母との再会を実現させ孝養を果たしており、しかも渡唐の本来の目的であった亡父の転生への孝養の宿世は、渡唐により始動する恋の宿世と融合し、前稿で述べた通り『松浦宮』における氏忠と華陽公主との琴の宿世と恋の宿世の兼ね合いを支える先蹤ともなっている。『松浦宮』における琴の琴の物語展開をめぐる『うつほ』の影響のあり方も、唐土で琴の琴の奏が恋の物語展開へと収斂している点は『浜松中納言物語』を介した引用が考えられるのである。(30)

おわりに

『松浦宮物語』においては、作品全体で『うつほ物語』俊蔭巻における渡唐と孝養の相克、孝養と秘琴伝授の物語展開の枠組みを表立って示しつつ、当該場面では同じ『うつほ』というだけで本来は俊蔭の渡唐と別種の物語展開であるはずの、菊の宴・あて宮両巻の女君入内に伴う恋の悲嘆の物語展開の枠組みも匂わせている。その内実は、女君へのあやにくな恋心を、現実生活内で極端な言動＝渡唐へ駆り立てる破滅的な心情として、同一表現「血の涙」の重なりにおいて、〈同じ〉『うつほ』中の物語展開二種を濃淡つけて踏まえるというまとまりの下で、孝養と〈併せて〉描く仕組みであろう。平安後期物語を介した『うつほ』引用ゆえ、表現の重なりに伴う意味の〈兼ね合わせ〉を生む。孝養と重ねられ共存し得るようなあり方の恋ゆえ、あやにくな移り変わりも許される。その一端が渡唐決定の当該場面における「血の涙」の用い方で露わに示されているのではないか。

注

（1）前稿「『松浦宮物語』における〝破綻〟の方法」（日本文学52―12、平成15年12月）。

（2）萩谷朴校注訳『松浦宮物語』角川文庫、昭和45年（→『松浦宮全注釈』若草書房、平成9年）。三角洋一「『松浦宮物語』の意図をめぐって」（『物語の変貌』若草書房、昭和50年初出）、『松浦宮』翰林注、神尾暢子「松浦宮の菊花宴」（『大阪市立大学文学部創立五十周年記念国語国文学論集』和泉書院、平成11年）。冒頭表現の各要素は高橋亨「物語の発端の表現構造」（『物語文芸の表現史』名古屋大学出版会、昭和49年初出）に詳しい。

（3）時間的規定の論は神尾暢子「藤原定家の擬古措定」（『王朝文学の表現形成』新典社、平成3年初出）がある。

（4）注(2)諸論文、『松浦宮』諸注。作品末尾の貞観三年奥書＝〈偽跋〉の役割も諸論有。

（5）後掲おうふう、野口元大校注明治書院古典校注叢書、中野幸一校注訳小学館新編全集、上坂信男・神作光一校注訳講談社学術文庫俊蔭巻。笠間書院・勉誠出版刊両翻刻も参照。

（6）野口注(5)前掲書、新美哲彦「うつほ物語の諸本」（国文学研究137、平成14年6月）。

（7）巻内で異本表記が前田家本本文分22箇所、本文が前田家本の異本表記分9箇所、共通異本表記10箇所（影印解題分他に冒頭「今は昔」等）。当該場面の桂宮本異文「小舟に」→「舟に」。

（8）俊蔭巻冒頭場面の校異は浜田本系諸本が男主人公の父の紹介に「ありけり」を付す。

（9）以下、翰林注と称す。本稿は同書注釈の成果に負う所が大きい。伏見院本を底本とするが、本稿に関連する部分の校異は「参《まい》りたまひぬ」で後光厳院本「まいり給」のみ。

（10）伊原昭「くれなゐのなみだ」（『平安朝文学の色相』笠間書院、昭和42年）、持田早百合「『紅の涙』『血の涙』考」（実践国文学29、昭和61年3月）、菊地由香「平安朝和歌にみえる血涙・紅涙について」（東京成徳国文14、平成3年3月）、室城秀之「うつほ物語語彙雑考（一）」（国文白百合23、平成4年3月）、佐伯雅子「王朝物語における紅涙考」（『論集源氏物語とその前後5』新典社、平成6年5月）、ツベタナ‐クリステワ『涙の詩学』（名古屋大学出版会、平成13年）等、中村康夫「血」（『〈水〉の平安文学史』国文学研究資料館、平成17年）、森田直美「紅の涙と墨染の衣」（文学・語学184、平成18年3月）。

(11) 物語では最初の「紅の涙」地の文使用例といえる《伊原》が、広義の散文では『好忠集』詞書に『源氏物語』乙女巻例同様、緑袍との対比で用いられている例もある。
(12) 衣・紅葉・紅梅等の赤系統の贈り物に添えて贈る際に関連して用いた美的な表現「紅の袖」「もみぢ」、「血」「紅」を朧化した表現「色深き涙」「深き色」、「血の涙」「紅の涙」を前提として詩的・美的な技巧を施した表現「涙の色」「袖の色」がある。これは実作和歌における『古今集』〜『後撰集』の傾向の反映とみられる。「紅」を用いた表現の場合は本歌が『古今集』恋二―五九八貫之歌も多い《伊原・菊地・クリステワ・私見》。
(13) ただし、物語類以外では女性への使用もかなり見られる《中村》。
(14) 以上の分類の他、感涙を別にし『うつほ』の独創性とする見方《中村》もある。この他、宮谷聡美「実忠物語」（平安朝文学研究復刊6、平成9年12月）は、実忠の亡息まさこ君の親を恋う涙「唐紅の海」を母が詠み悼んだ長歌に、前述願文との共通性を見る。
(15) 神尾注(2)論文で〈移ろふ恋〉の形象共々指摘。翰林注に菊花宴の天武朝初見指摘。
(16) 中野幸一『うつほ物語の研究』（武蔵野書院、昭和56年）、大井田晴彦『うつほ物語の世界』（風間書房、平成14年）。
(17) 注(5)(14)(16)(18)(19)(27)論文や竹原崇雄・高野英夫・江戸英雄等実忠関係研究。
(18) 室城秀之「拒否される求婚者たち」（『うつほ物語の表現と論理』若草書房、平成8年）。
(19) 本宮洋幸「『うつほ物語』仲澄の絶えぬ思ひ」（中古文学80、平成19年11月）。他、大井田注(16)論文。
(20) 『松浦宮』成立期の両語の使い分けは後考を要すが、定家『五代簡要』での『古今集』素性歌・貫之歌からの各表現の書き抜きは語自体の分類規定とは言えないだろう。『俊頼髄脳』中では両語を言い換えている。その他、中世歌学の傾向は諸研究で論じられる。
(21) これに対し巻二には『後拾遺集』以降多い朧化表現「あらぬ涙ぞ色かはりぬべき」（〔三五〕P90、小P102）が梅里の女（実は鄧皇后）との逢瀬に対し用いられる。巻一に〈古代〉的な表現が偏る点は従来から指摘されている。
(22) 三角注(2)論文、朴南圭「『松浦宮物語』にあらわれる『孝』について」（物語研究会会報33、平成15年3月）等。
(23) 松村雄二「『松浦宮物語』の定家」（国文学研究資料館紀要19、平成5年3月）。

（24）安達敬子「『松浦宮物語』の方法」（『中世王朝物語の新研究』新典社、平成19年）。
（25）三角洋一「『松浦宮物語』の主題と構想」（『物語の変貌』若草書房、昭和49年初出）。
（26）萩谷朴「松浦宮物語は定家の実験小説か」（注（2）前掲書解説所収、昭和44年初出）。
（27）恋と孝養の関係は錦仁「『松浦宮物語』の方法」（『中世和歌の研究』桜楓社、昭和63年9月初出）に氏忠の官位と母の愛の〈充足〉の一方で母以外の女（恋人）の〈欠損〉が増すという見解もあるが、相反性は疑問。また、相反する方向の歌に同一表現を用いるあり方は前述『うつほ』実忠のあて宮への求愛と妻子に関わるやりとりに関し宮谷注（14）論文や本宮洋幸「実忠物語と求婚和歌」（日本文学55―12、平成18年12月）等で論ずる。
（28）菊地仁「物語作家としての藤原定家」（國學院雑誌82―2、昭和56年2月）、阿部真弓「松浦宮物語に見える須磨、明石巻の影」（詞林15、平成6年4月）。
（29）翰林注［二］章で表現の近似を指摘。〈何も知らない〉母については島内景二「旅の文学としての『松浦宮物語』」（『源氏・後期物語話型論』新典社、平成元年初出）に考察がある。
（30）『夜の寝覚』の天人伝授との関わりは前稿注（1）論文参照。

『河海抄』の「和漢朗詠集」
――主に朗詠注との関連から――

吉岡貴子

はじめに

『河海抄』は南北朝時代の貞治年間（一三六二～六八年）に、北朝方の廷臣である四辻善成が、時の将軍であった足利義詮に献上したとされる「源氏物語」注釈書である。「源氏物語」注釈史上における『河海抄』の評価は高く、現在の源氏研究にもその影響は及んでいる。ところがその一方で、『河海抄』の注釈記述の中には、一見しただけではその意を汲み辛い難解なものも多く、各注釈記述がどういった意図のもと記されているのかを考究する作業は、未だ充分にはなされていない(1)。

以前、こうした問題意識のもと、『河海抄』が引用する「伊勢物語」を取り上げ、そこに「伊勢物語」注釈書である『和歌知顕集』が多大なる影響を与えていることを考証した。その際、『河海抄』の注釈世界とは、「源氏物語」だけでなく、こうした「伊勢物語」をめぐる注釈世界をも内包する広がりを持つものだったのである。これは「伊勢物語」に限ったことではなく、『河海抄』が引用する各典籍についても想定し得る問題である。

と述べた。(2)

そこで今回は「伊勢物語」同様、成立以後、注釈書を残しながら綿々と読み継がれた「和漢朗詠集」を取り上げてみようと思う。果たして、『河海抄』はどういった理解のもと「和漢朗詠集」を引用し、注釈対象とした「源氏物語」本文をどのように理解していたのであろうか。

一

まずは『河海抄』が引用した「和漢朗詠集」について、全体的な視点から窺える傾向について述べておきたい。『河海抄』が『和漢朗詠集』所収の詩句を引用する箇所は全部で四十一箇所にのぼる。そのうちの六箇所に「朗詠」と出典明記されている。最も引用回数が多いのは、阪磨巻の三回であるから、特定の巻にこだわって集中的に「朗詠集」を引用したとは言い難い。また、『和漢朗詠集』側から見てみても、いずれかの部立、または詩句・作者にこだわって引用したといえるような徴証は看取されない。

これに加えて、『河海抄』に先行する注釈書に、(3)『河海抄』と同様の「朗詠集」引用が見られるかどうかを確認した。その結果、『河海抄』以前の注釈書に「朗詠集」の引用が見えない、つまり『河海抄』が初めて「朗詠集」の詩句を引用したと考え得る注記を十九例確認することが出来た。

『河海抄』において初めて引用された『和漢朗詠集』の詩句は次の通りである。

苔生石面軽衣短　荷出池心小蓋疎　物部安興　（巻上・夏・首夏）

載鬼一車何足畏　棹巫三峡未為危　中書王　（巻下・述懐）

蘘辺怨遠風聞暗壁底吟幽月色寒　順　（巻上・秋・虫）

雲衣范叔羇中贈　風櫓瀟湘浪上船　後中書王　（巻上・秋・雁付帰雁）
十八公栄霜後彰一千年色雪中　順　（巻下・松）
遺愛寺鐘欹枕聴香炉峯雪撥簾看　白　（巻下・山家）
都府楼纔看瓦色観音寺只聴鐘声　菅　（巻下・閑居）
柳無気力条先動池有波文氷尽開　白　（巻上・春・立春）
楚思淼茫雲水冷　商声清脆管絃秋　白　（巻上・秋・秋興）
一声鳳管秋驚秦嶺之雲数拍霓裳暁送緱山之月　連昌賦　（巻上・秋・蘭）
朝候日高冠額抜　夜行沙厚沓声忙　聯句　（巻下・禁中）
鶯声誘引来花下　草色拘留坐水辺　白　（巻上・春・鶯）
昔為京洛声華客　江湖潦倒僧　白　（巻下・老人）
迸笋未抽鳴鳳管盤根纔点臥竜文　中書王　（巻下・竹）
雖愁夕霧埋人枕　猶愛朝雲出馬鞍　江相公　（巻上・秋・霧）
床嫌短脚蛬声劇壁厭空心鼠穴穿　野　（巻上・秋・虫）
曾非種処思元亮　為是花時供世尊　菅　（巻上・秋・前栽）
前頭更有蕭条物　老菊衰蘭両三蘂　白　（巻上・秋・蘭）
漢主手中吹不駐徐君塚上仰猶懸　行葛　（巻下・風）

『河海抄』が「朗詠集」を引用した箇所は全部で四十一あった。(4) その約半分に相当する十九箇所について、『河海抄』が初めて「朗詠集」を引用しているのである。『河海抄』に至るまでの初期源氏注釈の流れを踏まえてみると、『河海抄』は「朗詠集」を積極的に自身の注釈にとりこもうとしたと言えるであろう。

また、この十九例の内訳は、本朝作のものが十二例。唐土作のものが七例となっている。本朝のものが多いことから、『河海抄』が本朝の人物の手に成る詩文を「朗詠集」から引こうとしたことが窺えよう。また、『朗詠集』の成立期を考えれば当然かもしれないが、延喜天暦期の人物によって作られた詩文が目立つことにも留意したい。なぜなら、『河海抄』がその注釈の中で唱えた准拠論(5)と、これら「朗詠集」引用に、通底するものがあるのではないかと考えられるからである。

先行注釈との比較によって、『河海抄』における「朗詠集」引用の傾向を考えてきたわけであるが、『河海抄』は「朗詠集」を引用する際、先行注釈を従順に受け継ぐだけでなく、そこに留まらない注釈を展開していた可能性が高いのではないだろうか。『朗詠集』が載せる本朝の詩文、中でも延喜天暦期の人物の詩文を多く引用しているのである。こうした傾向は、『河海抄』が「朗詠集」に収録されている詩文に対し確固たる理解や知識を持った上で引用した結果、表出したものなのではないだろうか。そこで今回は、先の十九例のうち「中書王」、つまり兼明親王の詩文を引く注釈記述を取り上げ、考察を加える。

二

まずは『河海抄』横笛巻に見える、次の注記を見ていく。(6)

みてらのかたはらちかきはやしにぬきいてたるたかうなそのわたりの山にほれるところなとの山さとにつけてはあはれなれはたてまつれ給

尋泉上山遠看笋出林遅　白氏文集

大宮日記云延長六年亭子院よりたかうなたてまつれ給へり御使よしふかいねりの大うちき給
迸笋未抽鳴鳳管盤根纔点臥竜文　朗詠
詞花
冷泉院へたかうなたてまつらせ給とてよませ給ける
　　　　　　　　　　　　花山院御製
　世中にふるかひもなき竹のこはわかつむとしをたてまつる也
御返し　　　　　　　　　　冷泉院御製
　年へぬる竹のよはひをかへしてもこのよをなかくなさんとそ思
拾遺第十六春ものへまかりけるにつほさうそくして侍ける女ともの野へに侍けるをみてなにわさするそと
とひけれはところほるなりといらへけれは
　　　　　　　　　　賀朝法師　延喜比定額御導師
　春の野にところもとむといふなるはふたりぬはかりみてたりや君
返し　　　　　　　　　　よみ人しらす
　春の野にほる〳〵みれとなかりけり世に所せき人のためには

ここに「朗詠」という出典とともに引用された「迸笋未抽鳴鳳管　盤根纔点臥竜文」は、『和漢朗詠集』巻下・竹に収録されている詩句である。[7]『朗詠集』に「中書王」とあることから兼明親王の詩であることが分かる。注釈対象となった『源氏物語』本文[8]「みてらのかたはらちかきはやしにぬきいてたるたかうなそのわたりの山にほれるところなとの山さとにつけてはあはれなれはたてまつれ給」は、年若く出家してしまった女三の宮のもとへ、父である朱雀院より自身の住まい近くで採れた「たかうな」（筍）と「ところ」（山芋）が、手紙とともに贈られてきたことを記した一文である。

この一文に対する『河海抄』の注は先掲の通りであるが、「たかうな」と同語もしくは同義語が使われる「白氏文集」[9]・「大宮日記」[10]・「朗詠集」・花山院と冷泉院の贈答歌（『詞花和歌集』巻第九収録歌）[11]を列挙し、その後、「ところ」を使用する「拾遺集」の賀朝法師歌を引用している。[12]つまり『河海抄』は、「源氏物語」本文のうち「たかうな」と「ところ」に注目して、同じ言葉を使用する諸文献の記事を引用しているのである。[13]

まず冒頭に引かれる「白氏文集」は、「たかうな」だけではなく、物語中の「はやし」や「やま」などの言葉と同じ「林」や「山」といった表現が含まれており、当該物語本文の下敷きとなった表現として、ここに引かれたのではないだろうか。また「大宮日記」として引用された記事には、延長六（九二八）年に「亭子院」、つまり宇多院から「たかうな」が贈られてきたことが書かれている。宇多院から竹の子が贈られてくる「大宮」としては、「天暦太后」と呼ばれた醍醐帝中宮・穏子が想定される。つまり、義父である宇多院から竹の子が贈られてきたことが、ここには記されているのである。「朗詠集」を挟んで、その後には、「冷泉院へたかうなたてまつらせ給とてよませ給ける」という題詞によって明らかなように、花山院が父である冷泉院へ竹の子を贈った際に交わされた贈答歌が引用されている。その後の「拾遺」賀朝法師歌は、朱雀院が山菜とともに女三の宮へ贈った「世をわかれ入りなむ道はおくるとも同じところを君もたづねよ」歌と同じく、「ところ」と「所」を掛ける例として、ここに引用されたのであろう。[14]

当該注記を一通り見てみると、「朗詠」前後の記事にある共通点が見える。それは皇室の人々が「たかうな」を贈答しているということである。またそこに、「父と子」という構図も見出せよう。特に後者の共通点に留意したい。なぜならこの「父と子」の構図は、『河海抄』が注釈対象とした「源氏物語」本文箇所の内容や設定（朱雀院から女三の宮へ山菜が贈られた）と呼応する、重要な要素と考えられるからである。例えば「朗詠集」引用直後の花山院と冷泉院の贈答歌を見てみると、子である花山院は父院の長寿を願い、また父である冷泉院は息子・花山帝の世が長く続くことを願っている。ここには、単なる「父と子」という構図だけではなく『源氏物語』に描かれる朱雀院が女三の宮の身の上を案じるような、親子の間で交わされた情愛までも見て取ることが出来るのである。こうした内容の記事に挟まれる恰好で引用されるのが「朗詠集」収録の中書王作「迸笋未抽鳴鳳管　盤根纔点臥竜文」なのである。

「迸笋未抽鳴鳳管　盤根纔点臥竜文」が、兼明親王によって作詩されたものであることを思い合わせてみると、皇室の人物が「たかうな」に思いを寄せて作った詩であること、また、各記事に記された内容の年代を意識して「大宮日記」・「朗詠」・花山院冷泉院贈答歌の順で並べられているのだろうというところまでは見当がつく。ただし、先ほど重要な要素とした「父と子」の構図を、この詩文から読み取ることは出来ないのである。

ここで『河海抄』が書かれた当時、「迸笋未抽鳴鳳管　盤根纔点臥竜文」がどのように理解されていたのか確認する必要が出てくるのである。朗詠注は現在までに数種のものが現存・伝来しているが、そのうち「見聞系朗詠注」と「和漢朗詠集永済注」と呼ばれるものの中に、次のような記事が見える。

・国立国会図書館蔵見聞系朗詠注『和漢朗詠注』四(15)

迸笋者、延喜御時、禁中竹被殖シニ、始笋生出。前中書王御覧シテ、作ラセ給也。迸《ヘイハ》、ハヒコルト読也。鳴鳳管者《ト》、笙笛《ノ》也。昔黄帝臣《ノニ》、伶倫《レイリン》氏《ト》云《フノ》者、…（以下略）

・細川家永青文庫蔵和漢朗詠集永済注『和漢朗詠抄注』下本(16)

迸笋《ヘイシュンハ》　未抽《タヌキテスメイ》　鳴鳳管《ノクワンヲハン》一　盤根纔點《ハニテムスクワ》　臥龍文《ノモンヲ》一　禁庭《ニ》植竹《ヲ》一　前中書王

此詩、注ニ、禁庭トイハ内裏ノニハナリ。延喜ノ御時、禁中ニ竹ヲウヱラレタリケルカ、ハシメテ、タカウナノ、ヲヒイテタリケルヲ、前中書王ノ御覧シテ、ツクラセ給ヘル詩也。上句、迸笋トハ、葉ヒコレル笋ト云事也。ハヒコレルトハ、ヒロコレル也。鳴鳳管トハ、筌ノフヱヲ云也。ムカシ、黄帝ノ臣ニ伶倫氏トイヒシモノ、…（以下略）

「見聞系朗詠注」は院政期以前、「永済注」は鎌倉初期成立と目される「朗詠集」の注釈書である。これらの書物には、それぞれほぼ同じ文言が載せられている。それは「延喜御時、禁中竹被殖シニ、始笋生出。前中書王御覧シテ、作ラセ給也。（延喜ノ御時、禁中ニ竹ヲウヱラレタリケルカ、ハシメテ、タカウナノ、ヲヒイテタリケルヲ、前中書王ノ御覧シテ、ツクラセ給ヘル詩也。）」という、この詩が作られた背景に触れるものである。この記事によれば、兼明親王が思いを寄せた「笋《たかうな》」とは、父である醍醐天皇が禁中に植えた竹から初めて生出でた「たかうな」ということとなり、その様子に心動かされて、息子である兼明親王はこの詩を作ったということになる。この経緯が史実であるかどうかはさておき、そうした理解が中世期にあった[17]ことに注目したい。こうした作詩事情が、『河海抄』執筆当時、詩文とともに伝承されていたとするならば、「迸笋未抽鳴鳳管　盤根纔点臥竜文」の背景にも、父帝を思う子の姿、つまり「父と子」の構図を見出すことが可能となってくるのである。このように「朗詠注」を見合わせることで、『河海抄』[18]の当該注記中に一つの統一した志向を見ることが可能となるのである。

ちなみに『河海抄』に先立つ『紫明抄』は当該本文箇所に次のような注を施している。

御てらのかたはらちかきはやしにぬきいてたるたかうなそのわたりの山にほれるところなとの山さとにつけてはあはれなれはたてまつれ給

花山院より冷泉院にたかうなたてまつり給とて

世中にふるかひもなきたけのこはわかへんとしをたてまつるなり
　御かへし
いろかへぬたけのよはひをかへしてもこのよをなかくなさんとそ思ふ

親子の情愛が描かれており、注釈対象となる物語本文と最もよく響き合うとした花山院冷泉院贈答歌に関しては、『紫明抄』がすでに引用していた。この注を受け、更に内容を充実させたのが、見てきた『河海抄』当該注記だったのではないだろうか。『河海抄』は正にここで、先行注釈を受けながらも、そこに留まらない注釈を展開しているのである。その展開の中に「朗詠集」引用が含まれているのであった。

三

『河海抄』箒木巻には、次のような注記がある。

おいらかにおにとこそゐたらめ
載《セタリトモ》二鬼一車《ニ》一何《ソ》足《ラン》レ畏《ヲソル、》　棹《ニサホサストモ》二巫《フノ》三峡《カウニ》一未《タ》レ為《セ》レ危《アヤウシト》　前中書王
雄《ヲ》丹《ニ》　伊勢物語真名本

ここに引用されているのは、『和漢朗詠集』巻下・述懐にある「載鬼一車何足恐　棹巫三峡未為危」である。作者は再び「中書王」、兼明親王である。注釈対象となったのは、『源氏物語』帚木巻にある「おいらかに鬼とこそ向かひゐたらめ」(19)である。これは、雨夜の品定めの中で、式部の丞が博士家の女性との結婚について語った後、その内容が余りに奇怪であったため、驚き呆れた公達が、「いづこにさる女かあるべき。おいらかに鬼とこそ向かひゐたらめ。むくつけきこと」と、式部の丞を揶揄する言葉の中に見える文言で、「いっそのこと大人しく鬼

を相手にしていた方がましだろう」という意の一文である。

ここに『河海抄』は、物語本文に見える「鬼」を使う「載鬼一車何足恐　棹巫三峡未為危」を引用してくるわけだが、この詩は現在、作者である兼明親王の、左大臣にまで昇進を遂げながら、譏言に遭い嵯峨小倉山荘に隠居したという不遇な生涯に引き寄せて解釈するのが通説となっている。すなわち、「鬼と一車に乗り合わせることも、難所で知られる巫山の三峡を船で下ることも、人の心のおそろしさに比べれば、それほど恐ろしいことでも、危険なことでもない」という解釈が施されているのである。

だが、「載鬼一車何足恐　棹巫三峡未為危」をそうした内容の詩と解すると、注釈対象となった『源氏物語』本文と内容的に呼応するところが皆無となってしまい、『河海抄』の注釈意図を汲み取ることが出来なくなってしまう。『源氏物語』の「鬼」とは、珍奇な恋愛の顚末を語る者への冷やかしとして使われた言葉であったが、一方の『朗詠集』の「鬼」とは、人生の思うにまかせぬことへの失望と悲哀を語る際に引き合いとされた「鬼」なのである。果たして、『河海抄』はただ「鬼」という言葉の一致だけをたよりに、当該注記にこの詩文を引いたのであろうか。ここに至り、『河海抄』が書かれた頃、この詩文がいかに解されていたのかを探る必要が出てくるのである。

平安末から鎌倉頃にかけて成立した朗詠注を見てみると、現在の通説とは異なる解釈のあったことが分かる。ここでも先に取り上げた「見聞系朗詠注」を見てみる。

・国立国会図書館蔵　見聞系朗詠注『和漢朗詠注』七

載鬼一車者《ト》、漢《ノ》盧《ロ》充《ト》云人《ハ》、范陽人也。城西行《シ》テ三十里、崔少荷《ト》二云者ノ有塚一。盧充狩《カリ》ストテ、麞《ヲ》塚《ノ》中《ヘ》追込タリ。塚《ツカノ》内《ニハ》有家一。昔崔少《シ》、東廂取《ヲ》ツクロイ、入盧充《ヲ》一対面《シテ》二云ク、我有《ニ》二善女一。奉《ト》二御辺《ニ》二云ヘハ、盧充諾《ウケカイ》スル時、実《ニ》幽ナル善出《キセリ》二美人《ヲ》一。盧充彼契《ニ》テ、四、五日ヲ経テ、塚《ノ》中《ヲ》出《ケ》ル時、崔少カ云ク、我女、郎《ヲ》妊《セリ》。三年三月云《ト》時、必《ス》奉ルヘシト云ケリ。其後盧充出《テ》、三年三月《ニ》モ成リヌ。有河《ノ》岸《ヲ》トヲルニ、イミシケ厳《ニカサリ》タル車、水上《ニ》浮タリ。アヤシト見レハ、何哉、チキリシ崔少娘《カ》、三歳計ナル小児《ヲ》懐《テ》、与《ヘ》二盧充《ニ》一、並《ニ》、金鋺《ウン》一枚、詩一首《ヲ》送《リ》、其後ハ母《ハ》不見。成長後《テ》、多《ノ》国《ノ》守《ト》成レリ。此、載鬼《ヲ》一車《ニ》一トモ何ソ足トハ恐《ニ》一、彼《ノ》崔少《カ》亡魂也。魂ヲハ、鬼云ト書ケリ、其ト一乗《ニリ》タリシカトモ、我子ナレハ、足《ラント》恐《ニ》二云也。巫三峡者《ト》、巫峡《ノ》水《ハ》、舟《ノ》難、大行《ノ》路《ハ》、車《ノ》難所也。而レハ、巫三峡ニハ、棹《スト》モ危シ。タヽ人ノ心《ヲ》ヲソロシキ《ト》也。

波線部が、「載鬼一車何足恐」への注に相当する。「見聞系朗詠注」は、この部分の典拠として「盧充幽婚」[20]譚を取り上げているのである。この説話の内容を「見聞系朗詠注」に記された内容に沿って簡単に紹介すると、范陽の人、盧充が、狩の獲物を追ううちに崔少府という人物の塚に迷い込む。すると家が現れ、崔少府の出迎えを受ける。崔少府は盧充を家に招き入れ、自分の娘と結婚するよう彼に請うのであった。盧充は崔少府の願いを受諾し、その娘と契りを交わし、数日後、塚をあとにする。その出来事から三年後、水辺で禊ぎをしていた盧充のもとにその娘が車に載って現れ、盧充との間に出来た子と、金鋺、詩一首を手渡す。以来、彼女は盧充とも我が子とも、もう二度と会うことはなかった。その時、盧充に手渡された子は、成長して数郡を歴任する太守となったという内容のものである[21]。

同説話は『和漢朗詠集私注』・「和漢朗詠集永済注」にも取り上げられているが、何より「見聞系朗詠注」の記事の中で注目したいのは、「鬼」が何を指した言葉であるかについて明確に述べている点にある。注釈記述中の、「此、載鬼《ヲ》一車《ニ》一トモ何ソ足トハ恐《ニ》一、彼《ノ》崔少《カ》亡魂也。魂ヲハ、鬼云ト書ケリ、其ト一乗《ニリ》タリシカトモ、我子ナレハ、足《ラント》恐《ニ》二云也。」という言葉がそれに当たる。ここには、兼明親王の「載鬼一車何足恐」という詩文の一節にある「鬼」が、「崔少カ亡魂」。つまり盧充が契った亡女を指すと定義付けられているのである。
この「鬼」解釈や盧充幽婚譚の内容を念頭に置いて、『河海抄』の注釈に立ち返ってみれば、先に不審とした注釈意図も通じるであろう。注釈対象となったのは、式部丞が博士家の女性との結婚について語った時に、その話を聞いた公達が「そらごと」という感想とともに投げかた「おいらかに鬼とこそ向かひゐたらめ。」という言葉であった。[22]すなわち「源氏物語」と「朗詠集」双方の「鬼」に、不思議な男女の関係、現実には有り得ないような奇妙な結婚を語るという共通点を見出すことが出来るのである。「鬼」を「崔少カ亡魂」とするならば、『河海抄』は、「おいらかにおにとこそゐたらめ」という物語本文を「いっそのこと死んだ女を相手にしていた方がましだ」と解していたのではないだろうか。更に付け加えておくならば、式部丞と博士家の女の結婚と盧充と崔少府の女の結婚の間には、女側の父親がその結婚を強く望み、二人の仲を取り持つという共通点も見出せるのである。[23]
このように、『河海抄』の「朗詠集」理解は、朗詠注と接するところがあったと考えられる。この箒木巻の「朗詠集」引用注記を読み解く際にも、朗詠注が果たした役割は大変重要なものだったのである。『河海抄』は「鬼」という言葉の一致だけに因って、機械的に「載鬼一車何足恐　棹巫三峡未為危」を引用したのではなく、物語本文の語る内容に即応すると判断した上で、この詩句をここに引用したと考えられるのである。

四

ここまでの考察の中で、具体的に取り上げた朗詠注は、「見聞系朗詠注」と「永済注」であった。

『河海抄』箒木巻注記に関する考察の中で具体的に取り上げることはしなかったが、「永済注」が「載鬼一車何

足恐　棹巫三峡未為危」に対して付した注は、次のようなものであった。

• 細川家永青文庫蔵和漢朗詠集永済注『和漢朗詠抄注』下末

此詩ノ心ハ、人ノ心ノオソロシク、人ヲタノムコトノアヤフキコトヲ云也。上句ハ、昔、殷ノ紂《チウ》王トキコエシミカト、人ノクヒヲ、オホクキリテ、車一両ニツミテ、ミヤノウチノ人、コレヲミルモノ、或ハタヘイリ、或ハナカクシニハツルモノアリ。或ハハシリタフレ、或ハナカク狂乱スルモノアリトイヘリ。カレハ、ナヲオソロシカラス、人ノ心ソオソロシキト云也。又、盧充《ロシウ》トイフ人ハ、花陽城ノ人也。城ノ西卅里ニ、崔《サイ》少府トイフモノ、ハカアリ。充、カリストテ、ヲシカヲ、ヒテ、カハカノホトリニイタルホトニ、タチマチニ、ミレハ高キ門アリ。ウチニ朱屋アリ。人アリテ、充ヲマネキイレテ、東廊ニスヘツ。スナハチ、崔氏、ムスメヲイタシテ、充ニアハセタリケレハ、充、交接シテケリ。崔少府カイワク、ウメラム子、男ナラハ汝ニヲクラム。女ナラハ、コ、ニト、メムトイヒケリ。スナワチ、充ヲクルマニノセテ、ヲクリケリ。イヘニカヘリテ、トシツキヲフルホトニ、三月三日、充カ、ソノホトリニアソヒケツニ、ミレハ、フタツノコウシ、車ヲヒキテ、水ノウヘニウキシツミツ、、ヤ、チカツキテ、キシニノホリタルヲミレハ、サキニアヘリシ崔氏カムスメナリケリ。三オナル男子ヲイタキテ、クルマニノレリ。コノチコヲ充ニアタヘテイワク、コレキミノコナリ、トイヒケリ。ナラヒニ詩一首ト金椀トヲヲクリテ、ワカレヲツケテ、ミヘスナリヌ。ソノチコ、ヒト、ナリテ、数郡ノ二千石ヲヘテ、ツヒニ丞相ニイタリニケリ。志怪ニミヘタリ。鬼一車トハ、コレヲ作也云々。下句、巫三峡トイハ、江州ニ、ミツノ三峡アリ。ソノ処ニヤマカハアリ。ソノミツ、イヒシラスハヤキナリ。文集云、巫峡之水能覆舟、若此人心是安《シツカナル》流云々。

ここには盧充幽婚譚が引かれる一方で、現在の通釈に通じる「此詩ノ心ハ、人ノ心ノオソロシク、人ヲタノムコトノアヤフキコトヲ云也。」という解釈が見え、この解釈に相応しい故事として殷の紂王の話が引かれている。これを受けてであろうか、「永済注」以降の成立とされる朗詠注には、殷の紂王の故事のみが取り上げられ、盧充幽婚譚は引用されなくなるのである。すなわち、「載鬼一車何足恐　棹巫三峡未為危」解釈の変遷を見ていった時、「永済注」はちょうど分岐点にあると考えられるのである。これにより『河海抄』における「朗詠集」引用の意図を探る時に参照すべき朗詠注の目安として、「永済注」以前の成立したものであることが条件となるのである。

「見聞系朗詠注」や「永済注」に先行する朗詠注として『和漢朗詠集私注』があるが、本書と『河海抄』の「朗詠集」理解の間に何らかの関連性は見出せるのだろうか。

『私注』は「迸笋未抽鳴鳳管　盤根纔点臥竜文」に対し、次のような注を施す。

迸笋未《ハ》レ抽二鳴鳳管《ヲ》一　盤根纔點二臥竜《ノ》文《ヲ》一

禁庭植《ニ》レ竹詩。西涼殿。前《ノ》中書王。千字文注云、昔伶倫氏、黄帝《ノ》臣也。於二大夏之西、崑崙《ノ》之陰《ニ》一取レ竹為二黄鐘之管《ヲ》一。製二十二ケ孔《ヲ》一、以像二鳳凰雌雄之声一。即定二律呂《ヲ》一分《ッ》二星次一也。下句詳。(24)

このように『私注』は「見聞系朗詠注」や「永済注」に見えた「延喜御時、禁中竹被殖シニ、始笋生出。前中書王御覧シテ、作ラセ給也。」と同様の情報を提供し得るだけの注記を載せていないのである。このため、今回の考察で詳しく取り上げることはしなかった。

以上のことから、『河海抄』の「朗詠集」(25)引用に検討を加える際に参照すべき「朗詠注」として、「見聞系朗詠注」及び「永済注」が挙げられるのである。

おわりに

兼明親王の詩文をたよりに、『河海抄』が引用する「朗詠集」について考察を加えてきた。『河海抄』の注釈意図を斟酌していくと、当初の目論みのように、准拠論を念頭において「朗詠集」が引用されているのではないことが分かってきた。『河海抄』が「朗詠集」を引用する理由や目的を考究する上で最も重要となるのは、注釈対象となる「源氏物語」本文とその内容ではなかったか。あくまで『河海抄』は、「源氏物語」本文を解釈するという態度のもとに、「朗詠集」を引用しているように見受けられるのである。

「伊勢物語」引用をめぐる考察でも指摘したことであるが、『河海抄』は、同じ言葉を用いる文献を無作為に引用するのではなく、対象とする物語本文と呼応する内容を語る文献を引用しようと努めているのではないだろうか。今回の「朗詠集」引用に関する考察においても、一見無意味に見えた注記を、朗詠注を見合わせることで、「源氏物語」本文に沿う内容の注記と見直すことが出来た。そこには、現在の我々の手法とは異なるものの、注釈対象とする「源氏物語」本文をより深く理解しようという真摯な姿勢が垣間見えるのである。[26]

『河海抄』の注釈（いかに「源氏物語」を読んでいたのか）を的確に把握するためには、引用される各文献が当時どのように読まれていたのか。つまり各文献の背後に「注釈」の存在を想定しておくことが、きわめて重要となってくるのである。

注

（1）　こうした問題意識のもと『河海抄』の注釈を読み解いたものとして、島崎健氏「河海抄の方法―かしこには―」（京

都大学「國語國文」第四十三巻第一〇号（通四八二号）、一九七四年一〇月）がある。

（2）拙稿「『河海抄』と『和歌知顕集』―「伊勢物語云」の意味するものとは何か―」（「中古文学」第七十九号、二〇〇七年六月）参照。

（3）確認した先行注釈のテキストは次の通り。『源氏釈』（渋谷栄一氏編『源氏釈』、おうふう、二〇〇〇年一〇月）、『奥入』（池田亀鑑氏編『源氏物語大成』巻七〈研究資料編〉、中央公論社、一九五六年一一月）、『紫明抄』（玉上琢彌氏編『紫明抄・河海抄』、角川書店、一九六八年六月）、『異本紫明抄』（ノートルダム清心女子大学古典叢書第二期ノ一『紫明抄』一～五、福武書店、一九七六年五月）。

（4）『河海抄』が「朗詠」と出典明記する六例の注記全てが、この十九例に含まれている。

（5）『河海抄』巻第一「料簡」に、「物語の時代は醍醐朱雀村上に准スル歟桐壺御門は延喜朱雀院は天慶冷泉院は天暦光源氏は西宮左大臣如此相當スル也」とあることを指す。『河海抄』引用本文については、注（6）参照。

（6）『河海抄』本文は、玉上琢彌氏編『紫明抄　河海抄』（角川書店、一九六八年六月）所収の翻刻本文（石田穣二氏校訂）を引用した。あわせて本書の底本である天理大学附属天理図書館蔵文禄五年書写本のマイクロ複写を参照した。

（7）『和漢朗詠集』本文は、小学館新編日本古典文学全集十九『和漢朗詠集』（菅野禮行氏校注・訳、一九九九年一〇月）を引用した。

（8）『源氏物語』本文は、小学館新編日本古典文学全集『源氏物語』①～⑥（阿部秋生氏ほか校注・訳、一九九四年三月～一九九八年四月）を引用した。この本文箇所は第四巻三四六頁一五行目～三四七頁二行目。

（9）那波本『白氏文集』第十六「閑遊」の中に同文が見える。参照したテキストは『白氏文集歌詩索引』下冊（同朋舎出版、一九八九年一〇月）所収の陽明文庫蔵本の影印本文である。

（10）不明。同記事を収める文献は未見。散逸書か。

（11）『詞花和歌集』巻第九、雑上、三三一・三三二番歌。テキストは新日本古典文学大系『金葉和歌集　詞花和歌集』（岩波書店、一九八九年九月）を参照した。

（12）この拾遺歌は、贈り物とともに贈られた手紙にある朱雀院詠歌「世をわかれ入りなむ道はおくるとも同じところを君もたずねよ」（新編全集第四巻三四七頁五〜六行目）を意識しての引用であろう。

（13）『拾遺和歌集』巻第十六、雑春、一〇三二・一〇三三番歌。テキストは新日本古典文学大系『拾遺和歌集』（岩波書店、一九九〇年一月）を参照した。

（14）新編全集第四巻三四七頁五〜六行目。

（15）伊藤正義氏・黒田彰氏編『和漢朗詠集古注釈集成』第二巻上、（大学堂書店、一九九四年一月）に翻刻されている「国会図書館本和漢朗詠注」より本文を引用した。この本は「見聞系朗詠注」の伝本中、唯一の完本とされるものである。

（16）『和漢朗詠集古注釈集成』第三巻、（大学堂書店、一九八九年一月）に収録されている翻刻本文を引用した。あわせて翻刻本文の底本である細川家永青文庫叢刊第十三巻『倭漢朗詠抄注』（汲古書院、一九八四年九月）所収の影印本文を参照した。

（17）室町初期以前に成立かとされる「書陵部本系朗詠注」にも、「此詩《ハ》、延喜《ノ》御庭《ニ》、竹《ヲ》殖《ケルカ》、始《テ》タカンナ生出《イテ》タルヲ、中書王御覧《シテ》、作《レル》也。」とある。取り上げた「朗詠注」に共通して「延喜」という言葉が見えることに注意したい。

（18）『紫明抄』本文は、玉上琢彌氏編『紫明抄　河海抄』（角川書店、一九六八年六月）所収の翻刻本文（山本利達氏校訂）を引用した。

（19）新編全集第一巻八八頁九行目。『河海抄』が示した物語本文と異同があるため、『源氏物語大成』及び『源氏物語別本集成』第一巻（桜楓社、一九八九年三月）、『源氏物語別本集成続』第一巻（おうふう、二〇〇五年五月）を確認したが、本文異同は確認されなかった。

（20）『蒙求』の標題により、この説話をこのように呼ぶこととする。

（21）『法苑珠林』巻第七十五に引かれる同説話によると、女が子とともに手渡した金鋺を盧充が市に出したところ、この女が親に惜しまれながら未婚のまま死したことが明らかとなるという続きも伝わっている。

（22）当該『源氏物語』本文は次の通り。

君たち、あさましと思ひて、「そらごと」とて笑ひたまふ。「いづこのさる女かあるべき。おいらかに鬼とこそ向かひゐたらめ。むくつけきこと」と爪《つま》はじきをして、言はむ方《かた》なしと式部をあはめ憎みて、「すこしよろしからむことを申せ」と責めたまへど、「これよりめづらしきことはさぶらひなむや」とてをり。（新編全集第一巻、八八頁七行目～一三行目）

(23)『源氏物語』帚木巻に、
それは、ある博士のもとに学問などしはべるとてまかり通ひしほどに、あるじのむすめども多かりと聞きたまへて、はかなきついでに言ひよりてはべりしを、親聞きつけて、酒坏《さかづき》もて出《い》でて、『わが両《ふた》つの途《みち》歌ふを聴《き》け』となむ聞こえごちはべりしかど、をさをさうちとけともまからず、かの親の心を憚《はばか》りて、さすがにかかづらひはべりしほどに、（新編全集第一巻、八五頁一一行目～八六頁一行目）
とあることによる。

(24) 伊藤正義氏・黒田彰氏・三木雅博氏編『和漢朗詠集古注釈集成』第一巻（大学堂書店、一九九四年一月）所収、東京大学文学部国語研究室蔵本の翻刻本文を引用した。

(25) 各朗詠注の書誌については、『和漢朗詠集古注釈集成』第一～三巻冒頭に掲載されている「解題」を参照した。

(26) 稲賀敬二氏「源氏物語の源泉とそのうけとめ方―研究史初期における若干の問題―」（「国文学解釈と鑑賞」第三十四巻第六号、一九六九年六月）参照。

高鳥天満宮拝殿天井画「百人一首歌仙絵」について

長谷川　正　樹

図１　高鳥天満宮拝殿百人一首天井画

神前に頭を向けた座像の歌仙絵99枚が並べられている。

一　板東太郎の百人一首天井画

かつて利根水運(1)で栄えた上州邑楽郡飯野河岸（現在の板倉町大箇野地区）にほど近い、利根川左岸の谷田川右岸に鎮座する高鳥天満宮の嘉永元年に再建された拝殿の柱や梁には、邑楽郡館林大久保村（現在の板倉町大箇野地区）高瀬仙右衛門らの住所と名が刻まれ(2)、さらに上野、下野、常陸、武蔵各国の住民たちが奉納した絵馬や額が掲げられている。そして、天井には水害や水利で対立と融和を繰り返してきた利根川右岸に住む人々の名が記された百人一首の天井画がはめ込まれている(3)〈図１〉。幕末から終戦まで、板倉は開拓や出征、数度の洪水や足尾銅山から流れ出た鉱毒の被害等の諸々の事情によって、かつての天満宮を語れる者を探すのは困難である(4)。高鳥天満宮の由緒を記した文書も今は所在が不明である。(5) 本論では、高鳥天井画の制作環境や構成、描かれた図像の見方を、天井画の紹介として述べる。

二　高鳥天満宮拝殿再建に立ち会った絵馬師、「紅翠斎門人北尾重光」のこと

高鳥天満宮拝殿再建の直前の天保年間から「東都画所北尾紅翠斎門人北尾重光」(6) という人物が館林に在住して多数の絵馬を制作し(7)、館林を中心として、北は鹿沼市（旧粟野町域）から南は桶川市、東は小山市から西は足利市の利根川流水域の寺社に奉納していた。

重光が制作した絵馬で現存する最初の作品は天保九年、「喜多尾重光筆印」と表面右端に署名し、館林市観性寺に奉納した「女性図」（願主は目車町の庄田氏）〈図2〉である。その後重光は弘化三年から「渓斎」と名乗り、現存する最後の絵馬である、明治十五年足利市御嶽神社奉納「家族参詣図」まで、年代不明のも含めて百枚を超える絵馬を制作した。高鳥天満宮にも嘉永元年に「天満宮本殿建築図」を、嘉永六年に「道真・渤海国使と詩文競読図」を制作、奉納している。

図2　喜多尾重光「女性図」

顔のあたりの拡大
女といえども、男役者のような勇ましい趣である。

「紅翠斎」から「渓斎」と画号を変えた重光について、戦前、小林清四郎という者が、「江戸の人にして、若き時徳川大奥の風俗を浮世絵に描き過つて幕府の忌諱に觸れ、江戸構ひ仰付られ、即江戸に居られなくなり館林に来り田町の東側に住して絵馬幟を描きて業とした」(8)と語っているが、江戸での活動は確認できていない。また、矢島新氏は、「重光が二十代半ばで館林に拠点を定め、絵馬を描き始めた経緯は不明である。紅翠斎門人を称しているが、北尾重政との直接の師弟関係は考えられず、北尾派とのつながりを確かめることはできない。画風からはむしろ葛飾派との親近性が感じられる」(9)と推論を述べている。初期の作品で「東都画所」と記していることから、最初は江戸で絵馬師稼業を始め、後に館林に移り住んだと仮定しておきたい(10)。江戸を追われ館林に身を寄せたという重光の制作活動は、水運や街道で江戸と館林が密に結びついていたことを再確認させる。金箔をちりばめ、華やかに彩色され、裳や扇の面にまで文様や景物が描かれている天井画は、重光の関与こそ認められないが、重光同様、江戸に由来する文化の受容をうかがう作品である。

三　高島天井画の構成と見方―人麿歌仙絵から―

渓斎北尾重光は建築の様子を描いた絵馬を制作することで参画した嘉永元年の高島天満宮拝殿再建であるが、百人一首天井画には、制作年代は書かれておらず、制作事情を伝える額や文書もない。拝殿の天井に、北にある神前に頭を向け、神前から向かって左側（東側）の神前寄りに天智天皇を、向かって右側（西側）の最も神前から離れたところに順徳院を置き、南北九枚東西十一枚の九十九枚が天井に一枚一枚を格子で仕切られながら並べられている。残る一枚は菅家歌仙絵で、現在は神前に置かれているが、もともとどこに置かれていたかは不明である。

天井画は縁の種類で分けると〈図3、4、5〉の三種の構図に分かれる。

図3　雲繝縁の歌仙絵

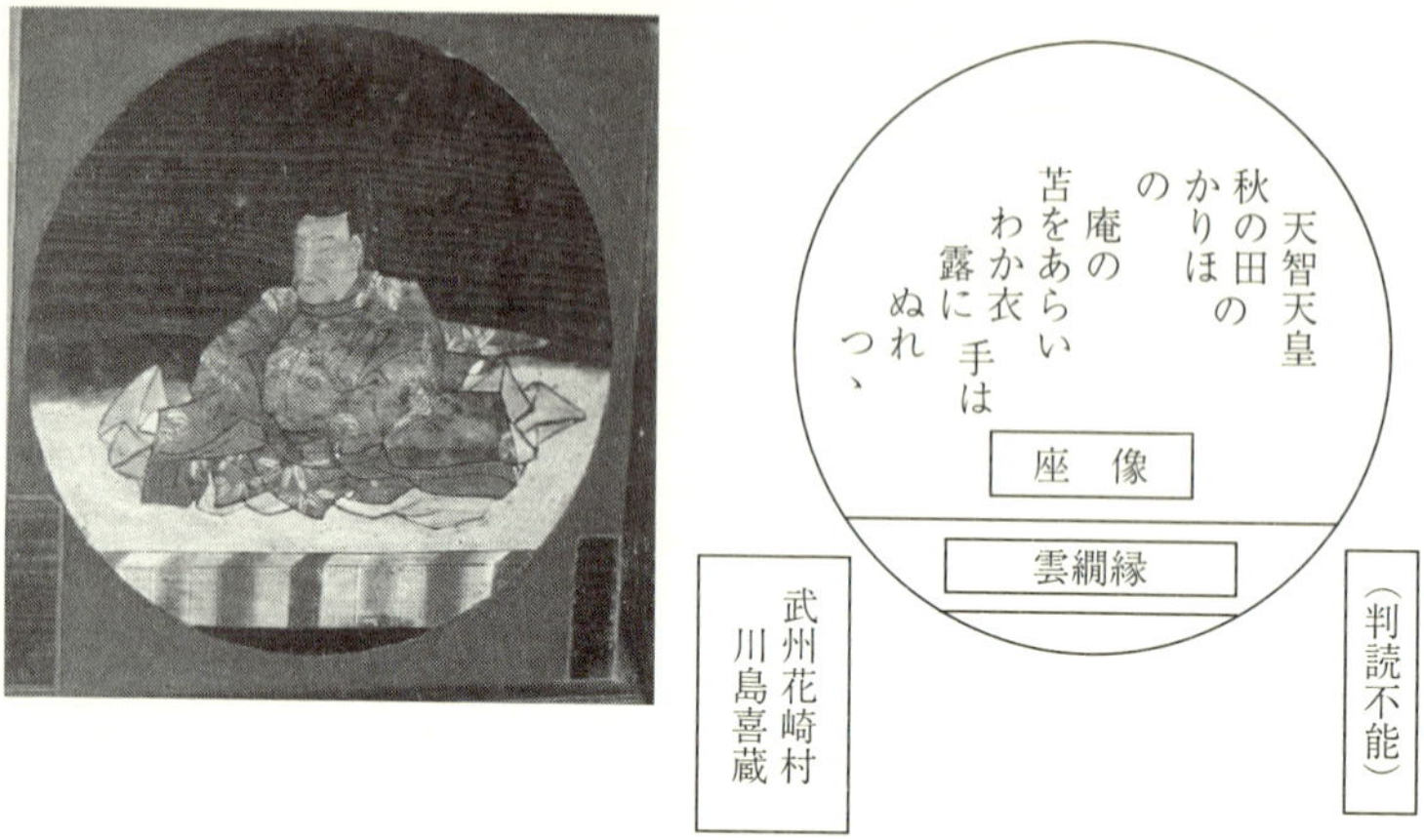
天智天皇
秋の田の
かりほ
の
庵の
苫をあらい
わか衣
露に 手は
ぬれ
つゝ
座　像
雲繝縁
〈判読不能〉
武州花崎村
川島喜蔵

図4　大紋高麗縁の歌仙絵

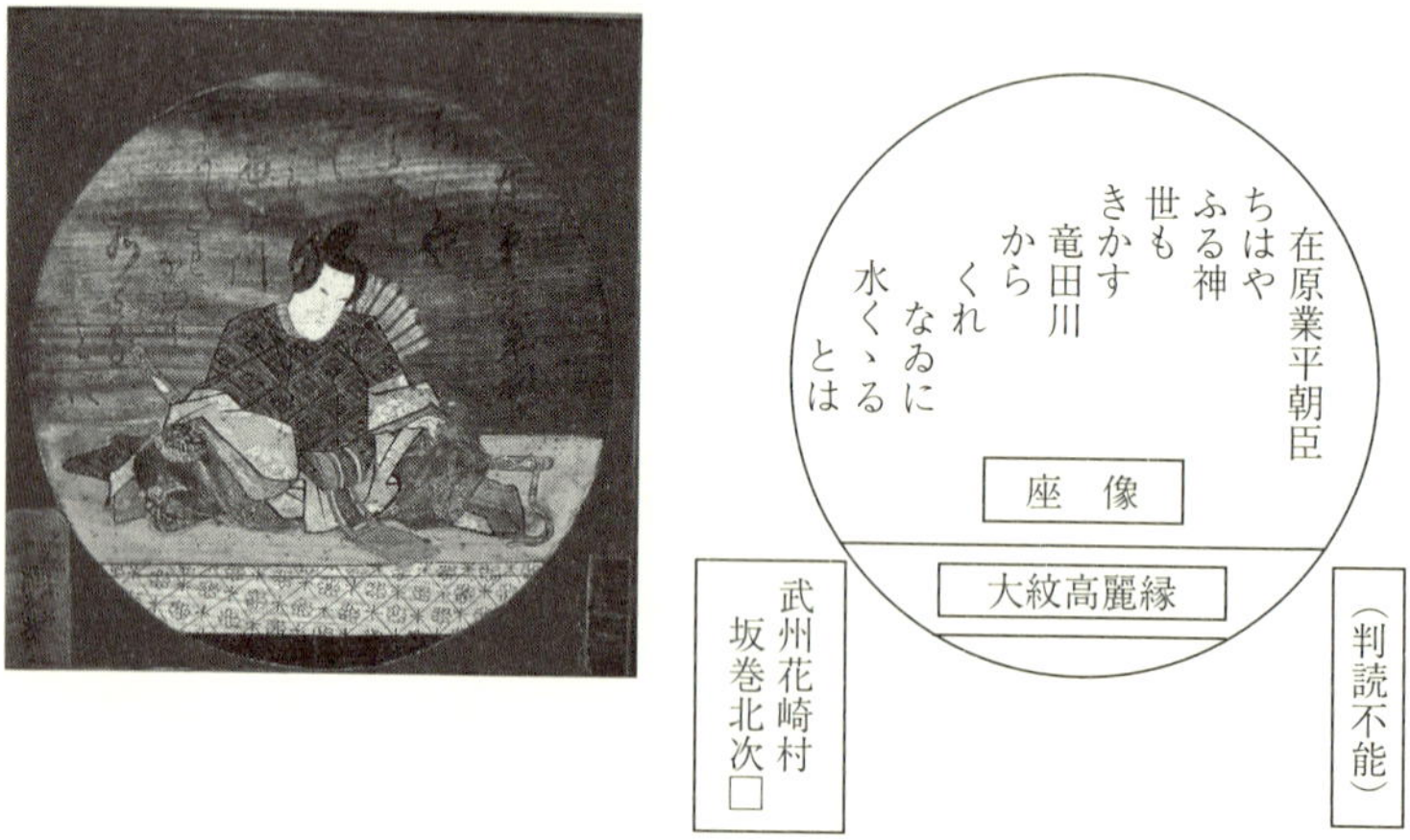
在原業平朝臣
ちはや
ふる神
世も
きかす
竜田川
から
くれ
なゐに
水くゝる
とは
座　像
大紋高麗縁
〈判読不能〉
武州花崎村
坂巻北次□

図5　小紋高麗縁の歌仙絵

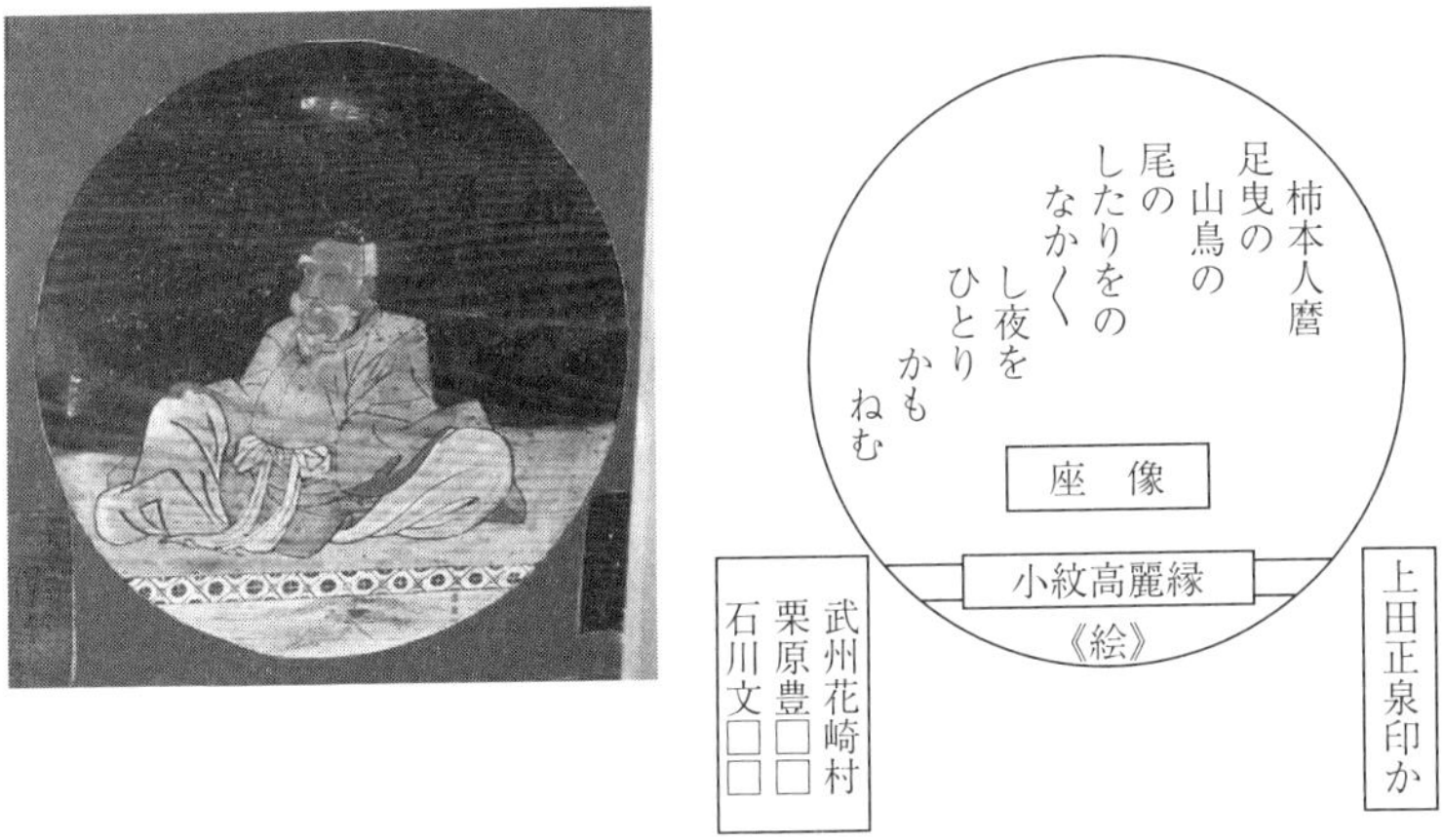

柿本人麿
足曳の
山鳥の
尾の
したりをの
なかく
し夜を
ひとり
かも
ねむ

上田正泉印か

栗原豊□□
石川文□□

高鳥天井画の歌仙絵は、雲繝縁、大紋高麗縁、小紋高麗縁の三種類の縁の上に座った座像である。このうち、〈図4〉のように大紋高麗縁であるのは、在原業平朝臣のみである。円枠の左下には、武州花崎村、幸手宿、本郷村、粕壁宿、杉戸□、栗橋村、野州足利中町などの地名と寄進者と思われる名前が書かれた枠がある。また、円枠の右下には、「上田正泉」「正泉」「小林悦道」「悦道」「小林道二」「堀江柳泉」「柳泉」などの名前が一枚につき一、二人書かれ、名前の下に「画」、その下に印のような赤い四角が認められるのが多くあり、天井画制作に関係する絵師と考えられる。そして、和歌は〈図3、4、5〉のように、右から左に書かれるが、式子内親王の「玉の緒よ」の歌のみ、左から右に書かれている。歌仙絵の和歌の書き方は、右から左に漢字仮名交じりで書くのが一般的だが、群馬県多野郡上野村楢原神社所蔵の宝暦十二年奉納三十六歌仙図の猿丸と遍昭の歌仙絵はどちらも万葉仮名で和歌が書かれ、特に、遍昭の歌は左から右に書かれている。また、東洋文庫蔵『素庵本百人一首』[11]の大僧正行尊の歌は「諸共耳哀土思遍山桜花与利外丹知人毛南之」と右から左に万葉仮名で書かれており、歌仙絵の和歌の書き方には書き手の従来通りの書き方にとらわれない個性や意図をこめることができるのではないかと思われる節々がある。

さて、〈図5〉のような小紋高麗縁の歌仙絵には、歌意絵のような絵が、版本の挿絵のように描かれる。〈図5〉は、柿本人麿歌仙絵であるが、高鳥天井画のように絵のほぼ中央に尾の長い鳥が描かれるのは、〈図6〉のように挿絵のある版本でよく見られる一般的な図像である。

図6　柿本人麿の百人一首歌仙絵の挿絵

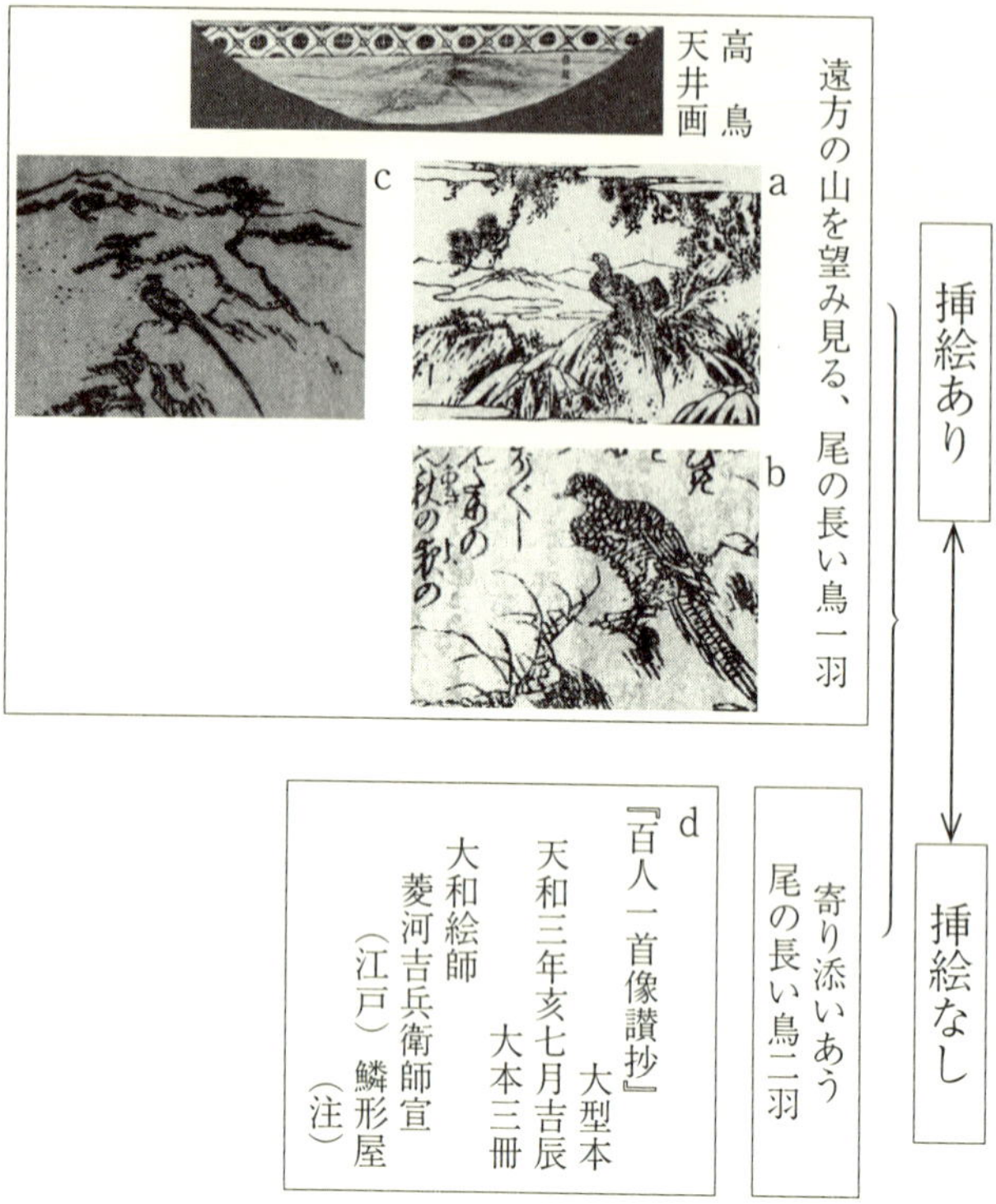

※　版本について

a　『秀玉百人一首小倉栞』
平安東籬亭悠翁編輯
江都渓斎英泉画図
天保七年正月新刻　嘉永三年八月再刻
発行書林　芝神明前岡田屋嘉七　他

b　『姿百人一首小倉錦』
頭書和歌注釈　画工　善次郎事渓斎英泉
江戸書肆　甘泉堂和泉屋市□□
裏表紙に「文久二年壬戌九月廿四日柳沢登久女□」の墨書がある。

c　『慶玉百人一首』
松林堂梓
錦絵草紙地本問屋江戸通油町藤岡屋慶治郎

（注）
d　吉田幸一編著
『百人一首　為家本・尊円親王本考』
（平成十一年五月　笠間書院）に写真資料を参照した。

版本a～dには、それぞれ注釈がある。それを翻刻して【資料一～四】、挿絵との関係を確認してみる。

【資料一】版本a『秀玉百人一首小倉栞』

拾遺恋第三題しらす

○あし引ハ山の枕ことバ也山鳥の尾のごときなが〳〵しき夜をおもふ人も来たらでわれひとり寝ることかなさても〳〵となげきたる也したり尾を万葉にハ乱尾とかけりいかにもながきといえる心也此歌の体を序歌といひてながき夜をといはんとて山鳥の尾といえる也（読み仮名は省略した）

【資料二】版本b『姿百人一首小倉錦』

此哥の心ハあしびきとハ山をいハんため又山どりの尾ハなが〳〵（「なが〳〵」の「〳」に濁点あり）しなどいハんための枕ことば也秋の夜のながきに二人リねてさへうかるべきにひとりハえこそねられまじきと也別なる義などハさらになし只あし引のとうち出したるあり山どりのをのといひて長〳〵しよをといへりさまかぎりなきふぜいもつとも丈たかし○季注ニ曰たゞ長きよといふよりもなが〳〵しよといふニてひとりねのさびしさせんかたなくきこゆ

（読み仮名は省略した。また、「二人リ」の「リ」、「季注ニ」の「ニ」、「いふニて」の「ニ」は、小さく右寄りに記されている）

【資料三】版本c『慶玉百人一首』

此心ハあし引とハ山といハんまくら詞也なが〳〵しといハんとてしだりをのと云リしだりをとハ山鳥のををなが

〳〵したるものなれバかぎりなく長き夜をいハんとてなりあきの夜のなが〳〵しきにハふたりねてさへうかるべきにえねられまじきと也

【資料四】版本d『百人一首像讃抄』大型本

天智天皇の時の人と云々敦光卿の人丸の讃ニ云太夫姫ハ柿本名ハ人丸蓋上世の哥人也仕持統文武□聖朝遇□田高市之皇子云々

此うたハ別なる儀などハさらになした丶あし引のとうちいだしたるにより山とりの尾のしたりおのといひてなか〳〵しよをといへるさまいかほともかきりなきこのながきなることハのつゞきたえにしてふせいもつともたけたかしか丶るうたをハまなこをつけてくりかへしすへんきんじてあちハひをこ丶ろみはべるべしむじやうしこくのうたにや侍らん人丸の哥情をもとくしたるうたにてけいきをのつからそなわれる事てんねんの哥仙のとくなり古今のあひたに独歩すといへり此ことわりにや

（訓点、読み仮名は省略した。また、「讃ニ」の「ニ」は、小さく右寄りに記されている）

【資料一～四】の記載について、内容で分類をしてみると、〈表1〉のようになる。

表 1

		a	b	c	d	龍吟明訣抄（注）
①	別の歌意はないこと。		◎		◎	×諸説あり
②	「あしひき」は山の「枕詞」である。	◎	◎	◎		◎「早苗草云」
③	「山鳥の尾のしだりを」は「ながながし（長し）」を表す「枕詞」である。	○	◎	○		
④	「山鳥の尾のしだりをの」は「長き夜」を表す「序」である。	◎	○	○	◎	◎「芝山殿聞書云」
⑤	「したり尾」を『万葉』では「乱尾」と書いて、長い（長い尾）ことを表す。	◎				◎「芝山殿聞書云」
⑥	（鑑賞文）「思う人も来ないでただ一人で寝ていることよ」	◎	○			◎「芝山殿聞書云」「或抄云」
⑦	（鑑賞文）「二人共寝でさえ秋の夜は憂鬱なのに、一人では寝られそうもない」		◎	◎		
⑧	（歌の）様「かぎりなし」		◎		◎	○「竜吟秘抄云」
⑨	（歌の）風情「たけたかし」		◎		◎	
⑩	言葉の続き方が「たえ」である。				◎	
⑪	人丸への賛辞				◎	◎「滋野井公澄云」

〈記号について〉◎…同じ記述　○…ほぼ同じ記述　×…異なる記述　（空白）…記述なし

（注）『龍吟明訣抄』は、島津忠夫、田島智子編『百人一首注釈書叢刊　龍吟明訣抄』（平成八・十、和泉書院）の本文を参照した。

〈表1〉で、a～cは高鳥天井画とともに、一羽が一人寝に重なる歌意絵を持つ注釈文である。寝ているか（⑥）、寝られそうもないか（⑦）、という解釈の違いがあるが、bは「季注」を引用して両論を併記し、従来の解釈を批判的にとらえ、自説の提示ではなく、読み手の解釈を喚起させる文となっている。寝ているかどうかという解釈は、『龍吟明訣抄』に「滋野井公澄云」として、『詩経』（国風の一「周南」所収の詩「関雎」の一節）「窈窕淑女君子好逑」を引用し、「ねてもさめてもいられぬという心。自然と和漢同日の談也」、「御説云」として、「ねるにも寝られず（ママ）。おきてゐれば物思はれて待遠ふなり」と引用するように、寝ても起きてもじっとしていられないという待恋の孤独感を読み取るところなので、対立する解釈ではない。

また、⑦の二人の共寝という歌でうたわれていない逢恋の場面を夢想するような解釈は、dの挿絵のように、寄り添う雌雄二羽を男女の共寝に重ねる、現実の一人寝の寂しさをより痛切なものと伝える解釈である。『龍吟明訣抄』に「童蒙抄」の「山鳥は峯をへだてゝ夫婦ふすといふ説あり。是おもしろし」とあり、夫婦であれ、夜になると離ればなれになって過ごすという山鳥の習性を解釈に利用して、逢えずにただ待っているだけという理想と現実の乖離を実感させてくる解釈である。吉海直人氏は、この歌の主題を二条家では「逢恋」題、冷泉家では「待恋」題と考えていたという『龍吟明訣抄』の「或云」の「秘説」を引用して、普通に考えれば待恋であろうが、それをひねって逢恋とするのも面白い解釈である、と述べている。[12] 何度も何度も声に出すうちに、待恋の心の底に潜む逢恋へのあこがれが浮かんでくる、重層的な恋心が歌われているのである。

四　高鳥天井画の制作環境について―伊勢歌仙絵から―

さて、高鳥天井画の人麿絵の挿絵には右に小さく赤い四角が上下で二つ印のように描かれている。他の天井画

図７　「雲峯」の名のある伊勢歌仙絵

伊勢歌仙絵の全体

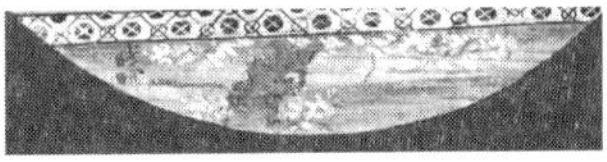

挿絵の拡大

挿絵左端の拡大

を見ると、画号（名）を描いた歌仙絵、画号と赤い四角を描いた歌仙絵がある。そのうち読み取れる画号は、「雲峯」〈図7〉、「柳泉」、「正泉」の三つである。

「雲峯」の挿絵は、〈図7〉伊勢の他に、行平、元良、素性、康秀、千里、躬恒の七枚あり、「柳泉」は赤染衛門のみ、「正泉」の挿絵は、清少納言、相模、菅家の三枚、さらに、義孝絵の挿絵には判読困難な画号がある。特に、「雲峯」について、『古画備考』で、「名成寛、字公栗、旧称次兵衛、居四谷大番町、芙蓉ノ高弟也、山水ノミナラズ、花鳥モ能画ケリ、嘉永元年八十四没」（字体を改め、訓点を省略する）と記され。四谷南蘋と称された大岡雲峰が有力候補として挙がる。大岡雲峰は、東京都新宿区須賀町の須賀神社に天保七年奉納された三十六歌仙絵[13]の歌仙を描いた画家で、四谷大番町に住む幕臣・大岡助詁の養嗣子となり、天明八年家督継承、寛政三年表右筆、翌年奥右筆見習いと幕府の要職に就いた人物である。[14]『近世人名録集成第二巻』（勉誠社）所収の人名録から検索しても、「雲峰」は書家の林勝蔵と大岡雲峰の二人のみで[15]、高鳥天井画が江戸の大岡雲峰周辺で制作された可能性が浮かび上がる。

雲峰は谷文晁に師事したと伝えられており、文晁はその作品の図像が門下だけではなく、版本で公刊され、初代広重、二代広重などが手がける名所絵の種本として使われた、山水図、花鳥図の名手であった[16]。大久保純一氏の言うとおり図像の借用や影響関係を即断することはためらわれることだが、天井画の挿絵の手本や発想のもとを文晁とその一門周辺の作品から探り当ててみたい。

五 「英泉風の」百人一首天井画

板倉では十八世紀始めから終戦頃にかけて、天神講の他に女性だけの講である女人講、特に十九夜講が盛行していたことが、念仏供養塔や月待供養塔、読経塔、陀羅尼塔などの銘から分かっている。(17) 吉原や大奥のような華やかさには欠けるだろうが、上村正名氏が「講員が順番に勤める講宿に参集し、飲食・歓談をし」て、「祈念の大儀はあるが、実際には寄合いであり、嫁・姑の双方が緊張から開放される日としての機能も果たしていた(18)」という信仰を口実にしたプライベートな講で、血縁とは別の結束を固める歓談の空間や時間があった。山田武麿氏が群馬の風土について、「上野国は徳川氏由緒の地とされたが、しかし国内は大名領のほか天領や多くの旗本領に細分化され、また上野諸藩は譜代小藩が多く、藩主の交代や所領の分散移動が激しかった。上野国には固有の文化が希薄だといわれるのはこうした支配体制の錯綜・不安定にその一因があるといえよう(19)」と述べ、渡良瀬川、利根川に挟まれた邑楽の町村は水害の頻発がさらなる足かせとなっていた。しかし、女人講が同志の語らいから教養を高めるような場になる可能性を想定して、女人講と天神講の盛行が引き金になって、もともとは地元の農耕民が信仰する水の神や雷神、雨乞いの神を慰撫するための社であったような場所に、道真公の歌仙絵だけ天井に並べずに、別格として天神信仰へと人々を導く百人一首の天井画が並べられたと考えたい。

天井画には、画譜を見て描いたような草花や小動物、調度が描かれ、人麿歌仙絵のような版本でよく描かれる歌を解き明かすための挿絵ではなく、歌から脳裡に浮かんだ景物を思い思いに描いたような絵があり、花鳥風月を愛でる画家の個性が表現されてもいる。そして、伝統的な文様や色彩を装束にほどこされ、整然と並べられた九十九枚の歌仙の座像と一枚の菅家絵から、高瀬船を操って江戸との交易で富を築いた高瀬家が先導となって、江戸の絵師に制作を依頼し、利害が対立する対岸の武蔵国住民の寄進という形でできあがった融和と繁栄を願う信仰画の趣すら感じる。

制作絵師の候補として、大岡雲峰の他に、天井画の歌仙の描き方が先に資料の版本として挙げた『姿百人一首小倉錦』とほぼ同一のであることから、雲峰と同年の嘉永元年に死去し、四谷箪笥町の福寿院に葬られ、死後、『現存雷名江戸文人壽命附』(『近世人名録集成第二巻』所収)で君が全盛と称賛された渓斎英泉も挙げたい。英泉は、『源氏物語』や『百人一首』の往来物、女訓書を多く著作し、戯作者、考証家としても活躍した浮世絵師である。小町谷照彦氏が翻刻、解説をする、元版文化九年、再版天保八年、江戸芝神明前和泉屋市兵衛板、渓斎英泉画の『源氏物語絵尽大意抄』の序に「五十四帖の絵を写し、画上に一首のうたをあげて、児童の眼にふれなば、聊物語のゆゑよしをしるたよりならんか」と児童向けではあるが、頭書に古注を引用、抄出し、本居宣長や安藤為章などの説によった解説も交えて、啓蒙書以上の内容を含む『源氏物語』のガイドブックを著す古典研究者の顔も英泉は見せている。(21)「渓斎」という画号から、館林在住の絵馬師渓斎北尾重光との関係も天井画の制作の背景に浮かんでくるが、はっきりとした接点は見出せていない。

稿を改めて、『姿百人一首小倉錦』との歌仙図像の近似性の分析から、高鳥天井画が泥臭くシビアな背景や環境を感じさせない、『百人一首』で見せる「英泉風」の信仰画であることを述べてみたい。

注

（1）戦前、切支丹史の専攻を志し、戦後地方史に転進した山田武麿は、昭和三十八年、利根川筋、霞が浦方面の舟運に従事していた玉村町五料の内田宇市（当時九十一歳）を訪ね、舟運の詳しい聞き書きをのこした。（山田武麿『上州近世史の諸問題』昭和五十五・六、山川出版社）

（2）拝殿の柱や梁には、大久保村高瀬仙右衛門、高瀬平兵衛、高瀬清右ヱ門以下、海老瀬村、下五箇（村）、斗合田村、北大嶋村、館林足利町、上毛鶉新田、麦倉村、川俣宿、下野下宮村、武州三俣村などと、川の対岸の住民の名も刻まれている。高瀬仙右衛門（天明八年生まれ、万延元年死去）は、文政十一年関東取締出役の相談役をつとめ、後に名主や川俣組合四十カ村の総代に就いたという人物である（『利根川の水運』昭和五十七・三、群馬県教育委員会）。また、『仁侠大百科』には、相ノ川一家の祖として十五歳で大人の賭場に出入りし、越後長岡で越後の政五郎と呼ばれ、信州の権堂では遊女屋を営む任侠稼業を経て地元に戻り、相談役、大総代を務めた人物とされている。この仙右衛門については、高橋敏氏が今後、高瀬家の資料を紹介するなかで、その人物像の解明をしていくことになっている。（『板倉町文化財調査研究誌　波動』第八号所収の高橋論文より）

（3）反対側の堤防が決壊すると「バンザイ」と叫ぶような事例もあった。（『板倉町史別巻四』昭和五十五・三）

（4）寛永元年から昭和二十二年までの三百二十四年間に六十五回の破堤、氾濫が記録されている。（『群馬県板倉町水場の文化的景観保存調査報告書』平成二十・三）また、『板倉町史通史下巻』（昭和六十・二）によれば、江戸時代、板倉には十七の寺子屋が存在し、うち八つに天神講の存在を確認している。天神講の内容は、二泊三日の集団自炊生活をして、「正一位高鳥天満宮」と墨書した幟をめいめい梅の枝に吊るして天満宮に行き、学問上達・立身出世を祈願したという。板倉町細谷の宇治川家出身で籾谷の田口家に嫁いだ私の祖母は、かつて存在した板倉沼を船で渡って天満宮にお参りしたことは覚えているが、天井画の存在はよく知らなかったという。天井画は平成十四年の菅公薨去千百年に合わせて、町の重文に指定（平成十二年六月）し、修理、補修を実施したことで公になり、新聞紙上では『下野新聞』が平成十四年六月八日（土）に紹介したのを初出とし、『上毛新聞』平成十七年二月七日（月）の紙上で、地元高校生の紹介として雷電神社とともに紹介させていただいた。

（5）『板倉町史別巻六』（昭和五十六・三）に多田嘉亮所蔵の紀年なしの天満宮略縁起が活字で掲載されている。なお、同書には高鳥天満宮棟札（表面銘文長さ九十二センチ、幅十七・五センチ）も掲載されている。それによれば、「嘉永元年戊申仲冬十有八日」の日付を刻み、「別等観音寺無住ニ付　看坊　麦倉郁　願主慈眠寺宥盛」として、上、下五箇村、向古河、赤生田村、原宿村、丸谷（村）、野州栃木石町、当国華輪、浅原村、武州小浜村、岩瀬村などの渡良瀬川上流域の住民までもが大工や彫工、木挽などで再建に関与したことが分かる。

（6）羽生市郷土史料館所蔵の絵馬に「東都画所」と書かれた作品が数点ある。

（7）文化十一年江戸に生まれ、天保九年頃館林に移り、城下の田町（給田地）に住んで幟や絵馬を描いて身を立て、明治十六年十一月十六日に没し館林覚応寺に葬られたという。（『北尾重光の絵馬』平成十五・十一、館林市教育委員会）

（8）小林清四郎「館林町大字谷越の今昔」（『館林郷土叢書三』昭和十三・五、館林郷土史談会）

（9）矢島新「近世後期の武者絵馬について」（『浮世絵芸術』一四七、国際浮世絵学会）

（10）北尾重光が館林で精力的な活動ができた背景に、任侠との関係が浮かび上がる。小林清四郎「俠客江戸屋虎五郎に就て」（『館林郷土叢書六』昭和十六・五、館林郷土史談会）によれば、獅子ケ嶽という相撲取りで、土俵の上で相手を殺し、館林へ逃げて高瀬仙右衛門と縁故が深い香具屋栗原彌七に匿われて、その世話で館林町連雀町岡安寅五郎（江戸屋虎五郎）と名乗り、邑楽郡、佐野、足利、二町六十六ケ村を縄張りとした任俠が浮かび上がる。渓斎北尾重光は、文久二年十二月に願主江戸屋虎五郎の絵馬を手掛けているという。（作品は未確認）

（11）素庵本は吉田幸一編著『百人一首　為家本・尊円親王本考』の写真資料を参照した。

（12）吉海直人『百人一首の新研究―定家の再解釈論―』（平成十三・三、和泉書院）

（13）和歌は公卿である正三位千種有功が書いた。この三十六歌仙絵の和歌の書き方も、人麿と斎宮女御が万葉仮名で左から右に書かれているのをはじめ、多様な書き方が見られる。

（14）大岡雲峰は明和二年生まれ嘉永元年死去。谷文晁の門人に連なるといい、『狂歌雅友集』『雲峰画譜』の著作がある。（『谷文晁とその一門』平成十九・九、板橋区立美術館）

（15）荒木矩編輯『大日本書画名家大監』には、六人の「雲峰」が挙がるが、大岡雲峰よりもふさわしい人物はいない。
（16）大久保純一『広重と浮世絵風景画』（平成十九・四、東京大学出版会）
（17）『民間信仰としての板倉町の石造物と鋳造物』（昭和五十四・八）によると、十九夜供養塔の分布は、館林市、羽生市、佐野市を結ぶ線を境界として、板倉町、北川辺町、野木町、古河市に濃密にあるという。それぞれの塔には、女人講（女人連）中の名前や人数が刻まれているが、中には、八十三人の女人講中が寛政四年に立てた宝篋印陀羅尼塔もある。
（18）『日本女性史大辞典』（平成二十・一、吉川弘文館）
（19）山田武麿『群馬県の歴史』（昭和四十九・十二、山川出版社）
（20）国際浮世絵学会編『浮世絵大事典』（平成二十・六、東京堂出版）の「渓斎英泉」の項目（鈴木浩平氏の解説）より。
（21）小町谷照彦『絵とあらすじで読む源氏物語—渓斎英泉『源氏物語絵尽大意抄』—』（平成十九・七、新典社）

付記

平成十五年から、百人一首の奉納作品の見学を行った。以下に、所在地と所蔵寺社を挙げる。見学にあたって、解説や資料提供などで地元教育委員会や関係者からの格段のご配慮をいただいた。特に、板倉町教育委員会の宮田裕紀枝氏、館林市教育委員会の原幸恵氏には、天井画や絵馬の件で、調査開始からご協力をいただいた。ここに感謝の意を表したい。なお、この他にもまだ現存していると思われるが、所在が分かりしだい、見学したいと思う。歌仙絵の奉納作品は、百人一首の他に、三十六歌仙、六歌仙、三歌仙、一歌仙とあり、剝落が激しく保存がままならない作品が大半を占めるだろうが、版本による古典の学びの成果のかたちとして、高島天井画のような版本との重なりを見いだせる作品があるかもしれない。

一　栃木県小山市　妙建寺（享保二年本堂再建）「百人一首格天井」
二　奈良県橿原市　牟佐坐神社（享保十一年奉納）「百人一首扁額」

三　広島県廿日市市（旧宮島町）厳島神社（十八世紀末奉納か）「百人一首扁額」
四　埼玉県寄居町　善導寺（寛政六年奉納）「百人一首格天井」
五　三重県南伊勢町（旧南島町）仙宮神社（天保三年奉納、明治元年修復、大正五年修復、昭和六年修復）「百人一首奉額」
六　奈良県橿原市　見瀬八幡神社（天保十二年奉納）「百人一首扁額」
七　兵庫県宍粟市（旧一宮町）御形神社（天保五年消失　弘化三年奉納）「百人一首扁額」
八　奈良県橿原市　牟佐坐神社（弘化三年奉納）「百人一首扁額」
九　群馬県板倉町　高鳥天満宮（嘉永元年拝殿再建）「百人一首天井画」
十　奈良県桜井市　長谷寺（嘉永元年奉納）「百人一首絵馬」
十一　三重県紀北町（旧紀伊長島町）大昌寺（嘉永～安政年間奉納）「格子絵天井」
十二　長野県安曇野市　穂高神社（嘉永二年奉納）「百人一首絵馬」
十三　秋田県鹿角市　月山神社（安政三年奉納）「百人一首献額」
十四　栃木県足利市　三柱神社（万延元年奉納）「百人一首天井板絵」
十五　愛媛県久万高原町（旧面河村）笠方八社神社（明治二十八年奉納）「百人一首絵馬」
十六　大阪府貝塚市　脇浜戎神社（明治四十二年奉納）「百人一首絵馬」
十七　山口県阿東町　地福八幡宮（明治時代奉納か）「百人一首絵馬」
十八　愛媛県西予市（旧野村町）富野川杉山組八坂神社（奉納年不明）「百人一首絵馬」
十九　栃木県益子町　長堤八幡宮（奉納年不明）「百人一首絵馬」
二十　高知県いの町　椙本神社（昭和五十年代作成）「百人一首絵馬」
二十一　大分県別府市　生目神社（奉納年不明）「天井画」
二十二　千葉県野田市　雲国寺（奉納年不明）「百人一首天井画」

「あえかに」か「ひはづに」か

――源氏物語忍草・若菜上・下巻本文検討から――

中西健治

はじめに

近年、源氏物語忍草はほとんど活字本で読まれ、西沢正二氏編『早わかり源氏物語忍草』（以下、『早わかり』と略称）が刊行されて以降は、多く本書を用いていると思われる。それらは諸方に伝わっている写本と大きな異同がないとして、主として版本に依拠して本文が作成されて今日に至っている。しかしながら、子細に見れば写本、版本間において検討すべきさまざまな問題があって、必ずしも一概に写本が古態であるともいえないものの、さりとて版本本文に殆どを依拠するには慎重な吟味を経なければならないと思われる。もっとも『早わかり』は版本を底本とした全文の他に四十頁にわたる源氏物語の女性についての解説と源氏物語忍草の解説が加えられ、本文には頭注があり、研究にも耐えうる信頼性に加え使いやすさにも工夫がこらされている。本稿ではこの『早わかり』をもとに、源氏物語のなかでもっとも膨大な本文を占める若菜上・下巻を対象として検討してみたい。

一　「あえかに」（版本）か「ひはづに」（写本）か

『早わかり』の若菜上下両巻本文については頭注欄に上巻に三箇所、下巻に四箇所の注記があるが、このうち底本の「内侍」とあるところを「尚侍」に改めたとする記述が三箇所あり、西沢氏による本文改訂を開示しているのは「絶ため」→「絶えめ」（103頁）、「袖なる」→「袖なり」（116頁）、「何角」→「何か」（120頁）で、「諸本によって改めた」とする箇所は「あきらめ」→「あるらめ」の、合計七箇所である。稿者は今日まで幾つかの写本をみてきて、版本には改訂すべき問題がいくらかあるように思え、また原作者である湖春の正確な意図が反映されずに見過ごされている本文もあるのではないかと懸念するようにもなった。もちろん今日まで版本をもとにした活字本で理解されてきたことも十分に意義あることではあるが、写本本文をも視野に入れて校勘することもまた重要な課題であり、将来的にはきちんとした忍草本文を整定しておかねばならないと考えている。本稿はその目標に近づくための試論の一部を纏めたものである。

ところで、まず若菜下巻の次の箇所を版本に従って翻字し、検討の端緒としたい。

A　二月中の十日ばかりの青柳のわづかにしたり始たらん心ちして鶯の羽風みだれぬべく、あえか《ひわす一本》に見え給ふ
（巻之三・二十九丁裏・五〜七行）

この箇所は『早わかり』では次のように校訂している。

B　二月中の十日ばかりの、青柳のわづかにしだりはじめたらむ心地して、鶯の羽風乱れぬべく、あえかに見え給ふ。
（一一四頁）

注目されるのは、版本の「あえかに」の傍注「一本」として示されている異文が写本のほとんどに見られること

である。原作である源氏物語での相当箇所は次の通りであり、『源氏物語大成』による限り本文上の大きな異同はない。

C　二月の中の十日ばかりの青柳《あをやぎ》の、わづかにしだりはじめたらむ心地して、鶯《うぐひす》の羽風にも乱れぬべくあえかに見えたまふ。　　（古典全集・四―一八三頁）

これを見る限りにおいては全集本文と版本とのそれとの相違は「二月の」の「の」、「羽風にも」の「にも」については写本の方に原作を踏襲している趣があり、「あえかに」については写本では「ひは（わ）づに」とあって、写本と版本ではまったく異なった語彙を用いていることがわかるのである。つまり版本の傍らに「一本」として示された「ひわす」こそ、写本の多くにある共通した本文であり、版本の本文校訂にあたった者は写本にある有力な本文を見過ごすに忍びなく、「一本」として掲げざるを得なかったのであろう。そもそも源氏物語の「ひはづ」の用例は三例（真木柱巻・柏木巻・竹河巻）あり、多くの辞書が「繊弱」の文字を当てるように、きゃしゃである様子、ひ弱な感じの様子を表す意の語である。また、「ひはやかに」のかたちで栄花物語（音楽巻・本雫巻）にもあり、時代が下って宇治拾遺物語（一二三　海賊発心出家事）や日葡辞書などにも見られ、さらには今日の方言にもなお残って使用されている、主として弱々しくか細い状態を形容する語として時代を超えてもほぼ同じ意味で用いられているのである。したがって写本にある「ひはすに」は湖春が該当箇所を読み取って表現しようとした原案の語彙を伝えているかと考えることもできるし、また逆に版本には源氏物語本来の本文が伝えられていると見ることもできよう。写本には原作と同様な意味をもつ異なった語彙を用いて表現しようとした形跡があるかととらえることもできよう。いずれにしても写本と版本がまったく異なった語彙を選択していることは十分注意していいことである。

そもそも版本に「イ」もしくは「一本」として異文が表記されている例はきわめて稀で、次に掲げる数例のみである。

① 座敷《ざしき》の内をのる也（「座敷」の左傍に「イ宮門」）（桐壺巻）
② 山賤《やまがつ》の垣《かき》ねあるともおり〳〵に哀《あはれ》をかけよ（「に」の右傍に「イハ」）（帚木巻）
③ 或《ある》時まかり侍るに葱《ひる》を服《ふく》して（「葱」の左傍に「イ蒜」）（帚木巻）
④ なつかしき色ともなしに何か此（「何か」の「か」の右傍に「イに」）（末摘花巻）
⑤ 立出るとて柏木のゑもんのかみ（「ゑもん」の右傍に「一本中納言」）（若菜下巻）
⑥ 冷泉院へ参り給ふ（「参り」の「り」の右傍に「イらせ」）（竹河巻）
⑦ 右衛門督こと〳〵敷随臣引つれ（「臣」の右傍に「イ身」）（総角巻）
⑧ 嬉しき事聞出したり（「事」の右傍下に「イを」）（浮舟巻）
⑨ 京を出させ給はゞ戌の時には（「戌」の右傍に「イ亥子」）（浮舟巻）
⑩ 来れ．我を人にかくせ（「れ」の右傍下に「イり」）（浮舟巻）
⑪ きあひたり御使又けふ参りあふ（「御」の右傍に「イ其」）（浮舟巻）

①については活字本（関根正直校訂・名著文庫）が「宮門《ざしき》の内をのる也」と解釈に重点を置いた傍書の方を優先させた翻刻をしており、③も原文の「極熱の草薬」に相当する箇所の解釈として表記しているようである。また、⑤も写本には見られない「中納言」とする語句が「一本」として付されているのは、あるいは版本本文作成の時に、柏木が中納言になっていることを理解させやすくするために注記的に付したものではないかと思われる。

④はすべての活字本が「何に」として原作と同じ表現にして傍書を採用しているのも同様の理由によっているのかも知れない。このように版本整定に際して一考すべき語や本文に同化しそうな表現、あるいは注釈的要素が傍

書には含まれているとみられる。先にあげた「一本」としての「ひわす（ひはつ）」も何らかの含みを持って傍書されているはずである。版本作成にあたって、多くの写本に一様に見られる「ひはつ」を無視することもできず、あるいは原文の「あえか」をより分かりやすくしようとして注釈的に記したのかも知れない。写本と版本の語句が大きく異なっている典型的な例として引用しておいた。

二　版本・写本間の異同（その二）

ところで、若菜上下両巻には写本と版本では十字以上にわたって異なる表現となっている例がある。若菜上巻には少ないが、若菜下巻には数箇所が指摘できる。対照させてみよう。上段が版本本文、下段が写本本文（写本間でほぼ同じ場合は国会本を使用）である。なお、説明上、傍線を付し、脱落箇所かと思われる箇所には＊＊＊を入れた。

（若菜上巻）

ア　むかし御使ひなどせし中納言といふ者＊＊＊あり、それを御使ひにて、ねんごろに語らひ忍びて、

（一〇五頁）

（若菜下巻）

イ　聞こしめしおき給ひて、この猫御覧じたきよしにて、御息所の御方より女三の宮へ恋ひ給ひければ、

ア　むかし御つかひなどせし中納言といふおほろ月夜のないしの女ほうたちの兄にいつみのせんしといふもの有それを御つかひにてねんころにかたらひて

イ　きこしめしをきて＊＊＊みやす所より＊＊＊御ことをしへ奉り給ふにかのからねこをみつけいとかは

やがて東宮へ参りたりしを、柏木の御箏教へたてまつり給ひし時、かの猫のあるを見つけ、いとかはゆくて（一一一頁）	ゆくて
ウ　御遁世のこと願はしくおぼしめせど（一一三頁）	ウ　此よの事をかゑりみしとおほしめせと
エ　紫の上を女三の宮の御方に参らせたてまつり給ひ、御方々も集ひ給ひて、御琴ども参りわたす。（一一三頁）	エ　紫のうへを女さんのみやの御かたへまいらせたてまつりたまえり＊＊＊
オ　紫の上に和琴、桐壺の女御に箏のこと、女三の宮に琴、明石の御方に琵琶（一一三頁）	オ　紫の上はわこんきりつほの女御は琴女三はきんのこと明石の御方はひわ
カ　今日の拍子合はせには童べを召さむとて、玉鬘の腹の三郎君、笙の笛（一一三頁）	カ　うときおとこともはよふへきにあらすとて玉かつらの若君しやうのふへ

アの例は「といふ」の文字に起因する版本本文作成時における単なる目移りから生じた本文である。アに相当する箇所の源氏物語の本文は次の通りである。

　なほ忍びがたくて、昔の中納言の君のもとにも、心深きことどもを常にのたまふ。かの人のせうとなる和泉前司を召し寄せて、若々しくいにしへに返りて語らひたまふ。（四―七〇・七一頁）

明瞭なことではあるが、写本のような本文に改めない限り、理解できなく筋の通らないことである。イに相当するのは「柏木、東宮を促し、女三の宮の猫を預かる」条で、その本文は次の通りである。

聞こしめしおきて、桐壺の御方より伝へて聞こえさせたまひければ、まゐらせたまひけり。「げに、いとうつくしげなる猫なりけり」と人々興ずるを、衛門督は、尋ねんと思したりきと御気色を見おきて、日ごろ経て参りたまへり。（中略）御琴など教へきこえたまふとて、「御猫どもあまた集ひはべりにけり。いづら、この見し人は」と尋ねて見つけたまへり。いとらうたくおぼえてかき撫でてゐたり。（四―一四八・一四九頁）

一見して版本の方が女三宮の愛玩する猫が柏木にいかに伝わるかという経緯が分かりやすく、その反対に写本ではやや意味が通りにくい。もちろん目移りなどでもないし、写本本文でもまったく解釈できないということもない。大きな事件の契機として肝心な箇所ではあるが、写本では途中の経緯に触れず、随分簡略されたかたちになっている。まわりくどい記述を避けようとする写本とやや説明的になっている版本を比較したときに、写本の側に身を置けば、事件の核心のみに注目しつつ原作の本文を摘出しようとしている姿勢が見て取れ、それが梗概本としての性格の一端をも表しているのではと解されるように思われるのである。

ウは写本と版本とでは全く異なった語句となり、検討に値する例である。この箇所の原文は次のようにある。

朱雀院の、今は、むげに世近くなりぬる心地してもの心細きを、さらにこの世のことかへりみじと思ひ棄つれど、対面なんいま一たびあらまほしきを、（四―一七一頁）

このことから写本本文が原文を忠実に承けているのに対し、版本は「遁世」という原作には用いられていない仏教的語彙を用いて朱雀院の心境を表現していることが見てとれる。これはおそらく版本本文の作成時において何らかの解釈の手が加えられているとしか考えられないのである。版本には漢語や仏教語を積極的に用いようとする点が一つの特徴である。他の類似の例も合わせ考えると写本の方により原態が留められ、版本にはある種の解釈的な手が加えられることがあり得たのではないかと推測できるのである。しかしながら写本の方が原作通りを伝えているとも言い難い例が次のエ・オ・カの例である。まずこのあたりの原文を示す。

「月たたば、御いそぎ近く、もの騒がしからむに、掻き合はせたまはむ御琴の音も、試楽めきて人言ひなさむを、このごろ静かなるほどに試みたまへ」とて、寝殿に渡したてまつりたまふ。（中略）宮の御方にも、かく集ひたまふべく聞きたまひて、童べの姿ばかりは、ことにつくろはせたまへり。（中略）廂の中の御障子を放ちて、こなたかなた御几帳ばかりをけぢめにて、中の間は院のおはしますべき御座よそひたり。今日の拍子合はせには童べを召さむとて、右の大殿の三郎、尚侍の君の御腹の兄君笙の笛、左大将の御太郎横笛と吹かせて、簀子にさぶらはせたまふ。内には、御褥ども並べて、御琴どもまゐりわたす。秘したまふ御琴ども、うるはしき紺地の袋どもに入れたる取り出でて、明石の御方に琵琶、紫の上に和琴、女御の君に箏の御琴、宮には、かくことごとしき琴はまだえ弾きたまはずや、と危くて、例の手馴らしたまへるをぞ調べて奉りたまふ。　（四―一七七～一七九頁）

エもオも原作の傍線部を分かりやすく記している点は同様であるが、エの写本ではその後に続く簀の子に揃う管楽器の若公達や廂の間に居る女性達の記述を欠いている。また、これに続く、明石の御方、紫の上、明石の女御、そして女三宮にそれぞれ弦楽器を用意する記述については、版本、写本の人物順は同じであるが、人物名の後に版本は「に」、写本は「は」をいれることによって文体も変化している。問題になるのはカである。カは写本と版本で全く異なった語句である。いまエ・オ・カを含む前後の文章を版本の表記をもとに区分して引用する。

①　年かへりぬ。二月には御賀をすべきなれば、それよりまへによろづの物の音《ね》にあはせて、試《こゝろみ》の女楽し給へとて、紫の上を女三の宮の御かたにまいらせたてまつり給ひ、

②　御方〳〵もつどひ給ひて、御ことゞも参りわたす

③　紫の上に和琴、桐壺の女御に箏のこと、女三の宮にきん、明石の御方に琵琶、琴
④　けふの拍子《ひやうし》あはせには童部《わらはべ》を召《めさ》んとて、
⑤　玉かつらの腹の三郎君笙《せう》のふへ、夕霧の御子太郎君、横笛也。
⑥　夕霧の大将を呼給ひて箏《こと》の緒《を》を張しづめさせ給へり。

この箇所について多くの写本本文は、②ナシ、③は一般的な表記で示すと、「紫の上は和琴、桐壺の女御は琴、女三は琴のこと、明石の御方は琵琶」という記述、④は「うときおとこともはよふへきにあらす」となっている。原作と対照する限り、当然版本がただしいのではあろうが、じつは写本の語句は少し後の源氏が夕霧に箏の琴の調律を依頼する言葉のあとに加えた「ここにまたうとき人の入るべきやうもなきを」とあって、その後、「とのたまへば、うちかしこまりて賜はりたまふほど、用意多くめやすくて」（四―一八〇頁）とある箇所から来ていることに間違いない。つまり写本の語句は誤った箇所を引いているのである。「今日の拍子合はせには童べを召さむ」として童を以下に紹介するのが物語の正しい順序であることから言えば、写本は少し先の記述を引いた誤った表現ということになる。写本はなぜこのような誤りを犯したのであろうか。物語に見えない表現であれば写本の側の作者の考えた語句と言うことになろうが、物語に見えることなので、おそらくは記憶のズレによって生じたものと推測するのがもっとも妥当なことではなかろうか。③と⑤は人物の列挙で、③には六条院の女楽に加わる女性が楽器と共に列挙されている。写本には「紫の上は…、桐壺の女御は…、女三は…、明石の女御は…」という人物が特定されながら表現されているように、女性が全面に出て来た。それに対して、ここには男性は不要であると考えたのか、原作である「うときひと」という所を、写本では「うときおとこども」とあえて改変して記し誤っているところに、写本の側の意識の重点が何処にあったかを示すヒントがあるように思われる。写本本文作

成時を想像するに、かならずしも原文どおりには書かず、文意をまとめつつ自由に書こうとする意識があったのでは、とも思うのである。

写本は、原作を対照させながら本文を確定していく態度と異なっているようにも推測されるのである。その視点でもう少し見ておこう。

三　版本・写本間の異同（その二）

若菜両巻を子細に見れば写本、版本間で異なった表現がなされている箇所は助詞を含めるとかなり例を数えるけれども、やや注意される例に限ってあげて、若干の考察を付しておく。上段が版本、その版本の本文に傍線を施した箇所が写本でどう表記されているかを下段に記した。括弧内は『早わかり』の頁数。

ア　女三の宮のねたましくさへおぼさず（101頁）↓そねましく（同じ例…103頁）

イ　たびたび記す（102頁）↓記すことく

ウ　聞くまじとおぼして（103頁）↓きゝくるし

エ　その夜の暁方に里に帰りて（104頁）↓男

オ　須磨の騒ぎの噂も語らまほしくて（105頁）↓うさも

カ　御修法を不断にのべなし、社々の御祈禱数しらず（106頁）↓寺々社々の

キ　はるかに西の十万億の国を（107頁）↓にしのかた

ク　月日をもしろしめすとも（107頁）↓しろしめして

ケ　よろづ親切にあはれに（108頁）↓しんしつに

（以上、若菜上巻）

コ　夕霧・柏木参り給ふ（110頁）↓柏木なと
サ　かの猫のあるを見つけ（111頁）↓からねこを
シ　日ごろ重く悩ませ給ふ（112頁）↓たまふ事ありて
ス　源氏は、かの弾き物どものこと（114頁）↓夕の
セ　この冷泉院は（115頁）↓れいせいいんといふは
ソ　賀茂の祭の御祓ひ（116頁）↓みそき
タ　と言ふ声づかひ（117頁）↓こえつかひけしき
チ　いとうとましう（117頁）↓いとゝうとましう
ツ　御頂きの髪はさみて（117頁）↓かみを少（し）はさみて
テ　悩み給ふと聞き給へれば（118頁）↓きこゆれば
ト　六条へわたり給はむとし給ふ（118頁）↓わたらんと
ナ　十二月になりぬべき（120頁）↓ナシ
ニ　柏木も参り給ふべけれど（120頁）↓まいりにくければ
ヌ　母北の方、その他嘆き給ひて（120頁）↓ことのほか　（以上、若菜下巻）

イは忍草にしばしば見受けられる湖春の注記で、『早わかり』でもここから「明らかに注釈（引歌・語釈など）と見られる部分」（凡例）と判断して、丸括弧を付している箇所である。版本は「度々記《しる》す。」（一六ウ）とするが、これは源氏物語の記事や湖春の基本的考え方を滲ませた注記と判断するべきで、「記すごとく」とする写本に原態があると思われる。

エも「後朝の文」という事についての注記の箇所で、版本では「里に」（一八ウ）とするが、下に「女に文をおこすなり」とあることから、当然ここは「男」でなければならない。これはおそらく写本にあった「男」という漢字表記を版本が二字に読み誤った結果である。

カも版本が写本の表記を見誤ったかと思われる例である。明石の女御の出産が近くなり、諸々の社寺に祈禱がなされるところ、原作では「正月朔日より御修法不断にせさせたまふ。寺々社々の御祈禱、はた、数も知らず」（四―九五頁）とある傍線部を写本では、「ふたんにのへ寺々社々の御いのり」とし、その「寺々」の箇所を「なし」と見誤ったのではないかと思われるのである。

シは原作には「日ごろいと重く悩ませたまふことありて、にはかにおりゐさせたまひぬ」（四―一五六頁）とあって、版本のように「悩ませ給ふ」（二七オ）では文の続き具合も落ち着かず、ここは原作のかたちを承けている写本の方が適当だと思われる。

スの場合をみておこう。この箇所は、正月の二十日頃の夕方から夜にかけて行われた女楽の翌朝に、源氏が女三宮の演奏を話題にして紫の上の指導をほめるところに相当する。「明くる日」と時間の流れを意識して捉えている忍草からみれば、漠然と「かの」とするよりも、前日の演奏会を指示する「夕の」の記述が適正であり、正確であろう。

最後にニについて触れる。朱雀院の五十の賀の試楽の場に柏木を呼ぶという場面。「参りたまふべきよしありけるを、重くわづらふよし申して参らず。さるは、そこはかと苦しげなる病にもあらざなるを、思ふ心のあるにや、と心苦しく思して、とり分きて御消息遣はす」（四―二六四頁）とあって、結局、源氏の無言の圧力に柏木が「苦し、と思ふ思ふ参りぬ」（四―二六四頁）とある箇所である。忍草では、「御使をつかはし給ふ．かしは木も参り給べけれど心ちあしきとて参らぬを又おしかへし呼給へば父おとゞ《大臣》聞給ひて」（三六ウ）とする。「かしは木も参り給べけれど」は、当然柏木が参加するべきであるはずなのに、の意ともとれよう。ただ、それでは源氏からの呼び出しに「重くわづらふよし申して」が生きてこないし、応じられない柏木の心境に触れることもなくなる。写本のように「かしは木もまいりにくければこゝちあしきとて」とある方が内容理解のためにも適正であると判断できる。これ以外の例についての説明は煩わしいので省略に従う。

みてきたように、多くは版本よりも写本の方が適切な本文であると判断できる場合が多く、版本が写本の本文を十分に咀嚼しないで校訂したのではないかと思われる箇所がやや目につくようであった。

おわりに

忍草を精確に読もうとするときは版本の本文のみに依存することが最良とは言えず、また、これを底本としている活字本を無批判に享受することも一考を要するように思われ、一方には写本の実態を考慮してみる必要があるように考えられるのである。稿者としてはあらためて忍草諸本の検討が要請されるのではないかと考えており、将来的にはその上に立った新しい校訂本文を作成することも視野に入れておくことが大切なことなのではないかと思っている。

そこで以上の検討を経て、先に問題の端緒とした若菜下巻の例文について稿者が校訂した本文案を示すことで本稿を閉じる。

（A）二月の中の十日ばかりの、青柳のわづかにしだりはじめたらん心地して、鶯の羽風にも乱れぬべく、ひはづに見え給ふ。

注

本稿で一括して「写本」として扱っているのは次の諸本である。国会図書館蔵本・天理図書館蔵本・相愛大学図書館春曙文庫蔵本・架蔵満光書写本・龍谷大学図書館蔵本・金沢大学図書館蔵本・兵庫県立小野高校蔵本・鶴岡市立図書館蔵本・大洲市立図書館蔵本・稽古有文館蔵本

なお、源氏物語本文は日本古典文学全集を使用した。

読解力の理論的基礎
――垣内松三初期国語教育学説の考察――

安　直　哉

はじめに

日本の国語教育界で、読解力を理論的に考究した先駆者として、垣内松三を挙げることができる。長年にわたって国語教育を主導している倉澤栄吉は、近年のＰＩＳＡショックに端を発した読解力問題を論じる中で、垣内松三を次のように紹介している。

> 垣内松三先生は、近代の国語教育の理論と実践の本格的指導者として、最初の学者である。我が国近代の国語教育実践理論は、垣内に始まり西尾実先生へと継がれていく。垣内理論を代表する著書は、言うまでもなく国文学叢書《ママ》第一巻の『国語の力』である―垣内理論は学力論から始まって、教材（文化）論に終わる。『国語の力』の書名が示す読解力は一九三〇（昭和五）年の『国文学体系』不老閣書房（一二二九頁の大作）で止めをさす[1]―。

垣内の読解力論は一九二二（大正十一）年の『国語の力』に始まり、一九三〇（昭和五）年の『国文学体系』に渡って展開したというのである。本稿では、この倉澤の見解を肯定的に受容しつつ、垣内の読解力論の展開の在り様を、特に初期（一九二八（昭和三）年二月まで）に限定して比較的丹念に精査していくことを目的とする。なお、本稿では「読解力論」という言葉を、「読解の学力論」といった程度の意味として仮に使用していく。

一　『石叫ばむ』の読解力論

一—一　言語の力

垣内松三の名は、一九二二（大正十一）年刊『国語の力』でもって、国語教育界に広く知られるところとなった。しかし、『国語の力』は彼の最初の著作ではない。最初の著書は一九一九（大正八）年に出版された『石叫ばむ』である。国民生活についてエッセイ風に綴られた全一二二頁の冊子である。

垣内は、茶道の奥儀が書き留めてある『南方録』を愛読していた。『石叫ばむ』には茶道の影響が随所に散りばめられている。

『南方録』では、茶道の本質を二首の和歌で表現している。藤原定家と藤原家隆の歌である。特に家隆の歌は、宗易（千利休）が、奥儀の示唆に最適として見出した一首だとして『南方録』の強調するところとなっている。

又宗易、今一首見出シタリトテ、常ニ二首ヲ書付、信ゼラレシ也、同集家隆ノ歌ニ、

　花をのミ待らん人に山ざとの

　　雪間の草の春を見せばや

これ又相加へて得心すべし、(2)

『石叫ばむ』でも『南方録』の右以下に続く歌論に言及している。この歌の読解に関する『石叫ばむ』の記述の中に、垣内の読解力論の萌芽が見て取れるのである。垣内は言う。

二たび三たび『山里の』と唱ひすました宗易の心律を自分の心の中に生かして聞けば、この小さな音を介して宗易の心の中に広がつて来る山里の光景がだんだん明になつて来る形が見える。何といふ偉大な言語の力であらう（3）。

この歌の上の句を読むと、「うら寂しい山里の姿が朦朧と浮かんで来」（四九頁）、心象風景が徐々に輪郭を明らかにしてくる。その緩やかな想像は下の句で突破される。

> 突然、旋律は昂揚し緊張し激越して『雪間の草の春を見せばや』に至つて、宗易の心の中に画かれた春の光に融け行く残雪の間から浅青に彩る山野の光景が明に見えて来る。（五〇頁）

読み終わった瞬間に、一気にその歌の意味が明らかになる。雪の山里の全景から、わずかな一草に焦点が絞られ、そこに春の訪れを直覚する。全体を読んで文意を直観するという、形象理論の中核を成す読解の本質論が、和歌を借りて説かれている。垣内が提示した、この「偉大な言語の力」が、後に『国語の力』で詳説されることになる。

一—二　読者と主体性

また、『石叫ばむ』では、右の家隆の歌を受けて次のように記している。

> 家隆の歌を誦して浮んで来たのは家隆の心ではない。この語の刀を以て浮彫にした彼の道の姿であつた。個性の奥底まで開鑿した時に全ての個性と連る人性を洞見した彼は、水を汲み炭を注ぐ様なさゝやかな行事をも人性の内面から照らす光を以て浄化せんとしたのは当然であらう。（五一頁）

右引用文に二回出てくる「彼」とは、「水を汲み炭を注ぐ」人物であるから、宗易を指しているであろう。「家隆の歌を誦して浮かんで来」るのは、「家隆の心」ではなく、宗易自身の「道の姿」だというのである。

歌から読者の心の在り方を読み取るのだと、垣内は説いている。大正時代中期のこの時期から、読者の主体性を重視した読み方を唱導していたことは注目すべき事実である。

垣内学説は読者の主体性を欠落させているという批判がある。あえてここでは具体例は提示しないが、戦後しばしば散見された批判である。しかし右引用文のような言説を読み直してみると、こうした批判が的確なものであったかどうか再考してみる余地がありそうに思うのである。次章以下では、読者という視点も考慮に入れつつ、垣内学説の展開を追っていく。

二　『国語の力』の読解力論

二—一　『国語の力』における「作者」

垣内松三著『国語の力』は、読みの方法論を説いた名著として、今日まで国語教育界に強い影響を与えてきた。『国語の力』は結果的に単行本となったが、発行当時は「国文学習叢書」の第一巻という位置づけであった。同叢書は、『国語の力』以下、『徒然草黄筆』『古今集の調』『平家物語の象』（全三巻）『新古今集の影』『万葉集の響』『紫文の光』『芭蕉の揺』『一茶の馨』『国語学習辞典』の全十二巻で完結する構想だったのである。『国語の力』は、これら古典文学を読解するための方法論を全巻の最初に提示するという意味合いを持って書かれていた。垣内自身、『国語の力』の最後のあたりで、「これまで（引用者注、『国語の力』のここまで展開してきた論述において、という意味）対象の統一に於て取扱つた『読みもの』は純文学に限られたのである」[4]と記している。純文学・古典文学の読み方を説いているという前提のもとで、『国語の力』は考察される必要がある。

全十二巻のうち『国語の力』以外は刊行されることはなかった。ただし、徒然草については、垣内を編者とした『正徹本徒然草』が一九三一（昭和六）年に刊行された。その序文で垣内は次のように述べている。

もし本書に依りて書写の諸相を明かにし、作者の表現意識を追験し、その微妙なる表現を深究して創造的怡悦に参入する端緒を求むるとせば、徒然草の研究の上に齎らすものが少くないであらう。(5)

「作者の表現意識を追験」することを重要課題として掲げている。作者の意識に迫るという姿勢は、『国語の力』の中でも一貫して説かれている。例えば左のようにである。

作者が書かうと思つたことが、どこまで書き得られたかを知ることを根底として、その現はれ方を認める考へが所求の問題とならねばならぬ。（傍点原文）(6)

最も自然な読方の進行は、作者が何を書かうと思つたかといふ疑問点を、その目標点として居る。（傍点原文）

（六五頁）

「作者が何を書」こうと「思」ったかを「深究」することが、『国語の力』で説かれている読解力の第一の相なのである。ただ恣意的に作者の思想を想像するのではなく、文章を拠りどころとする。

文の解釈の第一着手を、文の形に求むるといふ時、それは文字の連続の形をいふのではなくして、文字の中に潜在する作者の思想の微妙なる結晶の形象を観取することを意味するのである。

（八二頁）

文章から作者の思想を観取する方法論が形象理論の中心となる。

では具体的にどうするのか。『国語の力』で説かれていることを、極めて大雑把に一言で表すと、センテンス・メソッドによる文意の直観ということになる。センテンス・メソッドについては、拙稿(7)で詳説しているので、本稿で解説することは省略する。以下では、「文意の直観」について論考していく。

二―二 「文意の直観」について

文意の直観は、読解の初期の段階から発生している。最初の「指導者の音読から生徒は文意を直観して居る。これが sentence method の出発点である。」（一九頁）とされている。

ヒューイの説に則り、垣内は、文章を「同時的継続的全一」（七五頁）と見なす。「継続的」という表現は、「作者の思想の姿を文の形に見るのは、思想の律動を音の流れに見るのと同じ」（七五頁）で、あたかも音楽を聴くように、視読の時間を経て初めて得られる読解作用である。この「継続的」な読解作業は、「一語より一語に一字より一字へと連る」（七六頁）作業であり、辿り読み的な読解の作業である。しかし、この「継続的」な面を強調し過ぎると、「文語を口語に、口語を他の口語にいひ換へ」（七六頁）るといった、語釈の繋ぎ合せに陥りやすい。それでは文章を全一的に直観することはできない。

そこで「継続的全一」と同等以上に垣内が強調したのは、「文を同時的全一の姿に於て意識する」（七六頁）ことであった。それは通読によって、あたかも絵画を見るように全体を理会することであった。『読み方教授』の中で、芦田恵之助は教材「冬景色」を「絵のやうだ。」(8)と評する。その箇所は『国語の力』にも引用され、『国語の力』の中心部分を形成している。垣内も、この、絵を見るようと例えられる同時的全一という理会の仕方が実践されていることに意を強くしている。

垣内は「小さい時から絵を習つ(9)」ていた。そしてその経験が「自ら形象といふ考へを固めさせることになった」（一七頁）一因かもしれないと述懐している。垣内の学説は後に「形象理論」と呼ばれて国語教育界に浸透していく。この「形象」という言葉は、もともと美術の世界で頻繁に使われていた。形象理論が有する、あたかも絵画鑑賞のように、物事の本質を同時的全一の姿で直観的に把捉する態度には、絵を習っていたという垣内の幼年時代の体験が影響を与えているのかもしれない。

読み深めることによって、ぼやけていたピントが合ってくるように、文意が鮮明になってくる。「初はたゞ全体の印象のみであるが、それから全体との関係に於て部分部分が引続いて見えて来るやうに、文も初は輪郭が見え、それから初めには暗かつた部分々々が分つて来る」[10]という叙述は、垣内の言う同時的全一の過程を分かりやすく表現したものとなっている。

後に垣内は、「国語教育の研究に於て『直観』を据ゑつけるまでの過程を顧みて今眼の底が熱くなるのを感ずる。」[11]と回顧している。垣内学説にとって「直観」という、読み方の発想が如何に重要なものであったかを知ることができる。

二―三　「自己を読む」について

文意の直観によって、読者はどこまで深い読解を成し遂げられるのであろうか。

視読の場合の通読は始めから終りまで自己の作業であつて他の助けを藉りないで文を内視することであるから、解釈の力の強弱は自己の心の力をそのまゝに示すものである。芦田氏が、「読方は自己を読むのである」といふことを述べて居られるが、自己のもつて居る力だけしか文を読む力はないのであるから、眼が低くかつたり心が拙いとしたら、他人の書いた文を読むのであるが、結局その解釈は自己の力を示し自己の心の姿を自己に見せるものであるといはなければならぬ。[12]

「自己を読む」というと深遠な意味合いを想像する。実際、芦田の言う「自己を読む」は意味深長な概念である。ただ、垣内は、ここでは、個人個人によって、知識経験能力等が違うため、読解も個々人の知識経験能力の範囲内でしか深めることができない旨を指摘していると言える。個人が成長すれば、深い読解も可能になる。垣内は次のように述べている。

> 趣の豊かな作品であるほど年をとつてから始めて解るやうなことがらが、さらさらと目だゝずに書いてあることも少くない。(13)

発達論的展望は示しているものの、指導過程論としては弱い読解力論である。もちろん垣内の読解力論はこれにとどまるものではなかった。

> 前に読方は自己を読むものであるから自己以上のものでもなければ自己以外のものでもないといふことを述べた。併しながら、もし自己の内に研究の対象が新しく見出される時には研究の作用は無限に広か《ママ》つて行く。(14)自己の内に於て更に自己を深めつゝ、尖鋭なる洞察の力を練つた批評家の態度（中略）が、尊く思はれる。「読方は自己を読むものである」といふ時、自己を専断的批評を産む放縦なる自己たらしめないで、自己の内に無限に展開する探求の精神に満ちた自己たらしめ仮定の連続を辿りて仮定を確定するまでに研究を深める作用を考へるのが帰納的批評法の主題であるといはねばならぬ。（四八―四九頁）

研究や探求の精神を持てば、読解をより深めることができるというのである。

垣内は、その水準から、読み方を「読方・解釈・批評」（六頁）の三段階に分けている。小学校で行われるのは、このうちの主に「読方」である。それに対して右の二つの引用文は批評法として掲げられたものである。批評法で論じられるような姿勢で自己の読みを突破することは、小学生には難しい。

小学生の段階から、より深い読解に至らしめるにはどうしたらよいであろうか。外からの力としては「他の助け」、つまり教師の指導助言ということである。その一方、内発的な作用としては、次章以下で論じる、「自証」「証自証」という過程が注目される。

三　読解力論と読者

『国語の力』では、「読者」の役割については、ある程度、限定的に論じられていた。しかし、『国語の力』発刊の四年後の一九二六（大正十五）年に発表した論文「想の形」では、新しい展開が見られた。「想の形」では、夏目漱石の「間隔論」を批判的に吸収しつつ、作者と読者と作中人物の関係について論じている。「寧ろ動くものは作家と読者とであつて、静止的なるものは作中の人物とも見ることができるのではあるまいか。」[15]と、動力体としての読者の役割を重視し始める。さらに次のような結論にまで至る。

創造を、単に測るべからざる古代に於て神が創造したものの継承とすることなく、日々に新しい人性と新しい文化を創造するものと見なければならない。従つて作家と読者とはその協同作業として、さうした創造を対象としなければならない。（一〇頁）

では、読者はどのようなかたちで「協同作業」に参画するのか。

言表でもなく、印象でもなく、それを維ぐ作用を、言語（文）の本質と見る時に、奏者と聴者とを結ひつける純粋なる音楽の糸、聴者と話者とを面接せしむる生きた電波のやうな、目に見ることも、手に執ることもできないものが、我々の面前に具体的に現はれて来るのである。（三頁）

作者と読者を「維ぐ作用」こそ「言語（文）の本質」だという。垣内が、大正時代に既に極めて先覚的な読者論の片鱗を提案していたことが読み取れる。

三―一　自証、証自証の導入

三―一―一　作者の働きとしての自証、証自証

読者を視野に入れた読解力論は、自証、証自証という概念を導入することによって理論的補強がなされた。自証、証自証とは、自証分、証自証分という唯識仏教上の概念に由来する。そのあたりの事情については、先行研究に詳しい論究がある。(16)

本稿では、唯識論とはひとまず切り離して、垣内の論文・著作の中で、自証、証自証がどのような意味で使われているかを見ていく。

自証、証自証が用いられてくるのは、一九二三（大正十二）年に発行された雑誌『講座』中の論文「自照の文学」あたりからである。同論文は、日本の文学研究において、抒情詩研究の盛んなのに比較して、これまでエッセイの研究が「まとめて考へられて居な」(17)かったという問題意識を背景に持っている。「エッセーは人格の深奥より返照する文学である」（一六二頁）。その「返照」の仕方について次のように論考を進めている。

> 抒情詩は直観の直現であるために生命を示現するやうにエッセイは個性の内面に於ける錯雑せる矛盾衝突をそのまゝに返照するがために、却つて罅隙を透して、恰かも重なり合つて居る叢雲の間に星の光を見つけるごとく（中略）そこに見えなかつた本当の光をも見せてくれるのである。（一六三―一六四頁）

エッセイは、複雑な文章構成を透かすことによって、作者の葛藤までを表現することができるのである。自らの心の襞を複数の合わせ鏡を通すように照らし出す。それが「返照」と言えるのであろう。この「返照」の過程が「自己観照の境地」（一六四頁）となる。自己観照は自己否定に傾くこともあれば自己肯定に傾くこともある。「自

己否定の際に於ても、自己肯定の機会にも、自証の精神が明晰であるほど、軽々しく否定にも肯定にも従ふことができない。その自己の中に行はる、対話をそのま、更に諦聴する証自証の精神が動くのを感ずるであらう。」（一六四頁）と述べる。自己を自照するもう一人の自己の働きが自証であり、さらにそのもう一人の自己を自照する一層の高みにいる自己の働きが証自証となる。

自証、証自証という概念は、作者がみずからの自己を徹底的に自照していく過程で生じてくる精神の働きだと言える。

このように、エッセイの作品論の中で、「自照文学の多くは、自証 Self-evidence の文学であり、且、証自証の文学である」という提言がなされていた。(18) 垣内の論文のうち、自照文学の創作論・作品論を扱う論文においては、自証、証自証という概念は、作者の自己観照の働きを表すものとして用いられるのであった。

三―一―二　読者の働きかけとしての自証、証自証

自証が読者の働きかけの仕方として取り上げられた初期の論文として「体系的仮定」が挙げられる。次のように書かれている。

日本文学を研究せんと欲する自己の意識の解剖は、先づ研究の伝統の整理を試み、更に研究の意志に照らして自証する手続を経なければならない。(19)

ここでは、研究者の読解の中に自証の働きを認めた。これが、『国語教授の批判と内省』では、一般読者わけても児童の読解に自証、証自証の働きを求めるようになっていく。垣内は次のように述べる。

帰納的解釈と演繹的解釈とを統一する作用は、それ等を超越した作用の中から生まれる。それは自己の個人

的主観的解釈を内省して、更に最高の統一を求むる自証作用の展開より生まれる主観的解釈である。[20]

個人的主観的解釈を内省し、自証の作用を経ることによって、帰納的解釈と演繹的解釈を統一した、主観的解釈が導き出される。自証を経たならば、主観的解釈も評価するというのである。読者の個性を反映した読みの方法を肯定的に理論化しようとする態度が見て取れる。

『国語教授の批判と内省』では、当時の国定国語読本に掲載されていた教材「マリーのきてん」を詳細に分析していく。それは「証自証の態度」（一四九頁）を垣内自ら体現するものであった。分析の最後に垣内は次のようにまとめている。

子供がある文について得た直観が読方教授の出発点とならねばならぬ。さうしていかなる教材でも、客観的対象となるものがあると同時に、それを求むる創造的作用の無限の展開がなければならぬ。その対象と作用とを明かにするためには、その原象を仮定として不断の自証の展開の上から証自証の態度を確立しなければならぬ。

（一四九―一五〇頁）

ここに、垣内の提唱する「直観―自証―証自証」という読みの過程が成立した。直観から自証へと向上的展開を図るには「創造的作用」が必要だという。「創造」とは、極めて個性的な営みである。『国語教授の批判と内省』で理論的補強がなされた垣内の読みの過程には、読者の個性というものが本質的要素として深く入り込んでいるのである。

右引用文にも出てくる「創造的」という言葉は、読みの本質に関わる重要なキーワードになっている。もし『読』を受動的なる享受・理解・鑑賞等の作用に限定するならば、その全体は印象もしくは反省の外に出づることはない。併し真の理解や鑑賞には、個性の烙印が捺されなければならぬ。真の『読』は創造であ

る。『創造的読方』Creative Reading は『読』の帰趨である。（五八頁）

受動的な読み方では、印象読みの範疇を出ることはできない。真の理解や鑑賞に至るには、読者の個性を取り込んだ読み方が必要になる。それは極めて創造的な知的作業になるのである。

また、垣内は、「書くことが創作であるばかりでなく、読むことも創作であることを明かにしたい。創作と批評との関係に就いての因襲的見解に囚はれることなく、已むに已まれぬ要求に追ひ立てられて書くこと、読むこと、の間に共通なる創造作用によつて、真に読む作用を認めよう。」（一九二頁）とも述べている。

垣内は、綴り方教授も視野に入れることによって、自証・証自証という作用や、創造的読み方という方法を獲得することができた。「『読』に依りて反省せられ、覚醒せられたる自己は、『綴』の態度を意識することなしには熄まないのである。」（五八頁）というように、綴り方へと意識を広げたことによって、学習者（読者）の自己を考慮する読み方を発見していくのである。

創造的読み方の教育法については、今日、鹿内信善によって教育心理学的方法による理論化が成されている。[21]

垣内の提唱は極めて現代的な課題として、読み方教育の基幹に位置づくのである。

四　第二次国語教育研究への期待

垣内は、一九二七（昭和二）年十月に「第二次国語教育研究の展望」という論文を発表する。[22]

第一次国語教育研究の時期は「大正十年頃より最近に至るまで」である。つまり、垣内松三著『国語の力』の出版とその影響によって、第一次国語教育研究は形成されたのである。それによって、国語教育研究の「地ならし」（六頁）は「終つたと見てもよいかと思ふ。今や一歩を進めて礎石を置かなければならないのである。」（六頁）

その礎石の一つ、垣内に第二次国語教育研究の始動を印象付けたのが、「佐藤徳市氏の近業『心と語との融合点に立つ読方教育』」（二頁）であった。

同書の書名は正確には『心と言葉の…』であり、同年四月に出版された。佐藤徳市は垣内学説から強い影響を受けつつ、独自の読み方教育論を開拓し続けた国語教育研究者であった。そうした同時代の研究者に対して、垣内は「国語教育の研究の上に於ても心と語との融合点から現はれて来なければならない遠い前程が開けて来たやうに感ぜられる。」（二頁）と賞賛の言葉を送っている。「心と語との動力的統一の関係を明かにする意味[23]」を込めて上梓された『国語の力』であったが、数年を経てやっと、佐藤徳市などによって学問的発展・浸潤が図られたのであった。垣内が、「大正十一年五月『国語の力』を発表してから、多くの誤解と曲解とが現はれた中にも、この書物によつて未知の学友を得たといふ悦びもあつた。」（四四頁）と述べているが、その「悦び」の一つが佐藤の業績だったのであろう。

垣内の国語教育研究の時期区分を整理するために、仮に大正十年以前を〈第一次国語教育研究以前〉の時期としておこう。

第一次国語教育研究以前の時期においては、「国語学、国文学の研究[24]」が「国語教育効果の欠陥を指摘して」（四頁）くれると思っていた。しかし、国語学・国文学といった「かくの如き知識の渇仰は当然のことであるが、国語教育の研究の上には加ふるところがなかつた。」（四頁）むしろかえって「国語の知識を教授すること、、国語の力を教育すること、が常に混合せられて、国語教育の研究は常に各学科の専門家のために翻弄せられて居た」（六頁）という状態を生み出してしまった。

第一次国語教育研究以前の右のような状態を克服したのが第一次国語教育研究である。垣内は言う。

文学現象はいかに複雑となつても、古から今に至るまで一貫して変らないものは、読むといふ作用、綴るといふ作用である。これ等を鍛錬しやうといふ望は親たちも教師も常に忘れたことはなかつた。国語教育の問題はこゝにある。研究しなければぼ《ママ》ならないのは『読み』や『綴り』であつてその他何ものでもない。（四頁）

こうした見識のもとで上梓されたのが『国語の力』であった。国語教育の目標が、国文学国語学の知識的伝達ではなく、読む力、綴る力の向上であるという認識は、同書によって、全国の国語教師に伝播していったのであった。

そうした認識の定着を受けて、第二次国語教育研究として、垣内が求めたものは何だったか。

心と語との融合点に立たねばならないことは論究されて来たが、その立脚点を踏んで立つて居る態度Volitional attitude は明かにせられなかつた。即ち理会の諸相、興味の偏向性、志向線の錯雑の如き重要なる問題はそのまゝにしてあつた。（五頁）

右を換言すれば、「『読む』（聴く）心、『綴る』（語る）心の研究」[25]の必要性ということになろう。具体例としては、「国語教育に於ける（理会・体験・鑑賞・情意作用）の教育学的測定」[26]が挙げられている。「第二次国語教育の立脚点として何よりも先に踏しめなければならないことは『理会』（鑑賞等を含めて）の教育学的測定である。」（四頁）と強調する。

当時は、「理解・判断・推理の能力を考査することは不可能であらうと危ぶまれる」[27]声もあった。これに対して垣内は、そうした「学者達の偏見の為に歪まされて居る我が国語教育の現状に就いて根本的革正を望むの念を禁ずるを得ないのである。」（七頁）と断言する。

垣内はさっそく読解の教育学的測定の収集に取り掛かった。まだ数多いとは言えないが、その中で得た垣内の見識は次のようにまとめられている。

実地授業の上に現はれる質問や答の取扱ひ方には、明かに指導の態度に潜める教授者の主観の片影を見ることができる。唯、自分は今こゝに教授者がかうした考査や測定を試なければならぬといふことを論じて居るのではない。教室の裡に自らに生ずる教育事実を瞬間に純客観化する、俊敏なる作用を自得する必要を語つて居るのである。(28)

教育事実を客観的に把握する能力を国語教師に求めていた。こうした試みを体系化することが第二次国語教育研究の中核となるものと垣内は信じていたのであろう。

この数年後、垣内は海外の読書科学、特に心理学的・生理学的測定に関する多くの研究を紹介し始める。垣内のそうした論考は、一見、唐突に思われるが、実は右のような歴史的必然性を有した行為だったのである。

五　まとめ

垣内松三の初期読解力論を様々な関連から考察してきたが、ここでは三点に絞って、まとめとする。

第一は、読解における読者の関わりである。読解に読者の思想が関与してくるという発想は、第一著作『石叫ばむ』(一九一九)からその萌芽が見られた。しかし垣内学説を広く国語教育界に知らしめることになった『国語の力』(一九二二)では、作者の思想を観取することに力点が置かれたため、読者の役割は論じられることが少なかった。読者の作用が垣内学説の中で、その位置を得始めたのは、自証、証自証という読み方の過程の導入に起因する。この自証、証自証という概念は『国語教授の批判と内省』(一九二七)で定着する。同書で、読解における読者の役割は大きくなるのであるが、そこには綴り方教授の影響があった。

第二は、国語教育研究の時期区分である。垣内は自著『国語の力』が発表された時期頃から、一九二七（昭和二）年頃までを、第一次国語教育研究の時期としている。そして、佐藤徳市著『心と言葉の融合点に立つ読方教育』を始め、垣内学説を継承した諸研究が発生し始めた時期（一九二七（昭和二）年以降）を、期待を込めつつ第二次国語教育研究の時期と呼んでいる。この第二次国語教育研究においては、基礎研究としての読み方の教育学的測定が盛んになることを望んでいた。そして実際に垣内自らそうした測定研究を整理・発表し始めるのであった。

第三点目は、国語の力は、常に心と言葉の関連を軸に考究されるという方向性を明確にしたことである。「文学形象は『心と語』といふ形式的なる命題の分化した様相に外ならない。」[29]という発想が、今後の垣内学説に、更なる深みを増していくことになる。

注

（1）倉澤栄吉（二〇〇六）「『言語生活の向上』に向けて」（『月刊国語教育』26巻6号、東京法令）一三頁

（2）久松真一校訂解題（一九七五）『南方録』淡交社、一六―一七頁

（3）垣内松三（一九一九）『石叫ばむ』不老閣書房、四九頁

（4）垣内松三（一九二二）『国語の力』不老閣書房、二七三頁（引用に使用したのは12版）

（5）垣内松三編（一九三一）『正徹本徒然草』文学社、二頁

（6）垣内松三（一九二二）五七頁

（7）拙稿（二〇〇六）「センテンス・メソッドの思想」（日本国語教育学会編『月刊国語教育研究』四〇七号、四六―五一頁）、拙稿（二〇〇六）「国語教育におけるセンテンス・メソッドの考察」（岐阜大学教育学部編『岐阜大学教育学部研究報告＝人文科学＝』55巻1号、一一―二〇頁）

（8）芦田恵之助（一九一六）『読み方教授』（『芦田恵之助国語教育全集第七巻』明治図書、一四八頁）

(9) 垣内松三(一九四〇)『言語形象性を語る―自叙伝風に―』国語文化研究所、一七頁
(10) 垣内松三(一九二二)六八頁
(11) 垣内松三(一九二七a)「創造的探究を求めて」(『国文教育』5巻12号、四頁)
(12) 垣内松三(一九二二)二三頁
(13) 垣内松三(一九二三a)「純粋なる『もの』(自照の文学の二)」(『講座』5号、大村書店、二二四頁)
(14) 垣内松三(一九二二)四八頁
(15) 垣内松三(一九二六)「想の形」(『国文教育』4巻3号、不老閣書房、八頁)
(16) 佐藤あけみ(一九八六)「垣内松三の『直観―自証―証自証』についての一考察」(『日本文学』35巻12号、七一―七九頁)、拙稿(二〇〇五)「国語教育における形象理論の生成」(全国大学国語教育学会編『国語科教育』57集、一二―一九頁)
(17) 垣内松三(一九二三b)「自照の文学」(『講座』創刊号、大村書店、一六一頁)
(18) 垣内松三(一九二六)「日本文学の体系」(『国文教育』4巻8号、不老閣書房、九―一〇頁)
(19) 垣内松三(一九二七b)「体系的仮定」(『国文教育』5巻5号、不老閣書房、二頁)
(20) 垣内松三(一九二七c)『国語教授の批判と内省』不老閣書房、一一三頁
(21) 鹿内信善(二〇〇七)『創造的読み』の支援方法に関する研究』風間書房
(22) 垣内松三(一九二七d)「第二次国語教育研究の展望」(『国文教育』5巻10号、不老閣書房、六頁)
(23) 垣内松三(一九四〇)三六頁
(24) 垣内松三(一九二七d)四頁
(25) 垣内松三(一九二七a)三頁
(26) 垣内松三(一九二七d)五頁
(27) 垣内松三(一九二八a)「文献学批判」(『国文教育』6巻4号、不老閣書房、七頁)
(28) 垣内松三(一九二八b)「理会の教育的測定(承前)」(『国文教育』6巻2号、不老閣書房、九一頁)

(29)　垣内松三（一九二七b）二六頁

主要参考文献

田近洵一（一九八二）「私にとっての『国語の力』―私的回想風に」（国語教育研究所編『教育科学国語教育臨時増刊『国語の力』をこう読む』明治図書、五五―五七頁）

新資料『紫式部物語　附・和泉式部物語』紹介

——解題・影印・翻刻——

藤井佐美

解題

◇書誌

所蔵　個人蔵

形態　袋綴一冊、四針眼訂法、横十五・七糎、縦二十一・六糎、墨付三十二丁

表紙　前表紙・後表紙とも破損大、紺地に金の橋と蓮華の絵、逆さ綴じ、綴じ糸白色

題簽　無し

内題　一丁表一行目、「むらさきしきふ物かたり」
十六丁表四行目、「いつみしきふ物語」

奥書　無し

印記　内題「むらさきしきふ物かたり」下部に朱印「春□《景カ》」。なお、「春景」については国学院大学日本文化研究所編『和学者総覧』（平成三年一月・汲古書院刊・三四七頁）に「5102島崎春景」の名が見える。

その他　一筆書、注記等書き入れ無し、補入箇所有（補入記号無）、九丁表袋内側に銀杏一葉有

◇**内容**

〈紫式部物語〉

①紫式部の容姿と歌・仏道［一丁表〜一丁裏8行目］
②紫式部の娘の歌の才［一丁裏8行目〜三丁表5行目］
③紫式部の石山参詣と、娘の継子譚［三丁表5行目〜四丁表7行目］
④『源氏物語』六十帖と本尊を描かせた後の下向［四丁表7行目〜四丁裏9行目］
⑤娘の容姿と歌・琴の才［四丁裏9行目〜五丁裏3行目］
⑥娘の病と平癒［五丁裏4行目〜七丁表6行目］
⑦和泉式部（娘）の容姿と舞の才［七丁表6行目〜七丁裏8行目］
⑧酒呑童子退治譚と、褒美としての和泉式部［七丁裏8行目〜十丁裏9行目］
⑨紫式部（母）から和泉式部（娘）への教え［十丁裏9行目〜十二丁裏2行目］
⑩在原業平の譬喩［十二丁裏2行目〜十五丁裏5行目］
⑪紫式部の石山参詣と、『源氏物語』の五巻［十五丁裏5行目〜十六丁表3行目］

〈和泉式部物語〉

⑫和泉式部と赤染衛門の交流［十六丁表4行目〜十七丁裏1行目］
⑬和泉式部と保昌の復縁［十七丁裏1行目〜二十丁表8行目］

⑭和泉式部の子（娘）捨て［二十丁表9行目〜二十一丁裏1行目］
⑮捨て子の成長［二十一丁裏1行目〜二十三丁裏3行目］
⑯母娘の再会と、養父母を伴う上京と繁栄［二十三丁裏3行目〜二十九丁裏9行目］
⑰帝の御前での小式部（娘）の詠歌［二十九丁裏9行目〜三十一丁表7行目］
⑱和泉式部（母）と小式部（娘）の歌道奨励［三十一丁表7行目〜三十二丁裏9行目］

影印（上段）、**翻刻**（下段）

［前表紙表］

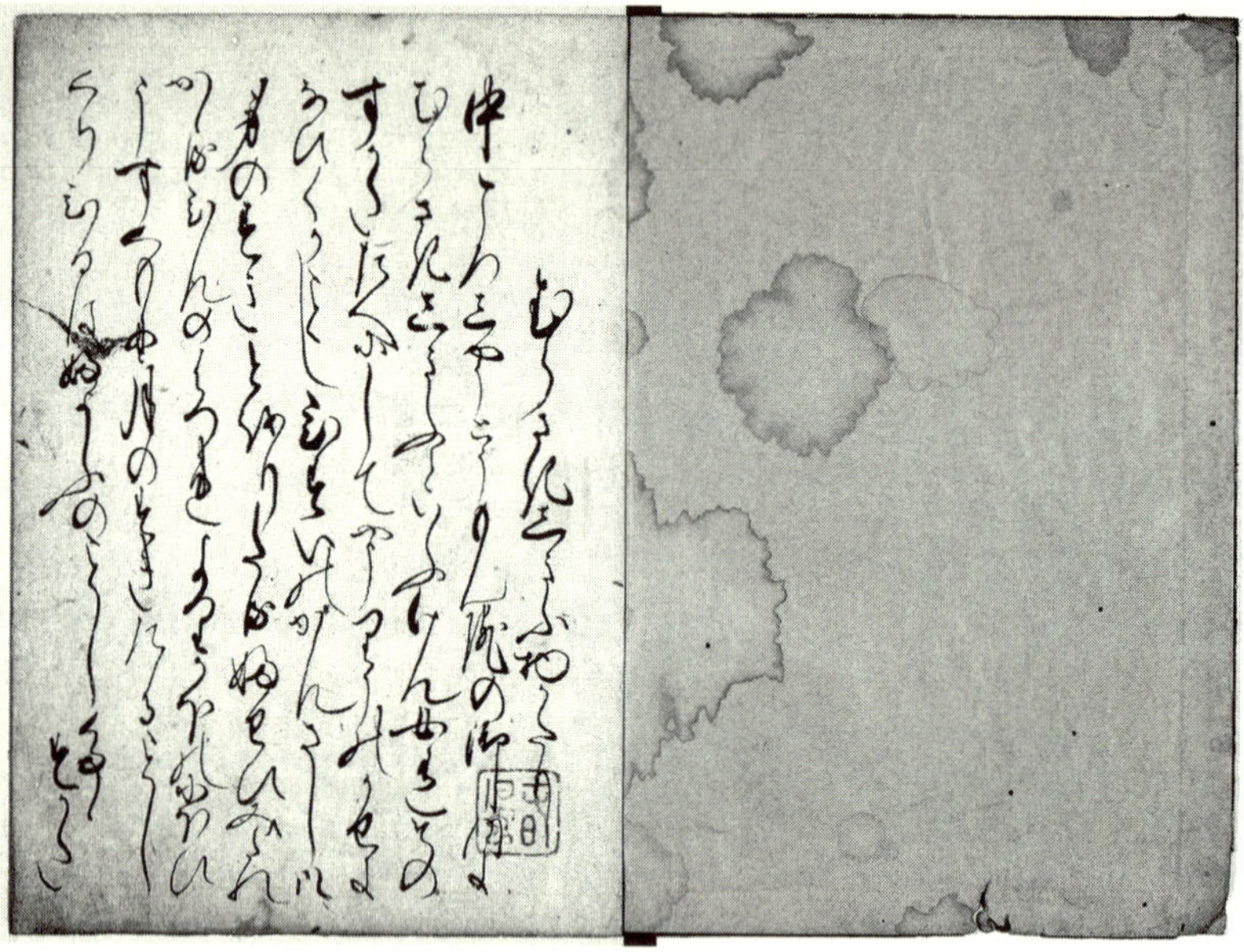

〔前表紙裏〕

〔一丁表〕

むらさきしきふ物かたり
中ころしやうとうもん院の御門に
むらさきしきふといふけん女有その
すかたたへにしてやうりうのかせに
なひくかことしひすいのかんさし御
身のすきとをりたるふせひみたれ
かゝるひんのはつれよりかほのにほひ
うすくもに月のすきたることし
くちひるはふよふのことしたゝすかた

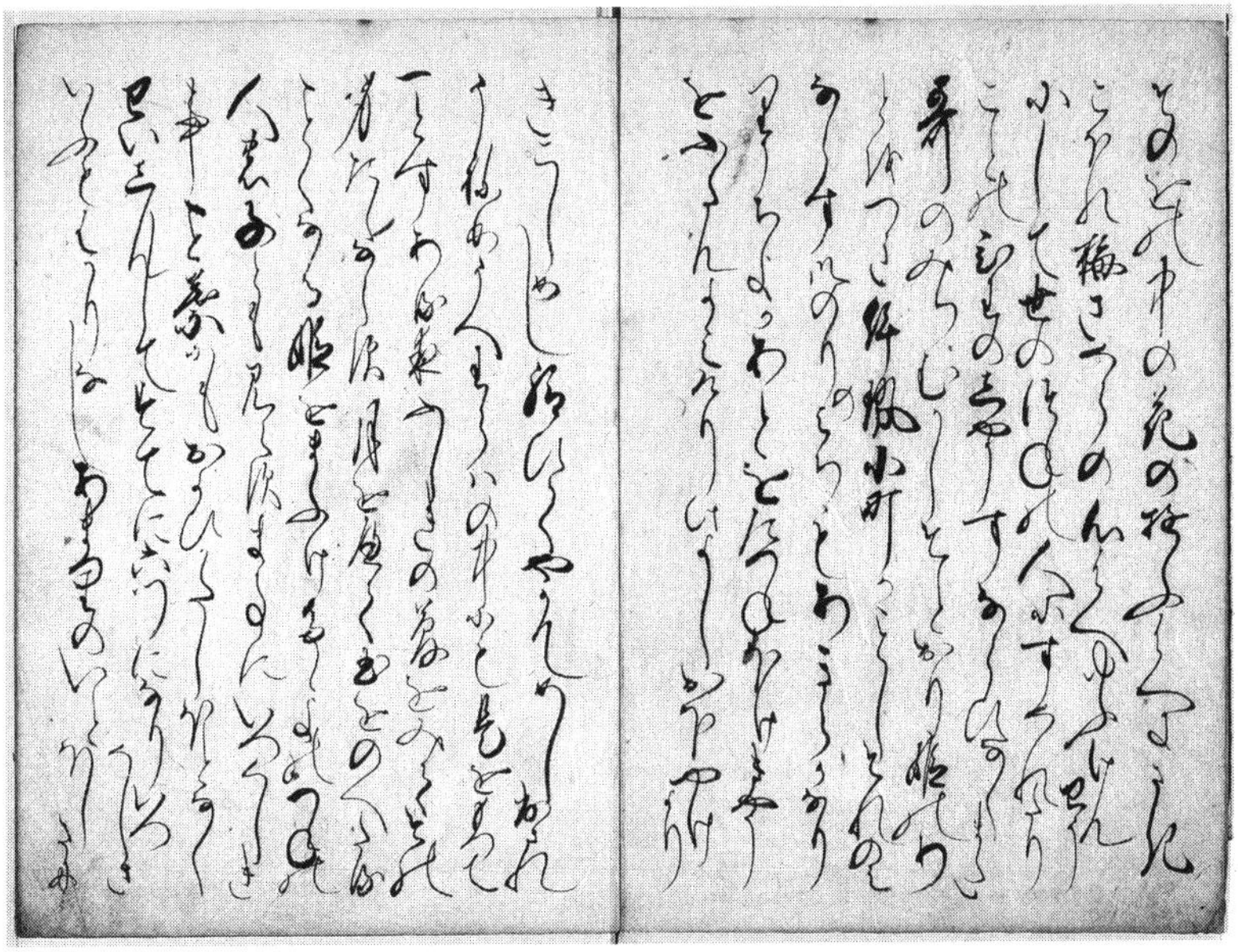

〔一丁裏〕
そのをの中の花のゆふはへにさき
こほれ梅さくらの心はへゆふけんせう
にして世のつねの人にすくれたり
ことのひわのしやうすならひなくまた
歌のみちむかしそとおり姫のあ
とをつき伊勢小町かことしそれのみ
ならす御のり《の》みちもあきらかなり
りうちよかあとをたつねほけきやう
をふたんよみけり此よしおほやけより

〔二丁表〕
きこしめし給ひてやかてめし出され
うねめうへわらはの中にも是をもつて
一とすある夜ふしきの夢をみてその
身たゝならす月をへて玉をのへたる
ことくなる姫をまふけたゝよのつねの
人君子とも見えすま事にいつくしき
事こと葉にもおよひかたしほとなく
せいしんしてすてに六つになりいつくしさ
いふもはかりなしあまりのいとほしさに

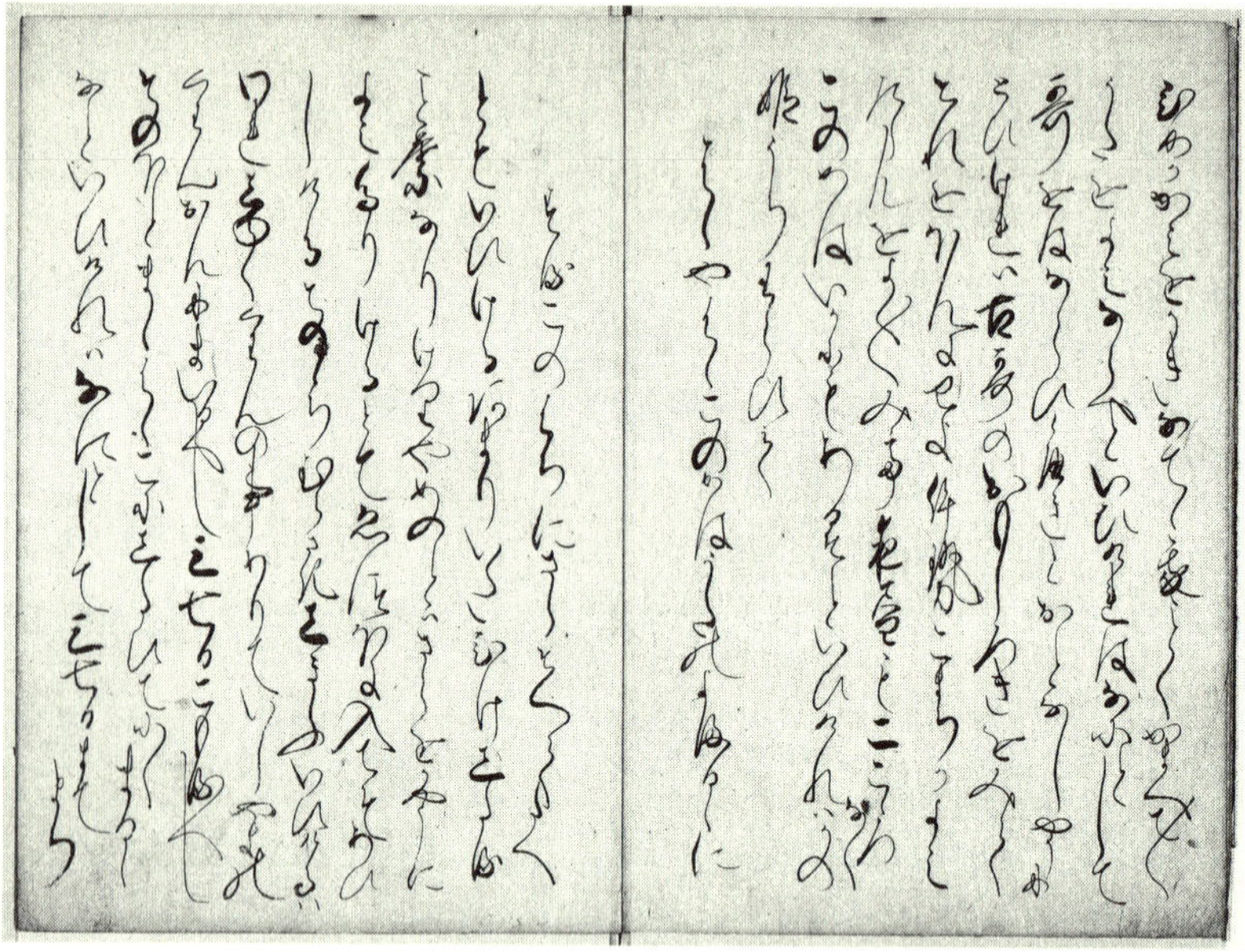

［二丁裏］
ひめかかみをかきなてゝ我とくかまへて〳〵
うたをよみならへといひけれはなにとして
歌をはならひ候へきとおとなしやかに
とひけれは古歌のおもしろきをみて
それをほんにせよ伊勢こまちかよみ
たらんをよく〳〵みて夜昼も二こゝろなく
このめはいかにもあるそといひけれはかの
姫うちわらひて
　はゝやはゝこのめはうたのよまるゝに

［三丁表］
　するこのはちにさらそへてたへ
とそいひけるあまりいたひけしたる
こと葉なりけりやめのとはさらをかやうに
よみたりけるとてゑつほに入てそあひ
しけるとのゝちむらさきしきふいひけるは
われしゆくくわんの事ありていしやまの
くわんおんにまいるへし三七日こもるへし
そのほとまゝはゝこにしたひてにくまるゝ
なといひけれはなにとして三七日まてまち

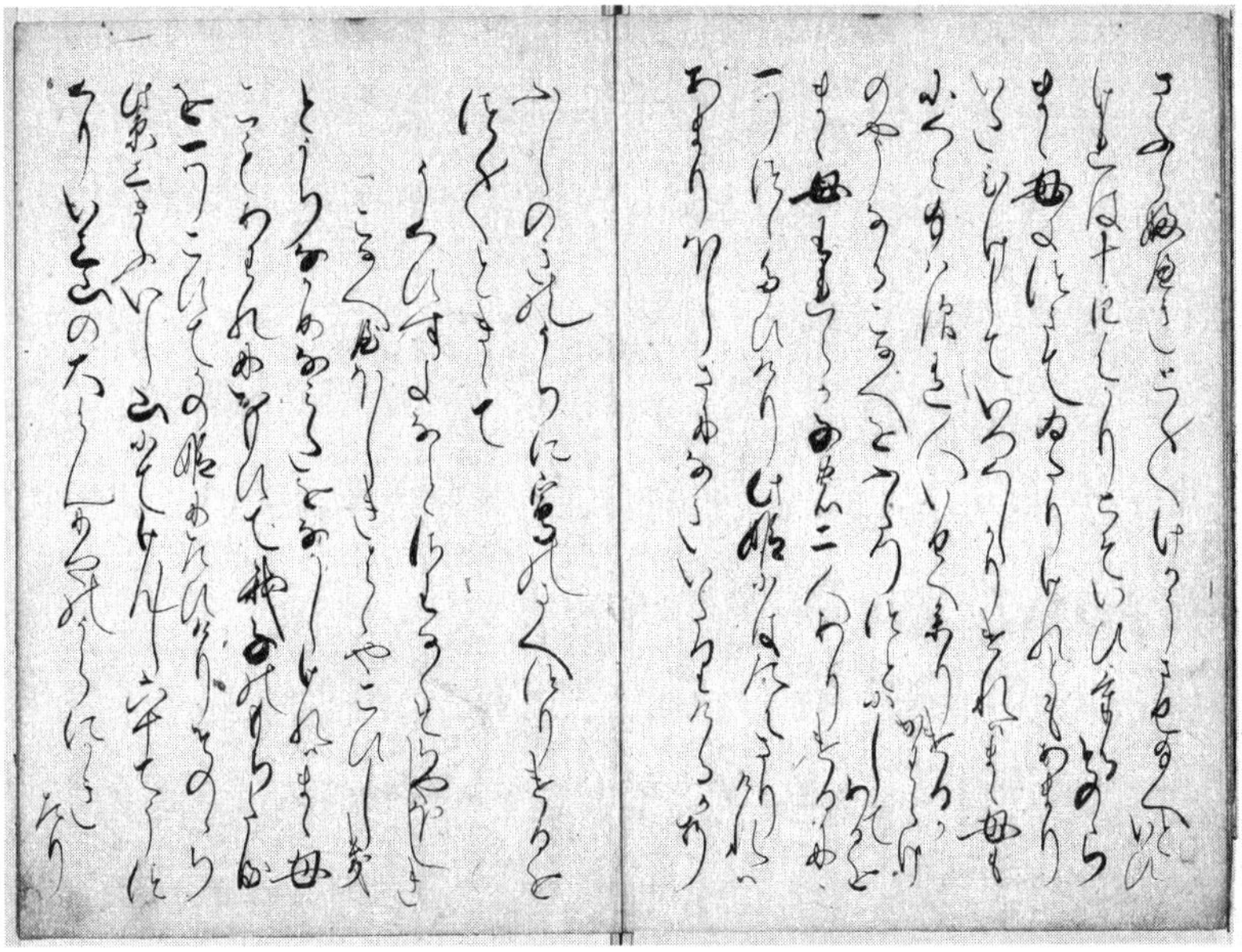

［三丁裏］
さふらふへきとく〳〵けかうさせ給へといひ
けれは十日はかりとそいひけるそのゝち
まゝ母につきてゐたりけれともあまり
いたひけしていつくしかりけれはまゝ母も
にくみ給はす有人いせへ参りけるかかわらけ
のやうなるこなへをふたつつとにしてあるを
まゝ母われらか子君二人ありけるに（ゝ）
一つつゝたひけり此姫にはたえさりけれは
あまりほしさになきいたりけるか折

［四丁表］
ふしのきのうちに鶯のさへつりけるを
つく〳〵ときゝて
　うくひすよなとさわなくそちやほしき
　　こなへやほしきはゝやこひしき
とうちなかめなみたをなかしけれはまゝ母
こもあわれにおもひて我子のもちたる
を一つこひてかの姫にたひけりそのゝち
紫しきふいし山にてけんし六十てうつ
くりいし山の大はんにやのうらにかきたり

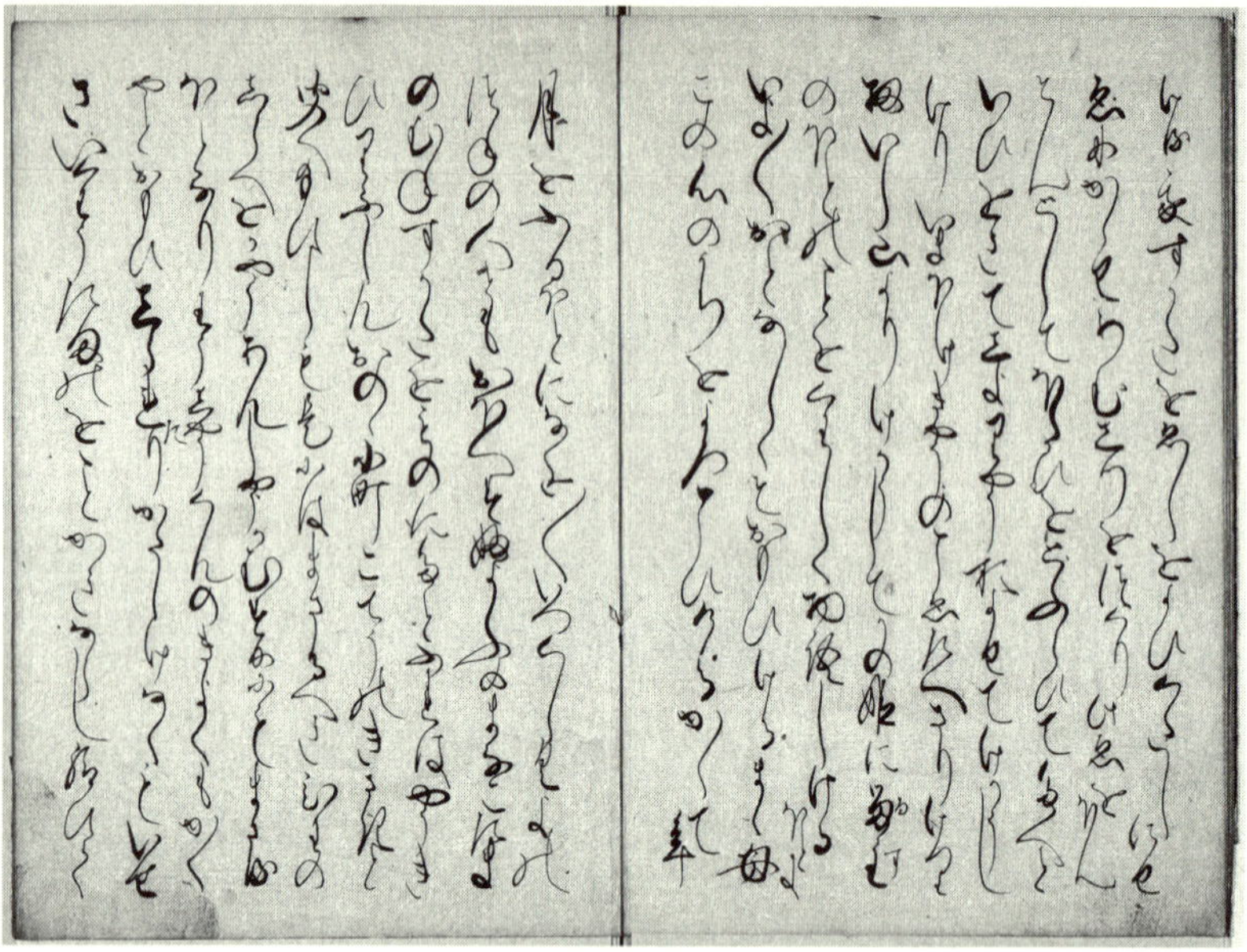

［四丁裏］
ける我すかたをゑしをよひくたしにせ
ゑにかゝせあむしつをつくり此ゑをほん
そんとしてほたひをとふらひてたへと
いひをきてしよりやうおよせてけかうし
けりいまほけきやうのこゑたへさりけり
扨いし山よりけかうしてかの姫に留主《るす》
のほとのことをくわしく物語しけるほとに
いよ〳〵おとなしくそおもひけるまゝ母
この心のうちをよろこひけるかくて年

［五丁表］
月をふるほとになを〳〵いつくしくよの
つねの人ともおほへすふよふのまなこたま
のむねすかたをものにたとふれはやうき
ひりふしんおのゝ小町こてうのきさきと
聞へ給ひしも是にはまさるへきひわの
しらへをかやうあんしやうかむすめにもまさる
ほとなりわうしやうくんのきよくもかく
やとおもひしられ《た》りかたしけなくもいせ
さいくわうたまのをことかきならし給ひて

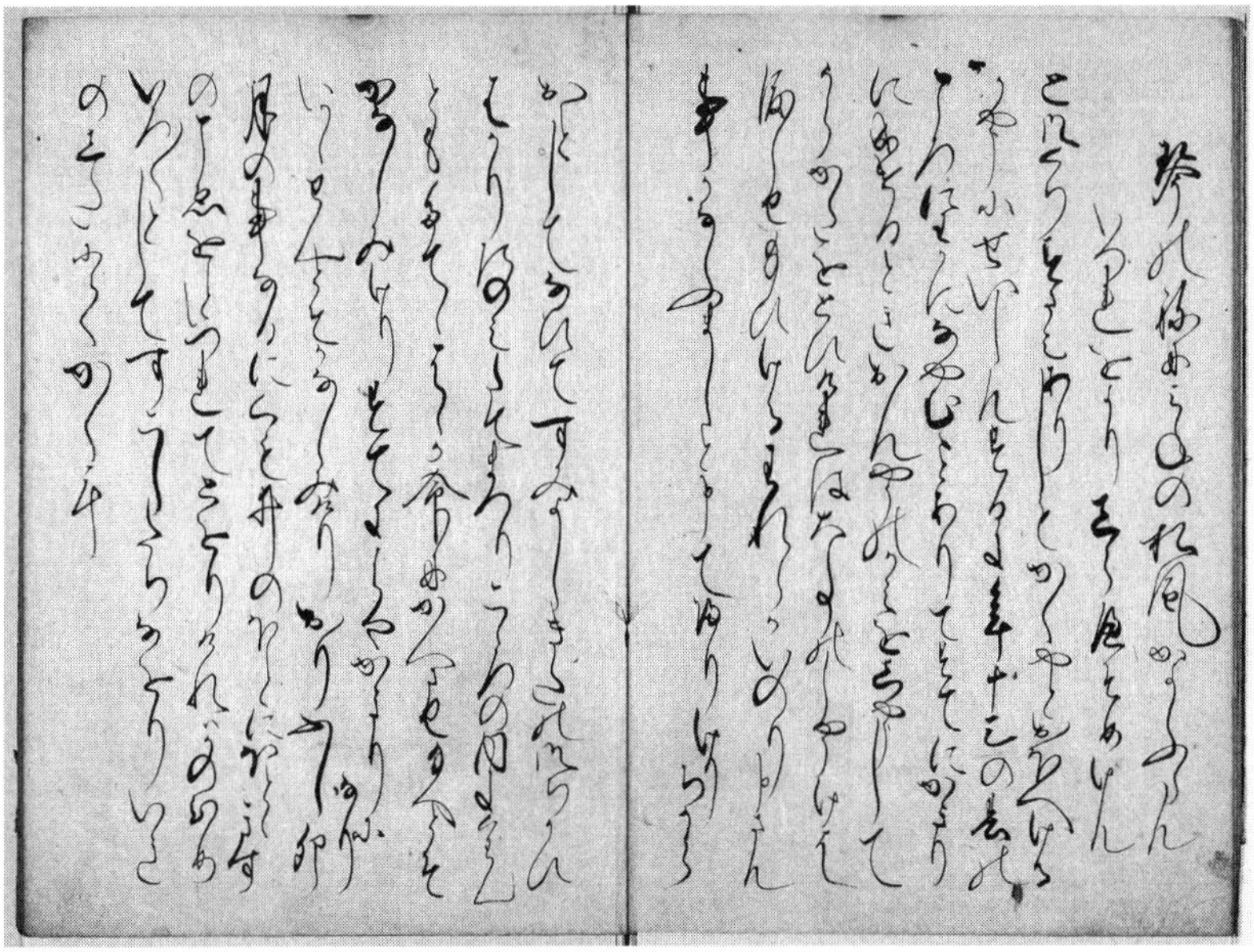

[五丁裏]

　　琴のねにみねの松風かよふらん
　　　いつれをよりしらへそめけん
と御くちすさひありしもかくやとおほへける
かやうにせいしんするに年十三の春の
ころにわかになやむことありてすてにかきり
に成けるときおんやうのかみをしやうして
うらかたをとひけれは大事のしやうけは
渡らせ給ひけるわれらかいのり申さん
事かなふましと申て帰りけりちから

[六丁表]

おとしてなひてすみよしきたの御ちかひ
はかりたのみたてまつりこゝろの内にくわん
ともたてゝはゝか命にかへさせ給へとそ
かなしみけりすてにはやかきりになり
いかゝせんとそかなしみけりおりふし卯
月の事なるにくもゐのほとにほとゝきす
のこゑをとつれてとをりけれはかのひめ
いろ〳〵としてすこしたちなをりいき
のしたにてかく斗

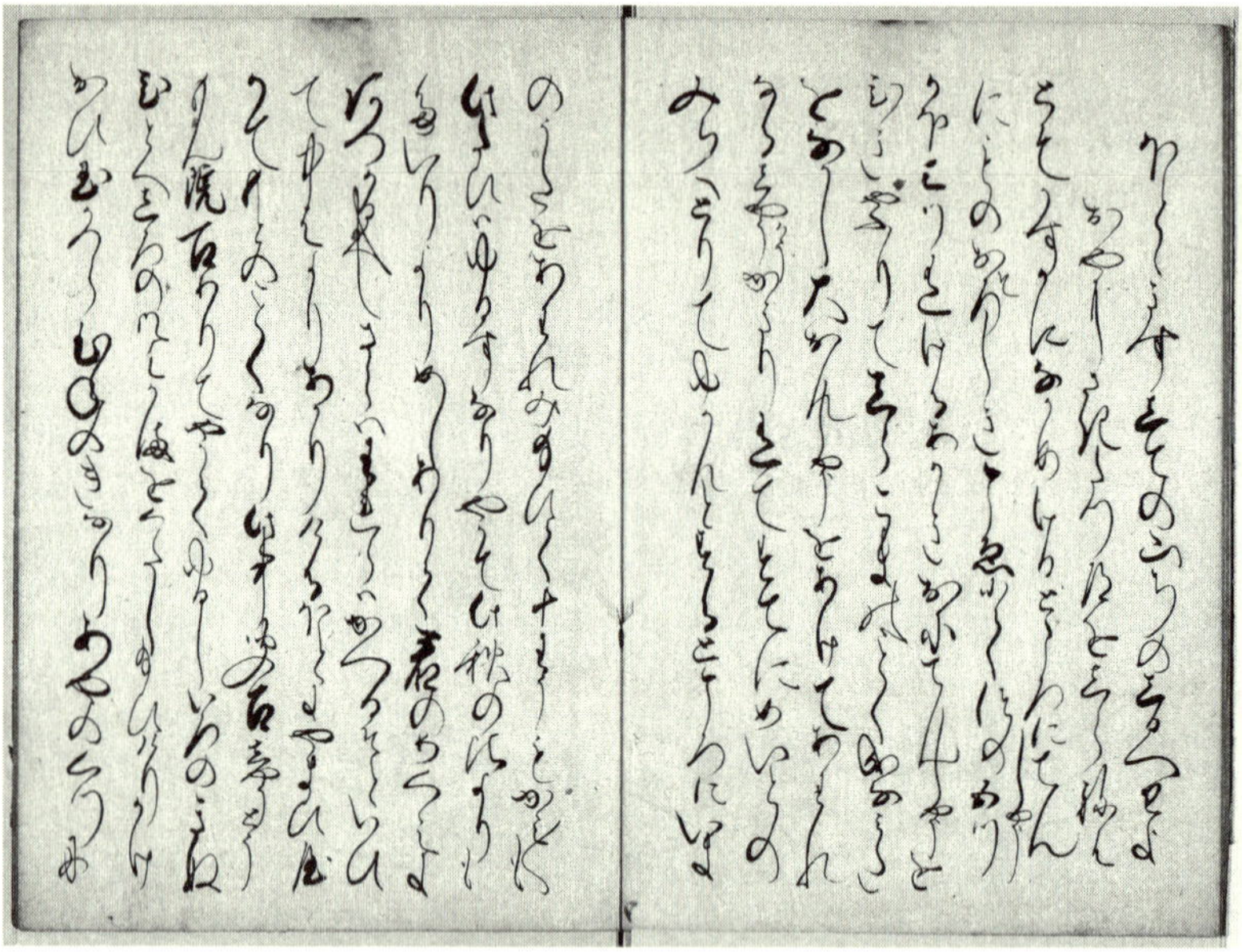

[六丁裏]

ほと、きすしての山ちのしるへせよ
　おやにさきたつ道をしらねは
とそかすかになかめけるところにてんしやう
にものお《そ》ろしきこゑにてつの五つ
かほ三つ有けるあかきおにてんしやうを
ひきやふりてしらこまのことく成なみた
をなかし大おんしやうをあけてあわれ
なるしやう《かう》かきり有てすてにめいとの
みちへとりてゆかんとするところにいま

[七丁表]

のうたをあわれみ給ひて十わうもかみ〳〵も
此たひはゆるすなりやかて此秋の頃よりも
たいりよりめしありて君のめくみに
あつかるへしさらはわれらはかへるそといひ
て中はよりあかりけるほとにやまひや
かてもとのことくなり此事聞召しやうとう
もん院召ありてやかてゆるしいろのきぬ
ひとへしろの御はかまをくたし給ひけりかけ
おひ玉かつらむねのきなりあやのくつに

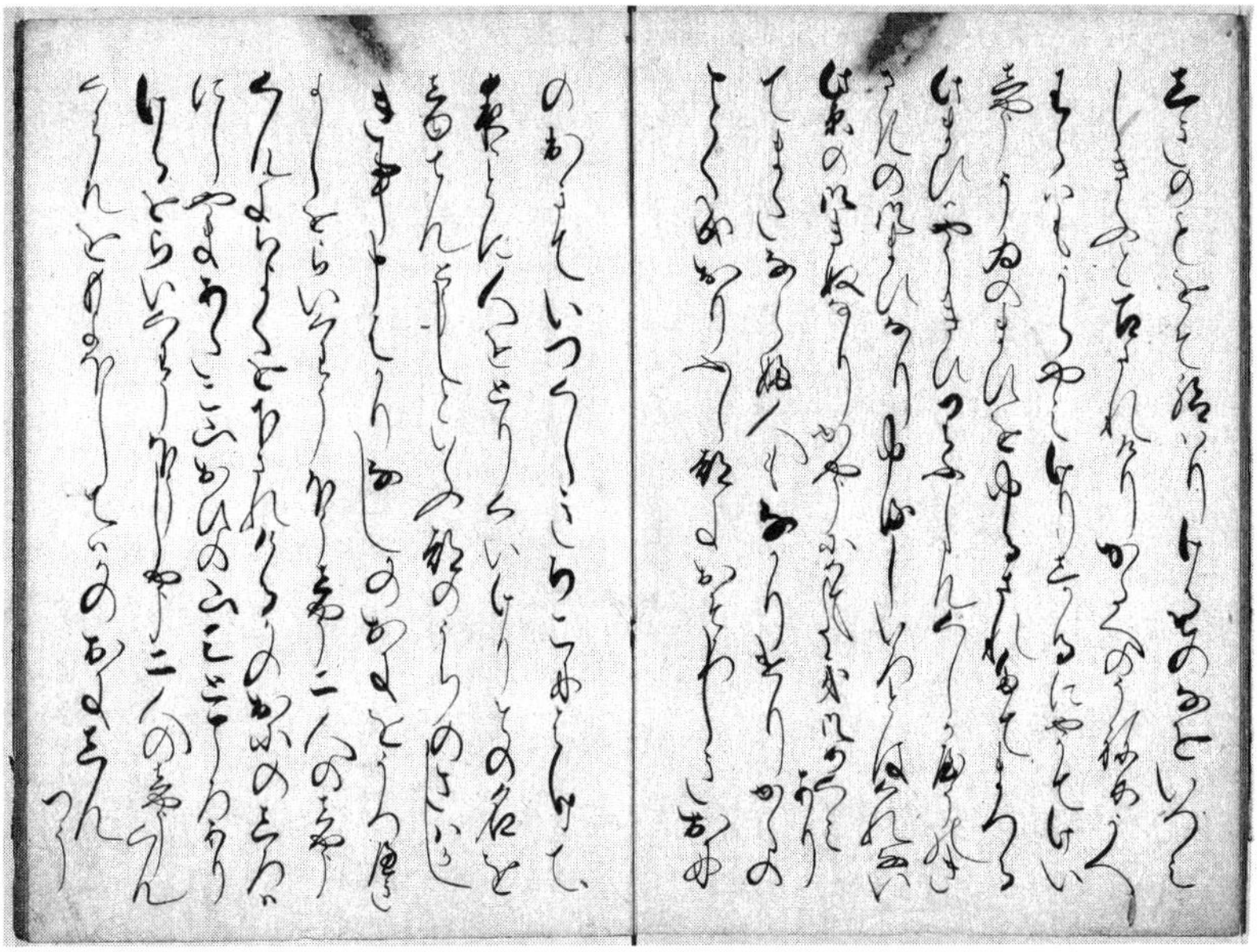

〔七丁裏〕
しきのもをそ給はりけるそのなをいつみ
しきふと召されけりかたへのうねめうへ
わらはもうらやみけりしかるにやかてけい
しやううゐのまひをゆるされたてまつる
此まひはやうきひりふしんぐしかやうのき
さきの御まひなりゆるしいろとはくれない
紫の御きぬなりかやうにめてたき御めくみあり
てまたならふ人もなかりけりかくの
ことく成おりふし都におそろしきおに

〔八丁表〕
の出きていつくしきちこにはけて
夜ことに人をとりくいけりその名を
しゆてんとうしといふ都のうちのさはかし
き事申はかりなしかのおにをうつへき
よしをらいくわうほうしやう二人のしやう
くんにちよくを下されけるかのおにのしろは
にしやまあたこ山おひの山三ところあり
けるをらいくわうほうしやう二人のしやうくん
くわんをもよほしてはかのおにしんつう

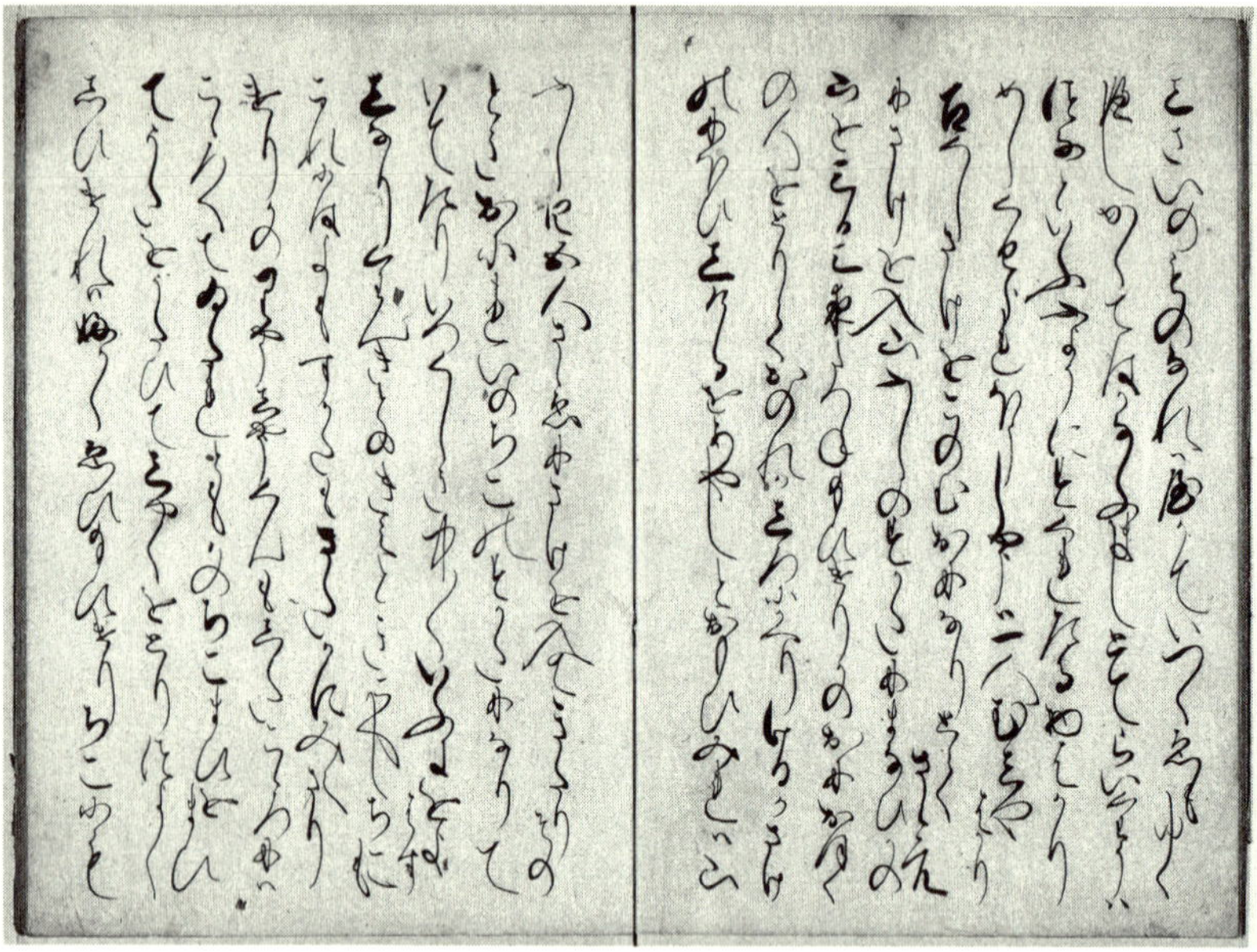

[八丁裏]

しさいのものなれはやかていつくゑもゆく
へしかくてはかなふましとてらいくわうは
つなといふふようにすくれたる物はかり
めしくせられほうしやうは一人むしやはかり
召くしさけをこのむおになりとてさゝえ
にさけを入山ふしのすかたにまなひかの
山を三日三夜たつね給ひけりかのおにおほく
の人をとりておのれかしろにかへりけるかさけ
のにほひしけるをあやしとおもひみれは山

[九丁表]

ふし四五人さゝゑにさけを入てきたりその
ときおにれいのちこのすかたになりて
いてたりいつくしき中〳〵いふにをよはす
しなりくわんきとのきみときこへしちこも
これにはよもすかたもさたかにみえさり
けりかのりやうしやうくんもしたこゝろには
こゝろへてゐたれともかのちこまひをまひ
てうたをうたひてしやくをとりつよく
しひけれはふかくゑひ給ひけりちこにも

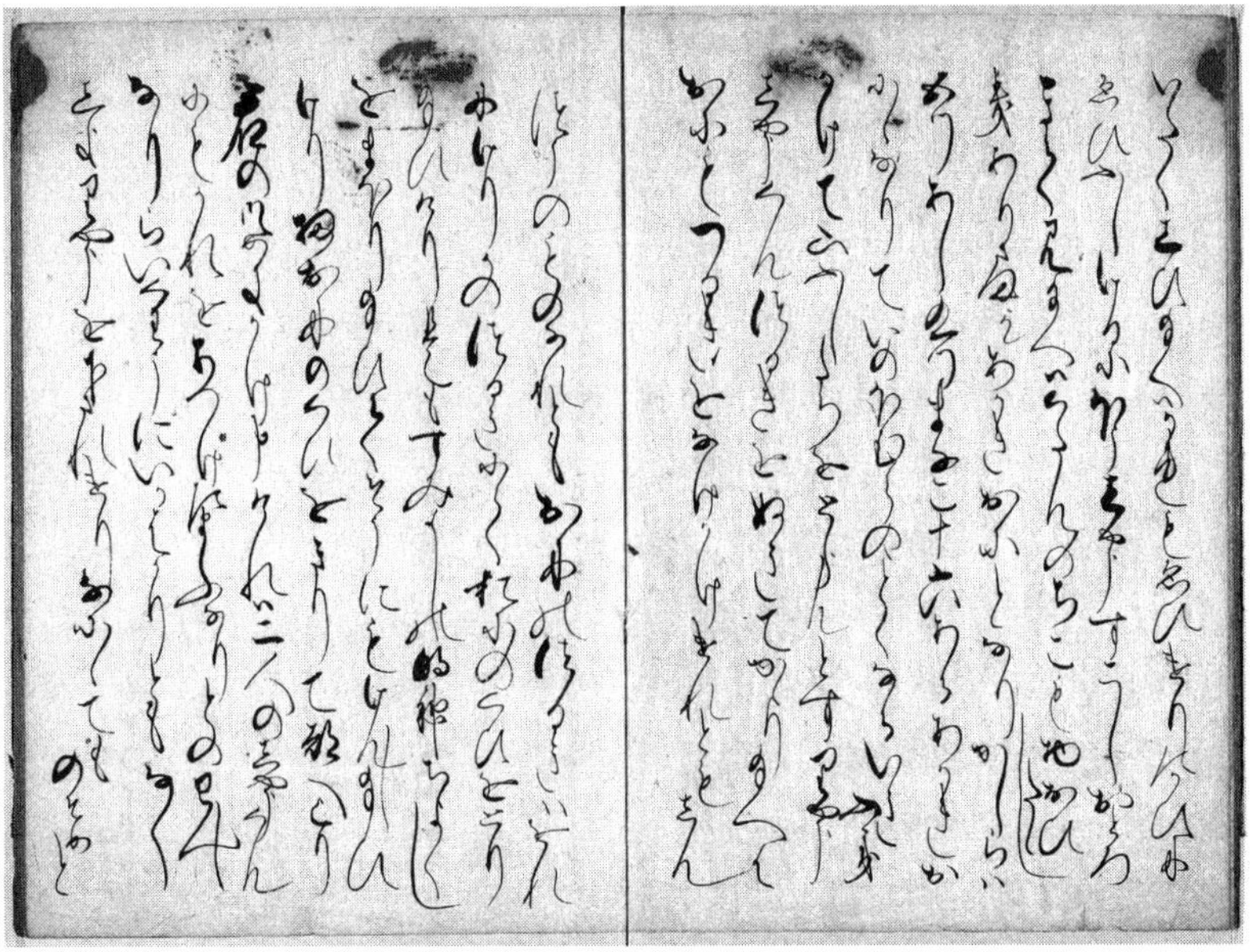

［九丁裏］
いたくしひ給へはかれもゑひけりたかひに
ゑひふしけるにほうしやうすこしおとろ
きて見給へはくたんのちこも物おひたゝし
きありさまはあかきおにとなりかしらは
五つあし九つまなこ十六あるあかきお
にゝなりていのほむらのことくなるいきふき
かけて山ふしたちをとらんとすりやう
しやうくんつるきをぬきてかゝり給へは
おにもつるきをなけかけけれともしん

［十丁表］
つうのものなれともおにのつるきはをれ
にけりかのつるきにておにのくひをとり
給ひけり是もすみよしの明神ちよくし
をまほり給ひてそうにもけんし給ひ
けり扨おにのくひをきりて都へ上り
君の御めにかけ申けれは二人のしやうくん
にもかれをあつけたまふなりとのせんし
なりらいくわうにいかはかりともなく
しよりやうを下されけりなにゝてものそめと

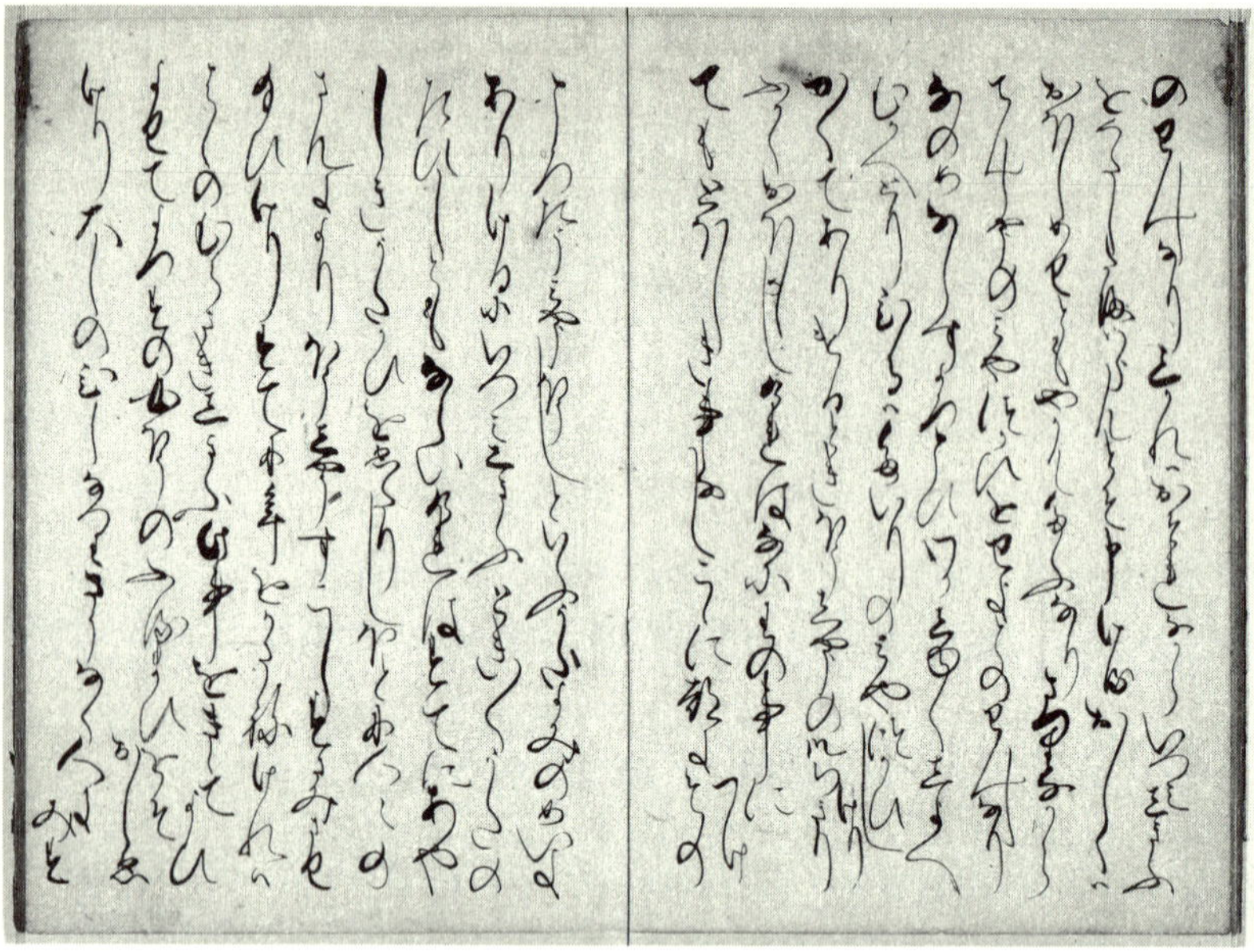

［十丁裏］
のせんしなりしかれはおそれなからいつみしきふ
をくたしたまはらんとそ申けるおしくは
おほしめせともやかてたふなりさりなから
てんしやうのみやつかひをせよとのせんしなり
なのめならすよろこひわかしゆくしよへ
むかへとりひるはたいりのみやつかひしけり
かくてありけるときほうしやうの御ちきり
ふかくおほしめしけれはなにわの事につけ
てもとほしき事なしこゝに都にその
［十一丁表］
ころたうみやうほうしといふうたよみのめいよ
ありけるにいつみしきふとき〳〵うたの
たひしともならいけれはすてにあや
しきうたかひをゑたりしほとに人々の
さんによりほうしやうすこしすさみさせ
給ひけりすてに年をかさねけれは
はゝのむらさきしきふ此事をきゝてよひ
よせてよろすの女ほうのふるまひをそおしゑ
けり大しのひしなりさうなく人にみす

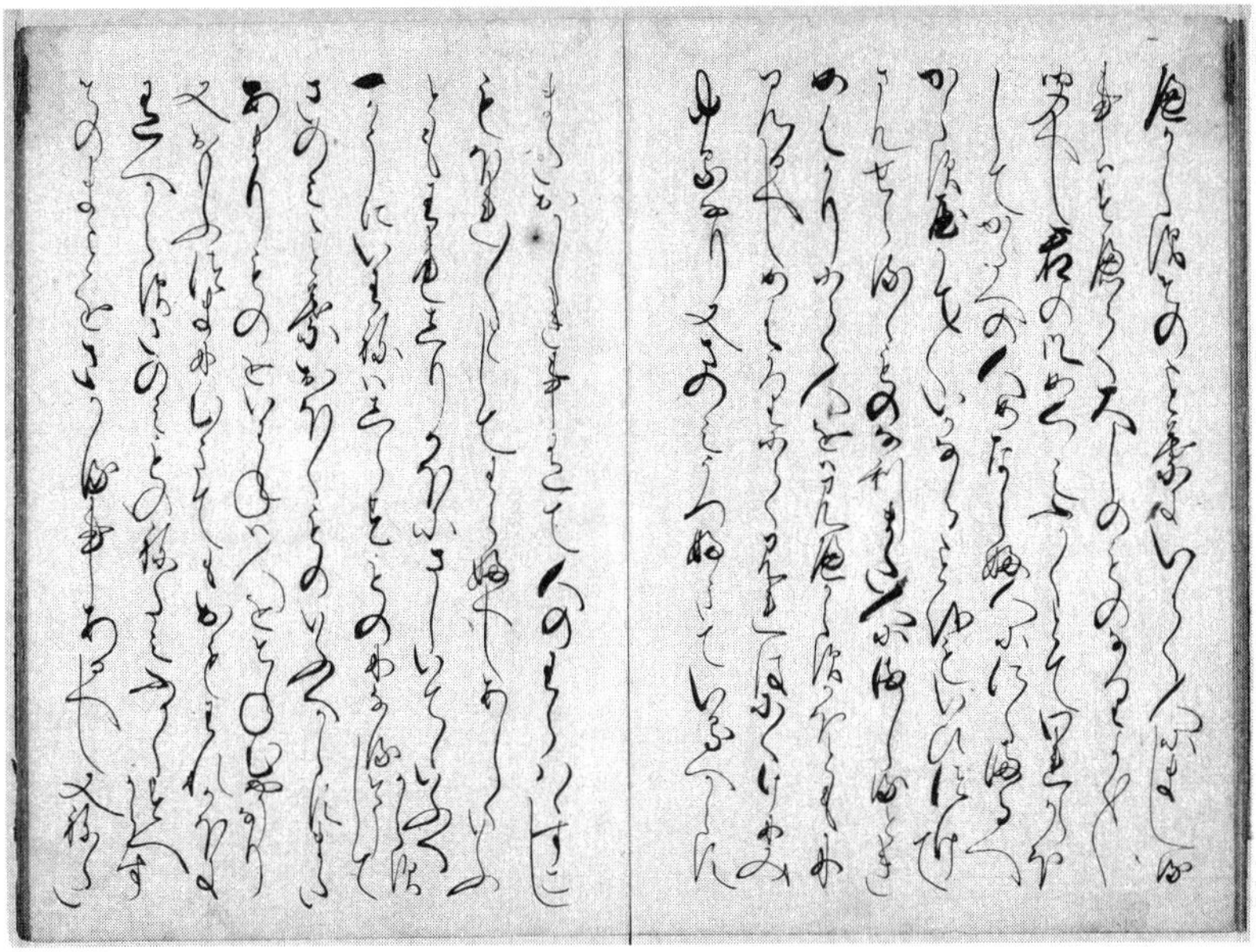

［十一丁裏］
へからすそのこと葉にいはく人にましる
事はすへて大しのものなりよく〳〵
聞へし君の御めくみふかくとてわれらかほ
してかたへの人めならふ人にくまるへ
からすやかて〳〵いかなることをもいひつけて
さんせらるゝものなりまた人にましるとき
めはかりにて人をは見へからすかほともに
見るへしめはかりにて見れはにくけにみ
ゆるなり又さのみうつふきているへからす

［十二丁表］
またおかしき事有て人のわらはゝすこし
もほれ〳〵としてわらふへしあしくいふ
ともわれしりかほにさしいてゝいふへからす
一かうにいわねはしらすものになるそうして
さのみこと葉おほくものいふへからすまた
あまりものをいわねは人をそねむやうなり
又おもふつまにむきてもおもわれかほに
有へからすさのみものねたみふかくすへからす
そのまことをさかる事あるへし又ねた

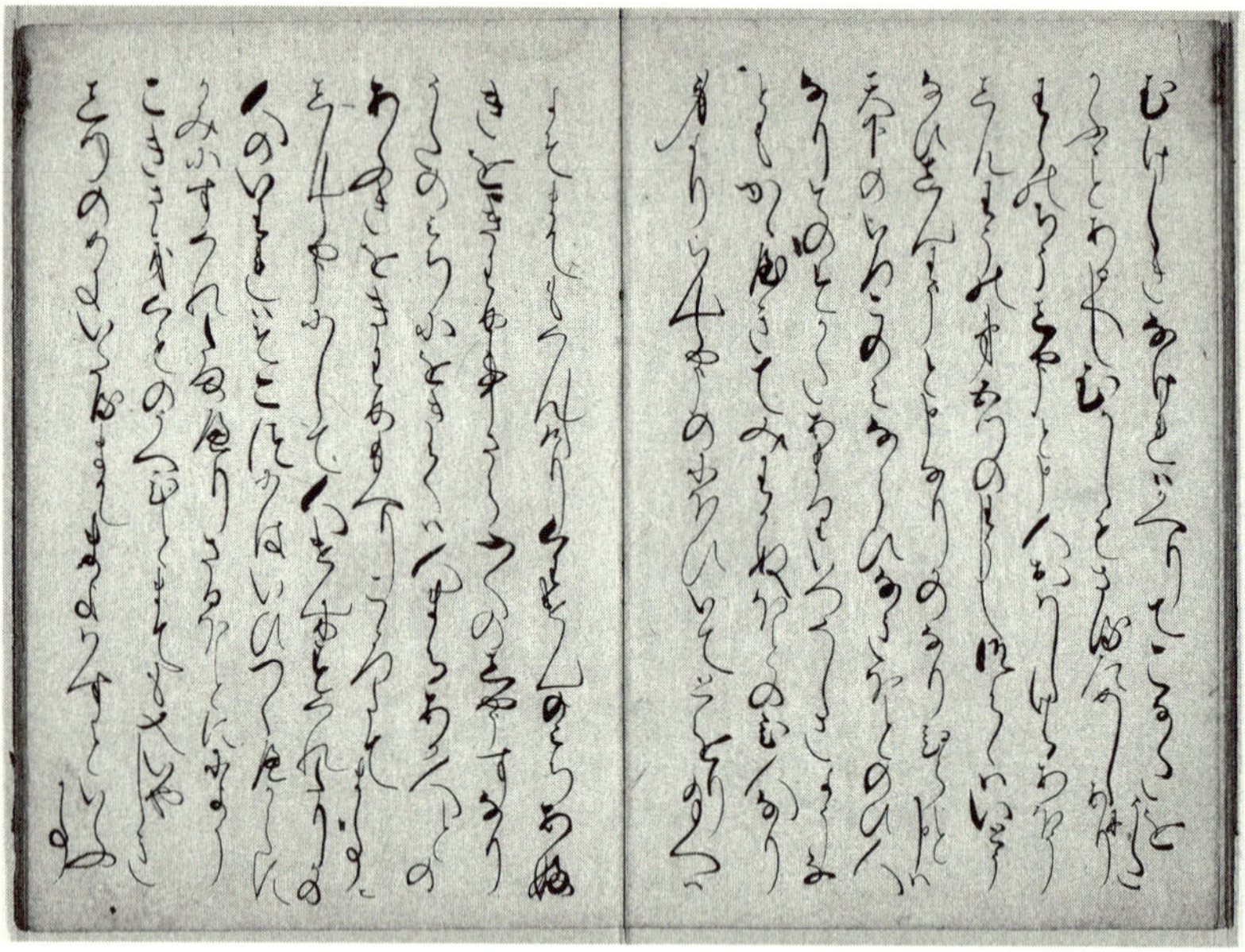

[十二丁裏]

むけしきなけれはかへりてこなたをうた
かふことあるへしむかしもさるためしにあり
わらのちうしやうと申人おはしけるあほう
しんわうの第五つのわうし御は、はいとう
なひしんわうと申なりかのなりひらと申は
天下のいろこのみならひなきほとのひ人
なりそのすかたあまりいつくしきような
ともか、やきてみわかぬほとのひ人なり
身よりらんしやうのにほひいてとをり給へは

[十三丁表]

よそまてもくんしけりくわけんのみちあふ
きをきわめ事さらふくのしやうすなり
うたのみちにをきては人まるあか人との
あふきをきわめ給へりこ、ろたてま事に
しんしやうにして人けんにすくれたりかの
人のいわれはそこつにはいひつくへからす
かみにすくれたまへりさるほとにによう
こきさきくものうへひとまても又いやしき
しつのめにいたるまてまよはすといふ事

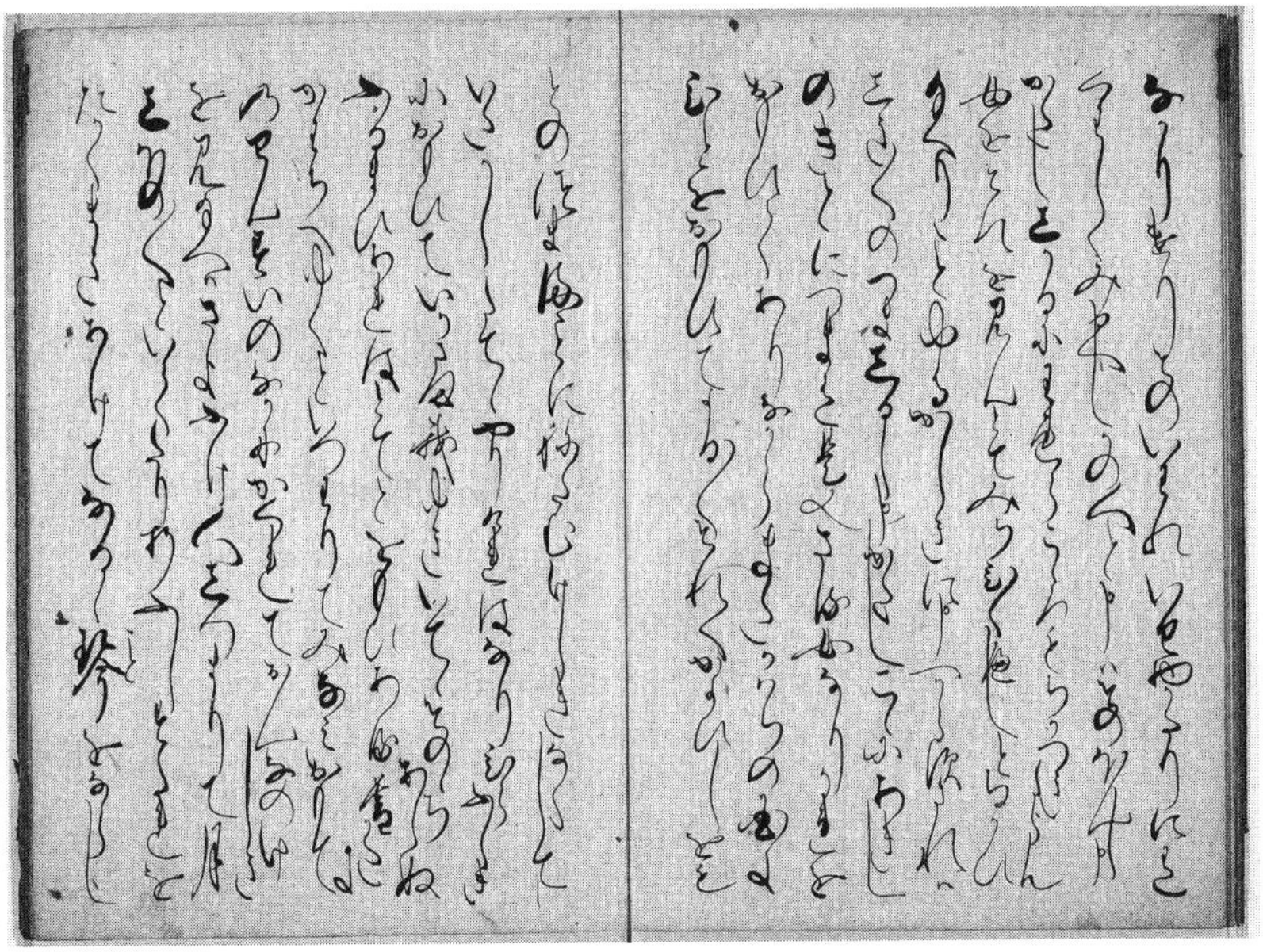

[十三丁裏]
なかりけりそのいわれいせ物かたりに有
くわしくみるへしかの人と申はそのほんし申
かたししかるにわれらこゝろもちかつきたらん
女をそれを見んとてみちひくへしとちかひ
給へりことゆるかしきに申へからすされは
しき〳〵のつましるし申かたしこゝにあきし
のきとにつま有是又さる女なりかれを
おもひてありなからまたかはちの国に
ひとをおもひてよる〳〵それへかよひしをも

[十四丁表]
とのつままことにねたむけしきなくして
いたかしたてゝやりけれはなりひらふしき
におもひていかさま我ゆきいてゝそのゝちあらぬ
ふるまひあれはとてとをもひある暮かたに
かわちへゆくといつわりてみなみおもて
のせんすいのなかにかくれておんなのけしき
を見給へはさよふけ人しつまりて月
しほの〳〵といてたり折ふしすたれを
たかくまきあけてなるゝ琴《こと》をならし

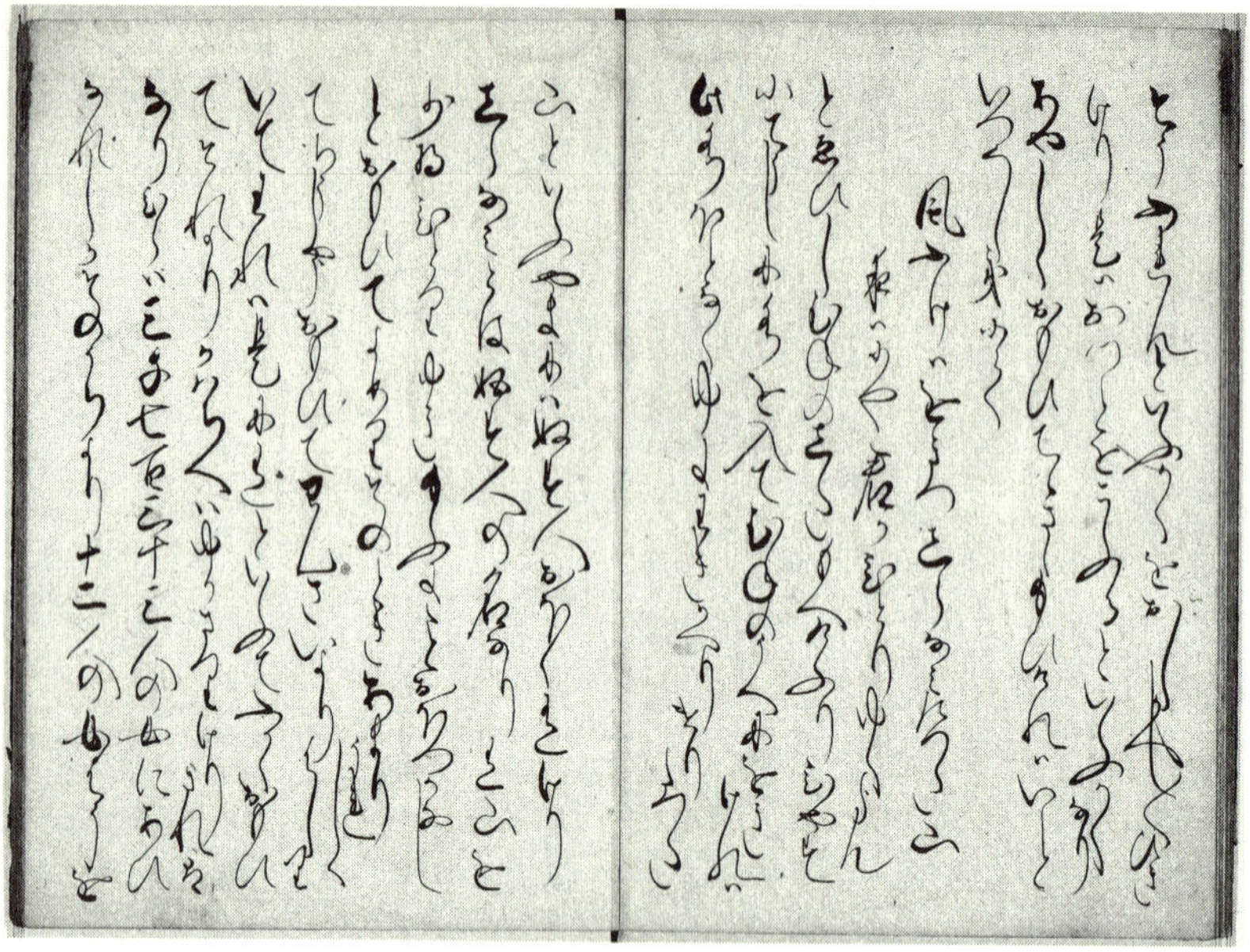

［十四丁裏］
そうふれんといふかくをおしかへし〳〵ひき
けり是はおつとをこふるといふかくなり
あやしくおもひてきゝ給ひけれはいと
いつくしきにて

　風ふけはをきつしらなみたつた山
　　夜はにや君かひとりゆくらん

とゑひしむねのしたもへけふりもやす
にてうしに水を入てむねのうへにをきけれは
此水ほとなくゆにわきかへりけりたつた

［十五丁表］
山といふやまにはぬす人おほく有けり
しらなみとはぬす人の名なり有山を
少将ひとりゆき給ふにことおほつかなし
とおもひてよめりそのときあまりうれしく
てちうしやうおもひてせんさいよりはしり
いてわれは是に有といふてふかくおもひ
てそれよりかはちへはゆかさりけりされは
なりひらは三千七百三十三人の女にあひ
なれしかそのうちより十二人の女はうを

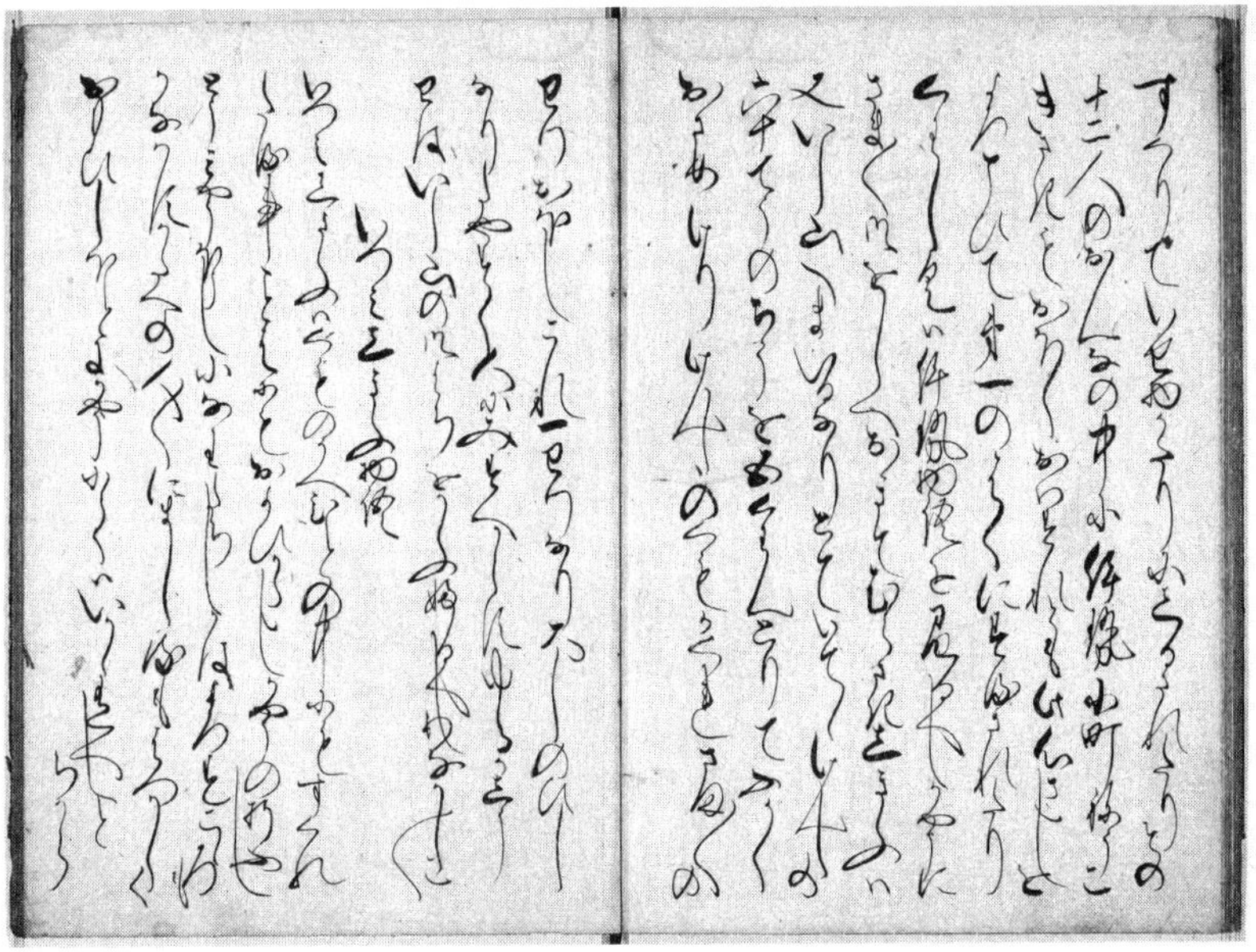

［十五丁裏］
すくりていせ物かたりにしるされたりその
十二人のおんなの中に伊勢小町ねうこ
きさきもおほくおはすれとも此心さしを
よろこひて第一のはくにするされたり
くわしくは伊勢物語を見るへしかやうに
さま〳〵御をしへおきてむらさきしきふは
又いし山へまいるなりとていて、けんしの
六十てうのちうを五くわんとりてふかく
おさめけりけんしのくもかくれさま〳〵の

［十六丁表］
せつおほしこれ一せつなり大しのひし
なりたやすく人にみすへからすゆるかしう
せはいし山の御はちをかふふるへしあなかしこ〳〵

いつみしきふ物語

いつみしきふはくものうへひとの中にもすくれ
たる事ことはにもおよひかたしかやうの折ふし
とうみやうほうしになわたちしかはよろすこ、ろも
かなはすかたへの人〳〵にましるもはつかしく
おもひしほとにかやうにてはいか、有へしとちから

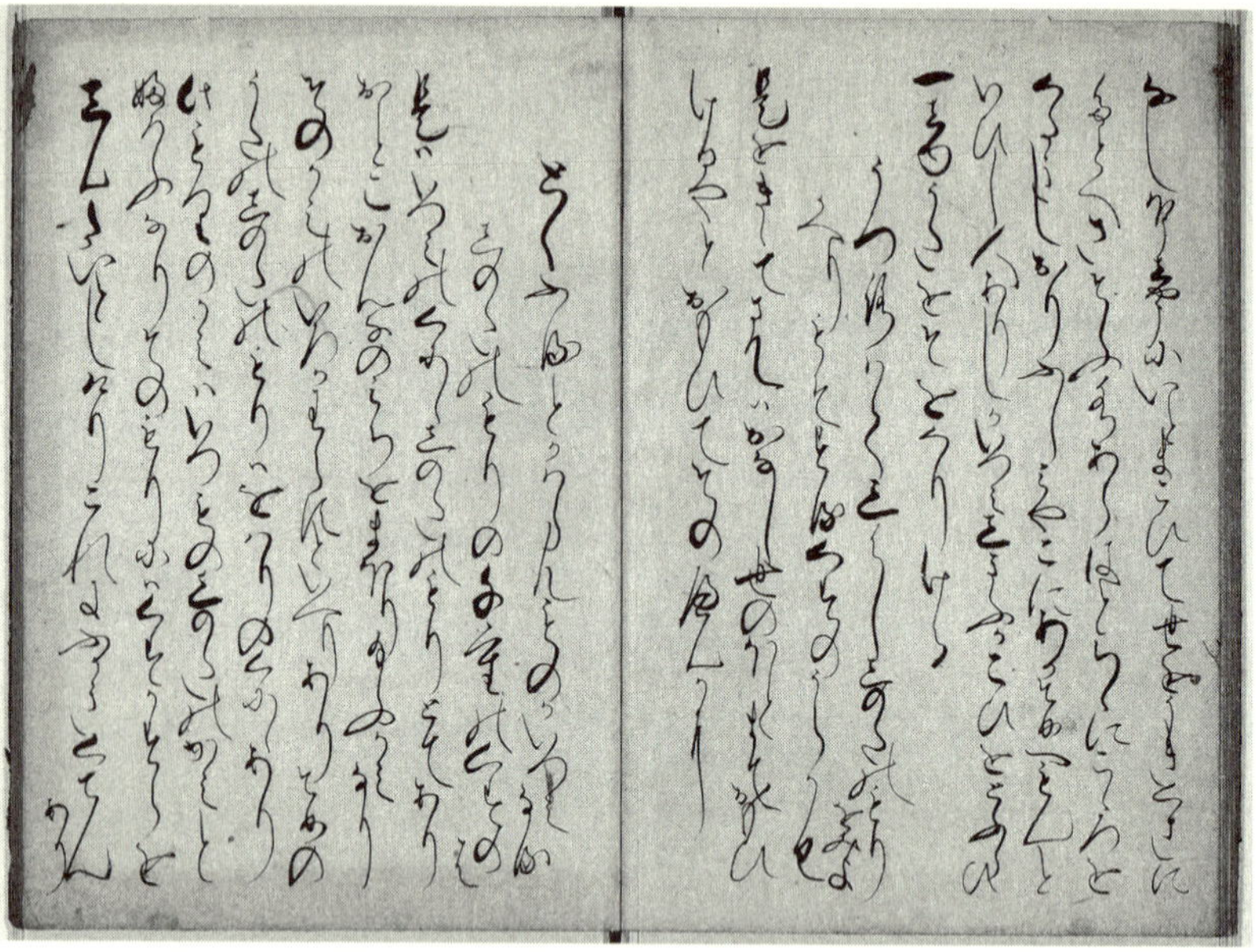

[十六丁裏]
なしほうしやうにいとまこひて世をうきくさに
たとへさそふ水あらはとちゝにこゝろを
くたきしおりふしみやこにあかそめへもんと
いひし人ありしかいつみしきふかこひをとふらひ
一しゅうたをそをくりける
　うつろはてしはしのたのもりをみよ
　　かへりとそするくすのうらかせ
是をきゝてさてはおなし世のほとまておもひ
けるやとおもひてそのへんかに

[十七丁表]
　とくふるとかはらんものかいつみなる
　　しのたのもりの千重のくすのは
是はいつみのくにゝしのたのもりとてあり
おとこおんなのみちをまほり給ふかみなり
そのかみのいろかわらすといへりあかそめの
うたのしのたのもりはをはりのくにゝあり
此もりのかみはいつものしのたのかみと
ふうふなりそのもりにはくすかすらを
しんたいとしけりこれにふかきくてんあり

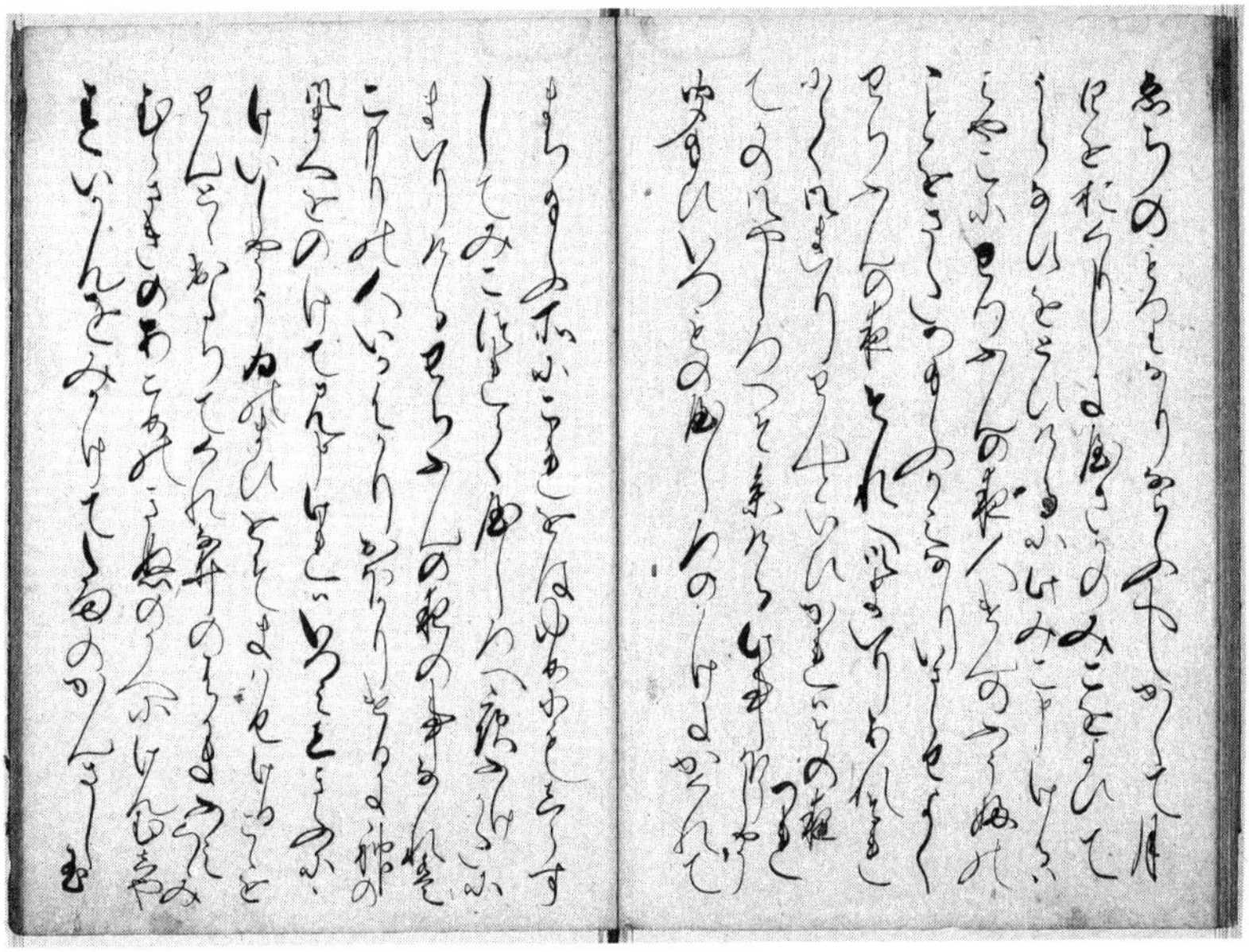

[十七丁裏]
恋ちのもりなりならふへしかくて月
日をおくりしにやさかのみこをよひて
うらなひをとひけるに此みこ申けるは
みやこにせつふんの夜人けんのふうふの
ことをさため給ふかみなりいさらせよく
せちふんの夜それへ御まいりあれそれ
にて御まいりせんといひかれはその夜つれ
てかの御やしろへそ参ける此事ほうしやう
聞給ひいつものやしろのかけにかくれて

[十八丁表]
まち給ふ所にこれをはゆめにもしらす
してみこつれてやしろへ夜ふけかたに
まいりけるせちふんの夜の事なれは
こもりの人いかはかりおほかりけるに神の
御まへをのけて見申けれはいつみしきふに(ゝ)
けいしやううゐのまひをそまはせけるこゝを
せんとゝ出たちてくれなゐのはかまふみくゝみ
むらさきのあこめのきぬのうへにけんむしや
すいかんをみかけてたまのかんさし玉

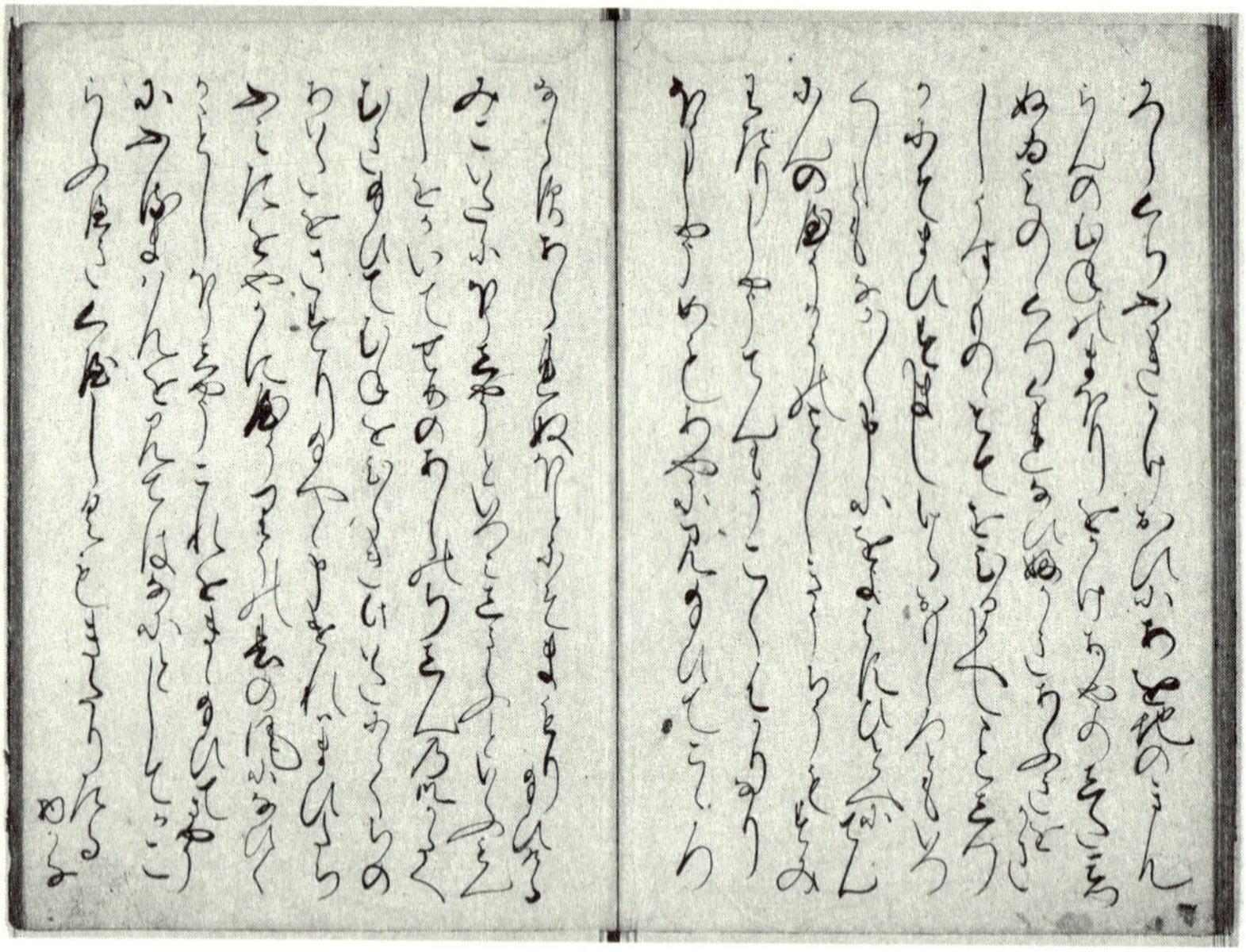

［十八丁裏］
かつらくちふかきかけおひにあを地のきん
らんのむねのまほりをかけあやのしたみつ
ぬゐもの丶くつくれなひふかきあふきをかさ
しうすもの丶そてをひるかへしことしつ
かにそまひすましけるおもしろともいつ
くしともなか〱申にをよはすひとへにてん
にんのやうかうのことしきうちうもすみ
わたりしやうてんもうこくはかりなり
ほうしやうめもあやに見給ひてこ丶ろ
［十九丁表］
ならすあられぬほとにそまもり給ひける
みこいたにほうしやうといつみしきふといふもん
しをかいてせめのあしのちしんの御かたへ
むき給ひてむねをひらき此いたにてちの
あいたをさすり給へと申けれはまひたち
ふみたをやかにやうりうの春の風になひく
かことしほうしやうこれをき丶給ひてさやう
にふるまはんを見てはなにとしてかこ
らふへきくやしくもきたりたる物かな

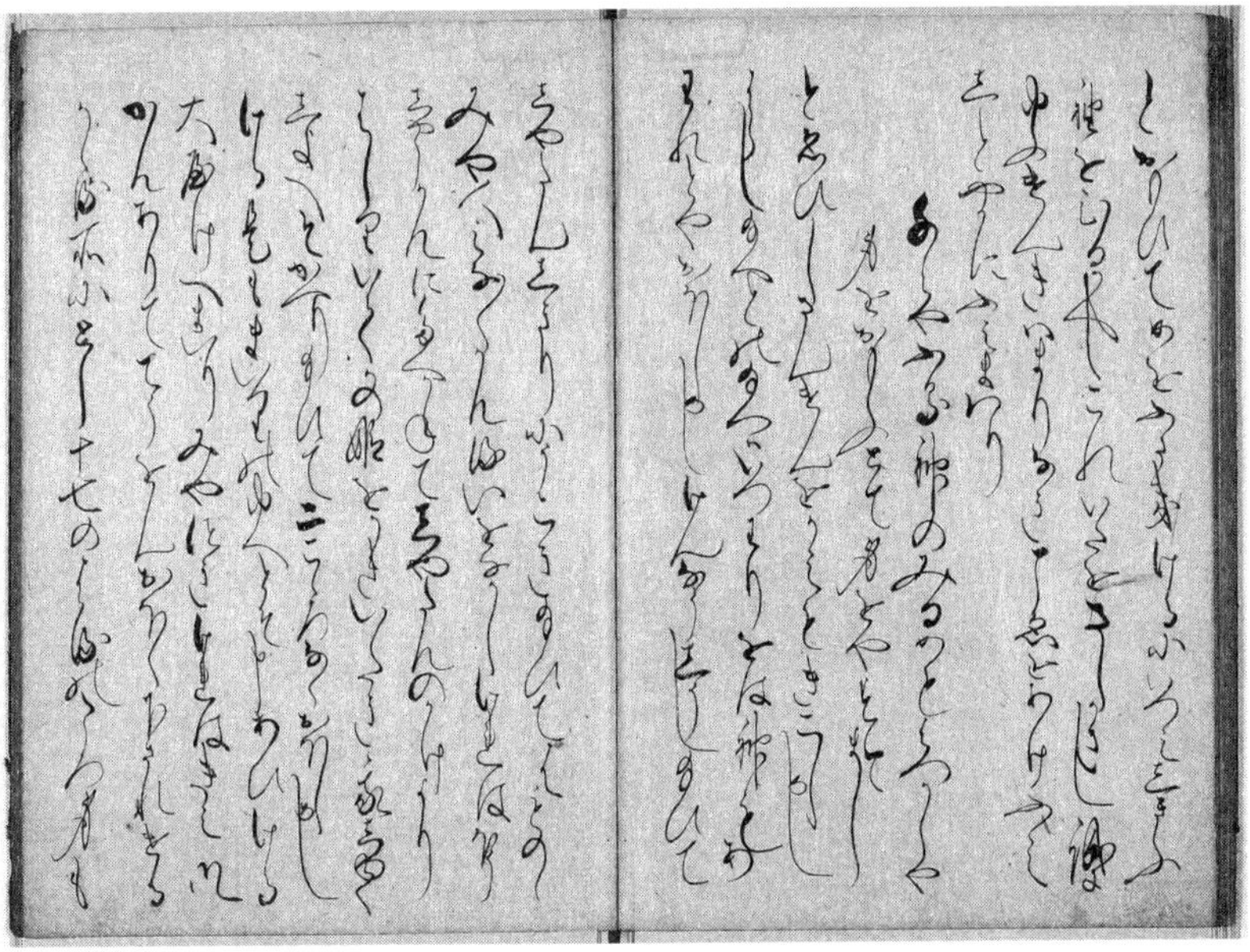

[十九丁裏]
とおもひてめをふさきけるにいつみしきふ
袖をひるかへしこれいたをさしかさし誠に
ゆふけんきはまりなきこゑをあけふみ
しとやかにふみまはり
　　ちはやふる神のみるめもはつかしや
　　　身をおもふとて身をやすてまし
とゑひしさんけんをかみもきこしめし
はらし給へとの給へはいつわりをは神もあ
われとやおほしめしけんなうしうし給ひて

[二十丁表]
しやたんしきりにうこき給ひてはものゝ
みや人みな〳〵かんるいをなかしけれはほう
しやうかんにたへかねてしやたんのかけより
はしりいてかの姫をかきいたき我しゆく
しよへそかへり給ひて二こゝろなくおほしめし
ける是もまいりのゆへとそ申あひける
大やけへまいりみやつきけれはきみ御
かんありててうをんおほく下されける
かゝる所にとし十七のはるのころ身も

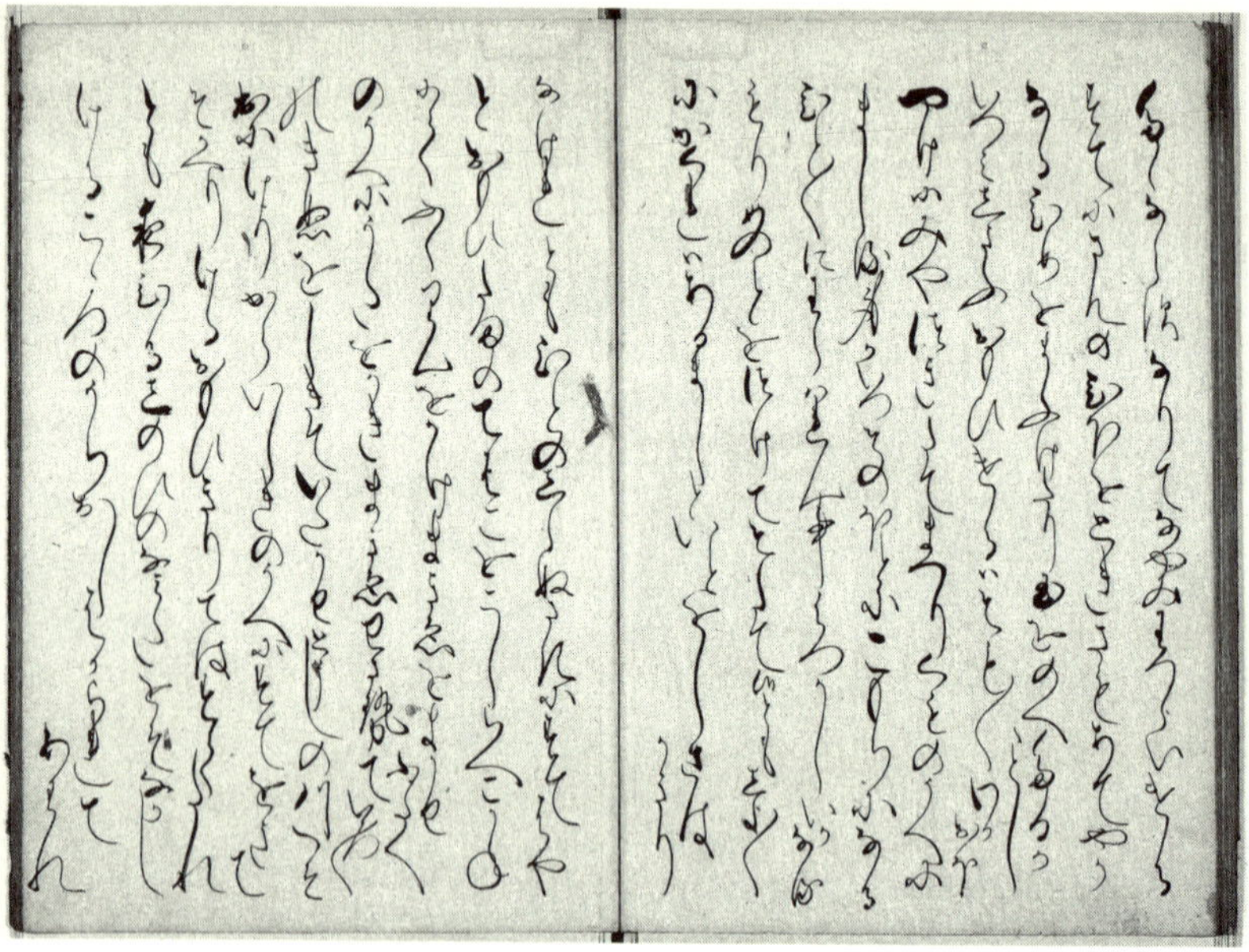

[二十丁裏]
た丶ならすなりてなやみわつらいける
すてにさんのひほをときさもあてやか
なるひめをまふけたり玉をのへたるかことし
いつみしきふおもひけるはそも〳〵わかおほ
やけにみやつきたてまつりくものうへに
ましる身かいつそのほとにこもちになる
ひと〳〵にわらはれん事はつかしいかなる
もりめのとをつけてそたて候ともしよ〳〵
にかくれはあるましといとをしさはかきり

[二十一丁表]
なけれともひとのしらぬさきにすてはや
とおもひたまのてはこをこしらへこかね
にてふくりんをかけまきゑをまかせふたへ
のうへにうたをかきまきゑせさせていろ〳〵
のきぬをしきていたかせとうしの川へそ
出にけりからいしきのうへにすてをきて
そかへりけるおもひきりてはすてたれ
とも夜ひるしのひのなみたをそなかし
けるこ丶ろのうちおしはかられてあわれ

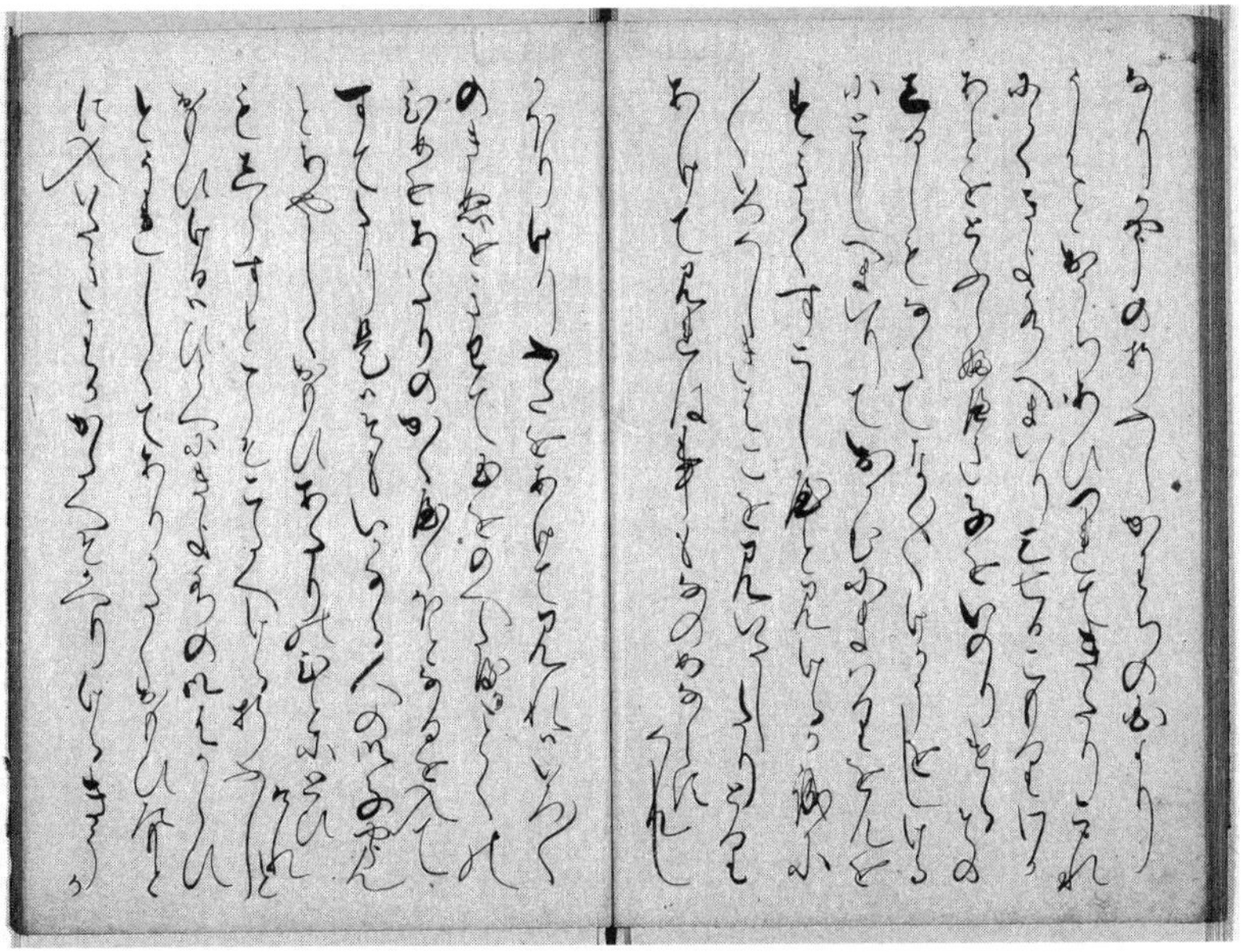

［二十一丁裏］
なりかやうの折ふしかわちの国より
うはとおうちあひつれてきたりこれ
にてきよ水へまいり三七日こもりける
あとをとふらふへき子をいのりけるその
しるしもなくてなく〳〵けかうをしける
にとうしへまいりておかむにまいりをんを
すきてすこしやと見けるか誠に
〱いつくしきはこを見いたしたりとり
あけて見れは事もなのめならすくんし
［二十二丁表］
かほりけりふたをあけて見れはいろ〳〵
のきぬをきせて玉をのへたるかことくの
ひめをあたりのかゝやくほとなるを入て（ヽ）
すてたり是はそもいかなる人の御子やらん
とあやしくおもひあたりのひとにとひけれと
もしらすとこそこたへける折ふし
おもひけるはひとへにきよ水の御はからひ
とうれしくてありかたくおもひたもと
に入いたきわかかたへそかへりけるきうか

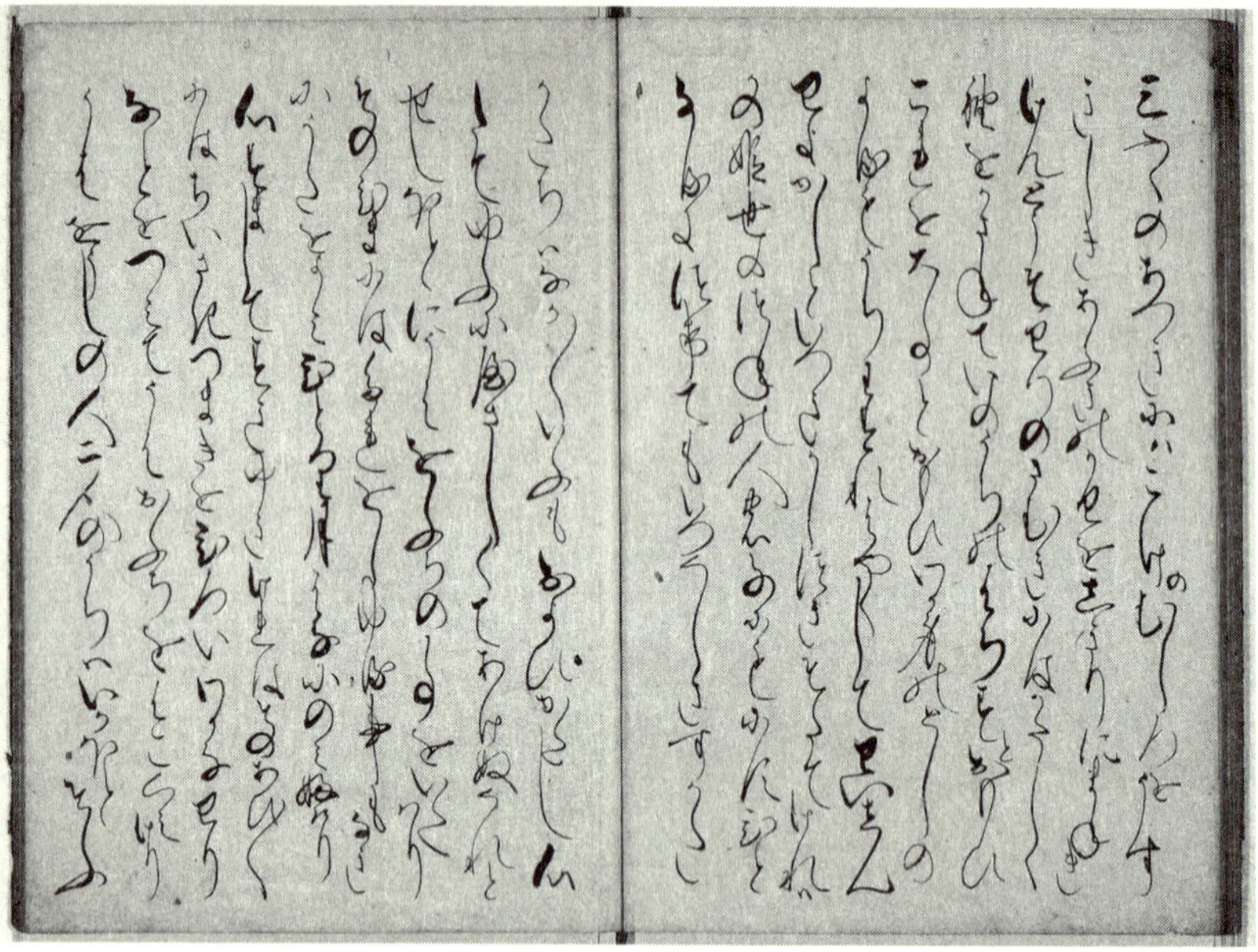

[二十二丁裏]
三ふくのあつきにはこけのむしろをうす
きしきあふきのかせをしきりにまねき
けんとうそせつのさむきにはかたしく
袖をかさねていのうちのはちす《と》おもひ
これを大事とおもひわか身のとしの
よるもうちわすれはやくしてせいしん
せよかしといつきかしつきそたてけれは
又姫世のつねの人君子にもにすひと
なるにつけてもいつくしきすかた

[二十三丁表]
かたちはなか〳〵いふもおよひかたし心
たてゆふにやさしくてあけぬくれと
せしほとにうはをふちの事をいたはり
そのひまにはたれをしゆる事もなき
にうたをよみひとり月はなにのみふけり
心すましてすきゆきけれはそのあひ〳〵
にはちいさきつまきをひろいわかなせり
なとをつみてうはおふちをはこくみけり
うはをうしの人二人のうちはいかほとそふ

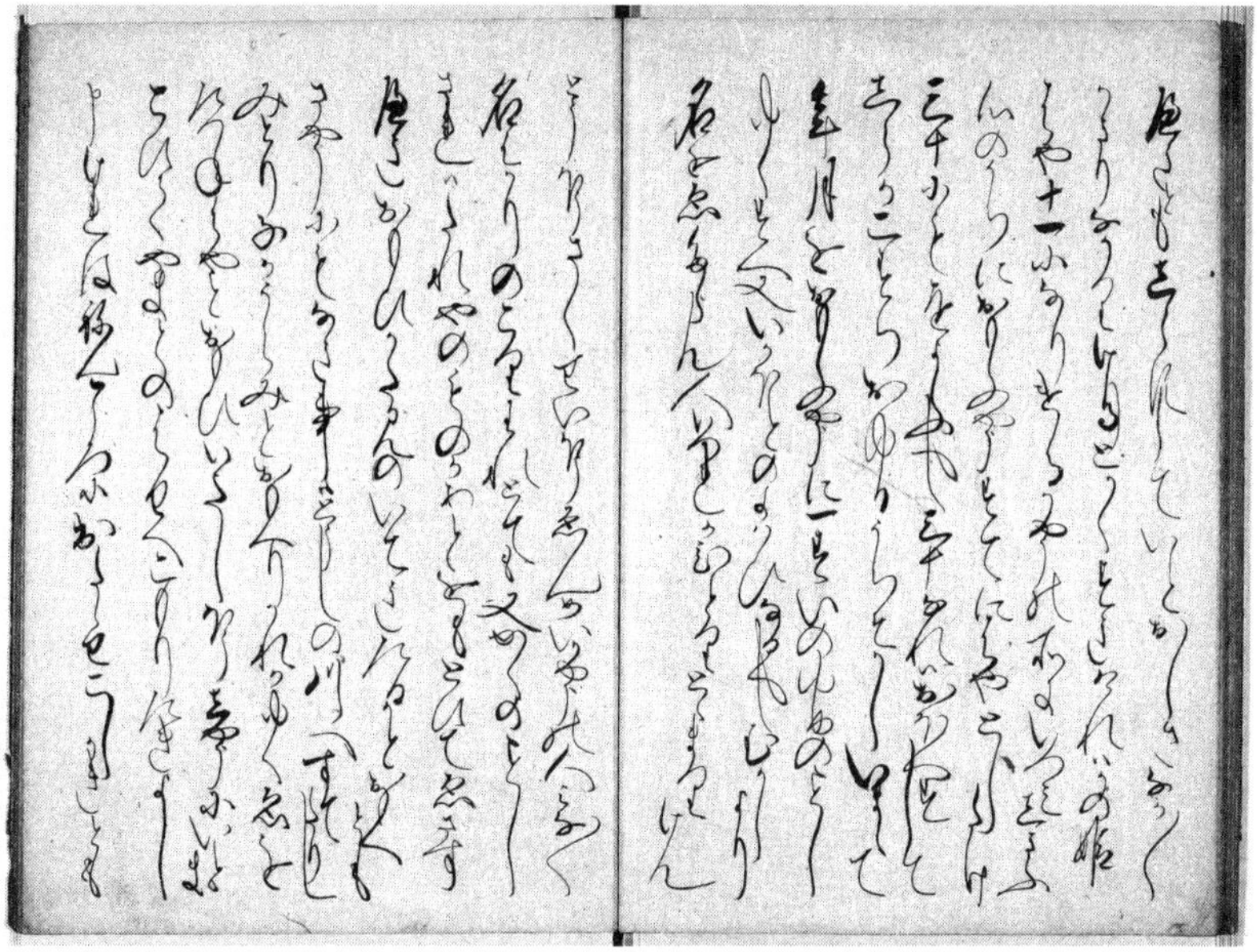

［二十三丁裏］
へ《と》きもしらすしていとおしさなか〱
かきりなかりけり(る)とかくすきけれはかの姫
はや十一になりけるかやうの所にいつみしきふ
心のうちにおもふやうすてにはやとしたけ
三十にもをよふへし三十なれはおほへすして
しらか二すちおゆるうちそかしいまゝて
年月をおもふやうに一すいのゆめのことし
ゆくすへ又いかほとのよはひなるへしむかしより
名をゑたらん人いつれかひとりとゝまりけん
［二十四丁表］
とうほうさくせいほうゑんめいかやうの人みな〱
名はかりのこりわれとても又かくのことし
されはたれやのものかあとをもとひてゑさす
へきおもひかたみのいてきたるかとおもへとも
さやうにもなき事はとうしの川へすてたりし
みとり子かうらみとおもへりかれかゆくゑを
たつねはやとおもひいたしほうしやうにいとま
こひてやまとのはせへこもりたきよし
申けれはねんころに出たゝせこしかきとも

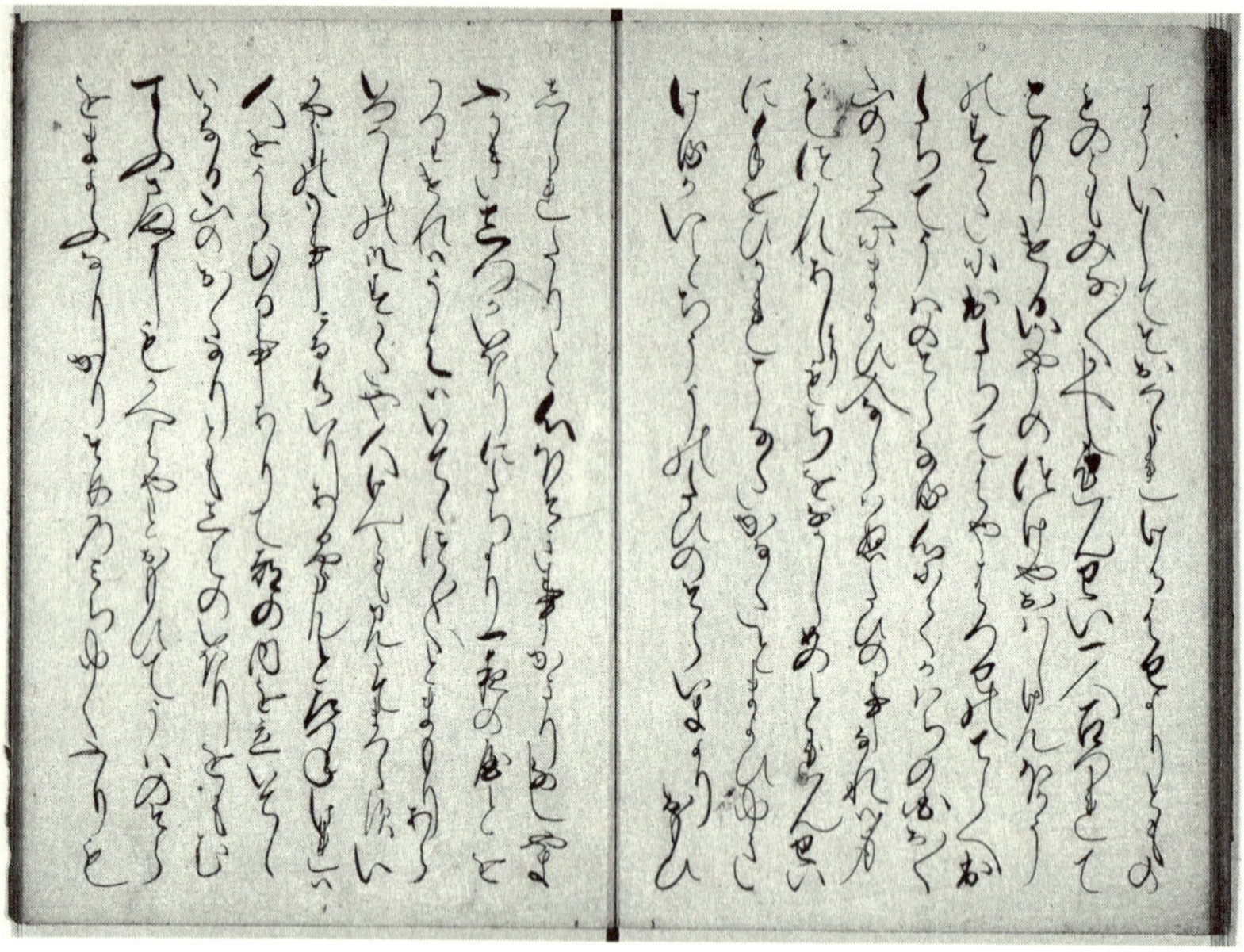

［二十四丁裏］
よういしてそおくられけるはせよりともの
ものともみな〳〵かへしれんせい一人召つれて
こもりけるいかやうのつけやおはしけんほかう
のすかたに出たちてはやはつせのてらへ出
たちてうはのそらなる心にてかはちの国おく
山のかたへにまよひ入ならはぬたひの事なれは身
もつかれあし《より》もちをなかしめのとれんせい
に手をひかれこなたかなたとまよひゆき
けるかいとちうのたひのそらいまよりおもひ

［二十五丁表］
しられたりと心ほそき事かきりなしやま
ふかきしつかいほりにたちより一夜のやとを
かりけれはうははいてゝつく〳〵とまもりあら
いつくしの御すかたや人けんとも見たてまつらすい
かやうの御事にて水《(分)カ》いりあるやらんとたつねけれは
人をうらむる事ありて都の内を立いてゝ、
いかなる山のかたなりともしはのいほりをもむ
すふさまにもかへはやとおもひてうはのそら
をまよふなりかりそめのみちゆくふりも

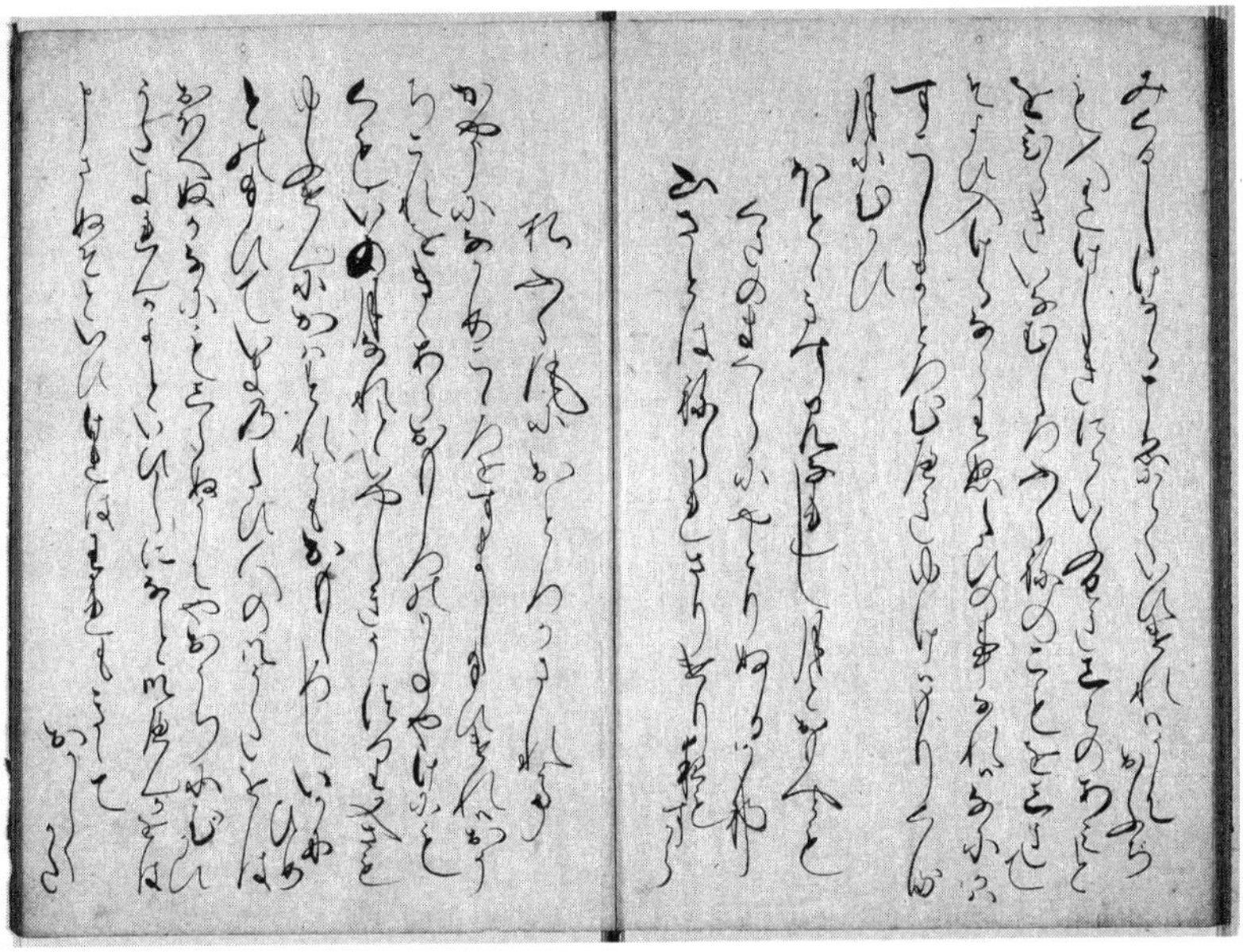

[二十五丁裏]

みくるしけなるこゑにていひけれはうはおふぢ
も人有けしきにていふせきしはのあみと
をひらきいなむしろふくねのこもをしきて
そよひ入けるならわぬたひの事なれはなにかは
すこしまとろむへきゆけはもりくる
月にむかひ
　ほとゝきす見なれし月とおもへとも
　　くさのまくらにやとりぬるかな
　山さとはねられさりけり夜もすから

[二十六丁表]

　　松ふく風におとろかされて
かやうになかめこゝろをすまし給ひけれはおう
ちこれをきゝあらおもしろの御事やけにも
くもいの月なれといやしきうつり又さも
ゆふけんにおはすれともおもしろしいかにひめ
との給ひていまのたひ人の御うたをは
おほへぬかなにもしらぬうはやおうちにむかひ
うたにれんかよといひしになと御へんかをは
申さぬそといひけれはわれもきゝておかしくかた

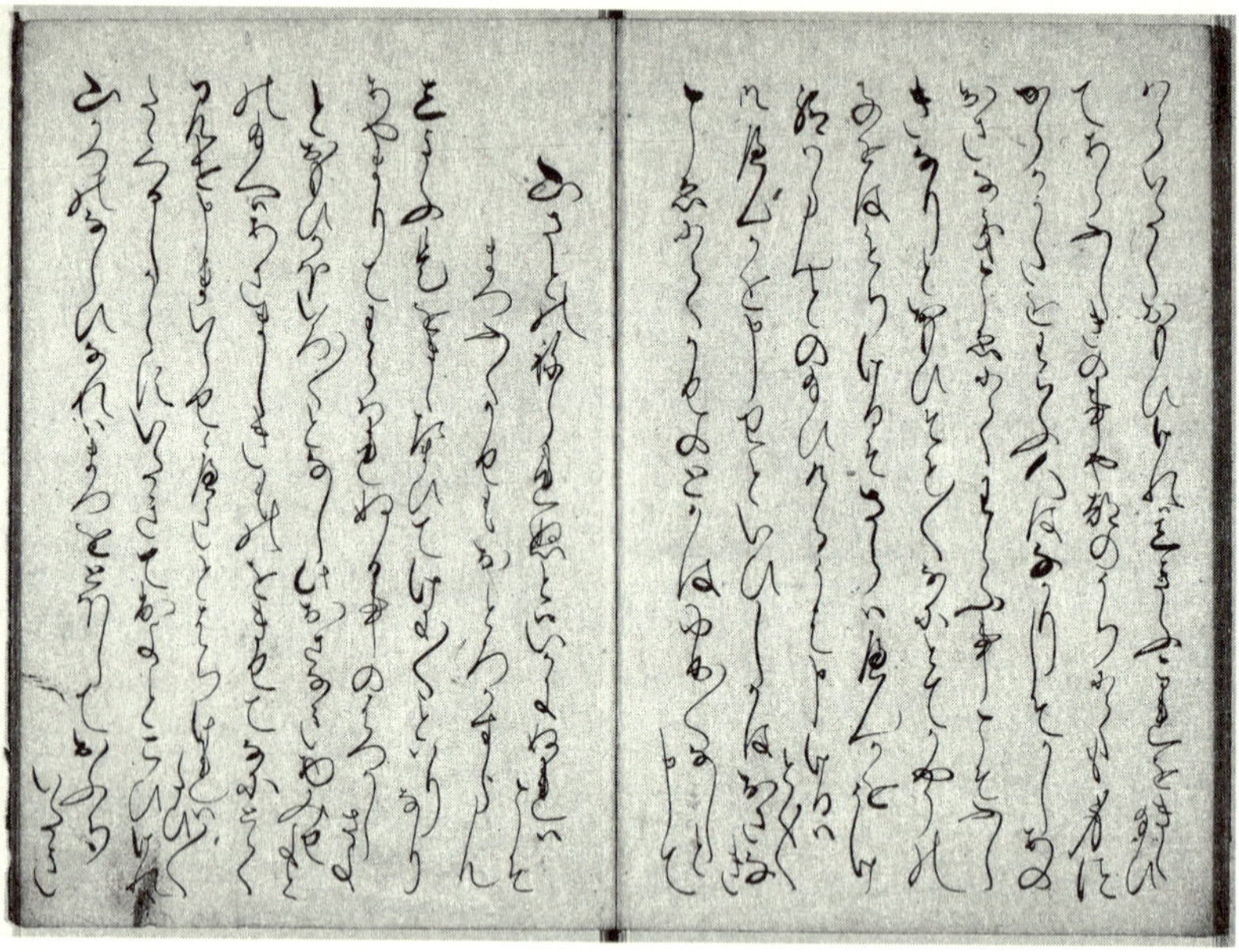

[二十六丁裏]
はらいたくおもひけれはしきふこれをきゝ給ひ
てあらふしきの事や都のうちにてもみつ
からかうたをわらふ人はなかりしそかしあの
おさなきこゑにてわらふ事こそふし
きなりとおもひそも〳〵なにとてかやうの
子をはもちけるそさらはへんかをうけ
給はらんとの給ひけるうは申けるはとく〳〵
御へんかを申せといひしかはおさなき
こゑにてかせのとかはゆめ〳〵なしと申て

[二十七丁表]
山さとのねられぬ今はいかにぬれはこそ
まつふくかせもおとろかすらん
しきふ是をきゝたまひてけに〳〵ことはりなり
あやまりてわらはれぬる事のはつかしさよ
とおもひかほいろ〳〵となし此おさなき物みせよと
の給へはあさましきものをきせてなにとて
見せ申まいらせ候へきとはちけれはたひ〳〵
たゝくるしからすいたきて出よとこひけれは
山かつのならひなれはまつをとほしておふちいたき

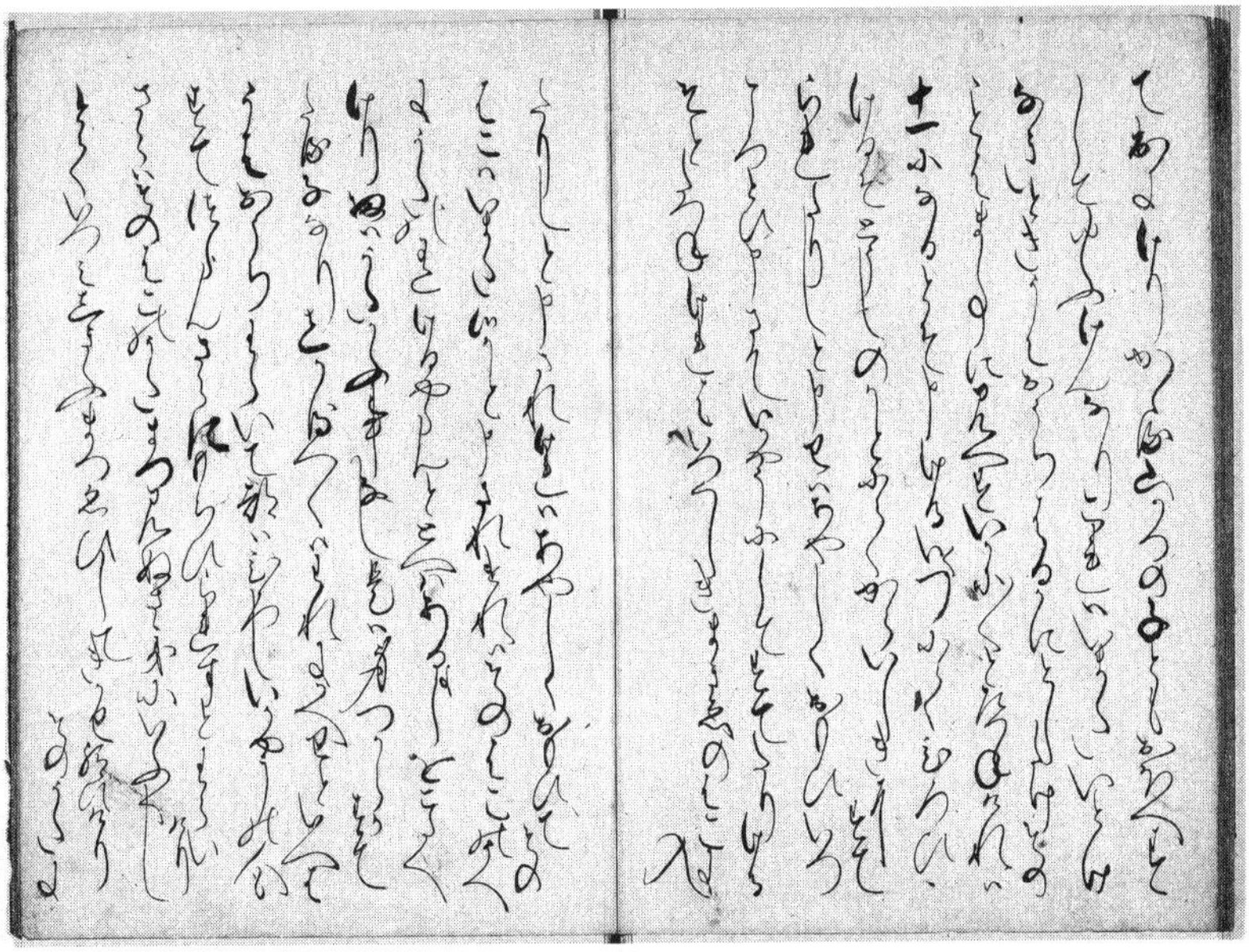

［二十七丁裏］
て出にけりかゝる山かつの子ともおほへす
してゆふけんなりこれはいまたいとけ
なきときうはおうちはるかにとしたけその
ことはま事に見へすいかに〳〵とたつねけれは
十一になるとそ申けるいつ《く》にてひろひ（〻）
けるそとうしのかとにてからいしきにすて
られたりしと申せはあやしくおもひいつ
ころとひ申さていかやうにしてすてたりける
そとたつねけれはいつくしきまきゑのはこに入

［二十八丁表］
たりしと申されけれはあやしくおもひてその
はこはいまた候かと申されけれはそのはこのうへ
にうたの有けるやらんととへはある《よ》しをこたへ
けり扨はうたかふ事なし是はみつからかすて
たる子なりしかるへくはわれにかへせといへは
うはおうちわらいて都はひろしいかやうの人も
すてつらんさらにもちひられすとわらいけり
さらはそのはこのうたまつ見ぬさきにいふへし
とていつみしきふまつゐひしてきかせ給ひけりそのうたに

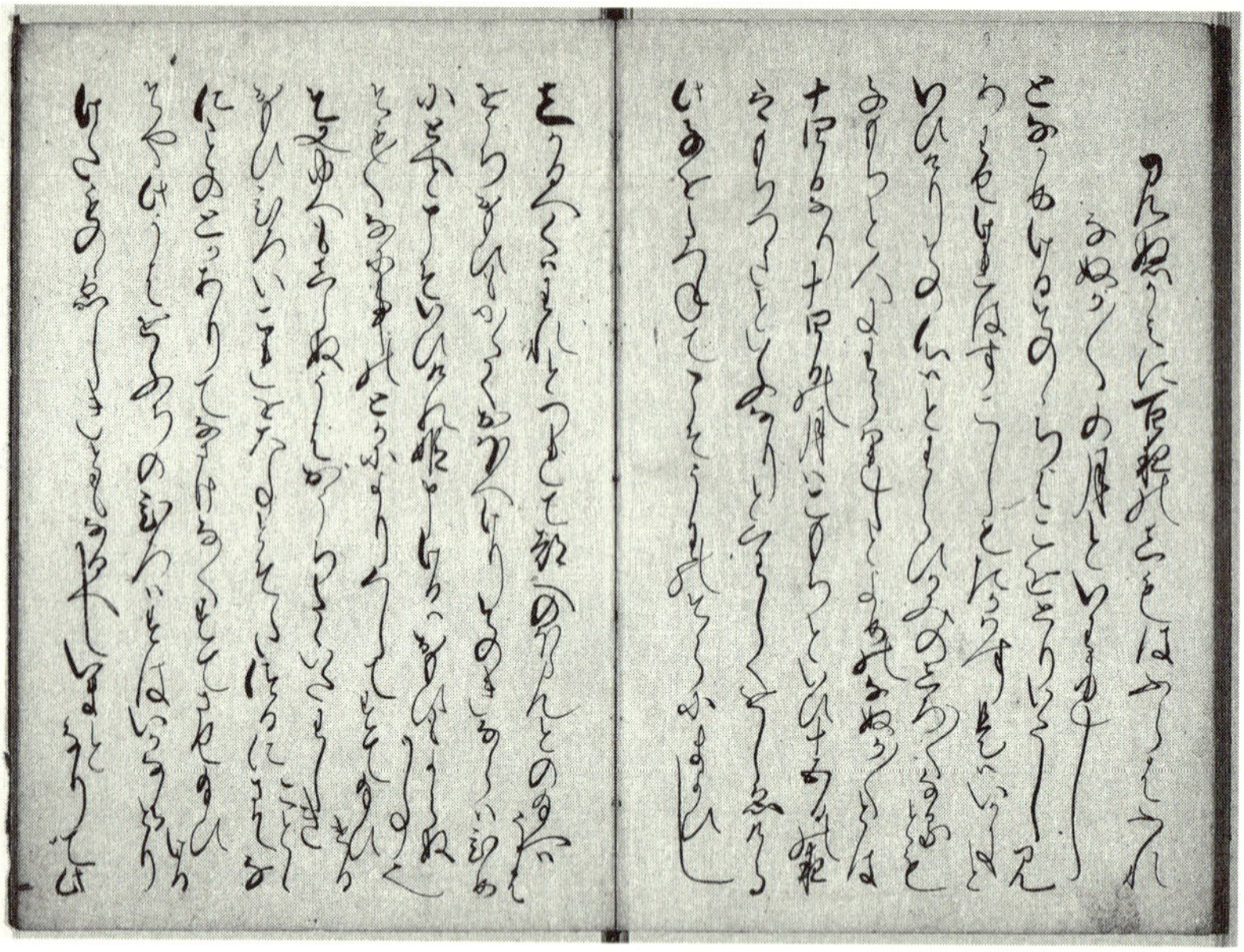

［二十八丁裏］
見ぬかみに百夜のしもはふらはふれ
なぬかなぬかの月といわれし
となかめけるその、ちはこをとりいたし見あわせけれはすこしもたかはす是はいかにといひけりその心はとわらひかみのしろくなるとも子もちと人にわらはれしとよめのなぬかなぬかとは十四日なり十四日の月はこもちといひ十五日の夜はもちつきといふなりとくわしくをしゑける此子をたつねてこそうわのそらにまよひし

［二十九丁表］
しかるへくはわれとつれて都へのほらんとの給へはうはをうちおもひもかたくおほへけりそのきならはひめにとへとこそいひけれ姫申けるはおもひもよらぬ御事也そもそもなに事のとかによりくしてすて給ひけるそ又ゆへもしらぬうはおうちた、いたわしきこと、おもひひろいこれを大事とそたつるにさてなにことのとかありてなさけなくすてさせ給ひけるそや此うはをふちのひろはすはいかなるとりけたもの、ゑしきともなるへしいまとなりて此

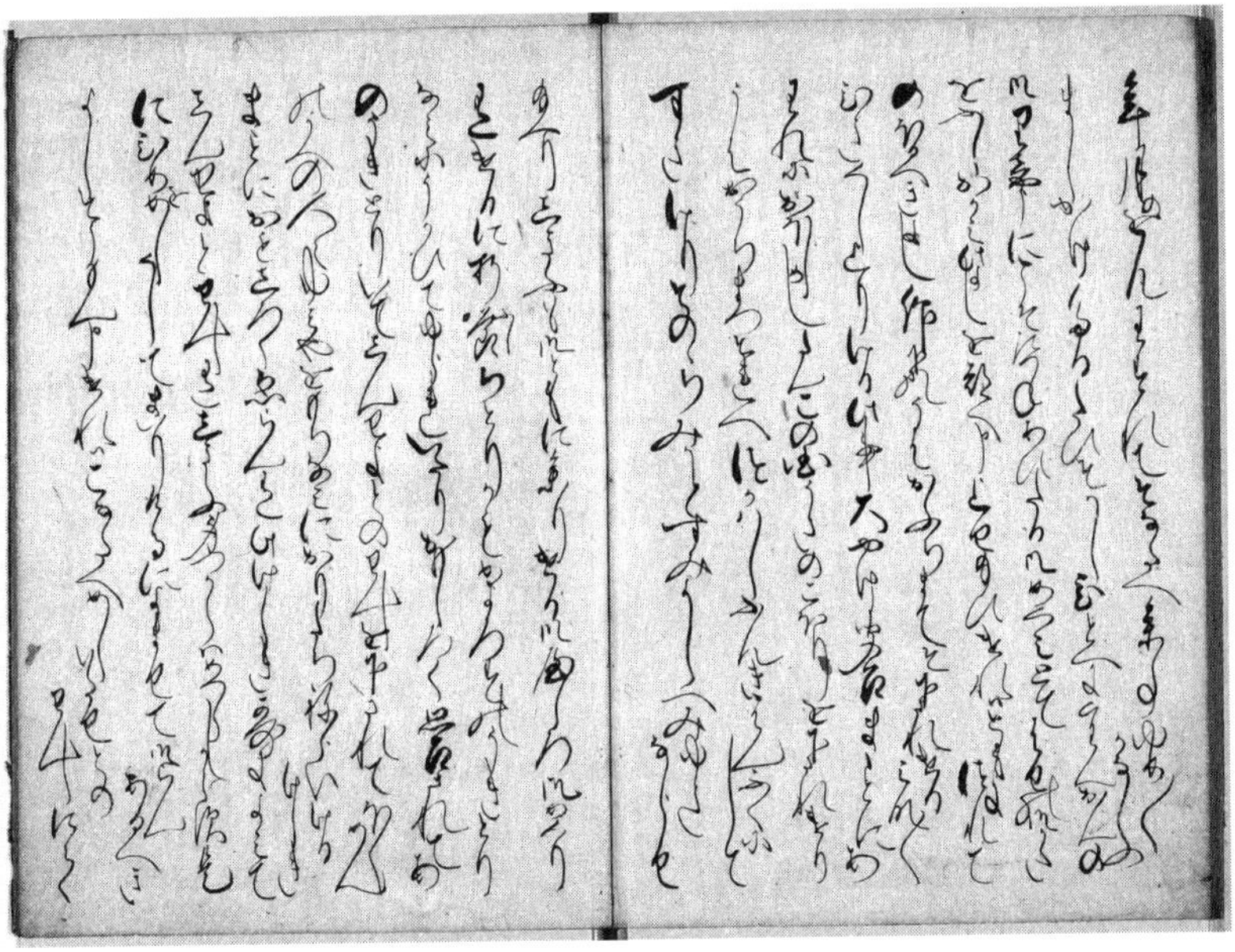

［二十九丁裏］
年月を《の》んわすれてそなたへ参事ゆめ〳〵かなふ
ましかけたるたひそかしひとへにくわんおんの
御りしやうにこそたつねあひたる御めくみとてはせの御かた
をふしおかみ此よしを都へ申上せ給ひけれはともにつれて
のほるへきよし仰下されうはおふちまてそ下されけるみな〳〵
ひきくし上りける此事大やけ聞召まことにあ
われにおほしめしたんこの国うさのこほりを下されけり
うはおうちまつそれへつかはしふんきはんふくにして
すきけりその、ちみかとすみよしへみゆきならせ
［三十丁表］
給へりしきふも御ともに参りける御やしろ御めくり
有けるに折節《ふし》ちとりかもかよろすのうきとり
なみにうかひてゆられいたりおもしろく思召されてあ
のうきとりいてしんせよとのせんしを下されてほくめん
のうへの人々ゆみやをもちなみにおりたちねらいけるけしき
まことにおもしろくゑらん有此けしき歌によみて
しんせよとせんし有しきふみつからはめつらしからす是
にひめ《を》めしくしてまいりけるによませて御らんあるへき
よしそうもん申けれはこなたへめしいたせとのせんしにて

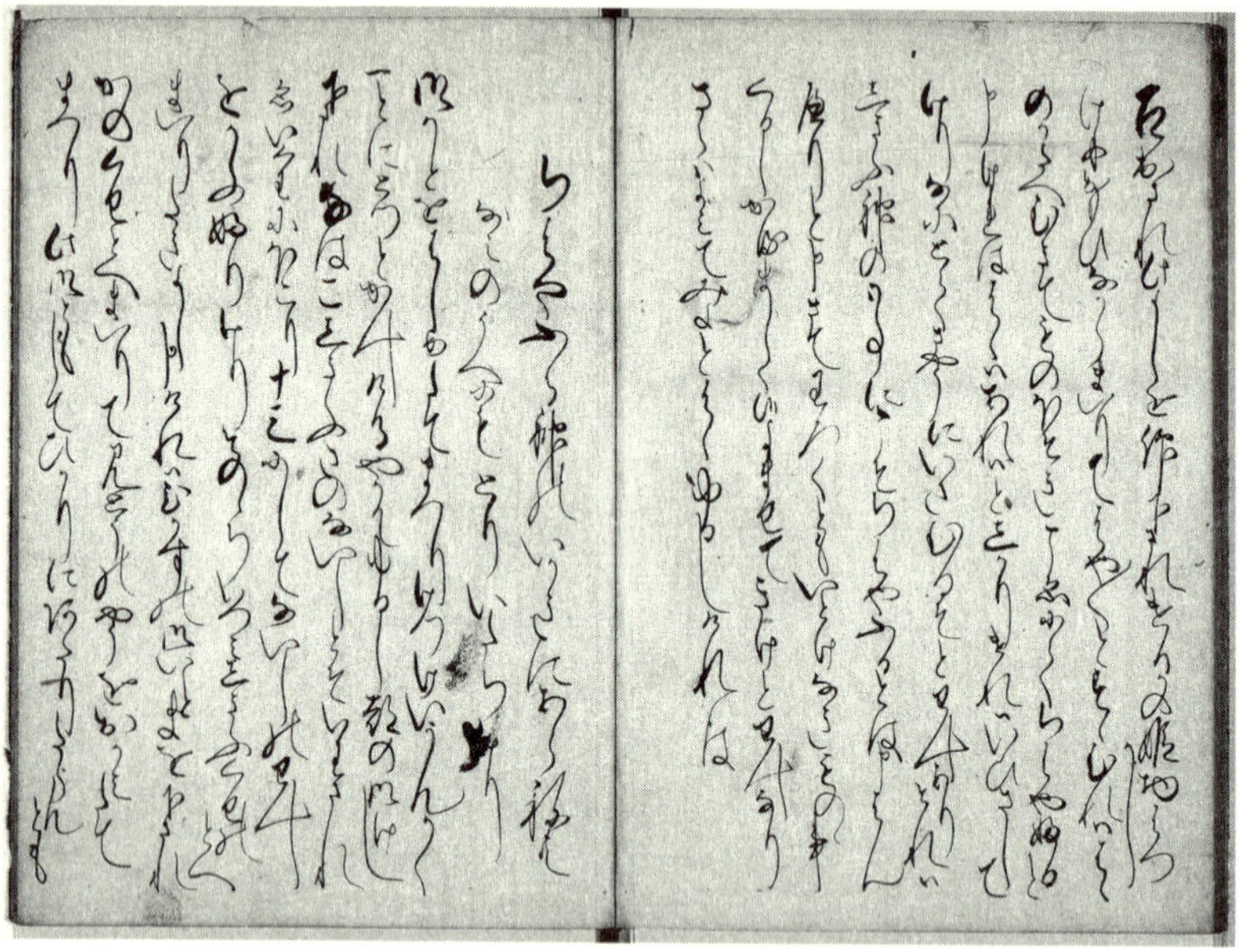

[三十丁裏]
召出され此よしを仰下されけるかの姫物はつかし
けにおもひなからまいりてはや〳〵とすゝむれははゝ
のかたへむきてものほそきこゑにてちはやふると
申けれははゝはあれはとしかりけれはいひさして
けりなにとてさやうにいさむるそとせんしありそれは
しきふ神の御事にこそちはやふるとは申はん
へりと申さてわろくともいとけなきものゝ事
くるしかるましく候よませてきけとせんしなり
さらはよみてみよとはゝゆるしけれは

[三十一丁表]
ちはやふる神のいかきにあらね共
なみのうへにもとりいたちけり
御かとをはしめたてまつりけつけいうんかく
一とにとつとかんしけるやかてゆるし都の御けし
下されなはこしきふさのないしとそいわされ
ゑいくわにほこり十三にしてないしのせんし
をかふふりけりそのゝちいつみしきふくせのとへ
まいりたきよし申けれはひかすの御いとまを下され
かのくせとへまいりてみとうのやうをおかみたて
まつり此御ともしてひかりにあたりたらんとも

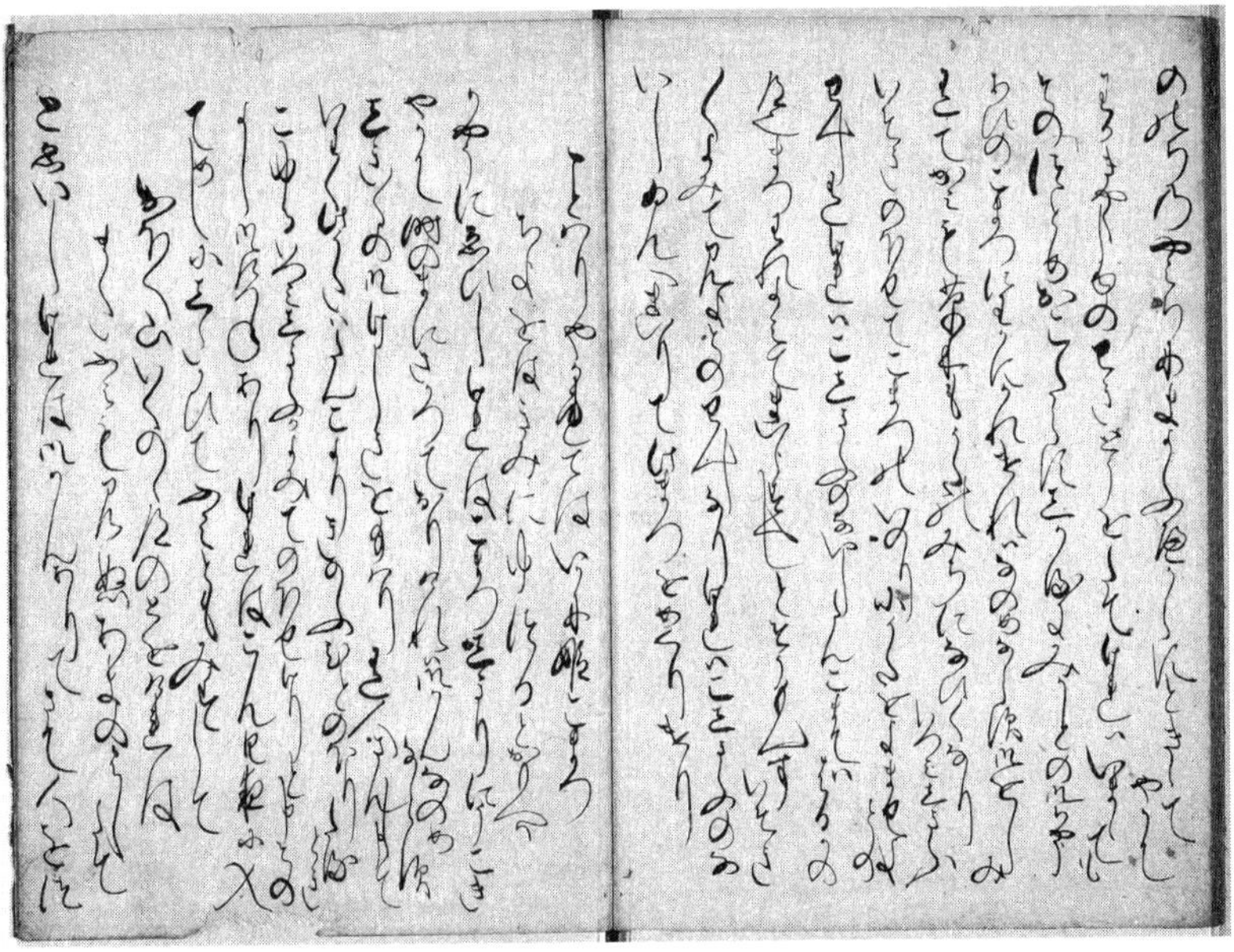

［三十一丁裏］

ののちのやみちにまよふへからすとき、てやかてわかきやくしゆのせきとうをたてけれはいま、てもそのつとめおこたらすしかるにみかとの御ちやうあひのこまつにわかにかれけれはなのめならす御をしみ有てかみも草木もうたのみちになひくなりいつみしきふいそきのほせてこまつのいのりにうたをよませよとのせんし有けれはこしきふのないしたんこまてははるかの道也まつわれよみてまいらすへしとそうもんすいそき〳〵よみて見よとのせんしなりけれはこしきふのないしゐんへまいりて此まつをめくりけり

［三十二丁表］

　ことはりやかれてはいかに姫こまつ
　　ちよをはきみにゆつるとおもへは

かやうにゑひしけれはこまつしきりにうこきやかて時のまにさかつておりけれは御かんなのめならすしき〳〵の御けしきを給はり有人さんし申ていわく此うたはたんこよりきのふひとのほりたるときこゆるいつみしきふかよみてのほせけりと申そのよし御たつねありけれはこん日夜に入てめしにしたかひてふみとももみすして

　　おほへ山いくの、道のとをけれは
　　　またふみも見ぬあまのはしたて

とゑいしけれは御かんありてさて人をつ

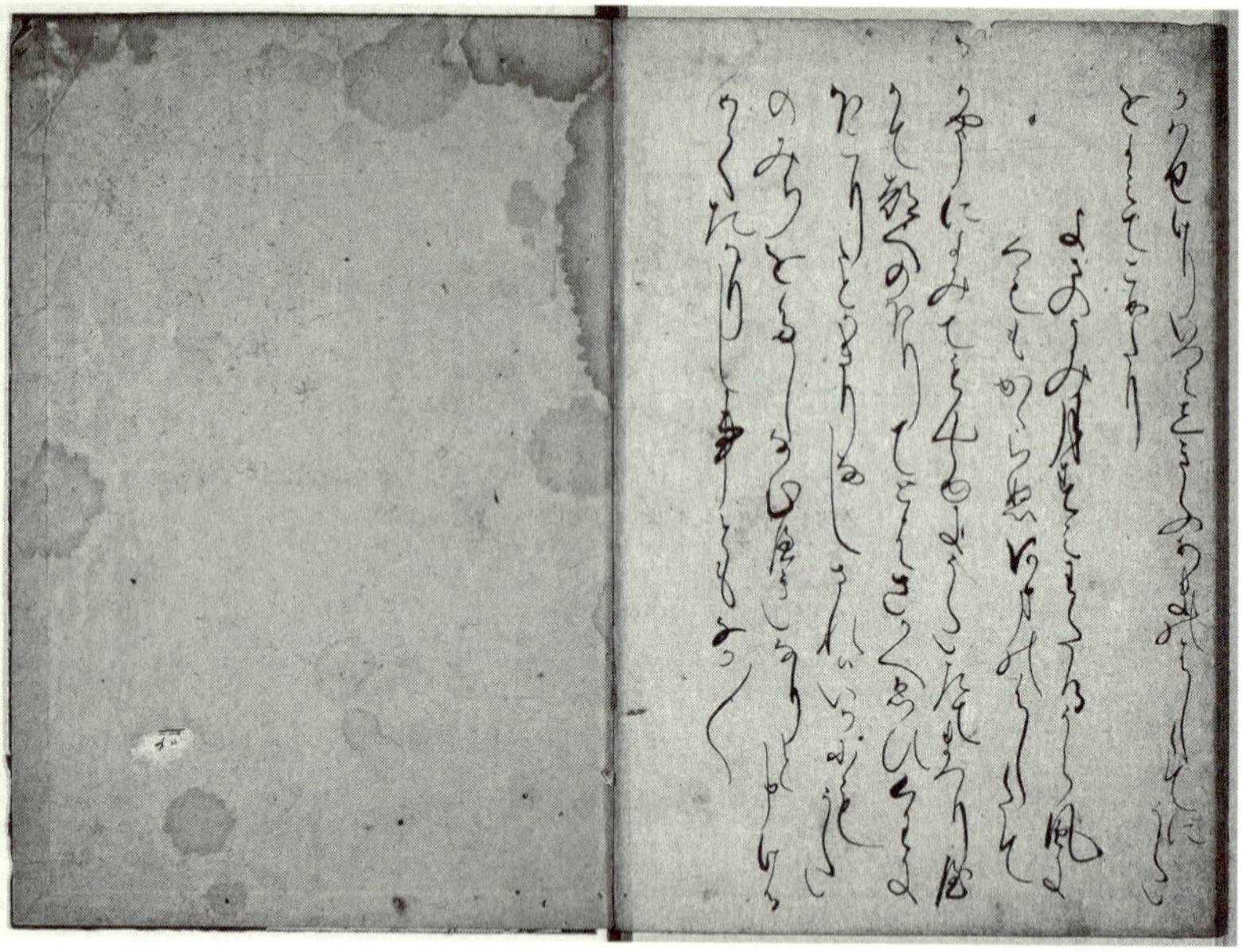

［三十二丁裏］
かはせけりいつみしきふあまのはしたてにうた
をよみてこめたり
よさのうみ月すみわたるうら風に
くももかゝらぬあまのはしたて
かやうによみてもんしゆにうたたてまつりや
かて都へのほりてとはさかへゑひくわに
ほこりことかきりなしされはいかにもうた
のみちをたしなむへきなりと申ける
めてたかりし事ともなか〱

［後表紙裏］

［後表紙表］

付記

本稿は、二〇〇二年度立命館大学大学院博士後期課程「日本文学特別研究」での報告にもとづく。本資料の研究は伴利昭先生と中西健治先生の御教示のもと進めてきたが、山積する諸問題の考察については別の機会に委ねる。

十本対照「さころもの哥」本文と校異

――青山会文庫蔵「さころもの哥」の紹介――

須藤　圭

青山会文庫（兵庫県篠山市教育委員会）蔵「さころもの哥」（函架番号・二〇三）を底本として、十本の狭衣物語歌集を対照する。底本とした青山会文庫蔵「さころもの哥」は、写本一帖。枡形本、列帖装。寸法竪一六・七×横一七・九糎。表紙は砥粉地に墨流し模様。表紙中央上に「さころもの哥」と書き外題。見返しは鳥の子紙。本文料紙は、文様を有する鳥の子紙である。内題「さころもの哥」とあり、半葉十二行書で、和歌一首二行、第三句と第四句で区切る。折帖二括。第一括は、六紙を重ねて二つ折にして十二丁とする。初め一丁半を白紙とし、墨付十丁半。墨付七丁半四行目と五行目の間に後代のものと考えられる貼紙一枚を有する。第二括は、六紙を重ねて二つ折にして十二丁とする。墨付七丁半、次の半丁は白紙、その後に墨付一丁半とし、最後に白紙二丁半。ただし、墨付七丁半および墨付一丁半の最後のみ、末尾を散らし書き風にして和歌一首三行とする。計、墨付十九丁半、二十四丁。表紙に現在の函架番号の他、旧函架番号が見える。

狭衣物語の和歌二一四首を所収し、ほぼ全ての和歌に対して詠者名、一部に詠歌状況を付す。狭衣物語歌を所収した後、定家詠十四首・慈円詠一首を載せる。尊鎮流の筆である。識語、旧蔵印なし。青山会文庫には、該本と同じ尊鎮流の写本が多いことから、青山藩の歴代藩主に仕えた右筆によって堂上人の教養のために書写された一本と思われる。

源氏物語は本文の受容もさることながら、後代の物語作品は言うまでもなく、あらゆる文物に影響を与えている。源氏物語中にある和歌を抜き出した源氏物語歌集として受容されてきたことも多く確認できる。

一方、狭衣物語は、藤原定家の『明月記』の例を挙げるまでもなく、源氏物語に次ぐ高い評価を与えられてきた。その結果として、『狭衣物語絵巻』や梗概書である教秀筆本『狭衣物語』が書かれている。そうであるならば、源氏物語と同様、いわゆる狭衣物語歌集なるものが広く受容されていたことを考えてよい。

ここに紹介する青山会文庫蔵「さころもの哥」は、狭衣物語歌集の一伝本である。その和歌本文を見るに、該本は『校本狭衣物語』などによって紹介される伝本のいずれとも類似しないことがひとつの特徴として挙げられる。目につきやすく、改作や校訂の為されやすい和歌における問題であることには留意しておかなければならないが、和歌に付された詠者名・詠歌状況を子細に見ていくと、現時点では紹介されていない異本、あるいは解釈の存在とその受容があったことを思わせるのである。該本と同じ特徴をもち、同一の祖本から派生したと思われる今治市河野美術館蔵「さころもの哥」（函架番号・一二五―二四三）には、尊鎮筆とする極札が残されている。もっとも、河野美術館蔵本には誤写や脱字が多く、極札の信憑性は疑われるが、堯恵に多くの歌書を伝授された経厚に教えを受け、実隆とも交流のあった尊鎮に関わりのある一本であることは考えてみてもよい。

また、青山会文庫蔵「さころもの哥」を底本として翻刻し、九本の狭衣物語歌集（これらの多くは『国書総目録』に統一書名「さころもの哥」として紹介される。）との比較を行い、計十本の本文対照を図った。物語享受の様相を示すものとして、和歌の異同がもたらす問題は大きいと考えられるが、これによって明らかになったいくつかの問題、例えば、詠者名の相違が多いことや、成立や依拠本文も含めた個々の狭衣物語歌集における問題など、解決すべき点は多い。果たして、狭衣物語やその和歌は、どのように理解され、享受されてきたのか。狭衣物語歌集という存在は、狭衣物語やその和歌がどのように読まれてきたか、という問題の一端を示しているように思われる。稿を改めて考察することにしたい。

凡　例

一　底本には、青山会文庫蔵「さころもの哥」を用いて忠実に翻刻する。

二　底本の翻刻にあたっては、次のようにする。

1、漢字及び仮名の別・仮名遣い・清濁・踊り字などは、すべて底本に依る。

2、古体・変体仮名、当て字、異体字は、概ね通行の字体に改める。

3、一部に傍書が見られるが、傍書の箇所に中黒を付し、書入文字を（　）に示す。

4、虫食いによる判読不明箇所は、その位置を「□」で示し、下に〔虫〕と示す。

5、底本は原則として全ての和歌に詠歌注記を有するが、これを欠く場合、和歌の下に「ナシ」と示す。

三　各和歌の上に歌番号を示す。歌番号については、久曾神昇・樋口芳麻呂・藤井隆各氏編『物語和歌総覧　本文編』（風間書房、一九七四年）に依る。ただし、これに収められない和歌については、特別にアルファベットを付して示す。

四　狭衣物語歌の後に付された、定家詠十四首・慈円詠一首の和歌の上に歌番号を示す。歌番号は、配列順とする。

五　狭衣物語歌集の伝本を用いて、校異を示す。比校に用いた諸本、およびその略号は次のようにする。なお、一部に参照の便を図り、（　）内に所蔵機関の函架番号を示す。

河―今治市河野美術館蔵「さころもの哥」（伝尊鎮筆の一帖を指す。）（一二五―二四三）

谿―今治市河野美術館蔵「さころもの哥」（「青谿書屋」印有の零本を指す。）（一二五―二四三）

なお、右**河谿**の二本共通の異文は、略号を[河]で示す。

陵―宮内庁書陵部蔵「さころもの哥き、書」（一六五―一五二）

陽―陽明文庫蔵「さ衣之集謌」（一二八四三）

稙―陽明文庫蔵「大手鑑」所収、伝近衛稙家筆「狭衣物語歌切」

宣―本居宣長記念館蔵「狭衣考物」（本居宣長著）

伊―伊勢邦泰氏蔵「さごろもの歌」（国文学研究資料館蔵マイクロフィルムに依る。）

大―弘前大学附属図書館大塚甲山文庫蔵「さ衣の歌」（Otsuka‖102）

五―大洲市立図書館矢野玄道文庫蔵「五部哥鑑」（遠山北湖著、享保五年刊）（五三―一四）（該本は虫食いが多く、同じ版本である東京都立中央図書館特別買上文庫蔵本（函架番号・特一八五五。池田亀鑑旧蔵本。ただし、絵入本であって注目できる。別稿にゆずる。）を用いて補う。）

なお、右**宣伊大五**の四本共通の異文は、略号を[流]で示す。

六　比校にあたっては、次のようにする。

1、漢字及び仮名の別・仮名遣い・清濁・踊り字などの異同は原則として示さないが、それにより異義の派生するもの、特殊な漢字表記などは掲げる。

2、漢字に訓仮名を施すものや字母の異なる同字を傍書するものはすべて掲げる。その際、元字は漢字のまま示す。

3、校合の様相を指し示す重要な要素であると考え、諸本における訂正書入や異本注記はすべて掲げる。

4、諸本に、虫食いによる判読不明箇所は見られない。

七　校異の表示は、次のようにする。

1、異同のある底本箇所に丸番号を付す。

2、校合箇所は、底本に付した丸番号をまず掲げ、次いでその底本本文を引用し、その下に傍線「―」を引き異同本文を示し、その下に校異本を略号で示す。

3、対校本の本文を底本が有しないときは、和歌であれば歌番号を掲げた後に、「ナシ」と示す。

4、底本の本文を対校本が有しないときは、校異の後の〔　〕内に、「ナシ」、その下に対校本を略号で示す。

5、見せ消ち、および見せ消ちに訂正書入のある場合は、次のようにする。

（イ）①あまつ—天の（つ）**陵**

すなわち、（イ）例の「の」文字左の等号は滅点であることを示し、（　）内の「つ」文字は訂正書入であることを示す。滅点が朱書の際は、下に〔朱〕と示す。墨滅と判断できる箇所は、下に〔墨滅〕と示し、墨滅前の元字が判読不明の場合、「□」で示す。また、一部数本が底本に異同を有し、そのうちの一本が傍書をもつ場合には、（かく〈か〉れる**大**）のように示す。

6、補入の場合は、次のようにする。

（イ）①かと—かと**陵**

すなわち、（イ）例の「か」文字左の丸印は補入であることを示す。また、一部数本が底本に異同を有し、そのうちの一本が補入をもつ場合には、（か—か**河**）のように示す。なお、和歌一首におよぶ補入がある場合、校異の後の〔　〕内に、「補入」、その下に校異本を略号で示す。

7、傍書の場合は、次のようにする。

（イ）①こゑ—声（色）**陵**

すなわち、（イ）例の「声」文字右の中黒は傍書の箇所を指し、（　）内の「色」文字は書入文字であることを示す。また、一部数本が底本に異同を有し、そのうちの一本が傍書をもつ場合には、（成—成〈なり〉**伊**）のように示す。

8、重ね書きの場合は、次のようにする。

（イ）①まて—也（まて）**陵**

すなわち、（イ）例の「也」文字右の罰印は重ね書きの元字に、（　）内の「まて」文字をなぞったことを示す。

9、擦り消し、および擦り消した上に訂正書入のある場合、次のようにする。

（イ）②おとり—□▲（お）とり**河**

すなわち、（イ）例の「□」文字右の三角印は擦り消しであることを示し、（ ）内の「お」文字は上書きによる訂正書入であることを示す。擦り消し前の元字が判読不明な場合、「□」で示す。

10、底本に加え、**河谿陵**は詠歌注記を和歌の下に付し、**宣**は和歌の上下に付し、**大**は和歌の右上に付すが、この区別はしない。ただし、**宣**は上下の間に「／」を示し、また、人物名を略号に丸印あるいは四角印で囲って示すため、同様に翻刻する。加えて、これら以外の諸本が詠歌注記を有さないことは、校異に特に示さない。

11、**谿**は外題と127番歌第四句から139番歌第三句のみ、**穂**は155番歌と156番歌のみを残す。これらが他の箇所を有さないことは、校異に特に示さない。

12、**宣**は狭衣物語の和歌の抜き書きとは別に、一部に注釈を付すが、これは比校の対象としない。

13、**大**は狭衣物語・大和物語の和歌を抜き書きするが、外題と狭衣物語の箇所のみを比校の対象とする。

14、**五**は伊勢物語・大和物語・栄花物語・枕草子・狭衣物語の和歌を抜き書きするが、外題と狭衣物語の箇所のみを比校の対象とし、後人の書入は略す。

15、その他、特殊な場合、その都度示す。〔 〕内に示し、その下に校異本を略号で示す場合もある。

八　本文と校異の表示法については、中田剛直氏『校本狭衣物語』（桜楓社、一九七六—一九八〇年）を参考にした。

（付記）末筆ながら、貴重な典籍の閲覧・翻刻をご許可いただきました青山会文庫をはじめ、諸機関及び御所蔵者に心よりお礼申し上げます。

さ①ころもの哥〔外題〕

①さころもの哥―さ衣之集詞**陽**―狭衣の物語の哥全
宣―さ衣歌**伊**―五部歌鑑**五**〔ナシ・**河陵大**〕〔表紙
デハナク包紙・**宣**〕

さ①ころもの哥

①さころもの哥―さころもの哥き丶書**陵**―狭衣考物
一之上初**宣**―さころもの歌**伊**―さ衣の歌**大**―狭衣
二百八首**五**〔ナシ・**陽**〕

1いかにせむいはぬ色なる花なれは心のうちをしる人
そ①なき　中②将

①そなき―もなし**宣**　②中将―さころも**陵**―狭衣中
将**大**〔ナシ・**宣**〕

2うきし①つみねのみなかる丶あやめ草か丶る恋路と人
も②しらぬに　中③将

①しつみ―沈美（しつみ）**伊**　②も―は**陵**　③中将
―同**陵大**―㋦**宣**

3しらぬまの菖蒲はそれとみえすともよもきかか①とは②
すきすもあらなん　誰③とはなし

①かと―か（か）と**陵**―もと**流**　②は―を**陽**　③
誰とはなし―さころも**陵**―〇**宣**―ナシ**大**

4見もわかてすきにけるかなをしな①へて軒のあやめの
ひましなけれは　中②将返し

①なへて―なめて**伊**　②中将返し―さころも**陵大**―
㋦**宣**

5恋わたるたもとはいつもか①はかぬにけふはあやめの
ねさへなかれて　中②将東宮女御せんゑうてんへ

①かはかぬに―かはかねと**陽**　②中将東宮女御せん
ゑうてんへ―同**陵大**―㋦／(る)へ**宣**

6おもひつ丶いはかきぬまの昌蒲くさみこもりなから
くち①やはてなむ　中②将一ほんの宮の少将みやうふの
もとへ

①やはてなむ―はてぬとや**宣**―はてねとや**伊大五**
②中将一ほんの宮の少将みやうふのもとへ―ナシ**陵**
―㋦／(を)へ**宣**―同**大**

7うきにのみしつむみく①すとなり②はて丶けふはあやめ
のねたになかれす　せ③んゑうてん女御返し

①みくす—みくさ**陵**　②なりはて—成果（なりはて）
伊　③せんゑうてん女御返し—せんようてん女御**陵**
—(る)／㋦へ返**宣**—ナシ**大**

ナシ①

①ナシ—一上中**宣**

8ナシ①

①ナシ—稲妻の光に行ぬ（行ぬ—ゆかむ**陽**流）あまの原はるかにわたせ雲のかけはし　さころも（さころも—㋦**宣**—狭衣中将**大**）**陵陽**流

9こゝのへの雲のうへまてのほりなはあ①まつそらをやかたみとはみむ　中将②

①あまつ—天の（つ）**陵**　②中将—同**陵**〔ナシ・**陽**流〕

10みのしろも我①②ぬきゝせむかへしつとおもひなわひそあまの羽衣　さ③かのゐん御しらねの時

①も—を（は）**陵**　②我—我か**伊**　③さかのゐん御しらねの時—さかのゐん**陵**—㋥／㋦へ**宣**—御製**大**

11むらさきの身のしろころもそれならはおとめの袖にまさりこそせめ　中将返し①

①中将返し—さころも**陵**—㋦／㋥へ返**宣**—さ衣御返**大**〔補入・**陵**〕

12色〳〵にかさねてはきし人しれす思ひそめてし夜はのさころも　中①将

①中将—さかのゐん（さころも）同**陵**—㋦**宣**—さ衣**大**〔和歌ノ右下ニ擦リ消シ訂正、和歌ノ下ニ「同」・**陵**〕

13bよもすからなけきあかしてほとゝきすなくねをたにもきく人もな①し　同②

①なし—かな**宣**　②同—㋦**宣**

15よしさらはむかしのあとをたつねみ①ん我のみまよ②ふこ③ひのみちかは　同④

①みん—見よ**陵陽**流　②まよふ—まとふ**陵**　③こひのみち—ひこの山**陽**　④同—㋦／(ち)へ**宣**—さ衣中将**大**

16か①くはかりおもひこかれてとしふ②ともむろのやしまの③けふりにもとへ　同④

①かく—我**陽**　②とも—やと**陵陽**[流]　③けふり—
○けふり**宣**　④同—㋦／ち へ**宣**—さ衣**大**

ナ①シ

①ナシ—一上末**宣**

17ほかさまにしほやく①けふりなひかめや浦か②せあらく
なみはよる③とも　同④

①しほやく—もしほの**陵**[流]　②かせ—か是**大**　③
よる—よす**陽**—よす•（るイ）**大**—よる•（すイ）**五**
④同—㋦**宣**〔補入・**陵**〕

18我こゝろしところもところに成①にけり袖よりほかに②なみ
たもるまで　同③

①成—成•（なり）**伊**　②に—に○**陵**　③同—㋦**宣**—
さ衣**大**

19わか心かねてや①そらにみちぬらんゆく②かたしらぬ宿
のかやり火　同③

①やそらに—そらにや**陵陽**　②ゆくかた—ゆくえも
陵　③同—さころ**陵**—㋦／ゐ**宣**〔補入・**陵**〕

20とまれともえこそいはれね飛鳥井に①やとりは②つへき
宿③しみえ④ねは　飛鳥井⑤

①に—の**陵**　②はつ—とる**陽**　③宿—かけ**陵陽**[流]
④みえねは—なけれは**陵**[流]　⑤飛鳥井—ゐ／㋦ へ
宣—飛鳥井姫君**大**

21飛鳥井にかけ①見まほしきやとりしてみま草か②くれ人
やとかめん　中将③

①に—は**陵**　②かくれ—隠•（かく）れ**伊**　③中将—
さころも**陵大**—㋦／ゐ へ返**宣**

ナ①シ

①ナシ—二上初**宣**

22こゐ①たてゝなかぬはかりそ物おもふ身はうつせみに
お②とりやはする　同③

①こゐ—声•（色）**陵**　②おとり—□▲（お）とり**河**—
おと**宣**　③同—㋦／ち**宣**

23はなかつみかつみるたにも有①ものをあさかのぬまに②
水やた③へなん　飛鳥井④

①有—有•（ある）**伊**　②に—の**陵**　③たへなん—
たゝなん**陽**　④飛鳥井—同▲あすかい**陵**—ゐ／㋦ へ**宣**

―飛鳥井君**大**

24 としふともおもふ心しふかけれはあさかのぬまに①水
②もたえせし　中将③

①に―の**陵**　②も―は**陵**流　③中将―さころも**陵**
大―㋦／(ゐ)へ返**宣**〔補入・**陵**〕

25 よしの川なにかはわたるいもせやま人たのめなる名①
のみなかれて　は②ゝしろ

①名のみ―涙・（イのには）**陵**―波の流　②はゝし
ろ―いまひめ**陵**―(け)／㋦へ**宣**

25b しらせはやいもせの山の中におつるよしのゝ河のふ
かきこゝろを　中将

〔ナシ・**陵陽**流〕

26 うらむるにあさゝそみ①ゆるよしの川ふかき心を②くみ
てしらなん　ナシ③

①みゆる―まさる**陽**流　②を―は**陵陽**流　③ナシ
―さころも**陵大**―㋦／(け)へ返**宣**

ナシ①

①ナシ―二上中**宣**

27 あ①ひみては袖ぬれまさるさよころもひと夜はかりを②
へ③たてすもかな　中将④

①あひみては―あひみて**河**―□〔墨滅〕あひみては
宣　②を―も**陵陽**流　③へたて―隔・（へたて）**伊**
④中将―同**陵大**―㋦／(ゐ)へ**宣**

28b ナシ①

①ナシ―へたつれは袖ほしわふる（わふる―侘・〈わ
ふ〉る**伊**）さよ衣終には身さへくちやはてなん　あ
すかい（あすかい―(ゐ)／㋦へ返**宣**―飛鳥井君**大**）**陵**
陽流〔27ト28bヲ「（」デ結ブ・**宣**〕

29 よな〱をへたてはてなは小夜衣身さへうきにやな
らんとすらん　飛鳥井

〔ナシ・**陵陽**流〕

30 ナシ①

①ナシ―行ゑなく身こそ成（成―成・〈なる〉**伊**）な
め此世をは跡なき水を尋てもみよ　同（同―㋦の夢
に(ゐ)**宣**―同夢想**大**）**陵陽**流〔右下ニ「イ本」ト傍
書・**陽**〕

30b この世に①はいつか見るへき浮しつみ跡なき水に②たつねわふとも　中将の夢に飛鳥井の君
①には―をは陽　②に―を陽　〔ナシ・陵流〕

31 あすか①川あすわたらんとおもふに②もけ③ふのひるまはなをそ恋しき　中④将
①あすか川―飛鳥(あすか)川伊　②にも―によ(まに)陵　③けふ―けに(ふ)宣　④中将―さころも陵大―ヌ/ゐへ宣

32 わ①たらなん水まさりなはあすかかはあすはふち②瀬に③成④もこそすれ　あ⑤すか井
①わたら―わた良(ら)伊　②ふち瀬―淵(ふち)せ伊　③に―と流　④成―成(なり)伊　⑤あすか井―ゐ/ヌへ返宣―飛鳥井君大　〔31ト32ヲ「〔デ結ブ・宣〕

33 かはらしといひしし①ひしはまち見はやときはのもり②に秋やみゆると　飛③鳥井君
①しひしは―しる(い)しよ(は)陵―椎柴(しゐしは)伊　②もり―杜(もり)伊　③飛鳥井君―同陵大―ゐ宣

34 あまの戸をやすらひにこそ出しかとゆふつけとりよとは丶こ①たへよ　同②
①こたへ―答(こた)ゑ伊　②同―ゐ宣―同姫君大

ナ①シ
①ナシ―二上末宣

35 か①ち②もたえいのちも③た④ゆとしらせはやなみたのうみ⑤にしつむ舟人　同⑥
①かち―梶(かち)伊　②も―を陽流　③も―を×(も〈も〉)大　④たゆ―たえぬ(ゆ)陵　⑤うみ―淵陵　⑥同―ゐ宣―飛鳥井君大

36 そへてけるあふきのかせをしるへにてかへるなみ①にや身をたくへまし　同②
①なみにや―になみにや陵　②同―ゐ宣

37 海①まてはおもひやいり②しあすか川ひるまをまてとたのめし物を　あ③すか井
①海―うき(み)陵　②いり―入り宣　③あすか井―同陵―ゐ宣―同人大

38しきたえのまくらそう①きてなかれける②君なきとこの
秋のねさめは③　中将④
①そ—も**陽**流　②ける—ぬる**陽**流　③は—に**陽**流
④中将—さころも**陵大**—㋦**宣**

39そのはらとひともこそきけは、き、のなとかふせや
にお①ひはしめけん　ナシ②
①おひ—生•（おひ）**伊**　②ナシ—同**陵大**—㋦**宣**

40せく袖にもりてなみたやそめつらん木すゑ色ます秋
の夕暮　中将①
①中将—同**陵大**—㋦**宣**

41夕くれのつゆふきむすふ木からしや身にしむ秋のこ
ひのつまなる　同①
①同—㋦**宣**

42なかれてもあふせありやと身をなけてむしあけのせ
とにまちこ、ろみむ　あすか井①
①あすか井—(ゐ)**宣**—飛鳥井君**大**

43よせかへるをき①のしら波たより有はあふせを②そこと
つけもし③てまし　同
①をき—沖•（をき）**陵**　②を—の（を）**陵**　③して
まし—しなまし**陵**　〔ナシ・**陽**流〕

44はやき瀬の①そ②このみくす③と成④にきとあふきのかせよ⑤
ふきも⑥つ⑦たへよ　同⑧
①の—□〔墨滅〕の**宣**　②そこ—底•（そこ）**陵**　③
みくす—もくつ**陽**流　④成—成•（なり）**伊**　⑤よ
—に**陵陽**　⑥も—て**宣**　⑦つたへよ—つたてよ（へ
よ）**陵**　⑧同—(ゐ)**宣**—飛鳥井君**大**

さ①ころも二
①さころも二—二まきの哥**陵**—一下初**宣**　〔ナシ・
陽伊大五〕

45たつぬへき草のはらさへしもかれて誰にと①はましみ
ち②しはの露　中将③
①とは—こに**大**　②しは—芝•（柴）**陵**　③中将—さ
ころも**陵大**—㋦**宣**

46し①にかへり待②にいのちそたえぬへきなか〳〵何にた③
のめそめけん　同④
①しに—死•（しに）**伊**　②待—まち**大**—まつ**宣伊五**

③たのめ―たのみ陵―たのめ伊　④同―ヌ／たへ宣

47いははしを①よな〳〵たにも②わたさはや③たえまやおか
む④かつらきの神　同⑤

①よな〳〵―よる〳〵陽流　②わたさ―わたら陵
陽流　③たえま―谷（たへ）ま陵　④かつらき―
葛城（かつらき）伊　⑤同―ヌ／たへ宣

48くやしくもあけてけるかな槙の戸を①やすらひにこそ
②あるへかり③けれ　同④

①やすらひ―あすらひ大　②ある―有（ある）伊
③けれ―けり陵　④同―ヌ／たへ宣―ナシ大

ナシ①

①ナシ―一下中宣

49①うた、ね②のなか〳〵ゆめ③とおもは、やさめてあはす
る人もありやと　同④

①うた、ね―うた、寝（ね）伊　②の―を陵陽流
③と―も（と）陽　④同―ヌ／たへ宣

50あふ坂をなをゆきかへりまとへ①とやせきの戸さしも
かたからなくに　同②

①とや―□（とや）河　②同―ヌ／さへ宣

51恋の道しらすといひし人やさはあふさかまて①は②たつ
ね③いり④ける　⑤中納言すけ

①は―も流　②たつね―たつね陵　③いり―入り
伊　④けり―けん流　⑤中納言すけ―さ／ヌへ宣

52おもひやる心①そいと、②まとひぬるうみ山とたにしら
ぬわかれ③よ　④中将

①そいと、―はいつくに陵―いつくに陽　②まとひ
ぬる―あいぬらん陵陽―まよひぬる流　③よ―を
陵―に流　④中将―□（中将）河―さころも陵大
―ヌ／ゐを宣

53人しらはけちも①しぬへきおもひさへ②跡まくらともせ
むるころ哉　同③

①しぬ―しつ陽流　②跡―跡（あと）陵伊　③同
―ヌ／たを宣

ナシ①

①ナシ―一下末宣

54ふきはらふよもの木からし心あらはうき名をかくす

くま①もあらせよ　女二②の宮

①くまも―雲間**陵**　②女二の宮―女二宮**陵大**―㋟**宣**

55ひとしれすおさ①ふる袖の②しほるまて時雨とゝもにふるなみたかな　中③将

①おさふる―をそふる**伊**　②の―も**陵陽**[流]　③中将―さころも**陵大**―㋦**宣**

56こゝろからいつもしくれのもる山にぬるゝは①ひとのさ②かとこそ見③れ　中④納言のすけ

①は―盤・（は）**大**　②さか―さも[流]　③見れ―きけ**陵**　④中納言のすけ―中なこん**陵**―㋚／㋦へ返**宣**―中納言佐**大**

57雲ゐまておひ①の②ほらなんた③ねまきし人もたつねぬ峯の④わかまつ　女⑤二の宮御母后

①おひ―なを（をい）**陵**　②のほらなん―のほらん**陽伊**　③たね―種・（たね）**陵**　④わかまつ―若・（わか）松**陵**　⑤女二の宮御母后―けろう太**陵**―㋕／㋙を**宣**―大宮**大**

ナシ①

①ナシ―二下初**宣**

58我①はかりおもひしもせし冬のよにつかはぬをしのうき②ね③なりとも　中④将

①我―我・（われ）**伊**　②ね―ね**大**　③なりとも―成ん（なり共）**陵**　④中将―さこ**陵**―㋦**宣**―さ衣**大**

59かたしきにいくよな〳〵をあかすらんねさめのとこのまくらうくまて①　同②

①まて―也×（まて）**陵**　②同―㋦**宣**

60しらさりしあしのまよひのたつの①ねを雲のう②へにそ③きゝわたるへき　同④

①ね―音・（ね）**伊**　②うへ―よそ**陵**　③そ―や**陵**[流]　④同―㋦／㋙を**宣**―さ衣**大**

61いつまてかきえ①すもあらむあは雪のけふりはふしの山とみゆとも　源②氏宮

①きえす―消・（きえ）す**陵**　②源氏宮―源氏の宮**陵**―㋠**宣**

62もえわたる我身そふしの山よたゝ雪にも①きえすけふりたちつゝ　中②将

①にもきえす―にもきえす**陵**―つもれとも**陽**[流]　②
中将―さころも**陵大**―㋦**宣**

63 たのめつゝ①いく②夜へぬらん竹の葉にふるしら雪のき
えかへりつゝ　③とう宮
①つゝ―はわ**伊**　②いく夜―いく**河**―幾•（いく）夜
陵―いくよ**陽宣**―幾代**伊**―いく世**大五**　③とう宮
―㋭／(ち)へ**宣**

64 ナシ①
①ナシ―すゑのよも（も―に**陽**）何たのむらん竹の
はにかゝれる（かゝれる―かく〈か〉れる**大**）雪の
きえもはてなん（ん―て**陽**[流]）けんし宮（けんし
宮―㋦(ち)におしへて／㋭へ返**宣**―さ衣**大**）**陵陽**[流]

64b ゆくすゑもちきりやはするくれ竹のうれはのゆきを
なにたのむらん　けんしの宮かはりに大宮
〔ナシ・**陽陵**[流]〕

65 そよさらにたのむにもあらぬ小•①（こ）さゝさへすゑ
葉の雪のきえもはてなん②　中③将
①小•（こ）―こ**陵陽**[流]　②なん―ぬに**陵陽**―ぬよ[流]
③中将―さころも**陵大**―㋦／(ち)**宣**

ナシ①
①ナシ―二下中**宣**

66 からとまりそこ①のみくつも②③なかれしを瀬ゝのいは④ま
もた⑤つねてしかな　同⑥
①そこ―底•（そこ）**伊**　②も―と**陵**[流]　③なかれ
―流れ**宣**　④いはまも―岩なみ**陵**[流]　⑤たつねて
しかな―をたにみるわさも哉**陵**　⑥同―㋦／(ゐ)を**宣**
〔ナシ・**陽**〕

67 あさりするあまともかなや①わ②たつ海のそこのたまもゝ③
かつきみるへ④く　同⑤
①や―や**大**　②わたつ海―わたつみ**陵**―わたつうみ
陽　③ゝ―お**陵陽**　④へく―へき**陵**　⑤同―㋦／(ゐ)
を**宣**

68 なみた川なかるゝあとはそれなからしからみとむる
おも影そなき①　同②
①そなき―は（は―は•〈は記〉**陽**）なし**陵陽**　②同
―㋦／(ゐ)を**宣**―さ衣**大**

69忍ふるをねにたてよとやこよひさは秋のしら①へのこゑのかきりを②　同③

①しらへ―しる（ら）へ陵　②を―に陵流―を（に）陽　③同―㋦宣

70神代よりしめい①ひそめしさかき葉をわれより外にた②れかをる③へき　か④もの明神大との丶夢に

①いひそめし―ゆひおきし陵―ひきうつし陽―引そめし流　②たれか―たれ陽　③をる―な（お）る陵　④かもの明神大との丶夢に―かも明神陵―㋩の夢に宣―堀川殿の夢に賀茂の神託大

71かみ山の①し②い柴かくれしのへはそゆふをもか③へる賀④ものみつかき　中⑤将

①の―の宣　②しい柴―しる（い）しは陵　③かへる―かくる陵陽流　④賀もの水かき―鴨（かも）の水く（か）き陵―賀茂（かも）の瑞籬（みつかき）伊　⑤中将―さころも陵大―㋦／㋠宣

ナシ①

①ナシ―二下末宣

72我こひのひとかたならすかなしきはあふをかきりのたのみたにせ①す　同②

①せす―□（せ）す河―なし陵陽流　②同―㋦宣

73けふやさはかけはなれぬる夕たすきなとそのかみにわかれさりけむ　同①

①同―㋦／㋠へ宣〔ナシ・陵〕

74よし野川あさせしら波たとりは①ひわたらぬなかとなりにしものを　同②

①はひ―つ丶陽―侘（はひ）伊　②同―㋦宣〔ナシ・陵〕

75わ①きかへりこほりのしたにむ②せひつ③丶さもわひさするよしの河かな　同④

①わき―涌（わき）伊　②に―は陵　③つ丶―つ宣　④同―㋦宣

76うきふねのたより①にもみむ②（ゆかん）わた③つ海のそことをしへよ跡のしらなみ　同④

①の―を陵　②もみぬ（ゆかん）―ゆかん陵陽流　③わたつ海―わたつみ陵　④同―㋦／㋼を宣―さ衣

大

三①の巻

①三の巻―三巻のうた**陵**―三上初**宣**〔ナシ・**陽伊**
大五〕

77たに①ふかき(み)たつをた巻②は我なれやおもふこゝ
ろ③のくちてやみぬる　④中将

①ふかき(み)―ふか(か―か**陽**)み**陵陽流**　②は
―の**陵**　③の―の**大**　④中将―さころも**陵**―㋦**宣**
―同**大**

78恋しさもつらさもおなしほたしにてなく〳〵もなを
かへる山かな　同①

①同―㋦**宣**―さ衣**大**〔補入・**大**〕

79行かへり心①まとはすいもせやま②おもひはなるゝみち
を③しらはや　同④

①まとはす―なやます**陽**　②おもひ―おもへ(ひ)
陽　③しらは―しらす**陽**　④同―㋦**宣**

80思ひわひ①つゐにこのよはすてつとも②あはぬ③なけきは
身をもはなれし　同④

①つゐ―終(つい)**陵**　②あはぬ―あかぬ**陵**　③な
けきは身―□(なけきは身)**河**―歎(なけ)きは身
伊　④同―㋦/㋠**宣**

81ありなしのたまのゆくゑ①もまとはさて夢にも②見はや
③ありしまほろし　同④

①も―を**陵**―に**陽流**　②見はや―つけ(つけ―告
〈つけ〉**伊**)よ**陵陽宣伊五**―ちけよ**大**　③ありし―
みえし**陽**　④同―㋦**宣**

82うきふしはさもこそあらめ①ねに②たつるこのふゑ竹は
かなしから③すや　同④

①ね―音(ね)**陵**―音**陽**　②たつる―立(たつ)る
伊　③す―し**陽**　④同―㋦/㋙を**宣**

83ちり①つもるふるきまくらをかたみ②にて③みるもかなし
きとこ④の⑤うへかな　同⑥

①つもる―つもり流　②にて―とて流　③みる―
三(み)る**陵**　④の―の**宣**　⑤うへ―浦**陽**　⑥同―
□**陵**―㋦**宣**

84うきことに①たえぬいのちも②ありしま③に④なからふる身

そ⑤はちにしにせぬ　⑥女二の宮

①に―も**陽**流　②も―の**陽**　③ま―よ**陵陽**流　④なからふる身そ―またなからふる**陽**流　⑤はちにし にせぬ―みをいかにせん**陽**流　⑥女二の宮―㋟**宣**―入道宮**大**

85 よしの川わたるよりまたわたれとやかへす〳〵もなをわたれとや　①中将

①中将―さころも**陵**〔ナシ・**陽**流〕

85b ナシ①

①ナシ―よし野川かへす〳〵もわたれは（と）（は〈と〉―と流）やわたるより又またわたれとや（またわたれとや―わ〈わ―わ**大**〉たれとやせに流）（や**宣**―さ衣**大**）**陽**流

ナシ①

①ナシ―三上中**宣**

86g ナシ①

①ナシ―春の荒田をうち返し〳〵返しも物をこそ思へ　いまひめ**陵**

86 はゝもなくめのともなくてうちかへし春のあらたに物をこそおもへ　①いま姫君

①いま姫君―同**陵**〔ナシ・**陽**流〕

87g ナシ①

①ナシ―たれ〳〵も柳の糸をよりおはせうせさめれは乱れ〳〵ぬめり　同**陵**

87 あらくのみはゝしろかせにみたれつゝ梅もさくらも我も①うせぬへし　同

①うせぬ―けぬ**陵**〔ナシ・**陽**流〕

88 なき人のけふりは①それとみえねとも②なへて雲ゐの③むつましき哉　④中将

①それ―かれ**宣**　②なへて雲ゐの―雲ゐの空の**陽**　③むつましき―睦（むつま）しき**伊**　④中将―さころも**陵大**―㋦**宣**〔補入・**大**〕

89 秋の色はさもこそあらめたのめしをまたぬいのちのつらくも有かな　①ナシ

①ナシ―同**陵大**―㋦**宣**

90 ①うらかよふみるめは②かりはかはらしをあまのかるて

ふなのりせすとも　③さいゐんの中将

①うら—う良・（ら）**陵**　②はかりは—はつねに**陵**

陽流　③さいゐんの中将—さ将**陵**—㋐**宣**—宰相中

将**大**

①ナシ

91思ひやるわか①たましひやかよふらん身はよそなから

き②たる③ぬれきぬ　④中将

①ナシ—三上末**宣**

①たましひ—魂・（たましい）**陵**　②たる—□▲（たる）

河　③ぬれきぬ—ぬれ衣・（きぬ）**伊**　④中将—さこ

ろも**陵大**—㋦**宣**

92かしわきのはもりのかみになとて①われ雨もらさし②と

ちきら③さり④けり　⑤同

①われ—わか**陵**流　②とち—の▲□▲（とち）**陵**　③

さり—左・里・（さり）**伊**　④けり—けん**陵陽**流　⑤

同—㋦**宣**

93こひ①わひてなみたにぬるゝふるさとの②葉草にましる

やまとなてしこ　③同

①わひて—わふる**陵陽**　②葉草—草葉**陵陽**流　③

同—㋦／㋟へ**宣**

94①おれかへりをきふしわふる下荻のすゑこす②かせを人

のとへかし　③同

①おれ—おき**宣**　②かせを—風の▲（を）**陵**—□×（を・

〈を〉）**大**　③同—女二**陵**—㋦／㋟へ**宣**

95夢かとよみし①にもにたるつらさかなうきはためしも

あら②しと③思ふに　④女二の宮

①にも—よにも**陵**　②し—す**大**　③思ふに—思へは

陵　④女二の宮—同**陵**—㋟**宣**—入道宮**大**

97したおき①のつゆ②きえわひしよな〱③も④とふへき⑤物と

またれやはせし　⑥同

①の—に**陵陽**—の・（にイ）**大五**　②きえ—さえ**大**

③も—に**伊**　④とふ—思＝（と）ふ**陵**　⑤物と—□▲（物

と）**河**　⑥同—㋟**宣**

96①身にしみて秋②はしりにき荻原やすゑこす風のをとな

らねとも　③同

①身にしみて—うき身には**陵**流　②はしりにき—

そしられし陽—そ（そ—も宣伊—も•〈とイ〉大五）
しらる、陵流 ③同—ナシ陵—㋟宣〔94カラ96ヲ
「〔〕デ結ブ・宣〕

98きかせはやとこよはなれしかりかねのおもひのほか
にこひてなくねを　中将①
①中将—さころも陵大—㋦宣
ナシ①
①ナシ—三下初宣

99思ひきやむくら①のや②とをゆき過て草のまくらにたひ
ねせむとは　同③
①むくら—葎•（むくら）伊　②やと—門陵流　③
同—㋦／㋟へ宣

100ふるさとはあさちかはら①に②なしはて、むしのねしけ
き秋にやあらまし　さかのゐん③
①あさちかはら—天地かはら陵　②になし—と成陵
宣五—とあれ陽—となり伊大　③さかのゐん—女二
陵—㋟／㋦へ宣—院帝大

101またしらぬあか月露におきわひてやへたつ①きりにま②
とひぬる哉　中将③
①たつ—た□〈墨滅〉つ宣　②まとひ—まよひ陵陽
宣大五　③中将—さころも陵大—㋦／㋾へ宣

102むさし野のしもかれにみしわれもかうあきしもおと
るにほひなりけり　同①
①同—㋦／㋠を宣

103忍ふくさ見るにこ、ろはなくさまてわすれかたみに
もるなみたかな　同①
①同—㋦／㋽を宣—さ衣大

104おもふよりまたおもふへき人やあると心にこ①、ろと
は、しりなん　同②
①こ、ろ—心陵　②同—一品宮陵大—㋾／㋦へ宣

105思ふより又はこ、ろのあらはこそとひもとはすもし
りてまとはめ　同①
①同—さころも陵大—㋦／㋾へ返宣

106おなしくはきかせよなあまのぬれ①ころもよそふるか②た
にくからすとや③　同④
①ぬれころも—ぬれ□▲（ころも）河—濡•（ぬれ）衣

伊　②かた―うら流　③とや―やと**陽**流　④同―
㋦**宣**〔ナシ・**陵**〕

107 かつみ①るもあるは有にもあらぬ身を人はひと②ゝやお
もひなすらん　同③
①みるも―みれと**陵陽**流　②は―の**陵陽**流　③同
―ナシ**陵**―㋦**宣**〔補入・**陵**〕
ナ①シ
①ナシ―三下中**宣**

108 くらきよりくらきにまと①ふしての山とふにそか②ゝる
ひかりをもみる　飛③鳥井の君夢にみえて
①まとふ―まよふ**陵陽**流　②そ―も**陵**　③飛鳥井
の君夢にみえて―ゆめにあすかい**陵**―㋦の夢に㋸**宣**
―夢想**大**

109 をくれしとちきりし物をしての山みつ瀬川①にやまち
わ②たるらん　中③将
①川―川・（川）**陵**　②わたる―わたら**陵**　③中将―
さころも**陵大**―㋦**宣**

110 た①のみこしいつらときはのも②るやこ③れ人たのめなる
名④にこそ有け⑤れ　飛⑥鳥井
①たのみ―たのめ流　②もる―もり**陵陽**流　③こ
れ―くる（見ゆ）**陵**　④名に―何**陵**　⑤けれ―けり
陵　⑥飛鳥井―㋸**宣**―飛鳥井姫君**大**

111 こ①との葉をなをやたのまんはしたかのとか②へる山は
もみちしぬとも　同③
①こと―其**大**　②はしたかの―箸・鷹・農・（はしたかの）
伊　③同―㋸**宣**―同人**大**

112 なをたのむときはのもりのまきはしらわすれな①はて
そ②くちはしぬとも　同③
①なはてそ―すなから**陵**　②くちはしぬとも―朽・
（くち）やはてなん**陵**　③同―㋸**宣**―同人**大**

113 よりゐけむあともか①なしきまきはしらなみたうきゝ
に成そしぬへき　中②将
①かなしき―かはらぬ**陵**　②中将―さころも**陵大**―
㋦**宣**

114 みそきするやをよろつ代の神もきけもと①よりたれか
思ひそめしと②　同③

①もとよりたれか―我こそさき〈さき―した陽伊大
五―下・〈した〉宣〉に陵陽流　②と―か陵陽流　③
同―㋦宣

115 おも①ひのみなかれやはせむ②ありす川今③も□〈虫〉あるし我④としらすや　源⑤氏宮
①おもひ―おの〈の―の大〉れ陵陽流　②せむ―する陵　③今も□〈虫〉―今もる河―いはもる陵陽流　④我としらすや―いまはたへせし陵流　⑤源氏宮―源氏陵―(ち)宣―斎院也源氏の宮也大

116 さ①かき葉にかゝる心をいかにせんおよはぬえたと②思ひたゆれと　中③将
①さかき葉―榊・〈さかきは〉は陵　②と―に陵陽流
③中将―さころも陵大―㋦宣

117 我身こそあふ①ひはよ所になりにけれ②神のしるし③に人はかさせと　内④のうへ
①こそ―□▲〈に〉〈□▲〈に〉―に陽流〉そ陵陽流
②けれ―けり陵―ける陽流　③しるし―し□×〈る・〈る〉〉し大　④内のうへ―後一条陵―㋭／(ち)へ宣―御製大

118 おもふことなるともなしにほとゝきすた①つねきにけりか②もの社に　中③将
①たつねきにけり―かものいは〈いは―みつ流〉かき陽流　②かもの社に―鴨・〈かも〉の水かき陵―尋ね来にけり陽流　③中将―ナシ陵―㋦宣―さ衣大

119 かたらはや①神もき②く③らんほとゝきすおもはむかきりこゑなをしみそ　女④へつたう
①はや―はゝ陵陽流　②も―は陽　③きくらん―きゝてん陵流―聞けむ陽　④女へつたう―ナシ陵―(京)／返宣

120 見るたひに心①まとはすかさしかなを②たにいまはかけしとお③もふに　中④将
①まとはす―さはかす陵陽―まとはし大　②を―に陽―を大　③とおもふに―とそ思ふ流　④中将―ナシ陵―㋦宣―さ衣大

121 よそにやはおもひなす①へきもろかつらおなしかさし

はさ②しもは③なれす　源④氏の宮にうへ、の返は、上の御哥也

①なす―なる**陽流**　②さし―かけ**陵流**　③はなれす―はなれし**陽**　④源氏の宮にうへ、の返は、上の御哥也―ナシ**陵**―㋠／㋭へ返**宣**―堀川大臣上**大**

122 あかさりし跡を①かよふといそのかみふる野のみちをたつねてそみる　中②将

①を―や**陵陽流**　②中将―さころも**陵大**―㋦**宣**

123 いそのかみふるの、①みちを尋ても見しにもあらぬあとそかなしき　女②一の宮の女御也

①、―に**陵**　②女一の宮の女御也―きさき**陵**―㋵**宣**―前斎院**大**

124 あくかる、我たましひもか①へりなむおもふあたりにむすひと、めは②　中③将

①かへり―かへり**陵**　②は―よ**陵**―は•（よイ）**大五**　③中将―さころも**陵大**―㋦**宣**

125 たましゐのかよふあたりにあらすともむすひやせまし下①かゐのつま　宮②中将

①下かへ―下かい**陵陽**　②宮中将―さい少中将**陵**―㋹**宣**

126 我かたになひけよ秋の野①のをはな心をよするかせはなくとも　中②将

①野のをはな―花□▲（薄•〈す、き〉）**陵**―野への花**陽**―はなす、き**流**　②中将―ナシ**陵**―㋦**宣**―さ衣**大**

127 こ、ろ□①〔虫〕はしめゆひ②をきし萩のえを③しからみか④くるしかやなから⑤ん　同⑥

①□〔虫〕は―には**河陵陽流**　②をきし―わたす**陵**　③を―の**陵**　④かくる―ふす（す―す**宣**）る**陵陽流**　⑤なか―なく**陵宣伊五**―鳴**陽大**　⑥同―さころも**陵**―㋦**宣**―同人**大**

128 な①ひくともなひくなよ夢し②のす、き秋かせふか③ぬ野へは④みえぬに　宮⑤の中将

①なひく―まねく**陵陽流**　②しのす、き―花薄•（す、き）**陵**　③ふかぬ―ふかきぬ**河**　④は―も**陵陽流**　⑤宮の中将―さい将**陵**―○**宣**―宮中将**大**

129 を①しなへてしめゆ②ひわたす秋の、にこはきか③つゆを④
かけしとそおもふ　同⑤
①をしなへ—おしなへ（め）**伊**　②ゆひ—結（ゆひ）
伊　③か—の[流]　④を—も**陵陽**[流]　⑤同—ナシ**陵**
—○**宣**

130 ひとかたにおもひみたる、野①のよしをかせのたより
にほ②のめかしきや　中③将
①野のよしを—の（し）、よしを（す、きイ）**陽**—
しのす、き[流]　②ほのめかしき—ほのめかしさ**大**
③中将—ナシ**陵**—㋦／㋹へ**宣**—さ衣**大**

131 ふき①まよふかせのけしきもしらぬかなお②ふのしたな
る③かけのこ④くさは　宮⑤の中将
①まよふ—万（ま）よふ**大**　②おふ—おき**陵**—萩
陽[流]　③かけ—風**五**　④こくさ—こ（を）草**大**　⑤
宮の中将—ナシ**陵**—㋹／㋦へ返**宣**—宮中将**大**
ナシ①
①ナシ—三下末**宣**

132 大井川い①くひはさことしへけ②れわすれすなからか
はりける世③に　中④将
①いくひ—いせき**陵陽**[流]　②けれ—けめ**陵**—ぬれ
陽[流]　③世に—哉**陵**　④中将—さころも**陵大**—㋦
宣

133 た①かせふねなをにこり江にこ②きかへりうらみまほし
きさとのあ③ま哉　同④
①たかせふね—も（も—藻〈も〉**伊**）かり舟**陵陽**[流]
②こき—漕（こき）**伊**　③あま—蜑（あま）**伊**　④
同—㋦／㋟へ**宣**

134 のこりなくうきめかつきし里のあまをい①とくりかへ
しなにか②うらみん　女③二の宮
①いと—いま**陵陽**[流]　②かうらみん—うらむらん
陵陽[流]　③女二の宮—女二**陵**—㋟／㋦返**宣**—入道
宮の心中の哥也**大**

135 や①ちかへりく②ひまの水③もか④ひなきによしみよおな⑤し
かけやみゆると　中⑥将
①やち—たち**陵**—八（や）千**宣**—八千（たちイ）**五**
②くひま—いわ万（ま）**陵**—くゐ（いはイ）ま**五**

③水―□〔墨滅〕水宣　④かひ―かひ陽　⑤おなし
―なゝし宣　⑥中将―ナシ陵―㋦宣―さ衣大

136 のちのよは①あ②ふせをまたんわたり川わかる③ゝほとは
かきりなりとも　同④
①は―の陵陽流　②あふせ―仰陵　③わかる、―
別（はか）る、陵　④同―さころ陵―㋦宣

137 まてしは山①のは②めくる月たにもうき世にしは③しと④、
めさらなん　同⑤
①山のは―山の端（は）陵―山端（やまのは）伊
②めくる―わくる流　③しはし―我を陽　④と、
めさらなん―泊やはする陵　⑤同―㋦宣

138 いのちた①につきせす物をおもふかなわかれしほとに
たえもはてなて　同②
①たに―さへ陽流　②同―㋦宣

139 お①ほ□〔虫〕にけつともき②えむおもひか③はけふりの
下にくゆりわ④ふとも　同⑤
①おほ□〔虫〕に―おほろ（ろ―ろ陽）けに河陵
陽流　②きえむ―消る陵陽流　③かは―□（かは）
河　④わふとも―侘つゝ陽流　⑤同―㋦宣

140 いはすともわか心にもかゝらすやほたしはかりは①お②
もはさ③りけり　同④
①は―も陵―に陽流　②おもは―おもひ陵　③さ
りけり―ましかは陵陽流　④同―源氏陵―(ち)宣―
斎院也源氏宮也大

141 行かへりたゝひたみちにまとひつゝ身はなか空にな
りねとやさ①は　同②
①さは―□（さ）は大　②同―さころも陵大―㋦宣

142 なみたのみよ①とまぬかわに②なかれつゝわかるゝ道の③
ゆきもやられす④　同⑤
①よとま―よと□（ま）河　②に―と陵陽流　③
の―そ陵陽流　④す―む陵―ぬ陽宣大五―ね伊　⑤
同―さころ陵―㋦宣

四①の巻
①四の巻―四まきの哥陵―四上初宣　〔ナシ・陽伊
大五〕

143 ひかりうするこゝちこそせ①めてる月のくもかくれゆ

くほとをしらすは　か②もの御哥

①せめ―すれ**陵**　②かもの御哥―かも明神**陵**―○か

もの明神**宣**―賀茂夢想哥大将遁世の事**大**

144 いそけともゆきもやられぬうき嶋を①い②かなるあまの

こ③きはなれけ④ん　中⑤将

①を―ち（を）**陵**　②いかなる―いかてか**陵**[流]―

あまのいかてか**陽**　③こき―こ記・（き）**陵**―漕・（こ

き）**伊**　④けん―なん**陵**　⑤中将―さころ**陵**―㋦／

㋟へ**宣**―さ衣**大**

145 いかはかりおもひこかれしあまならてこのうきしま

をたれかはなれん　女①二の宮の御心の中也

①女二の宮の御心の中也―女二**陵**―㋟**宣**―入道宮**大**

146 このころはこ①けのさ②むしろか③たしきていは④ほのまく

らふしよからまし　中⑤将

①は―□▲（は）**河**　②さむしろ―莚を**陵**　③かた―

行**伊**　④いはほ―いわを**陵**―いはね[流]　⑤中将―

さころも**陵大**―㋦**宣**

147 神もなをもとの心をかへり見よこのよとの①みはおも

はさ②らなん　同③

①のみは―のみ**陵**　②さらなん―さりけん**陵**　③同

―㋦**宣**

148 手になれ①しあふきはそれとみえなからなみたにくも

る色そことなる②　同③

①なれし―な・（ふイ）れし**大五**　②なる―なき（る）

伊　③同―㋦**宣**

149 ひとへつゝにほひをこせよ八重①さくらこちふく風の

たよりすくさす②　源③氏宮

①八重さくら―桜花**陵**　②さす―さて**陵**　③源氏宮

―院**陵**―㋠**宣**―斎院**大**〔補入・**陵**〕

150 時しらぬさか木のえたにおりかへ①てよそ□②〔虫〕も

はなを思ひやるかな　同③

①かへて―そ（か）へて**陵**―かへり**伊**　②□〔虫〕

も―にも**河陵陽**[流]　③同―源氏**陵**―㋠／㋺〔墨滅〕

㋵へ**宣**―同人**大**

151 さかき葉に猶おりかへよは①なさくらまたそのかみの

我②身思はむ　女③へつたうかへし

①はなさくら—さくら花陵流　②我身—我身と陵
陽流　③女へつたうかへし—きさき陵—(よ)／(ち)へ
返宣—院女御大

152はかなしや夢のわたりのうきはしを①たのむこゝろの
たえ②もはて③ぬよ　④中将

①たのむ—たえぬ陵　②も—□▲（も）河　③ぬよ—
なて陵　④中将—さころも陵大—(ヌ)宣

153みかき①もり野へのかすみ②の隙③ならて折てすき④ゆく花
さくらかな　⑤同

①もり—もる陽流　②の—も陽流　③ならて—な
くて陵陽流　④ゆく—うき陵　⑤同—(ヌ)宣

154はなさくら野への①さくらのひま〳〵におらては人の
過るものかは　②小少将斎院女房也

①さくら—霞陵陽流　②小少将斎院女房也—ナシ
陵大—(一)宣〔補入・大〕

155おり見はやくちきのさくらゆきすりに①あかぬにほひ
②はさかり③なる④やと　⑤中将

①あかぬ—あかぬ陽　②は—の穂　③なる—成陵伊
五—なり陽宣大　④やと—かと穂　⑤中将—さころ
も陵大—(ヌ)宣〔補入・大〕

156散まかふはなに心を①そへしよりひとかたなら②す物③お
もふかな　④同

①そへし—そめし穂　②す—ぬ思ひ陵　③おもふか
な—をこそ思へ陵穂　④同—(ヌ)／(む)へ宣

157ちるはなにさ①のみ心をとゝめては②春より後③はいかゝ
たのまむ　④宮の中将はゝ姫君のたい

①のみ—□（墨滅）のみ宣　②春—ちる陽　③は—
を陵　④宮の中将はゝ姫君のたい—きたの方陵—(む)
(三)／(ヌ)へ返宣—姫君の代母大

①ナシ

①ナシ—四上中宣

158のとかにもたのまさらなむ①庭たつみ②かけみゆへく③と
あらぬなかめを　④宮の姫君東宮への返し

①庭たつみ—庭た□▲（つみ）河　②かけ—みかけ五
③と—も陵陽流　④宮の姫君東宮への返し—春宮
陵—○宣—春宮書給也大

159いつまてと①しらぬなかめの②にはたつみうたかたあは
てわれそけぬへき　中③将
①と—も**陵**　②の—を**伊**　③中将—ひめ君**陵**—㋦
宣—さ衣**大**

160くちおしやお①たへのはしはふ②み③みねと雲ゐにかよふ
跡そひまなき　同④
①おたへ—緒絶（をたえ）**伊**　②ふみ—跡**伊**　③み
ね—みね**陵**　④同—さころも**陵**—㋦**宣**—同人**大**

161みつあさみかくれもはてぬにほ鳥のしたにか①よひし
跡②もみしかは　大③納言
①かよひし—かくれし**陽**　②跡—そこ**陽**[流]　③大
納言—◯**宣**—権大納言**大**

162とりあつめまたもなき名をた①つる哉う②らや□〔虫〕
おかにかりせ③しや君　中④将
①たつる哉—たてんとや**陽**[流]　②うらや□〔虫〕—
うらやの**河陽**—うしろの**陵**[流]　③せし—をし**宣**　④
中将—さころも**陵大**—◯**宣**

163くらへ□①〔虫〕あ②さまの山③のけふりにもたれかおも
ひの④こかれまさると　同⑤
①□〔虫〕—み（み—へ〈み〉**陽**）よ**河陵陽**[流]　②
あさま—あさま**大**　③山—□〔墨滅〕やま**大**　④の
—か**陽**　⑤同—さころ**陵**—◯**宣**

164あさましやあさまの山のけふりにはたちならふへき
おもひとも①みす　宮②の中将母うへ
①とも—とは**陵**　②宮の中将母うへ—きたのかた**陵**
—◯**宣**—姫君母**大**

165ひとかたになりなはさてもや①むへき②になとふたみち
におもひなやます　中③将
①やむ—有**陵**　②に—を**陵陽**[流]　③中将—さころ
も**陵大**—㋦**宣**

166われのみそうきをもし①らすすくしけ②るおもふ人たに
そむきける世に　同③
①しらす—しらて**陵陽**—しら**宣**　②ける—つる**陵**
③同—㋦**宣**

167うき物とい①まそしりぬるかきりあれは思ひなからも
そむきけ②る世③を　中④将はゝ上

①いま—いま大　②ける—ぬる陽流　③世—み陽
④中将は、上—姫君陵—㊂／㋦へ返宣—姫君母上大

168 我もまたますたの池のうきぬなはひとすちにやはく
るしかり①ける　②中将
①ける—けり陵　②中将—さ陵—㋦宣—さ衣大

169 ①たえぬへき心ちのみする②うきぬなはますたのいけも
かいなかり③ける　④宮の中将は、うへ
①たえ—絶・（たへ）陵　②うきぬなは—浮・泥・縄・（うきぬなわ）伊　③ける—けり陵陽流　④宮の中将は、うへ—あま君陵—㊂宣—母上大

170 なけきわひねぬ夜の空に①わたるかなこゝろつくし②の
あり明のつき　③さころもの中将
①わたる—にたる陵陽流　②の—も陵　③さころもの中将—さころも陵大—㋦宣

171 とけてねぬまろかまろねのくさ枕ひと夜①はかりもつ
ゆけき物を　②同
①はかり—はかる五　②同—さころも陵—㋦宣

172 草まくらひとよはかりのまろねにて露①のかことを②か
けんとやおもふ　③母君
①の—も宣　②かけん—かけし伊大五　③母君—あま君陵—○宣—母上大

173 くすの①葉にまかきのきりも立籠て心もゆかぬみちの
②そらかな　③さころも
①葉に—はふ陵流　②そら—うら流　③さころも—㋦宣

174 おも影は身をそはなれぬ打とけてねぬよの夢はみる
と①なけれと　②同
①なけれ—なけれ陽　②同—㋦宣

175 こ①えもせぬせきのこなたに②まとひしやあふさか山の
かきりなる③へき　④同
①こえ—越・（こへ）伊　②まとひ—まよひ陵　③へき—らん流　④同—㋦宣

176 かたしきにかさねぬ衣うちかへし①おもへは何をこふ
るこゝろそ　②同
①おもへ—おもひ大　②同—㋦宣—さ衣大

ナ①シ

①ナシ―四上末宣

177 うかりけるわか中山のちきりかなこえす①はなに、あ②ひみそめける③　宮の姫君④

①こえす―こ、す陽　②あひ―あ飛・（ひ）大　③ける―けり陽―けん陵流　④宮の姫君―同陵大―㋦宣

178 夢さむ①るあか月かたをまちしまにな、七日にもや②、すきにけり③　同④

①さむる―さめし陵　②や、―屋・（や）、大　③けり―ける哉陵　④同―ひめきみ陵大―〇宣

179 ことはりのとしの暮とはみえなから①つもる②にきえぬ雪も有けり　同③

①みえなから―思へとも陵　②つもる―積・（つも）る伊　③同―〇宣

180 ときわひしわかしたひもをむすふまは①やかてたえぬる心ちこそすれ　中将②

①は―に陽　②中将―さころも陵大―㋦宣

181 雪すりのはなのおり①かと見るからにすきにし春そいと、こひしき　同②

①おり―折・（おり）伊　②同―㋦宣―さ衣大　〔181ト182ノ順序反対、和歌ノ上ニ「行すり上」・大〕

182 よそなからちりけむ花に①たくひ②なく③なと行とまるえたと成けむ④　姫君⑤

①に―も陽　②たくひ―たくゐ伊　③なく―なて陵流　④と―も陽　⑤姫君―㋰宣―同大　〔181ト182ノ順序反対、和歌ノ上ニ「よそ下」・大〕

183 たつねみるしるしのすきもまかひつ、なをかみ山にみち①やまと②はん　中将③

①みち―身陵陽流　②まとはん―まとひけん陵―まとひなん陽流　③中将―さころも陵―㋦宣―同大

184 おなしくは木たかき枝につたは①てしつえ②の梅にきゐる鶯　皇后宮③

①つたは―つたひ宣　②しつえ―しる（つ）へ陵　③皇后宮―㋣／㋰へ宣―中宮陵大　〔補入・大〕

185 なかむらん夕の雲①にたなひかておもひの外にけふり

たつころ　中②将

①雲―空**陵**[流]　②中将―さころも**陵大**―㋦／(た)へ**宣**

ナ①シ

①ナシ―四下初**宣**

186 大かたに①身を②やなけましみるからになくさのはまも袖③ぬらしけり　同④

①に―は**陵陽**[流]　②を―を**大**　③袖ぬらしけり―なのめ成けり**陵**　④同―㋦**宣**〔補入・**陵**〕

187 めくりあはむかきりたになき別かな空ゆく月のはてをしらねは　同①

①同―㋦／(ち)へ**宣**

188 月たにもよそのむら雲へたてすはよな①〳〵袖にう②つしてもみむ　源③氏宮

①よな〳〵―よな〳〵**陵**―よな〳〵**陽**　②うつし―やとし**陵陽**[流]　③源氏宮―同**陵**―(ち)／㋦へ返**宣**―斎院**大**

189 な①ゝくるまつむともつきし思ふに②もいふにもあまる我恋草は　中③将

①なゝくるま―七（なゝ）車**伊**　②にも―□（に）も**河**―には**伊**　③中将―同**陵**―㋦**宣**―さ衣**大**

190 こひてなく①涙にくもる月かけはやとる袖②もやぬるゝかほなる③　御④かと

①なく―より**宣**　②袖―□（袖）**河**　③なる―哉**陵**　④御かと―同**陵**―㋦／(ち)を〔墨滅〕へ**宣**―今上へ斎院也**大**

191 あはれそ①ふ秋の月かけそてならて大かたに②のみなかめやはする　斎③宮返し

①そふ―てふ**陽**　②にのみ―のみは**陵**　③斎宮返し―けんしの宮**陵**―㋺〔墨滅〕(ち)／㋦へ返**宣**―斎院**大**

ナ①シ

①ナシ―四下中**宣**

192 かくこひん物①としりてやかねてよりあふ事たゆと見てなけきけむ　御②かと

①ん―ぬ**陵**　②御かと―さころも**陵**―㋦／(ち)を**宣**―今上**大**

193 なをおしみ人たの①めなるあふきかなてかくはかりの②
ちきりならぬに　同③
①たのめ―のため**陽**―たのめ**宣**　②の―の**陵**　③同
―㋦／㋠へ**宣**―今上**大**

194 あふきてふなをさ①へ今はおしみつゝかはらぬ②風の③つ
らくやあらまし　さい④院
①さへ―たに**陽**　②ぬ―は**河陵陽**流　③のつらく
―つ、ひとや**河**　④さい院―㋠／㋦へ返**宣**

195 ひきか①へてけふはかさし②しあ③ふひくさおもひもかけ
ぬ④しめのほかかな　御⑤かと
①かへ―つれ**陵陽**流　②し―〳〵（し）**陵**　③あ
ふひくさ―あふひ（あふひ―あふひ〈あふきイ〉**大**）
さへ**陽**流　④しめ―□×（しめ）**大**　⑤御かと―こん
上**陵大**―㋦**宣**

196 かなしさもあはれも君につきはてゝこは又おもふ物
としらぬを①　同②
①を―は**陵**　②同―こん上**陵**―㋦／㋙ヲ**宣**〔第三
句右上ニ詠歌注記ノ如ク書イタ「若宮」ヲ墨滅・**大**〕

197 ことはりもしらぬなみたやいかならん我よりほかの①
ひとをおもはゝ②　女二の宮③のわか君
①の―に**陵**　②ゝ―し**陽**　③女二の宮のわか君―わ
か宮**陵大**―㋙**宣**

198 お①もふことなるともなしにいくかへりうらみわたり
ぬかもの川②なみ　御門③
①おもふ―おもふ**大**　②川なみ―くい（川）なみ**陵**
③御門―同こん上**陵**―㋦**宣**―今上**大**

199 やしまもる神もきゝけむあひも見ぬ恋①まされてふみ
そきやはせし　御②かと行幸の時かもにて
①恋まされ―まされ**大**　②御かと行幸の時かもにて
―同**陵大**―㋦**宣**

200 神かきはすき①の木すゑにあらねとももみちの色もし②
るくみえけり　御③かと
①は―の流　②しるく―しるへ（く）**陵**　③御か
と―同**陵**―㋦**宣**―今上**大**〔200ト201ノ順序反対、和
歌ノ上ニ「神かき上」・**大**〕

201 あれとみる身はふなおか①にこかれつ②ゝおもふこ③ゝろ

のこはゆけるかな④　同⑤

①おかに―を□（一字不詳）〔朱〕□（一字不詳）か陵　②つゝ―て（つゝ）

陵　③こゝろのこはゆける―心のこはゆける（「る」

右ノ滅点トハ別ニ「心…る」ニ見セ消チノ傍線ヲ朱

デ引キ、右傍ニ「はゆけと身はゆける」ト朱ノ訂正

書入）陵　④かな―かは陵陽流　⑤同―ヌ宣　〔200

ト201ノ順序反対、和歌ノ上ニ「あれ下」・大〕

202 としつもるしるしことなるけふよりはあはれをそへ

てうきは忘れね①　同②

①ね―ぬ伊　②同―ヌ／たへ宣

203 たちかへりしたさは①けともいにしへの野中の水はみ

くさゐ②にけり　中宮③

①さはけとも―はさはけと流　②ゐに―つき（いに）

陵　③中宮―同中宮陵―む宣

204 今さらにえそ恋①さらむあひ②もみぬ野中の水のゆく③ゐ

しらねは　御④かと

①恋―えそ陽　②あひ―汲（汲―くみ宣）陵陽流

③ゆくゐ―末を陵　④御かと―今上陵大―ヌ宣

〔203ト204ヲ「（」デ結ブ・宣〕

ナシ①

①ナシ―四下末宣

205 かへりこしかひこそなけれからとまりいつらなかれ①

しひとの行ゐ②は　大③につくしよりのほりにからとま

りにて

①なかれし―むかしの（の―の宣）流　②行ゐ―

行末陵　③大につくしよりのほりにからとまりにて

―しきふ陵―マ宣―三川守大

206 人しれぬいり江のさ①はにしるひともなく〱き②する

つるの毛③ころも　飛④鳥井の君うたきぬにかきつけて

①さは―澤（さは・「さは」ハ朱書）陵―澤（さは）

伊　②きする―き宣　③毛ころも―さ（け）衣陵―

け衣哉宣　④飛鳥井の君うたきぬにかきつけて―あ

すかい陵―ロ〔墨滅〕ゐ宣―飛鳥井姫君大

207 わすれすはは山しけやまわけも①こて水のした②にやお

もひいるらん　飛③鳥井君

①も―は流　②した―しも陵　③飛鳥井君―同陵

—(ゐ)宣—故飛鳥井姫君大

208 ゆくすゑをたのむともなき命にてまたいはねなる松
にわかる丶　①同
①同—あすかい陵—(ゐ)宣

209 おくれしと①ちきらさりせはいまはとてそむくもなに
かかなしからまし　②同
①ちきら—ちきり×（ら•〈ら〉）伊　②同—(ゐ)宣—同
人大

210 なからへてあらはあふ①瀬を待へきにいのちはつきぬ
人はとひこす　同
①瀬—世•（せ）陵〔ナシ・流〕

211 きえはて丶①けふりは空にかすむとも雲のけしきをそ
れとしら②まし　③同
①けふり—けふり陵　②まし—しな陵陽　③同—さ
ころも陵〔ナシ・流〕

212 かすめ①よな思ひきえ②けむけふりに③もたちをくれて④は
⑤くゆらさらまし　⑥御かと
①よな—なよ陵　②けむ—なん流　③も—は陽　④
は—も陽　⑤くゆらさら—くゆるさら宣—くゆるな
ら伊大五　⑥御かと—同陵—㋦宣—今上大

213 ①をちたきつなみたの②みをはやけれとすきにし方に
かへりやは③する　④同
①をちたきつ—をちたきる河陵宣—落•（おち）たき
つ伊　②みを—めを河—みほ宣大五　③する—せし
陽　④同—㋦宣

214 すきにけるかたをみるたにかなしきにえにかきとめ
てわかれぬるかな　①同
①同—㋦宣

215 きえはて丶かはねははいに成ぬとも①こひのけふりは
たちは②はなれし　③同
①こひの—こひ河　②は—も陵陽流　③同—㋦宣

216 たちか①へり②おらて③すきうきおみなへしなをやすらは
④むきりの⑤まかきに　⑥ナシ
①かへり—わかれ陵　②おらて—をして宣　③うき
—うき伊　④む—て陵　⑤まかき—まきれ流　⑥
ナシ—同陵大—㋦宣

1なとり川いかにせむともまたしらすおもへは人をうらみけるかな

〔ナシ・**陽陵**流〕

2なひかしなあまのもしほ木たきそめてけふりは空にくゆりわふとも

〔ナシ・**陽陵**流〕

3かはれたゝわかるゝみちの野への露いのちにむかふ物もおもはし

〔ナシ・**陽陵**流〕

4こひわひて我となかめし夕暮もなるれはひとのかたみかほなる

〔ナシ・**陽陵**流〕

5待ひとのこぬよのかけにおもなれてやまのは出る月もうらめし

〔ナシ・**陽陵**流〕

6あふことのまれなる色やあらはれんもりいてゝそむる袖のなみたに

〔ナシ・**陽陵**流〕

7たれか又物おもふことをゝしへ置しまくらひとつをしる人にして

〔ナシ・**陽陵**流〕

8かたいとのあふとはなしに玉の緒もたえぬはかりそおもひみたるゝ

〔ナシ・**陽陵**流〕

9おも影はなれしなからの身にそひてあらぬこゝろのたれちきるらん

〔ナシ・**陽陵**流〕

10いかゝせむあまのもしほ火たえすたつけふりによはるうら風もなし

〔ナシ・**陽陵**流〕

11とこのしもまくらの氷きえわひぬむすひもをかぬ人の契りに

〔ナシ・**陽陵**流〕

12おもかけもまつ夜むなしきわかれにてつれなくみゆるあり明の月

〔ナシ・**陽陵**流〕

13わくらはにたのむるくれのいり相はかはらぬかねのをとそさひしき

〔ナシ・**陽陵**流〕

14た丶たのめたとへは人のいつはりをかさねてこそは又もうらみめ

〔ナシ・**陽陵**流〕

15大かたは忘れはつともわするなよあり明のつきのありし一こと

〔ナシ・**陽陵**流〕

（底本87番歌ノ右上ニアル貼紙）

此哥類句にも狭衣にも不見

（注）『大東急善本叢刊　中古中世篇　別巻三　手鑑　鴻池家旧蔵』（汲古書院、二〇〇四年）に「伝為家筆狭衣物語歌」が所収されるが、狭衣物語、物語二百番歌合、風葉和歌集のいずれからの抜書か判断できないため、ここに注記する。

68なみたかはなかる丶なからしからみとむるおもかけそなき

（付）青山会文庫蔵「さころもの哥」全文影印

凡例

一　青山会文庫（兵庫県篠山市教育委員会）蔵「さころもの哥」（函架番号・二〇三、列帖装、一帖）の影印である。

一　図版の大きさは、約三分の二に縮小する。

一　二十三丁オモテから二十四丁ウラの白紙は省略する。

一　貼紙は、末尾に「補遺」として掲げる。

一　丁数、および表裏の別を「二丁オ」「三丁ウ」などと表示する。

一　該本の詳細は、本書に収めた須藤圭「十本対照「さころもの哥」本文と校異―青山会文庫蔵「さころもの哥」の紹介―」を参照いただきたい。

［前表紙表］

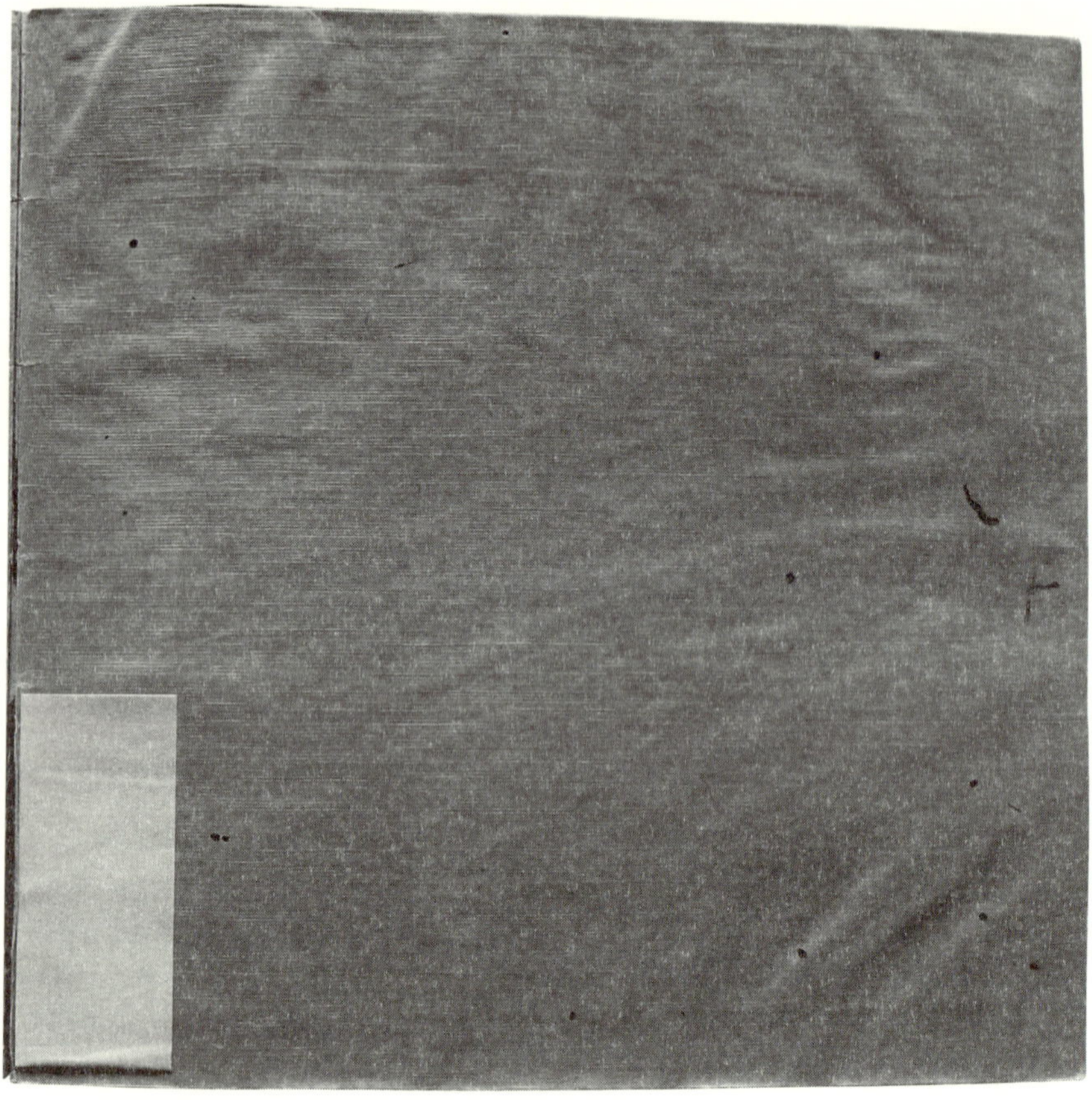

［前表紙裏］

［一丁オ］

〔一丁ウ〕

[二丁オ]

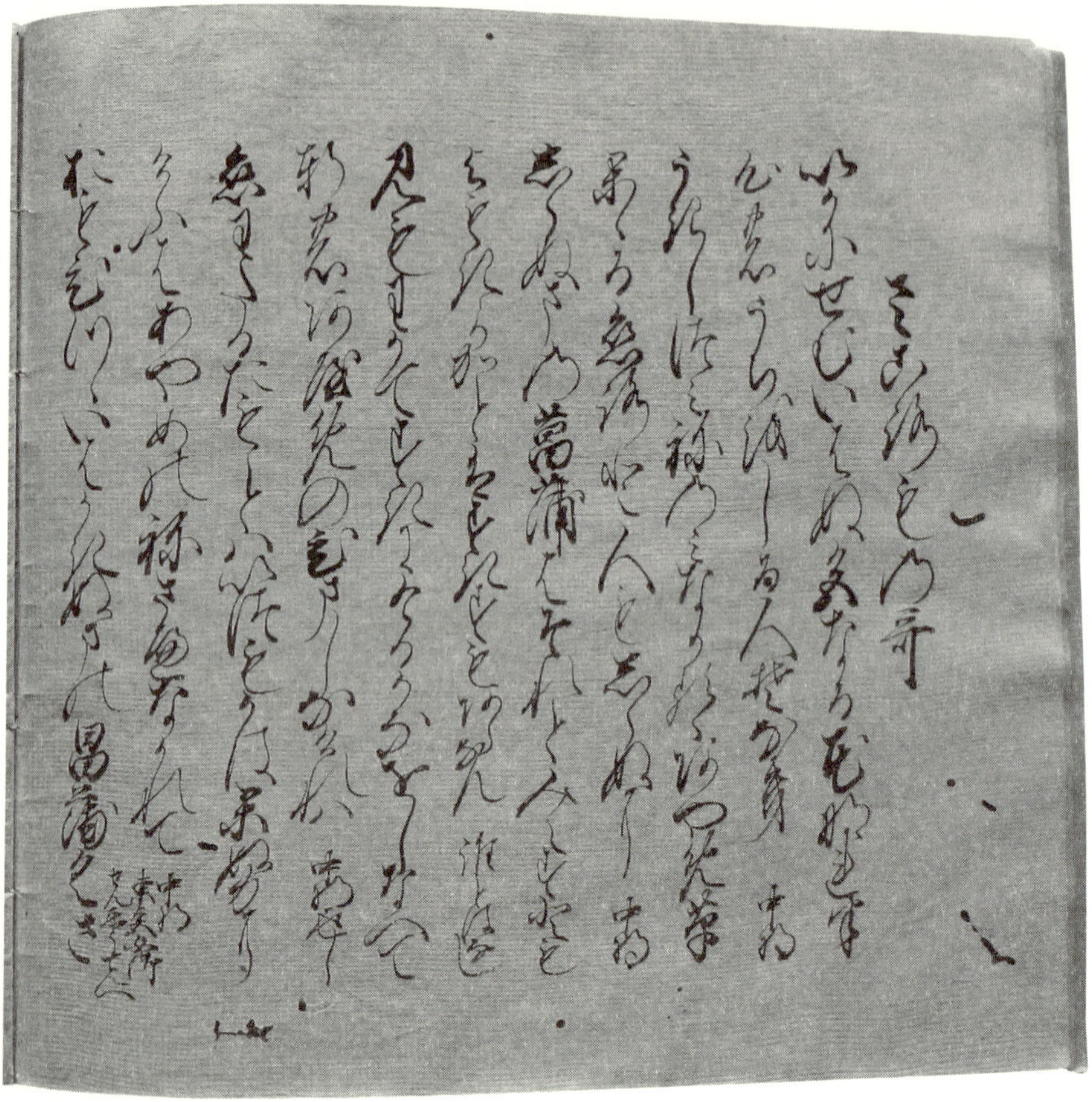

［二丁ウ］

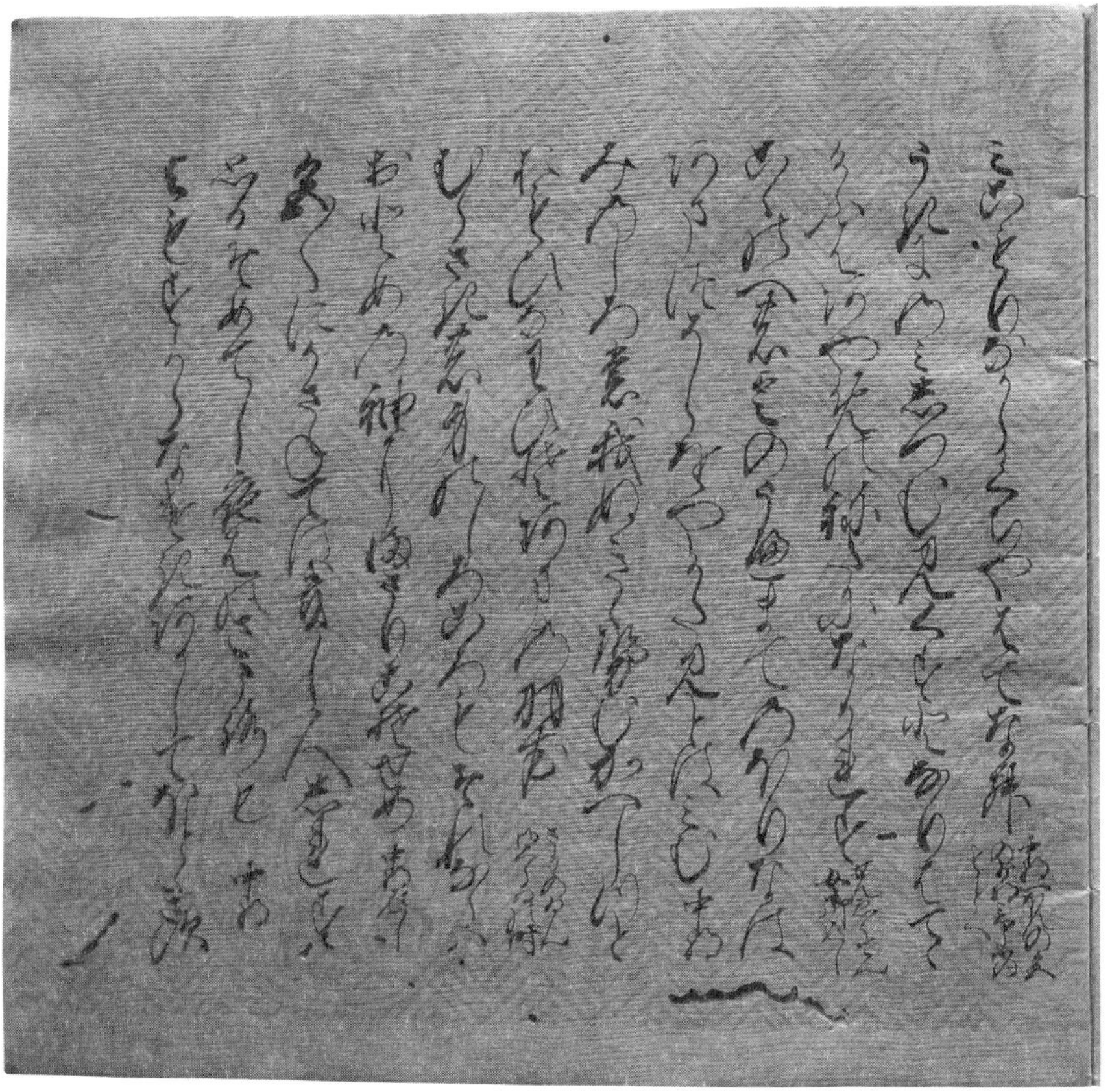

[三丁オ]

くりぬきてふねと云くんが一月
うちにてもひとつもちうえん
我らときるふのをすとくりう八月
かくれいたるくに敬てわりも
しろき前をのふりふり三日
ゆう海くてゝからを度ろひとあり
滝もゆりぬくなきそうるそ日
我らの沖にてそとところいあり
神もつりふるとそころまて
もつとりそ神そやてころにり等り
とくくてさめ宿の内火
出まれよして光輝

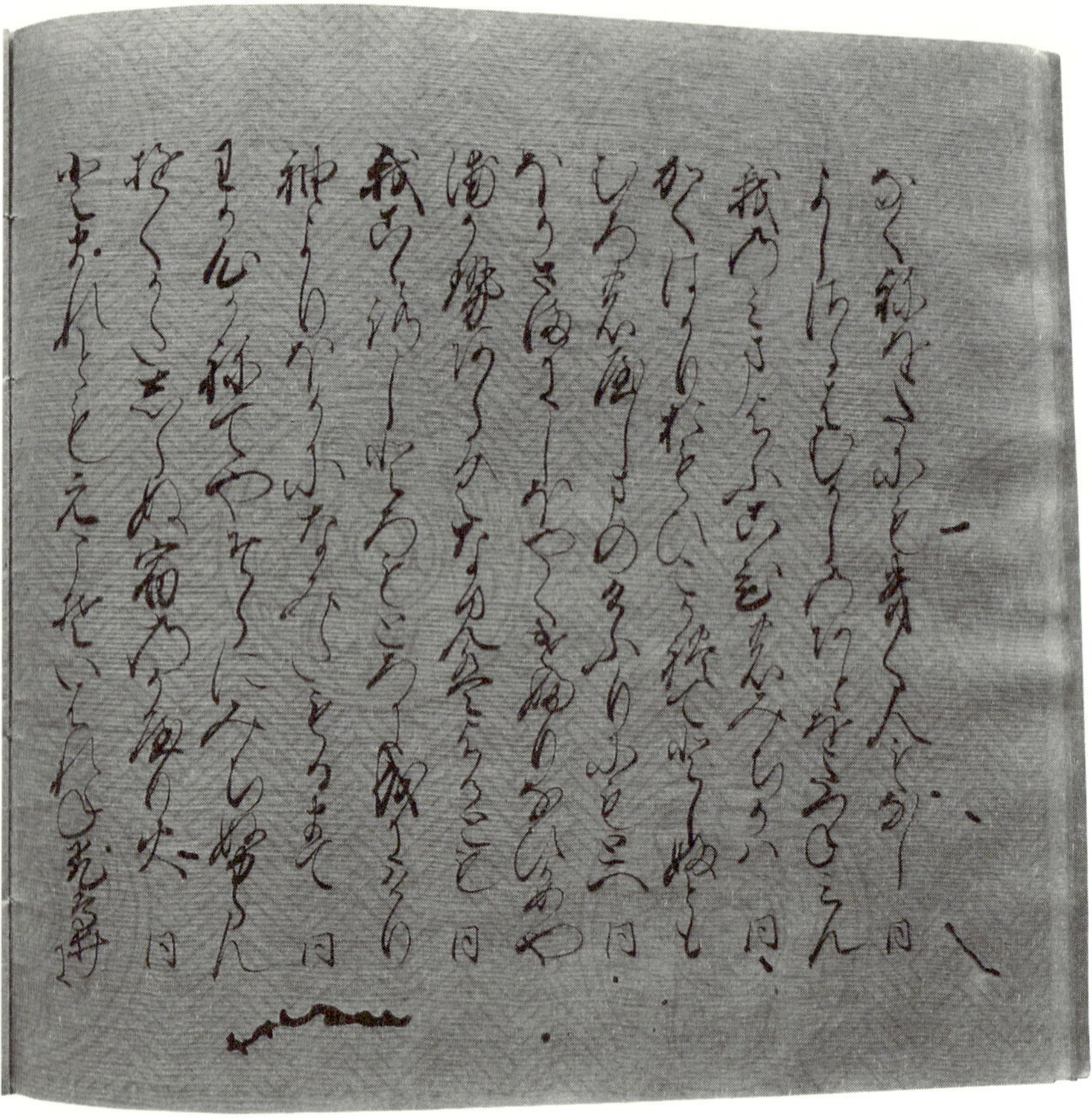

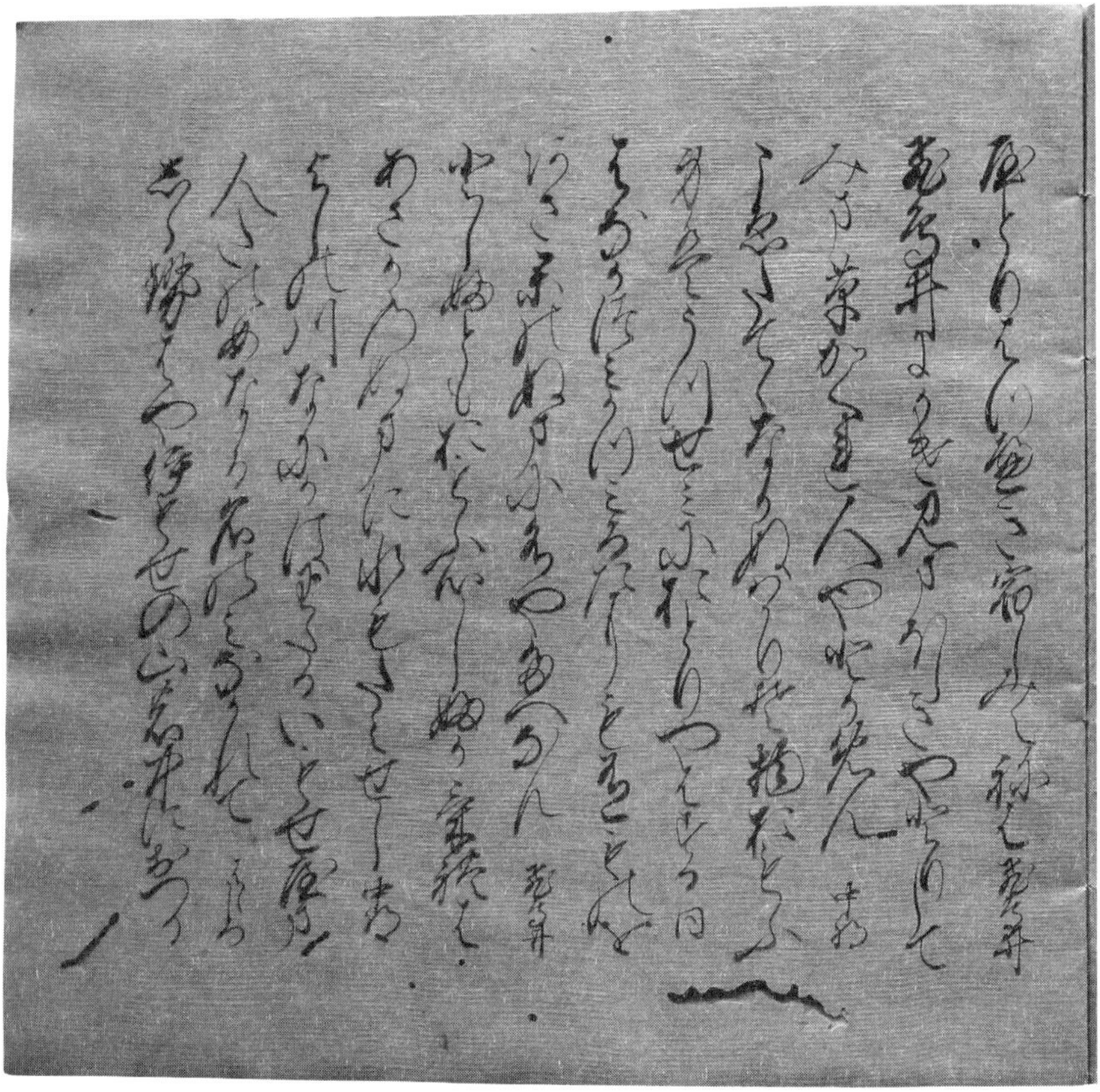

［四丁オ］

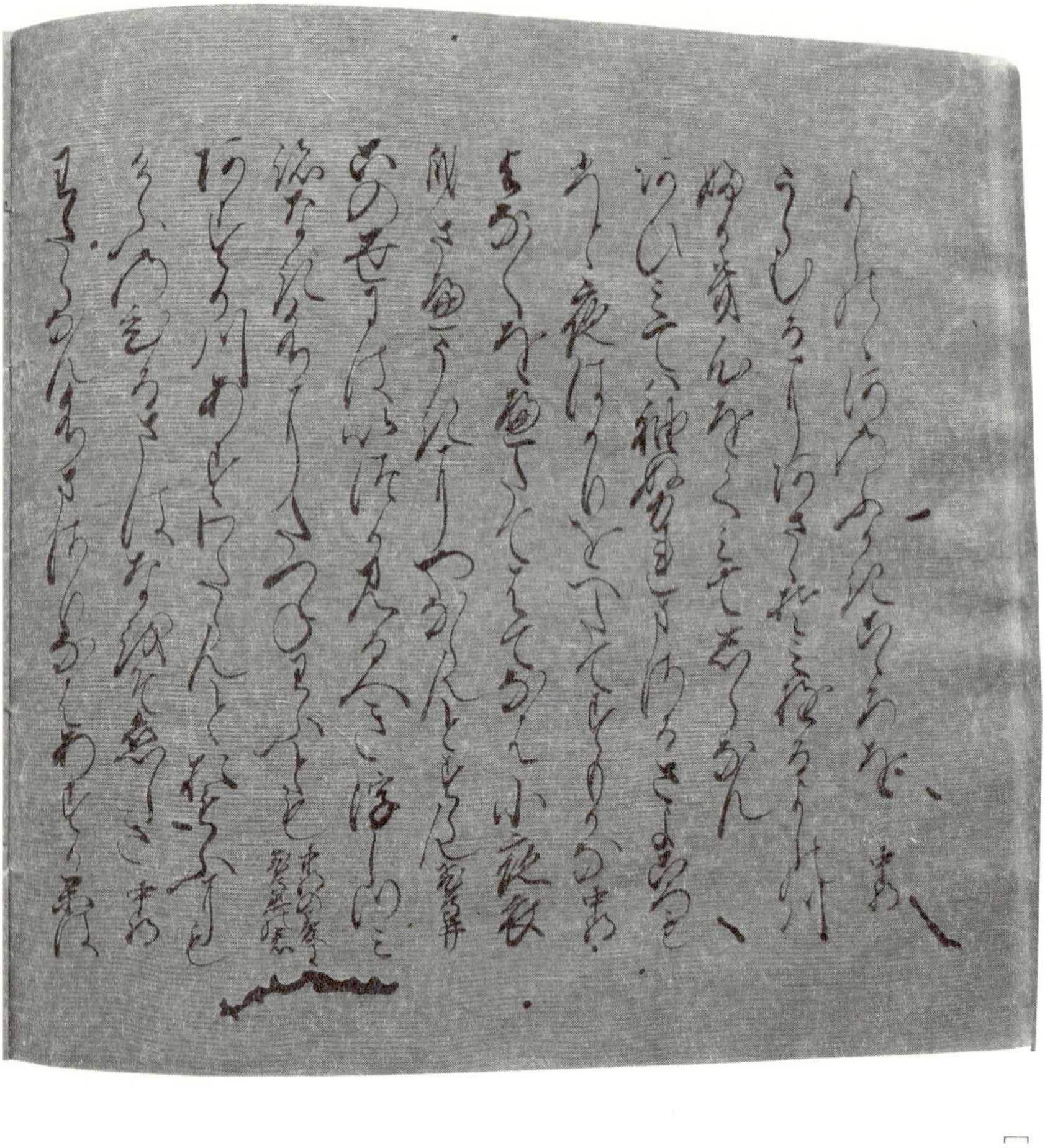

［四丁ウ］

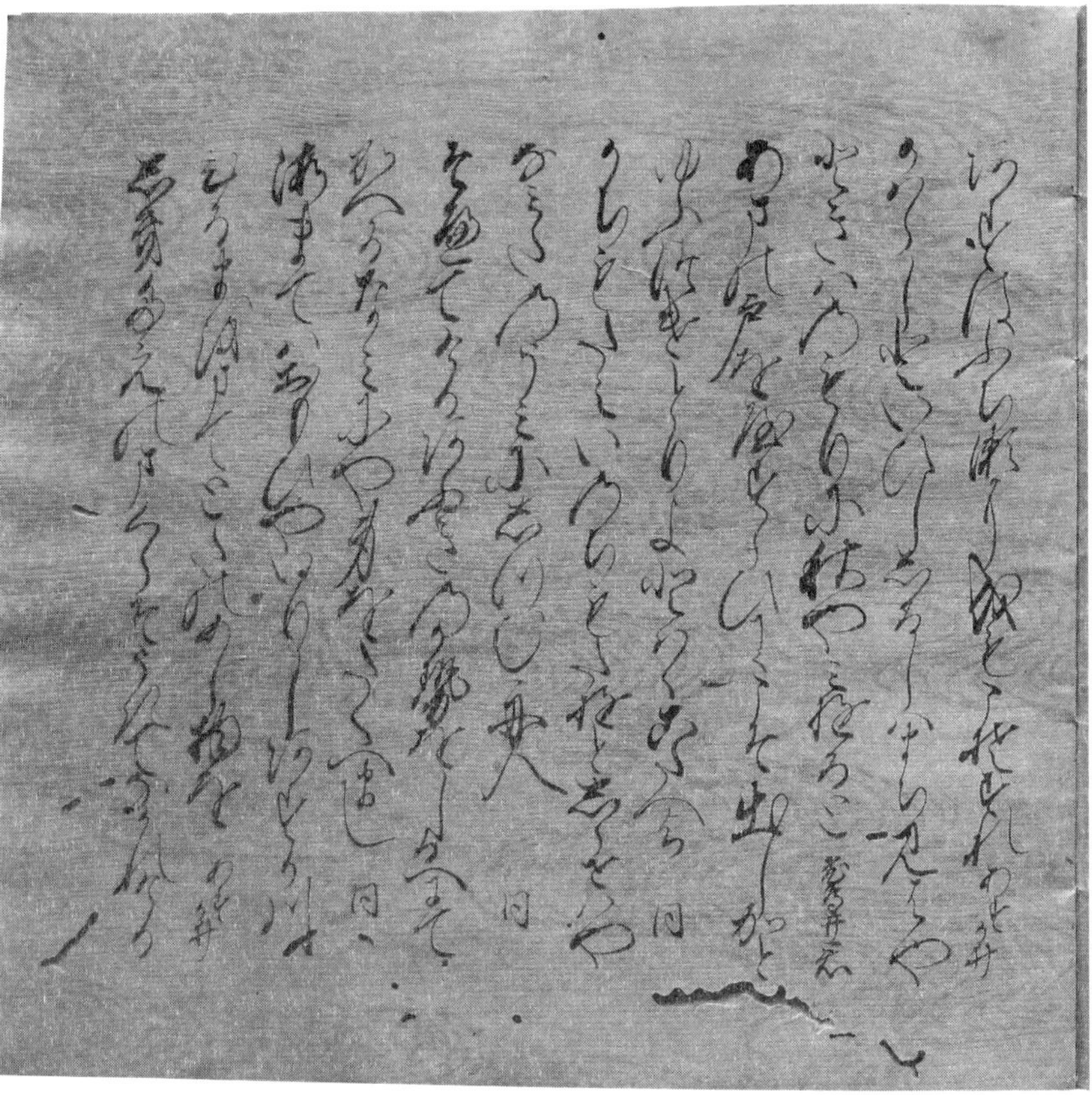

［五丁オ］

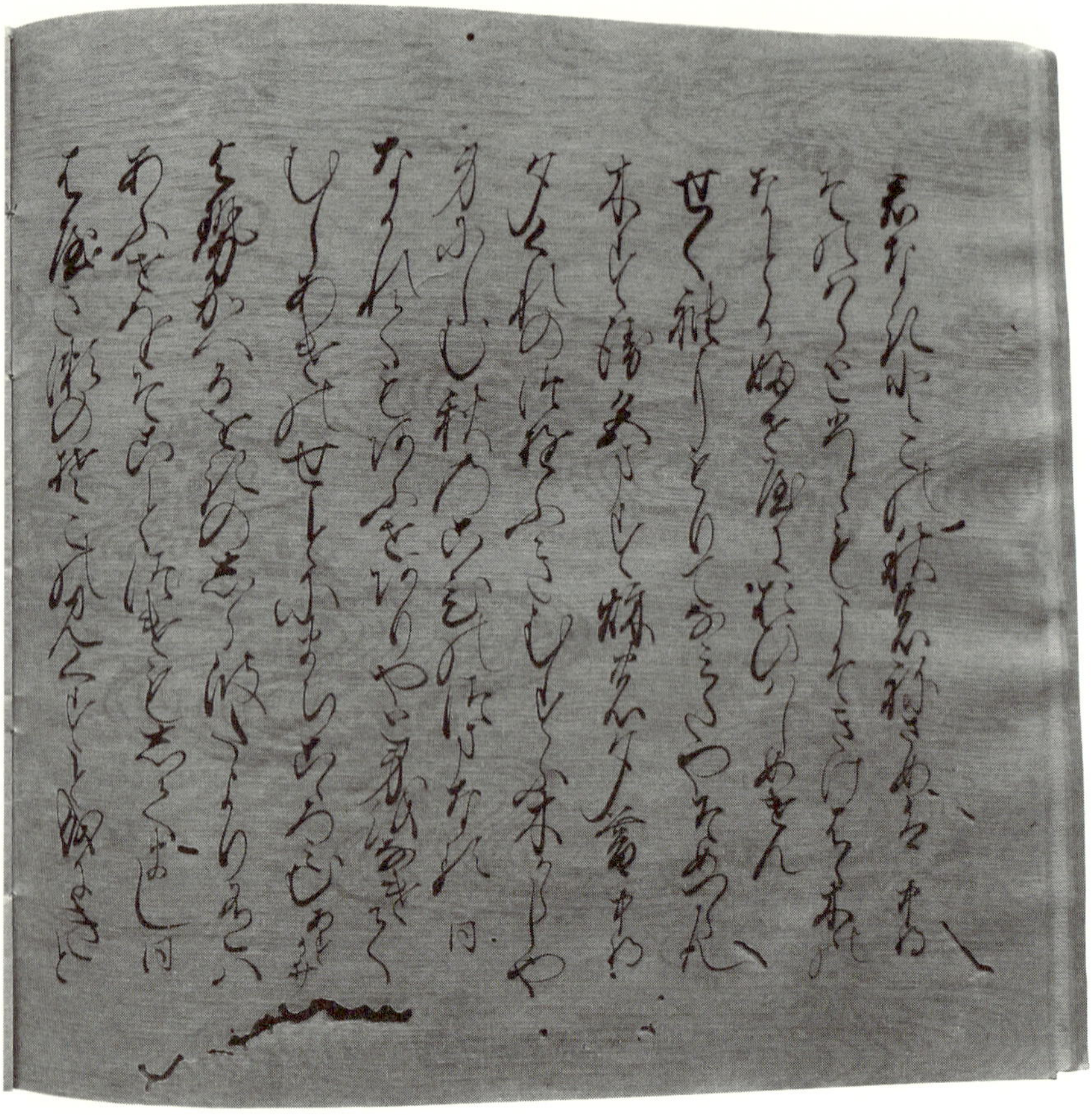

［五丁ウ］

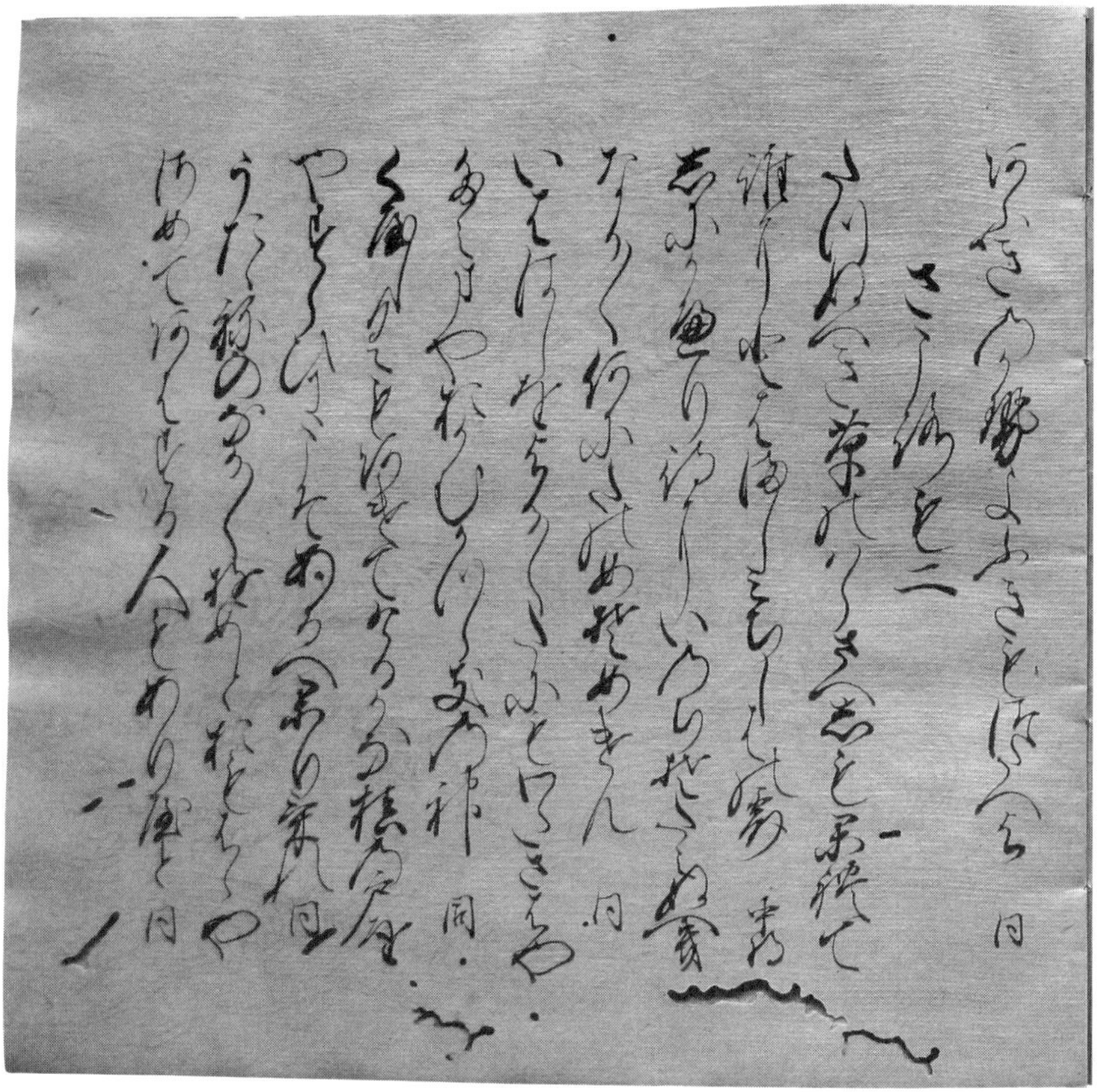

［六丁オ］

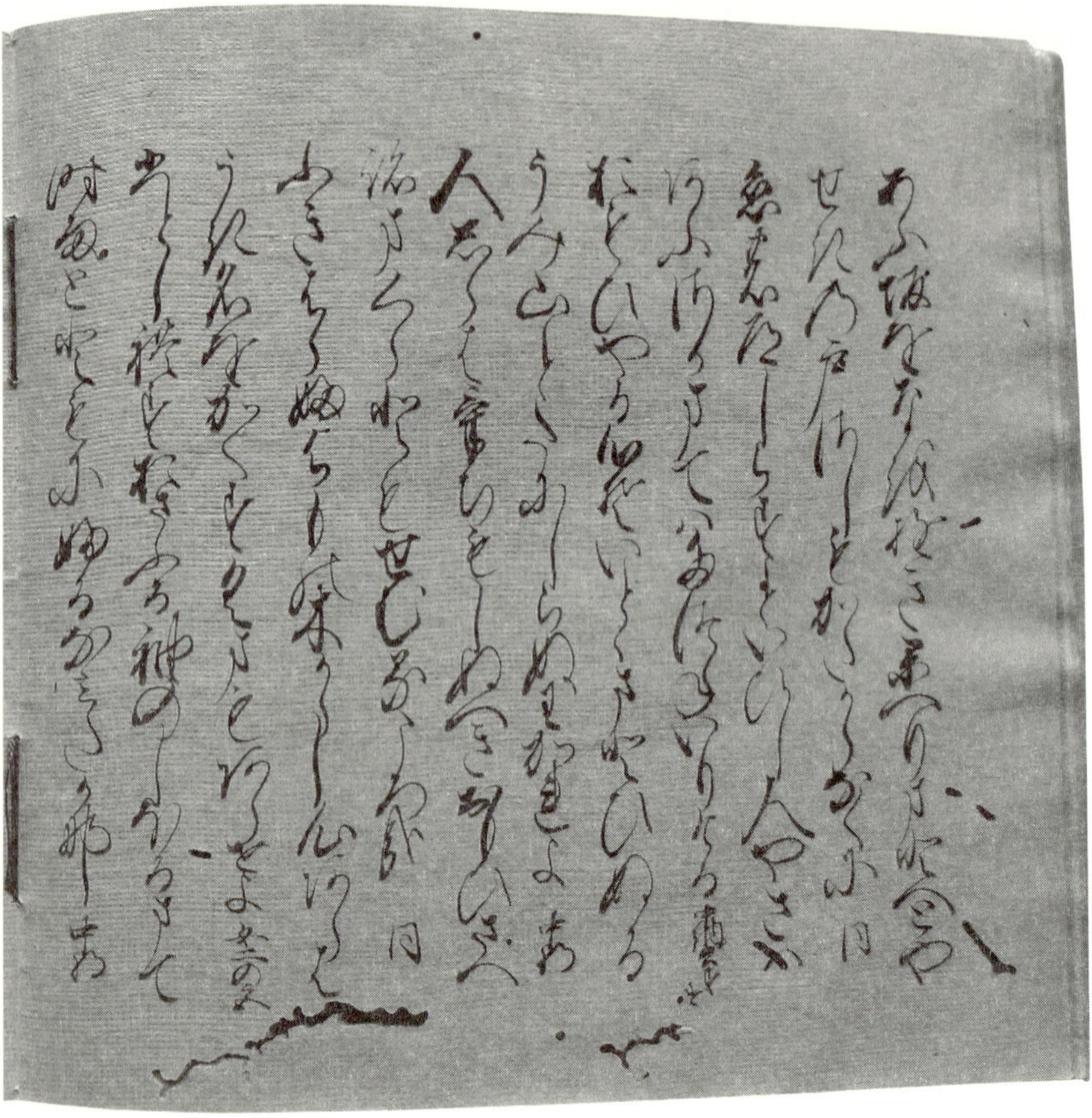

［六丁ウ］

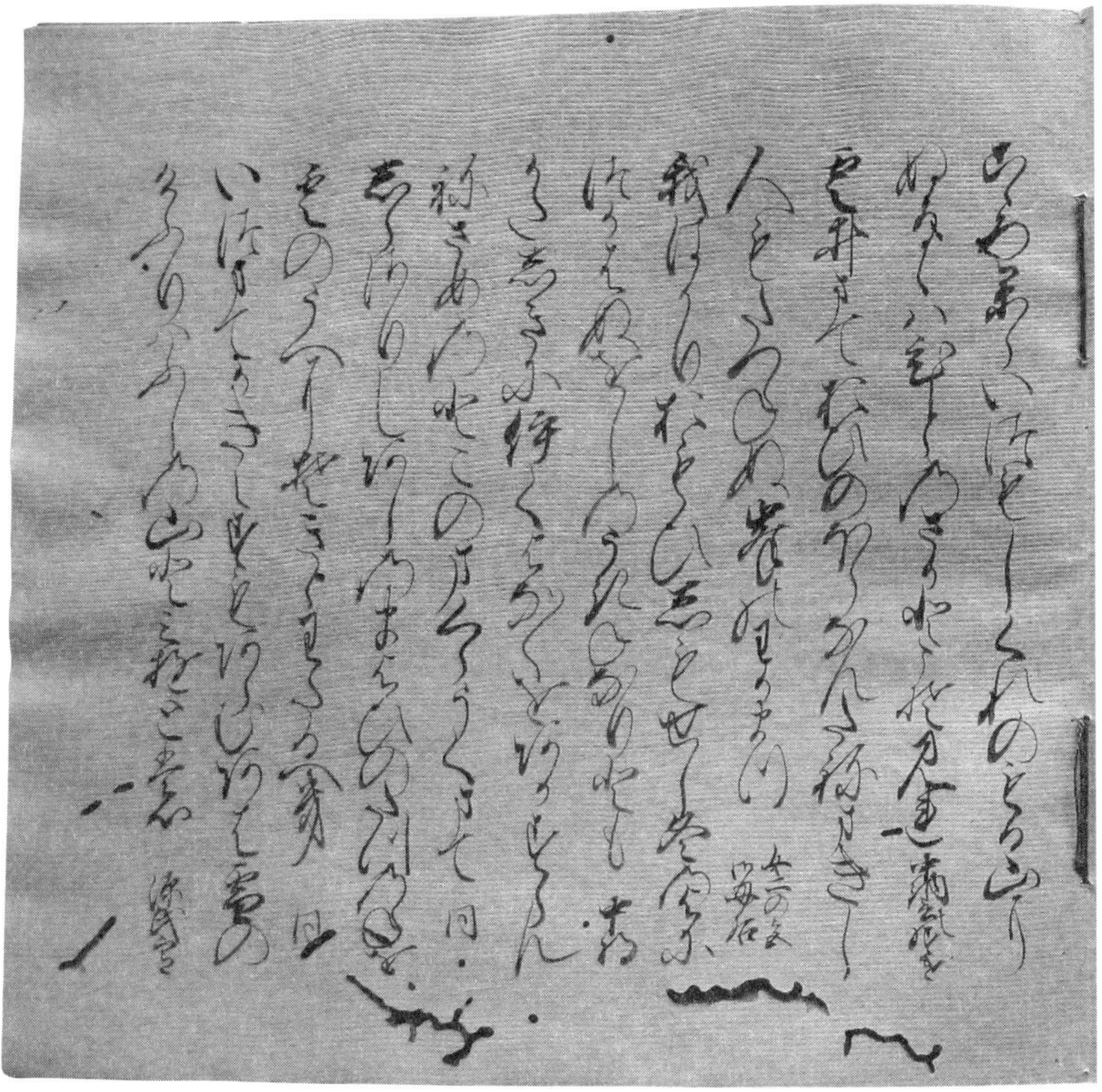

［七丁オ］

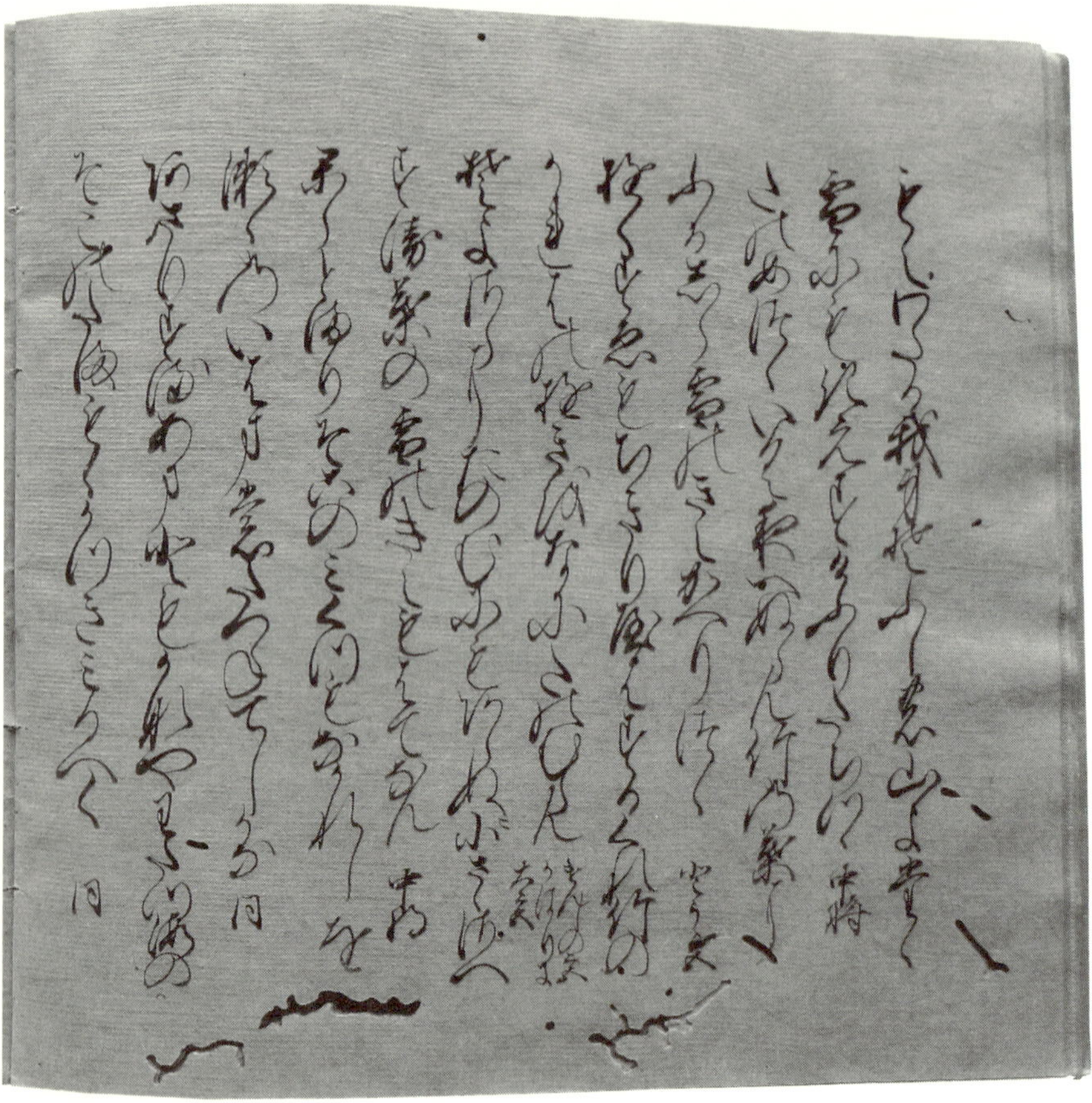

［七丁ウ］

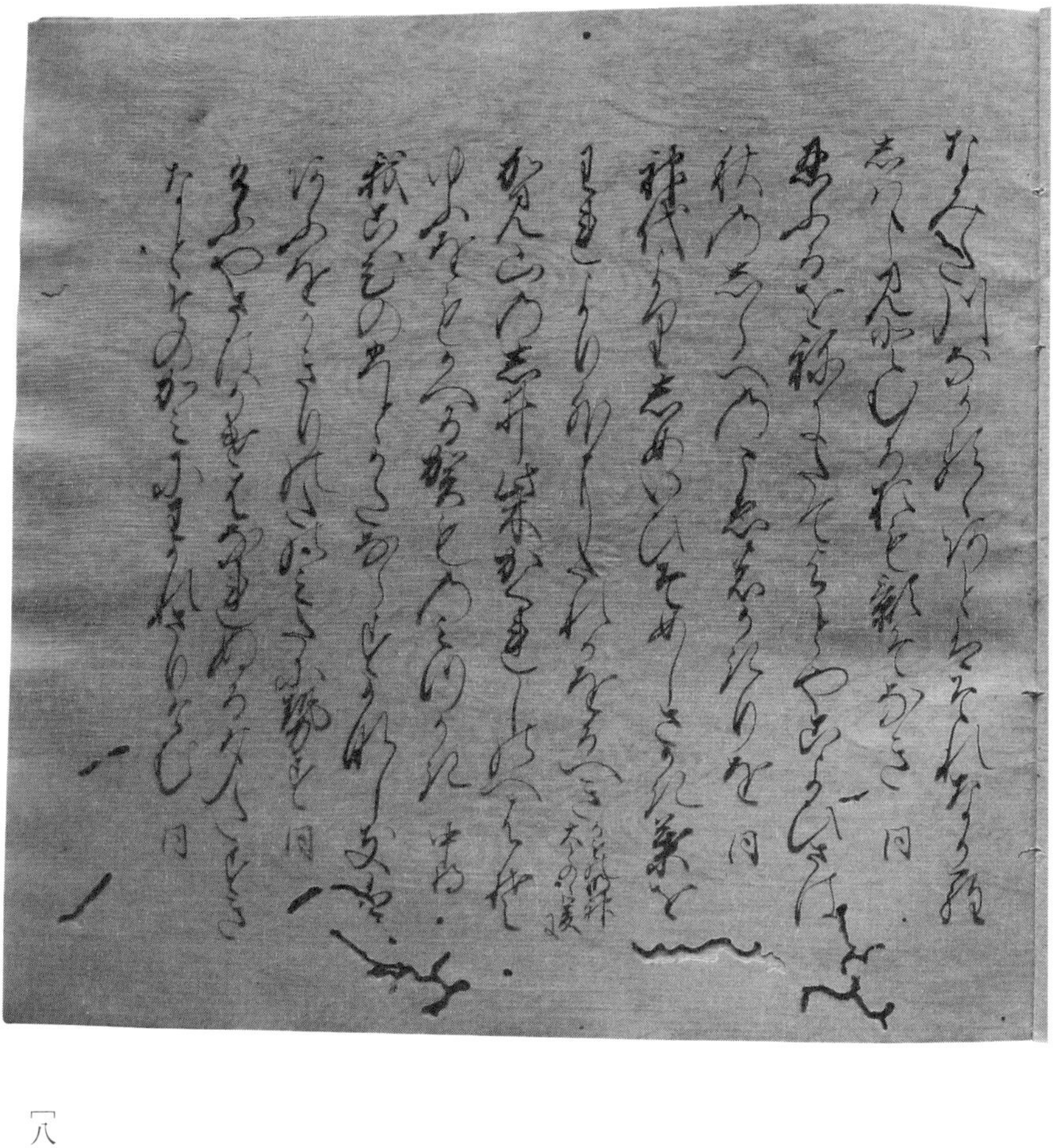

［八丁オ］

うぜ川口ゝ郷ニ〳〵なかめけ
まちわひにけり月に
口ぶり返り見るかふりをしに月
けりとまをひきり返りしるう

けるにもうりしゝかとふる
にちひうり返り心しこみゝちむ
をおもひ〴〵一人なかりしとふ月

三の巻
よまきゝりとく巻ハ我宝ンヤ
にもふろ〳〵としてほめゝあ
まよふとほり返うれしかて
なく〳〵となひ返う知う日うみ
うちかりんしうなしといせ風うら

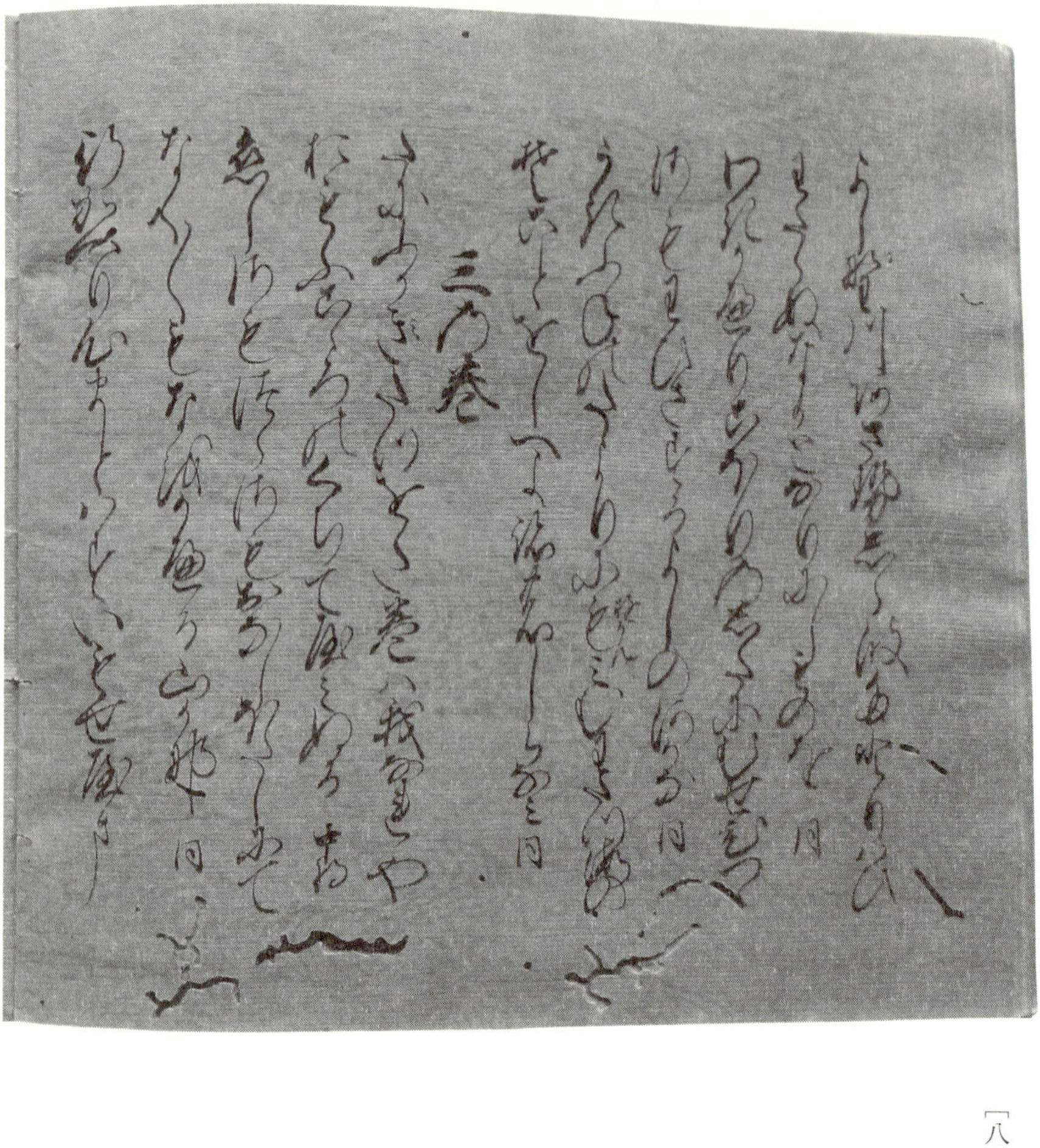

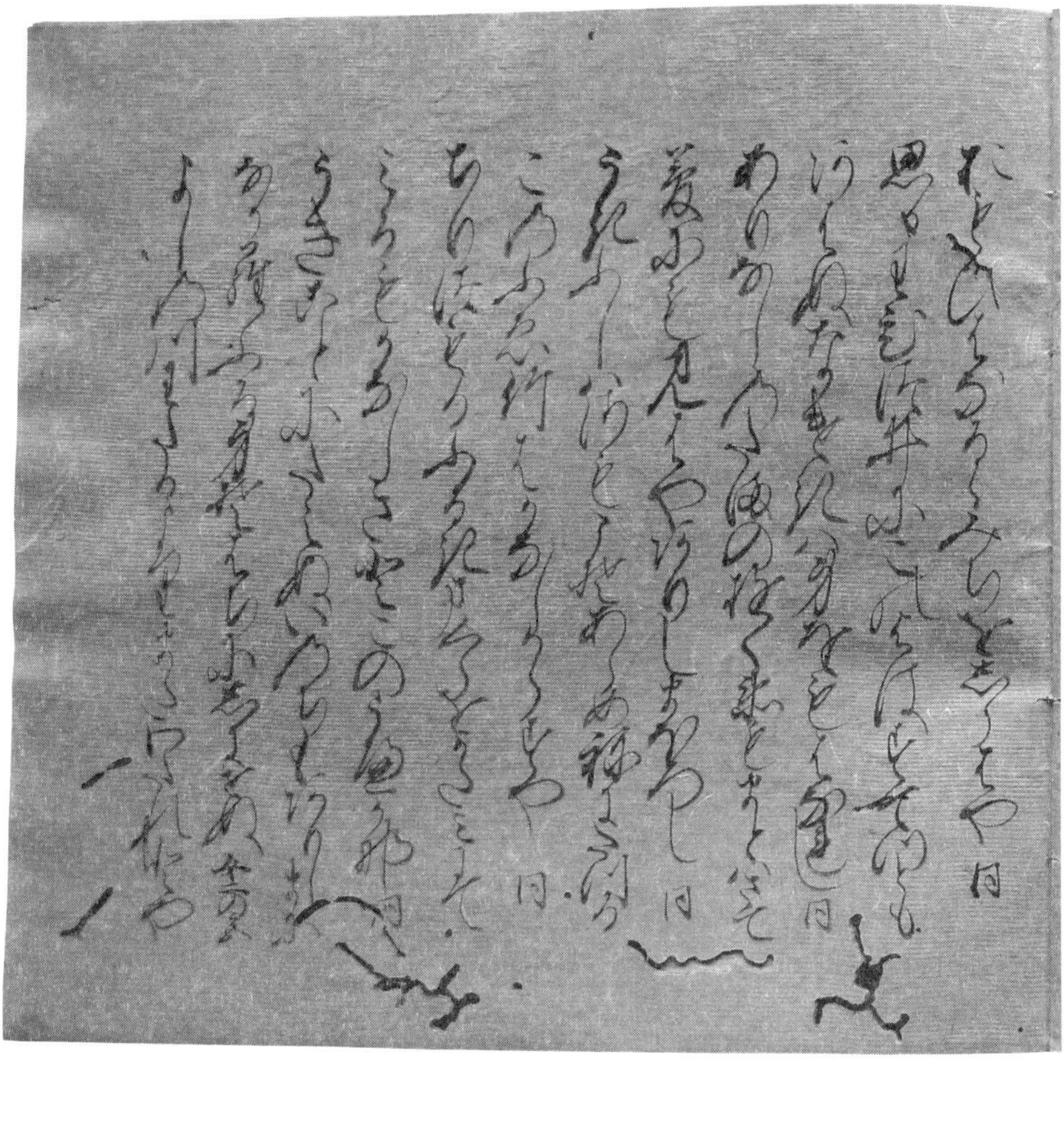

［九丁オ］

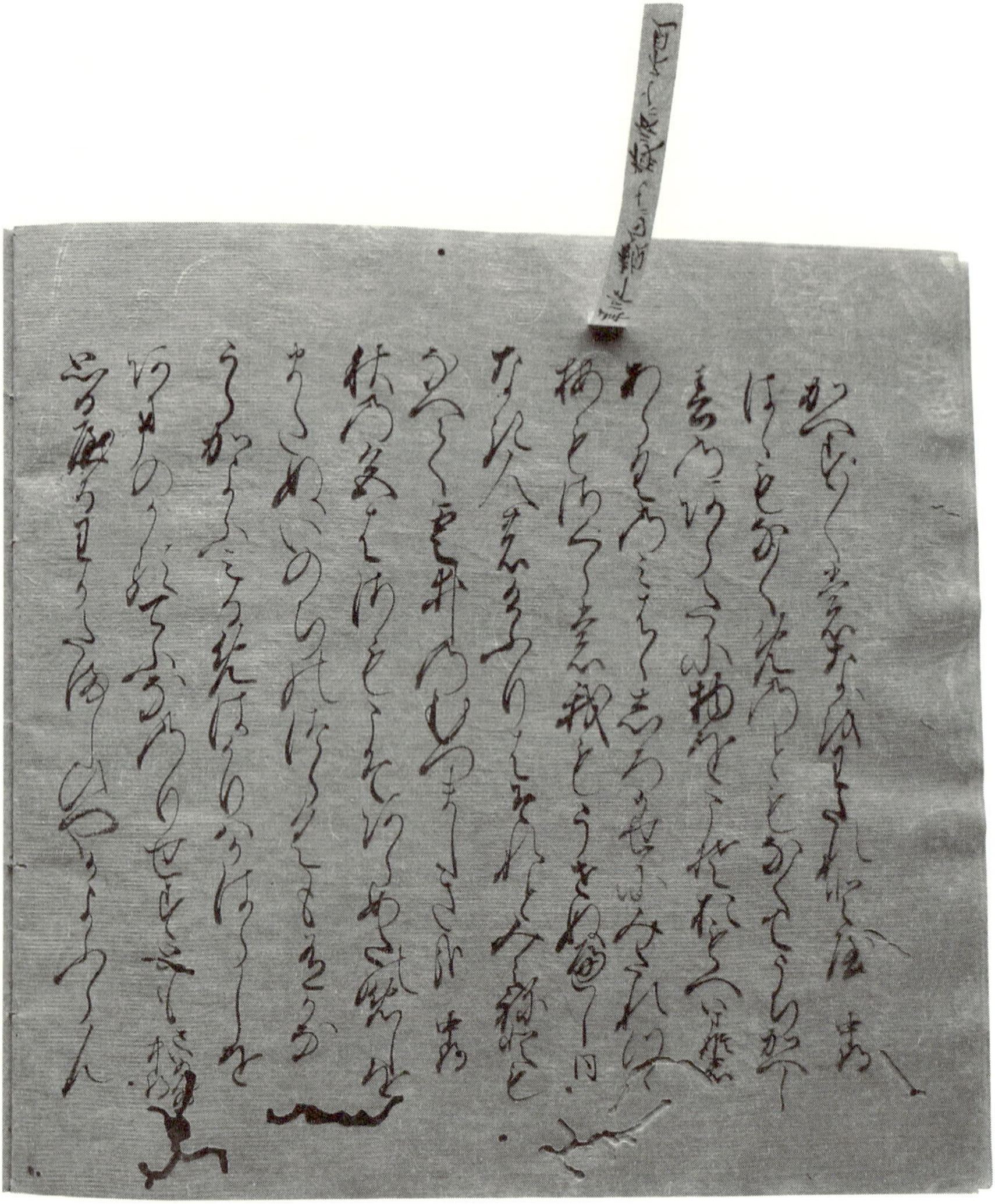

〔九丁ウ〕
「貼紙」261頁に収録

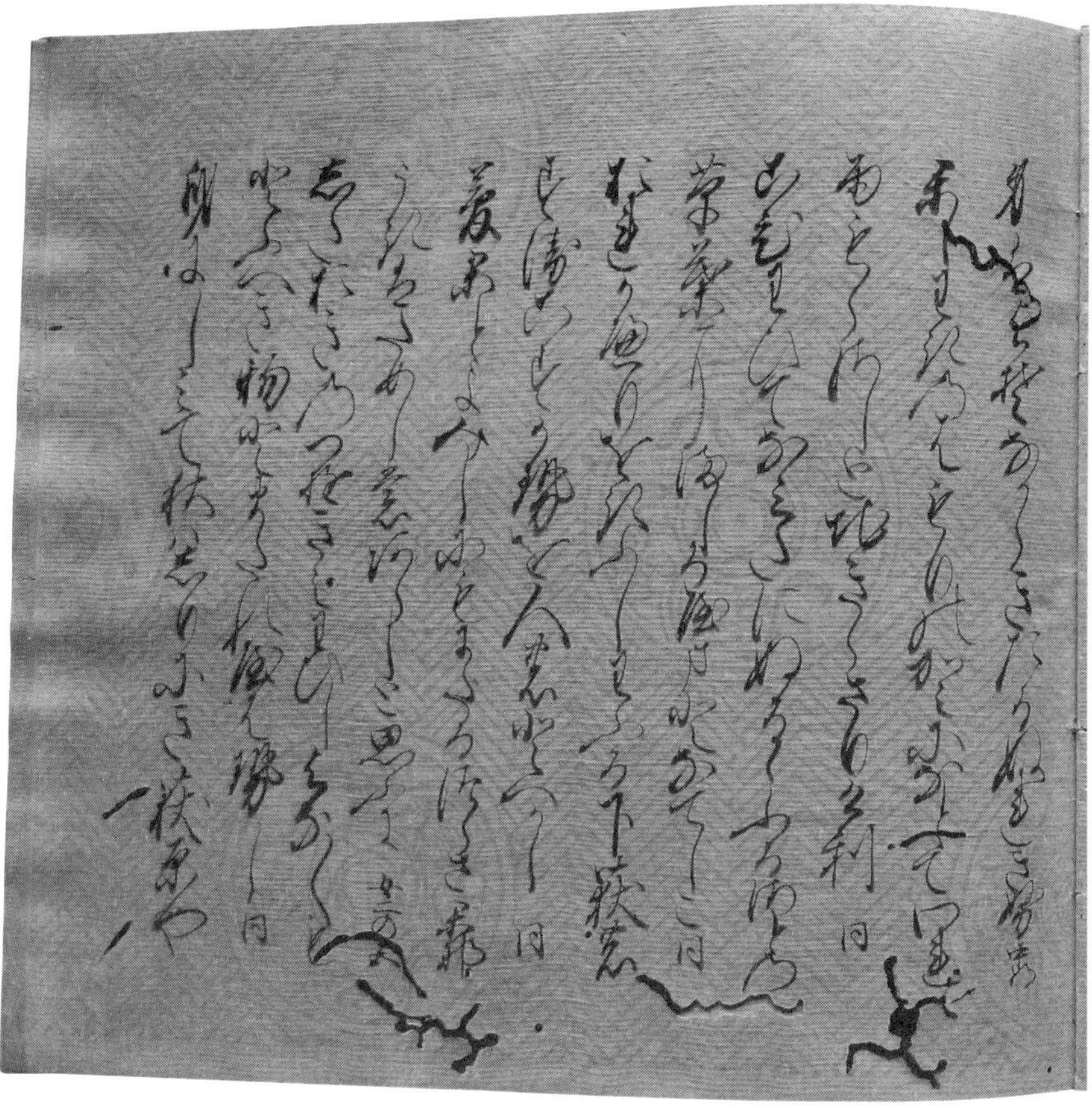

［十丁オ］

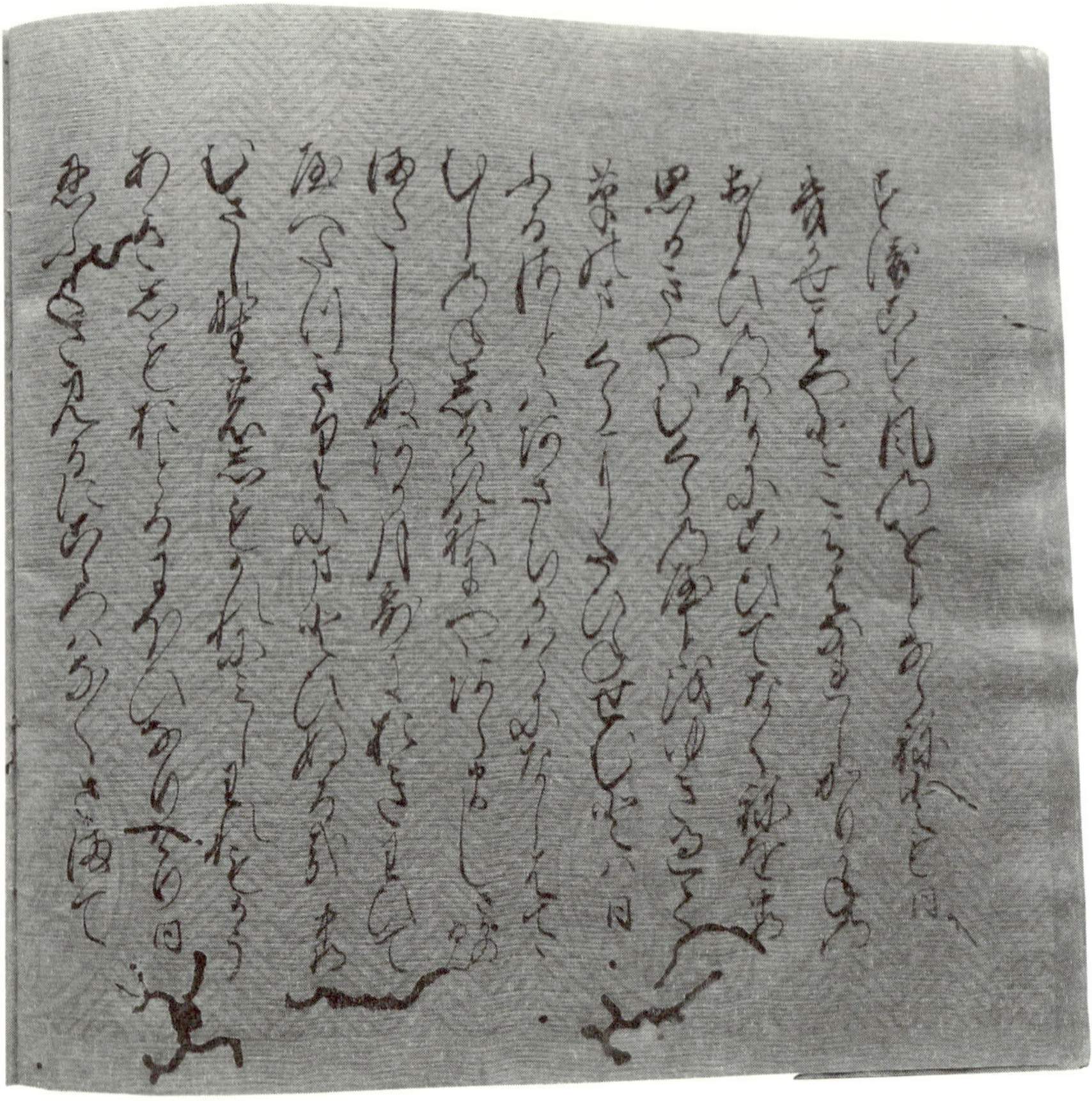

［十丁ウ］

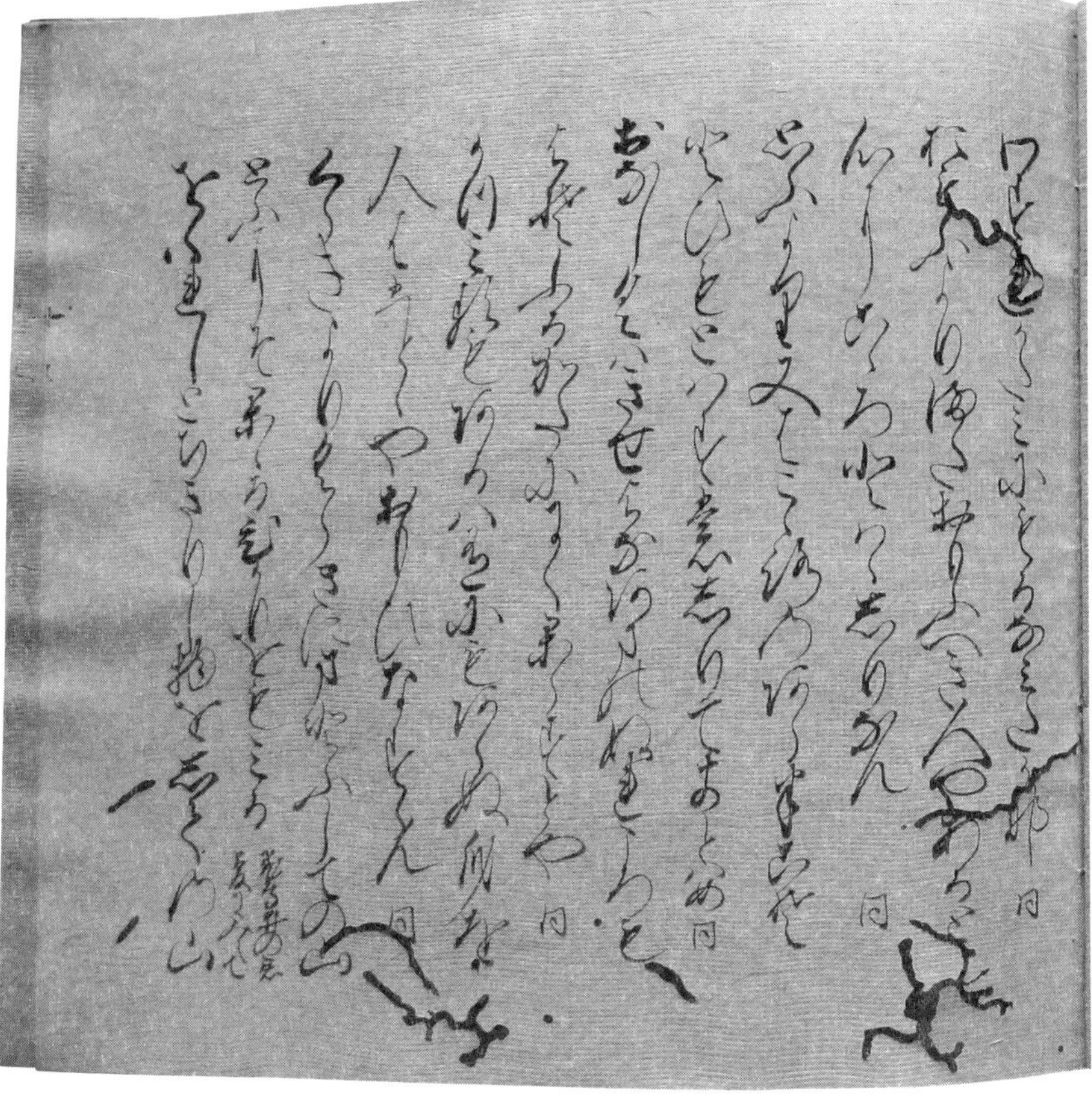

［十一丁オ］

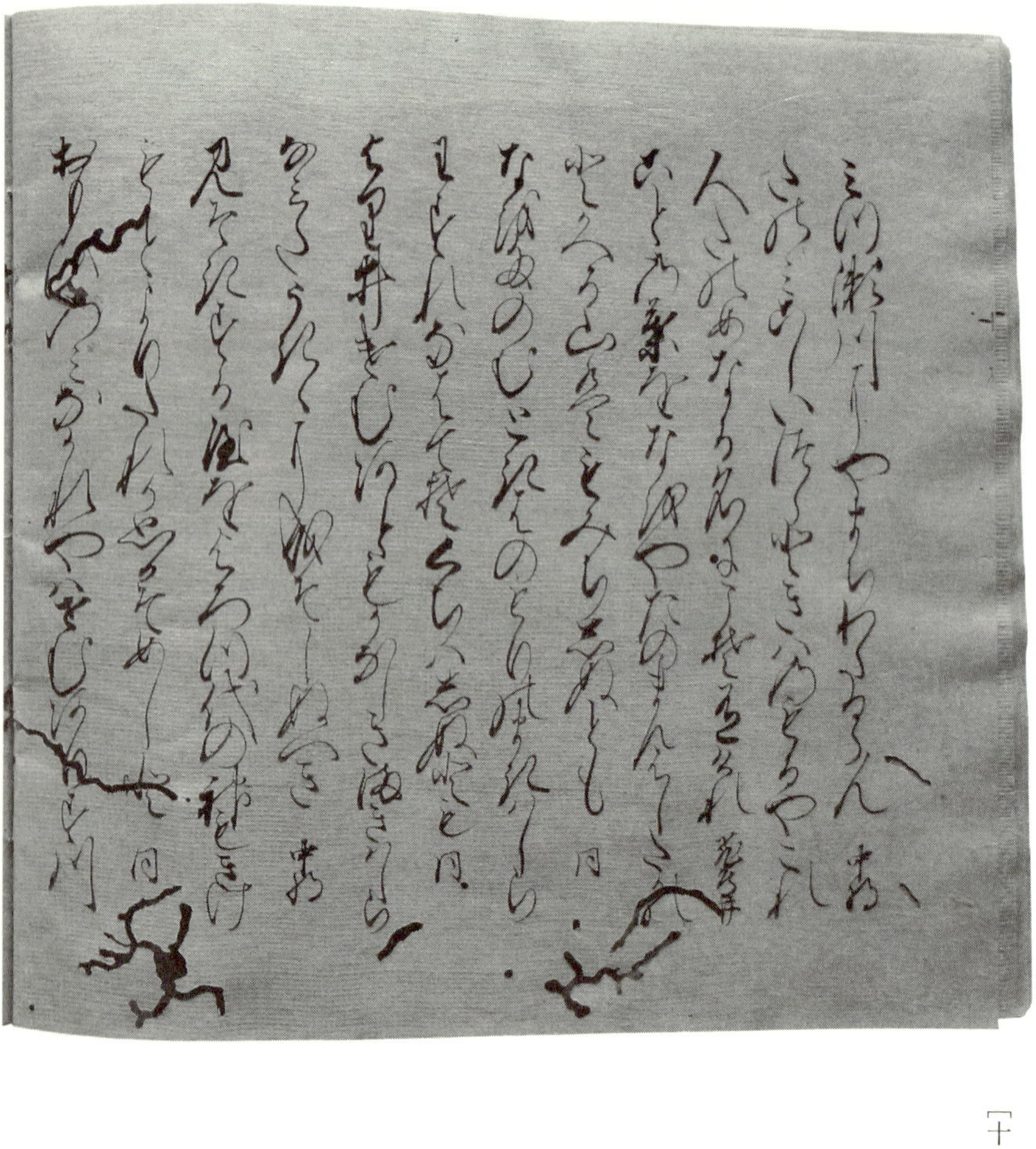

［十二丁ウ］

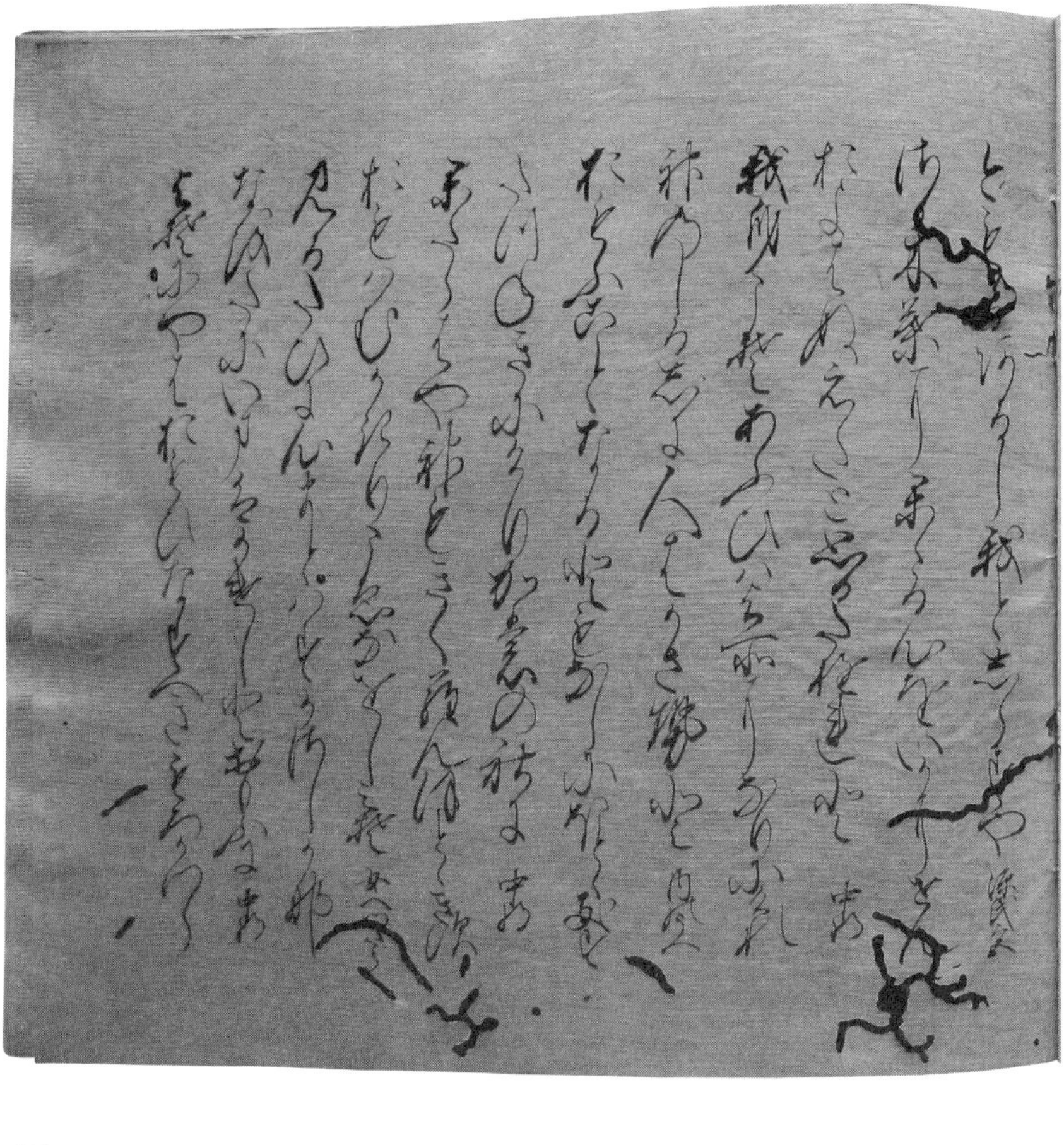

［十二丁オ］

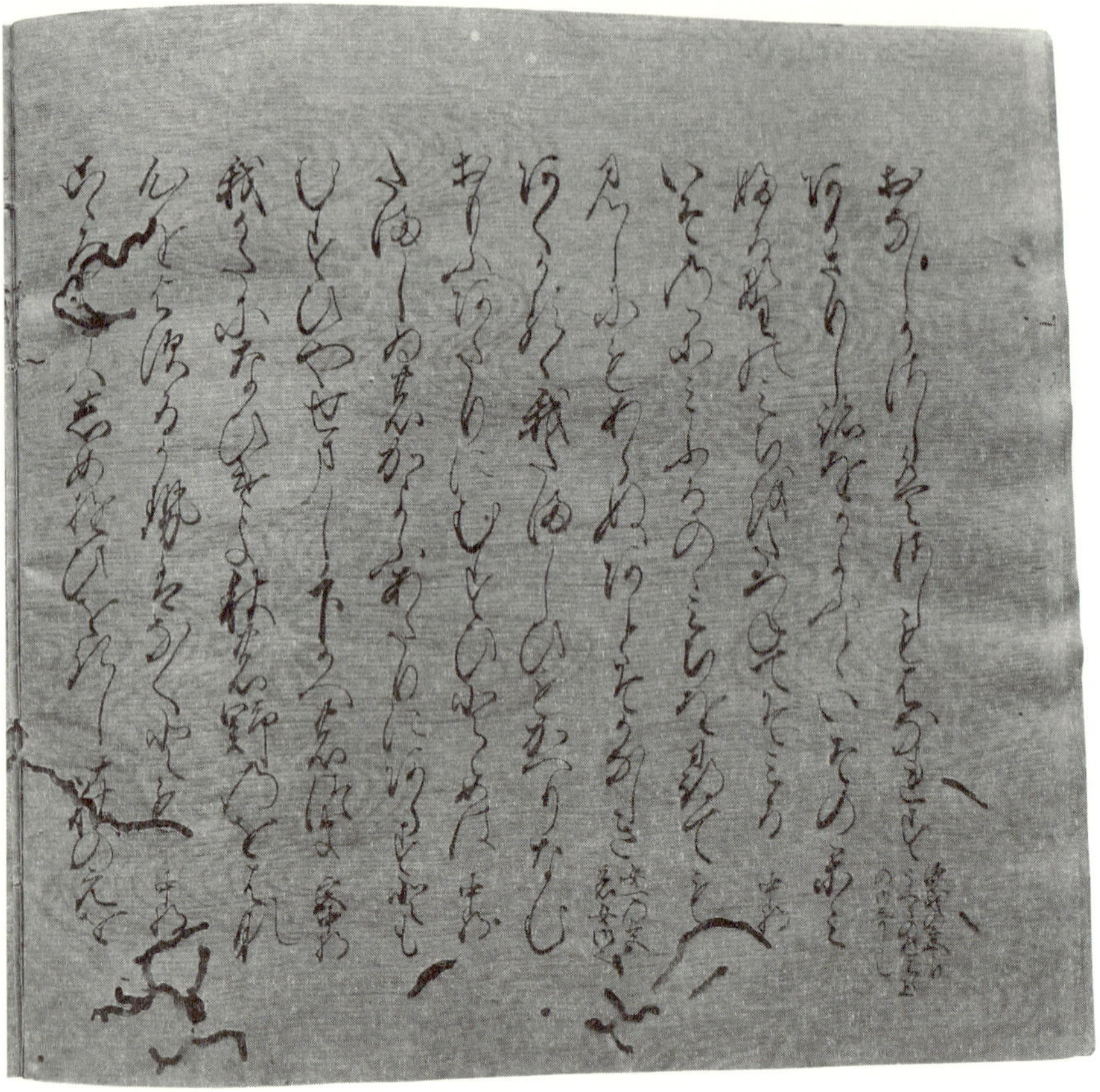

［十二丁ウ］

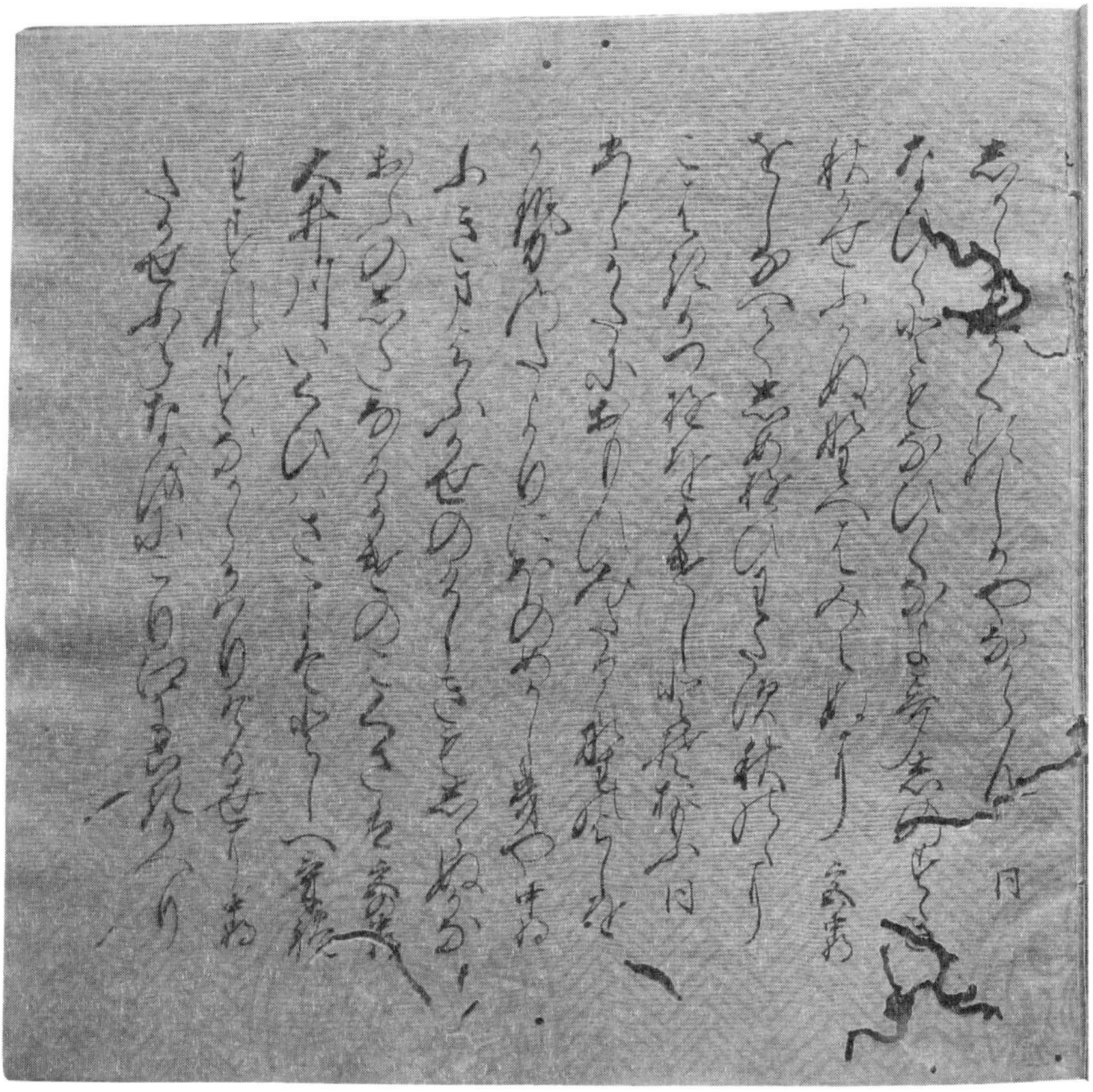

［十三丁オ］

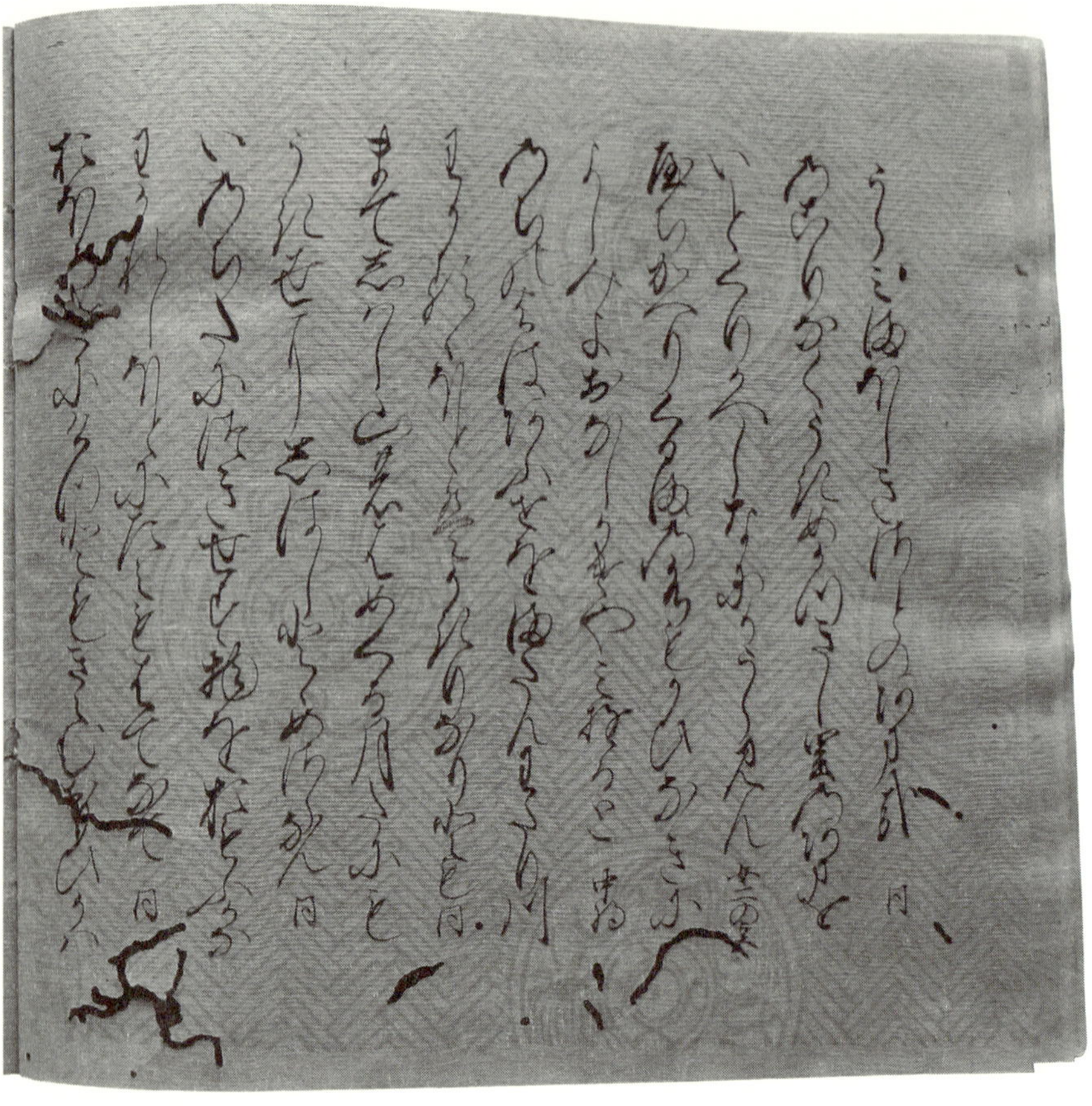

［十三丁ウ］

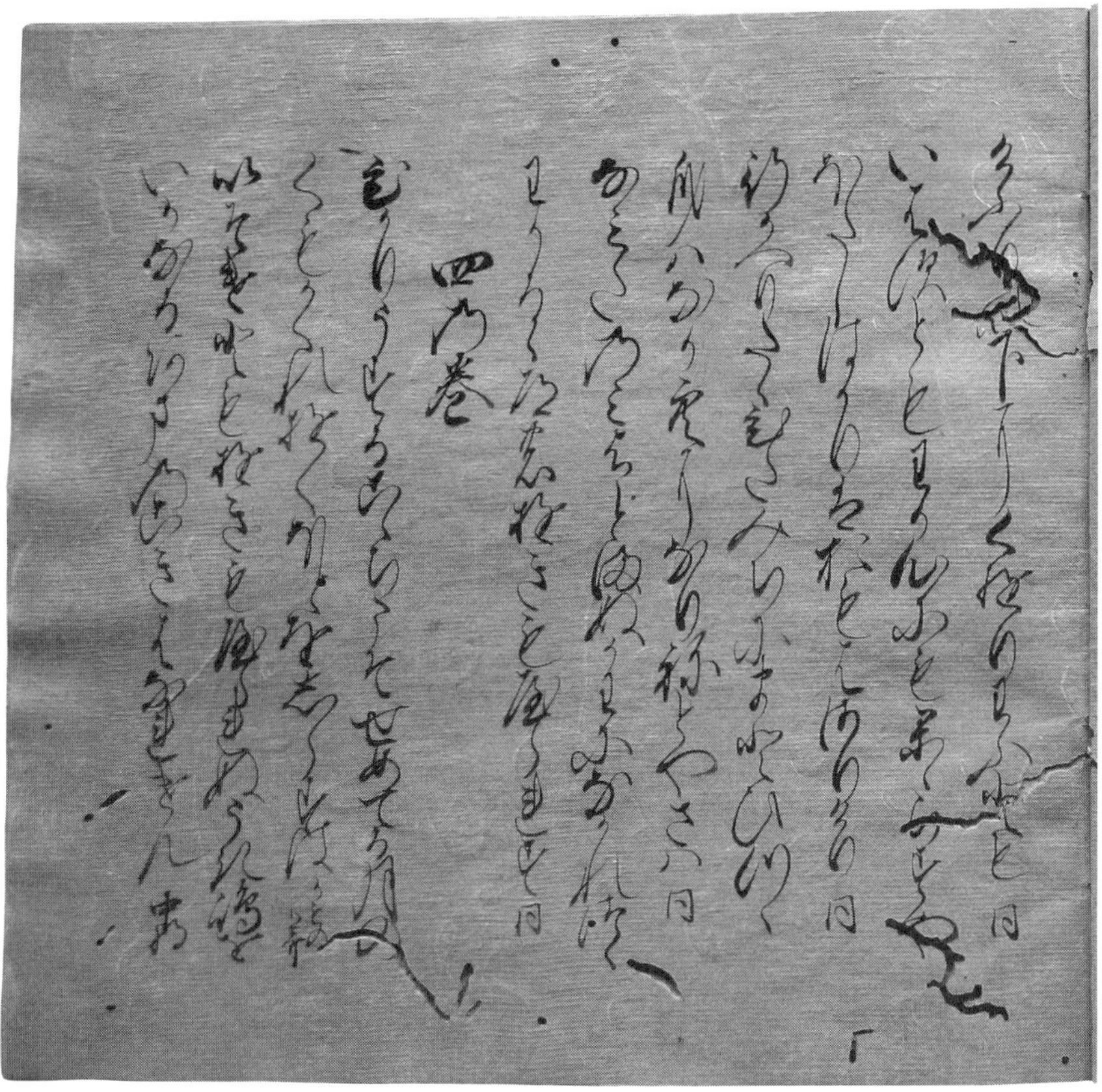

［十四丁オ］

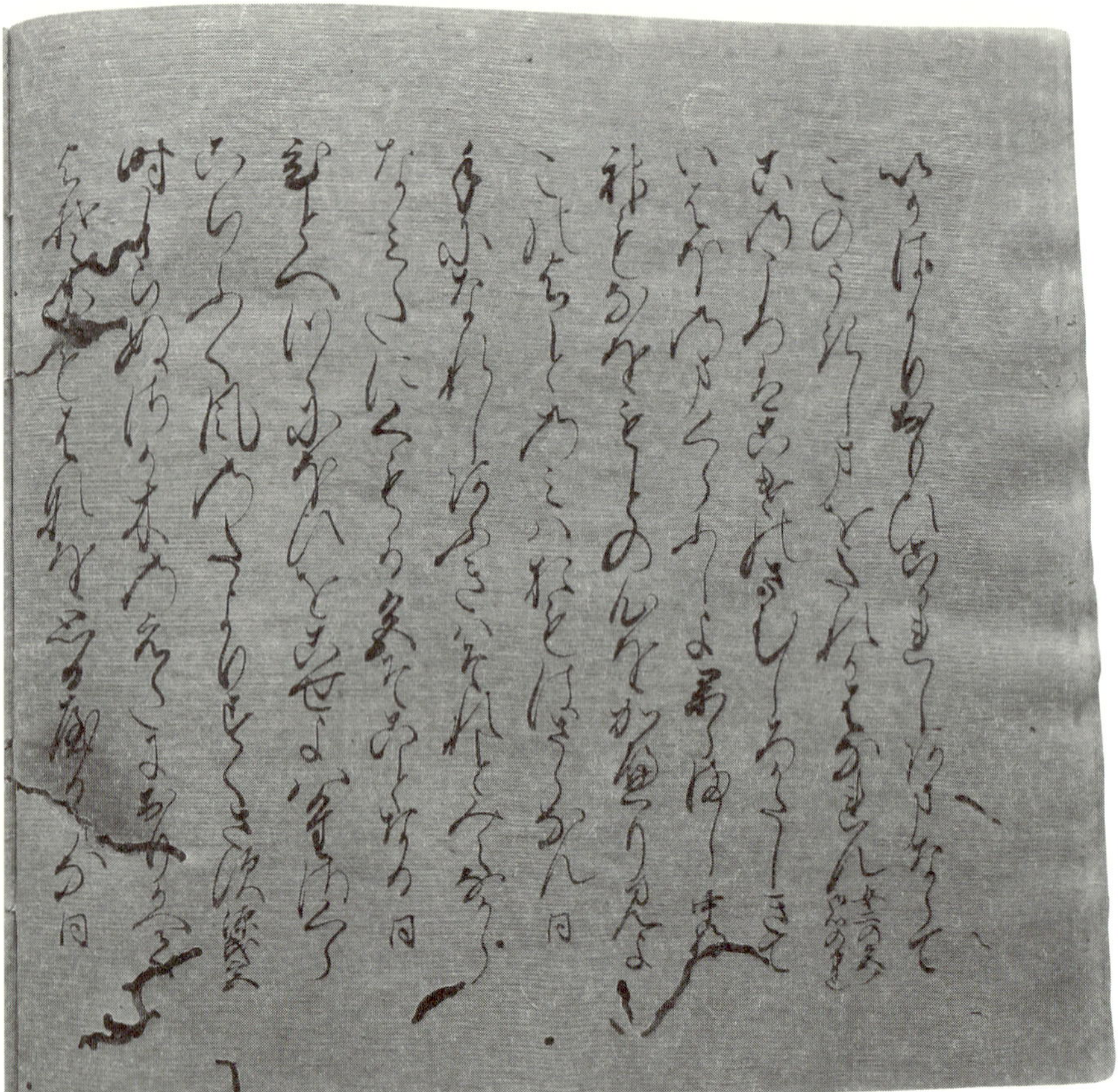

[十四丁ウ]

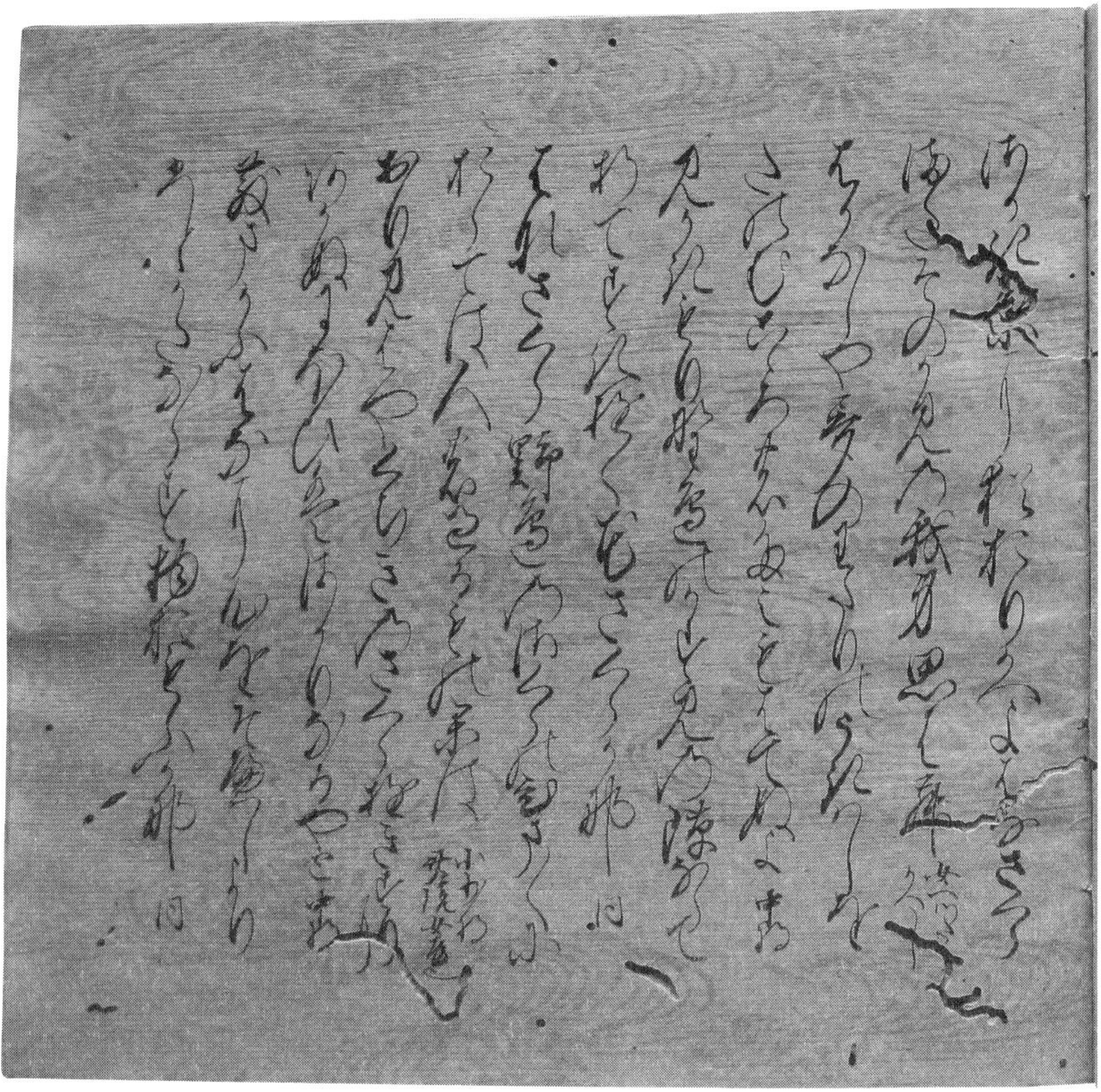

[十五丁オ]

りかへすへくあらぬをもて、
言よりほかにこたえし
やとうとをはあるしのこと
をこはは(て)と云ける人には
いつてもおろかなれはは
うつうつわひしけれは(き)まか
ろ(て)やあさてのちゆめみる
心ちし(て)や(り)(や)たゝとも
色井(?)しりあ(?)ひ(し)たるなと
こ(り)(?)こりにしひとをち
もさふらんしたなく、大酒(?)
そ(り)(?)ありのひめさり(?)(そ)(う)
うへ(?)(?)(?)とつ(?)(?)は(?)

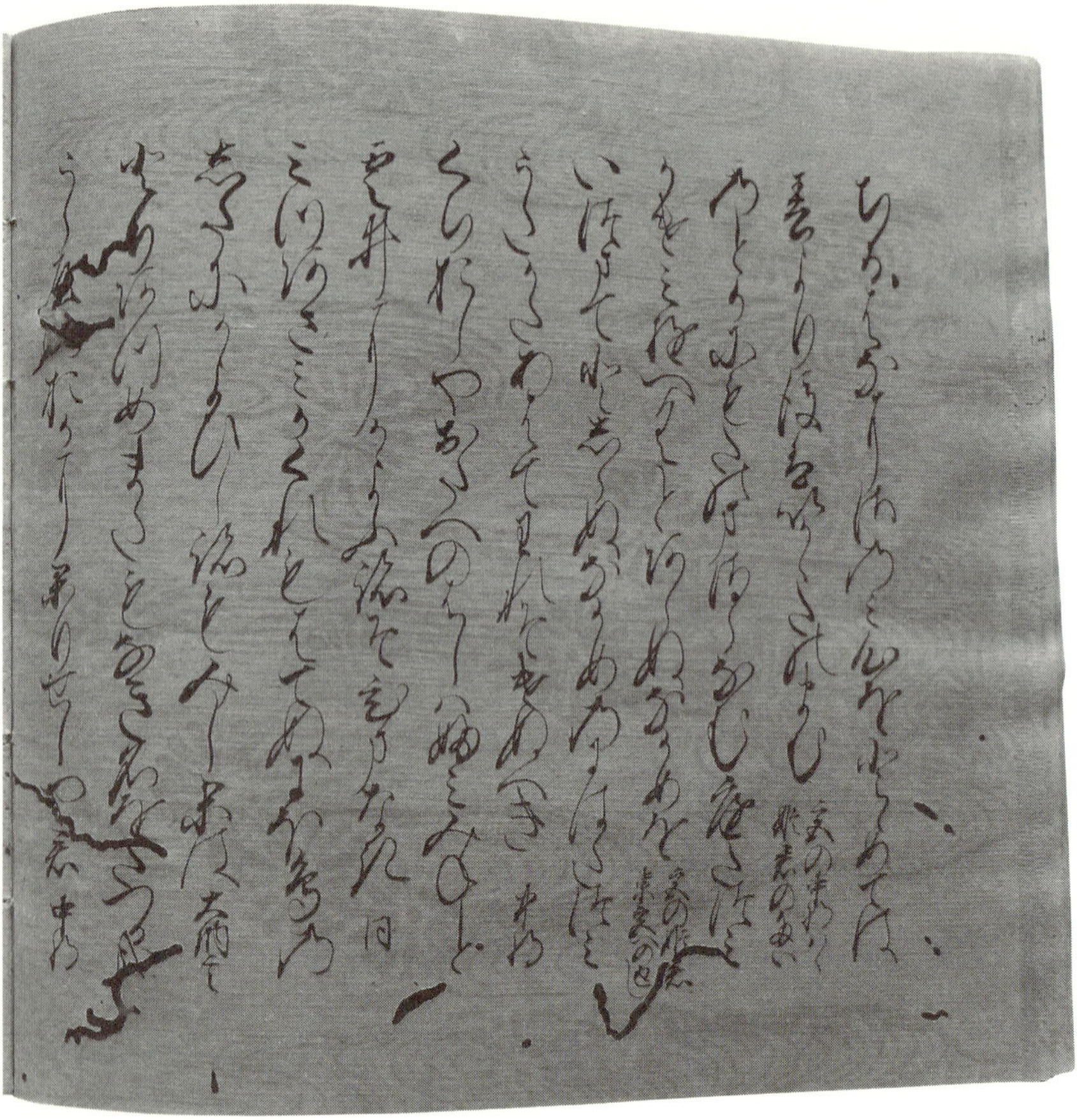

[十五丁ウ]

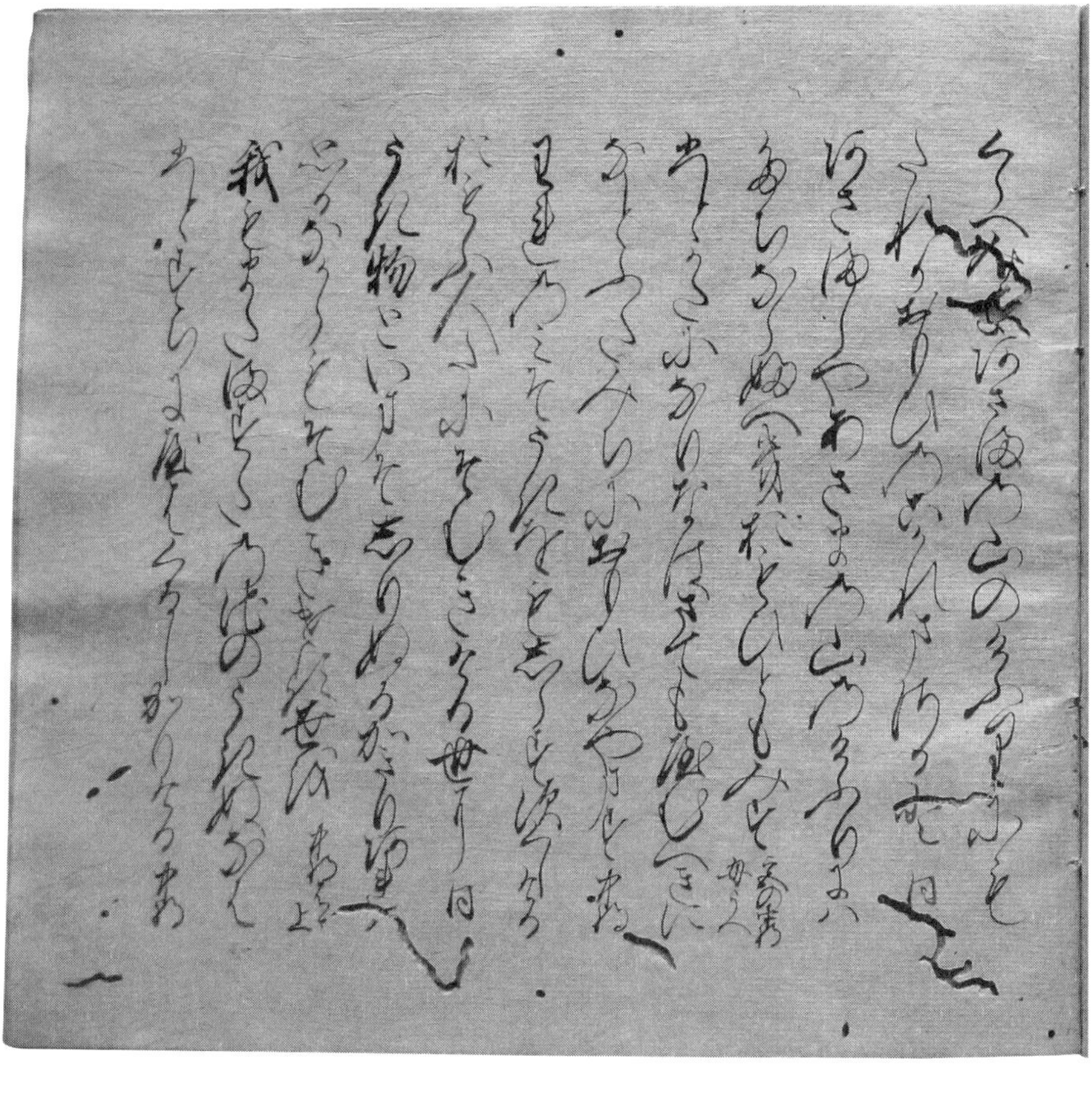

［十六丁オ］

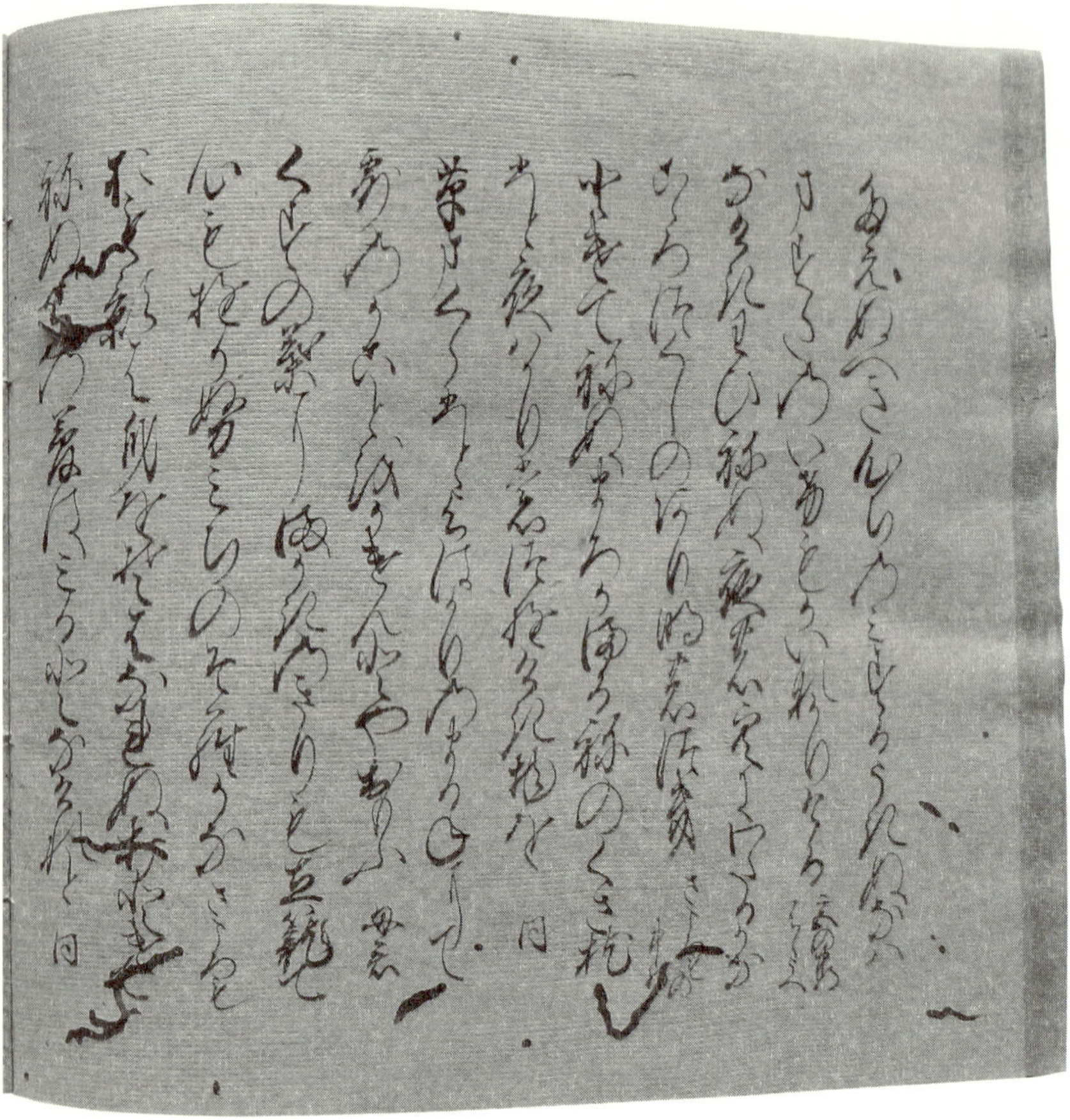

［十六丁ウ］

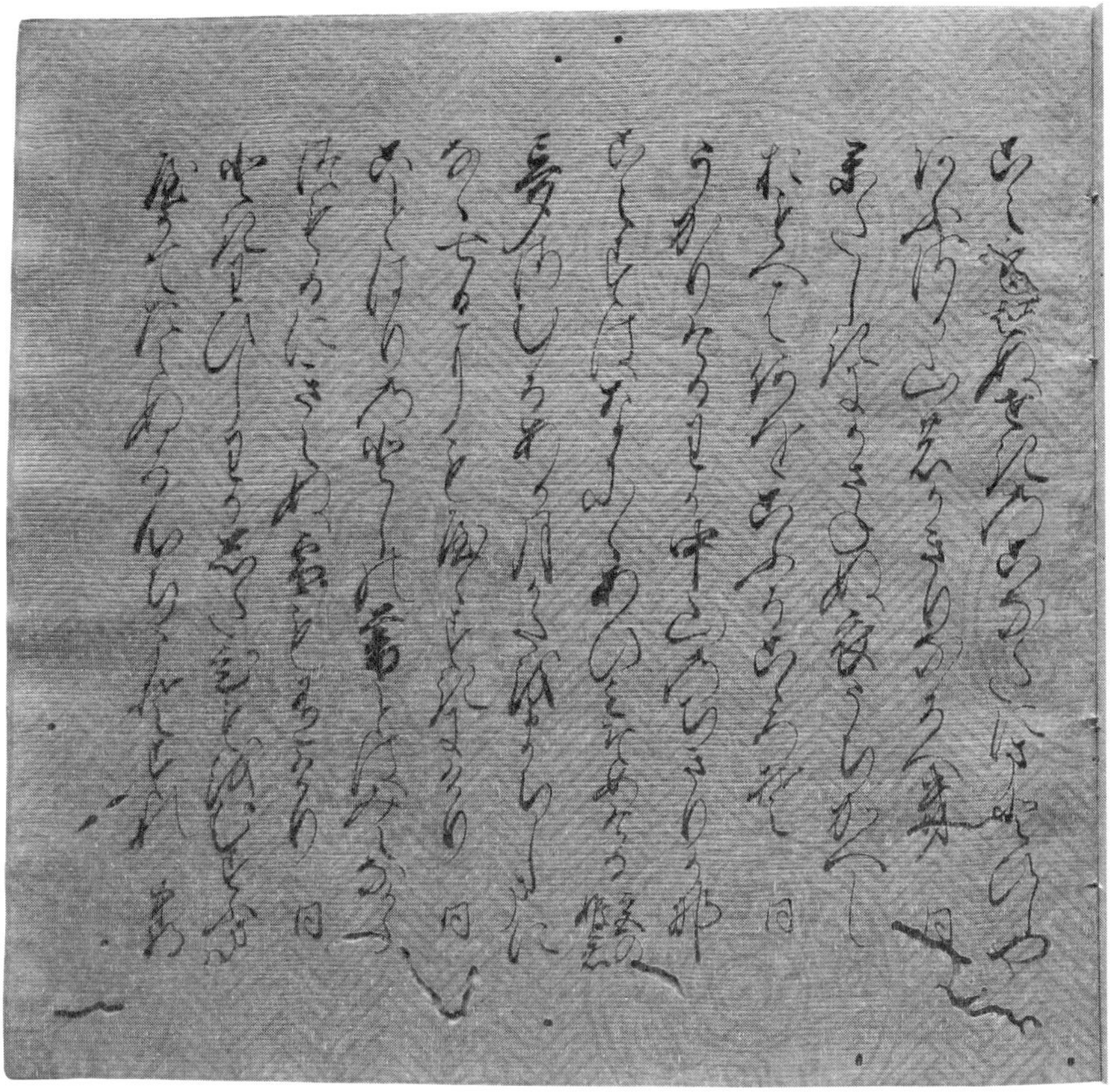

［十七丁オ］

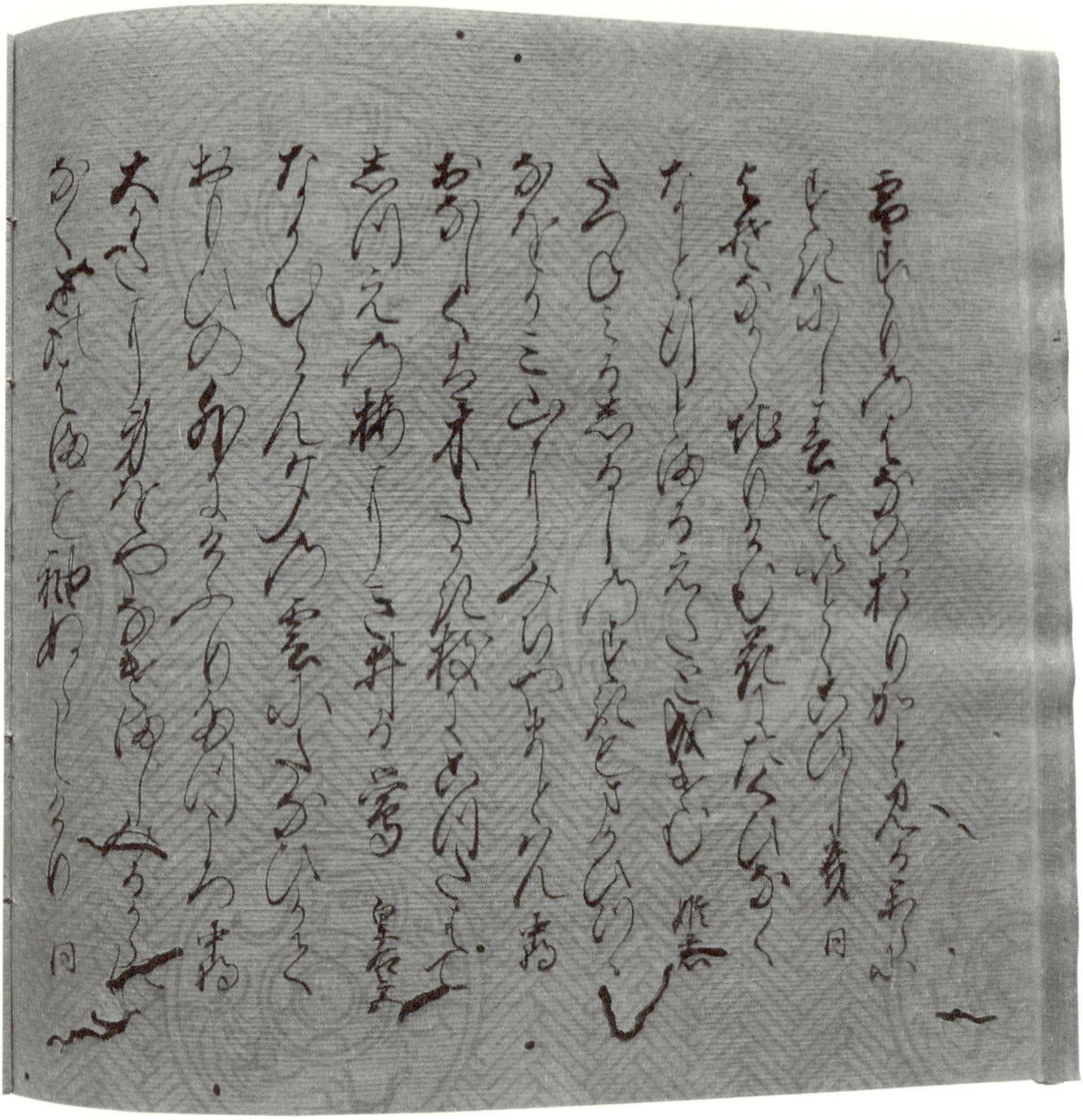

［十七丁ウ］

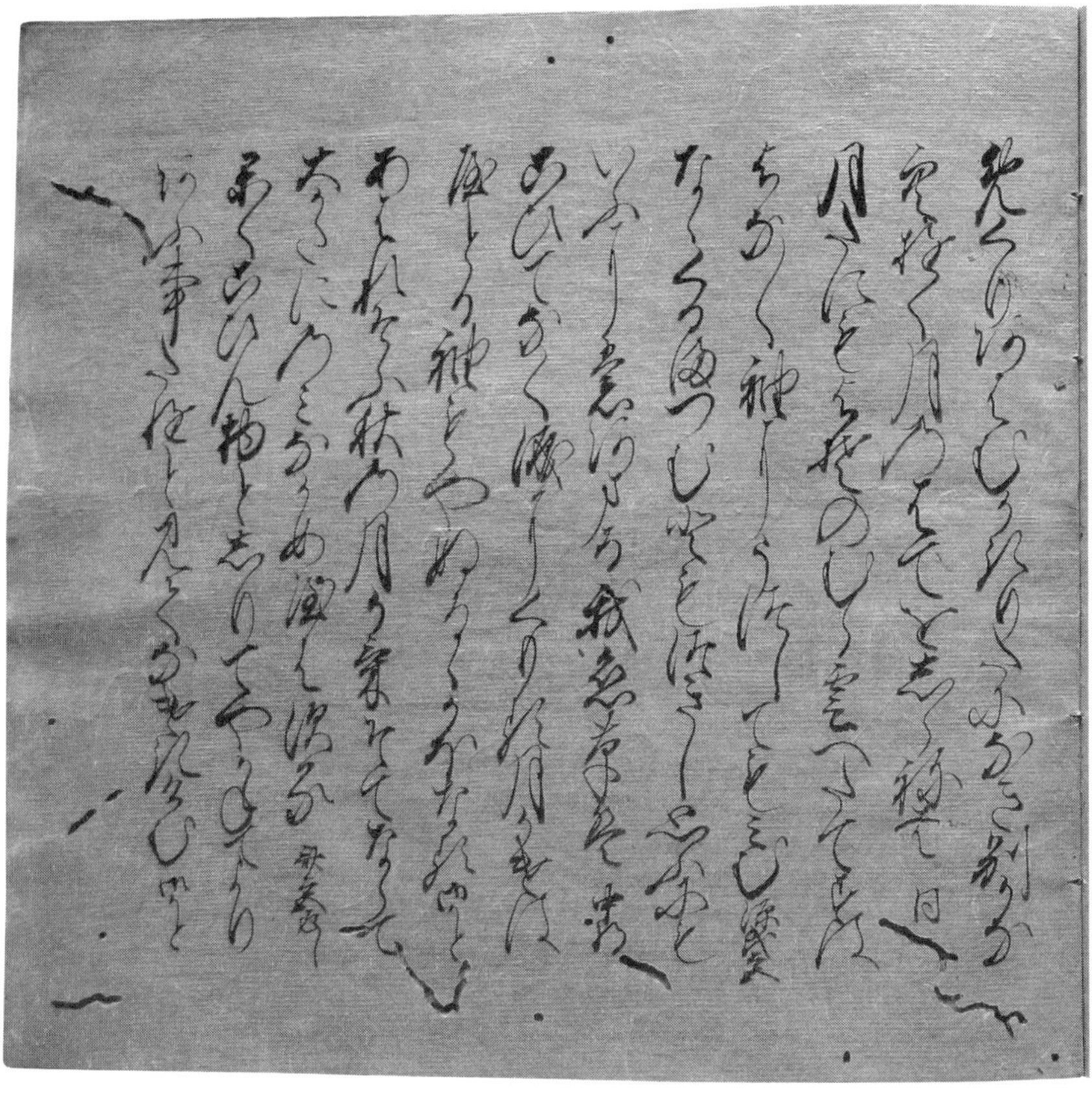

［十八丁オ］

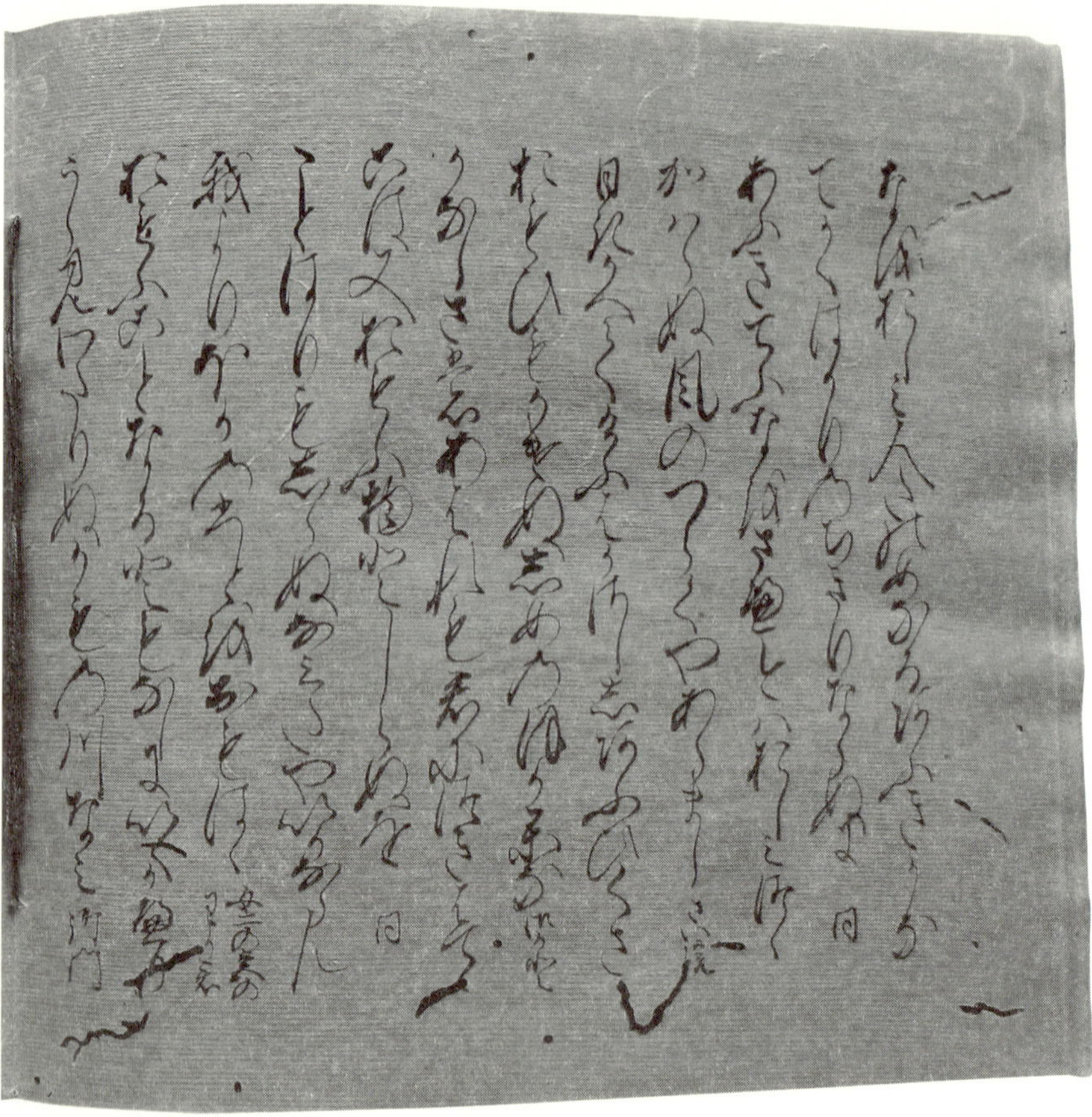

［十八丁ウ］

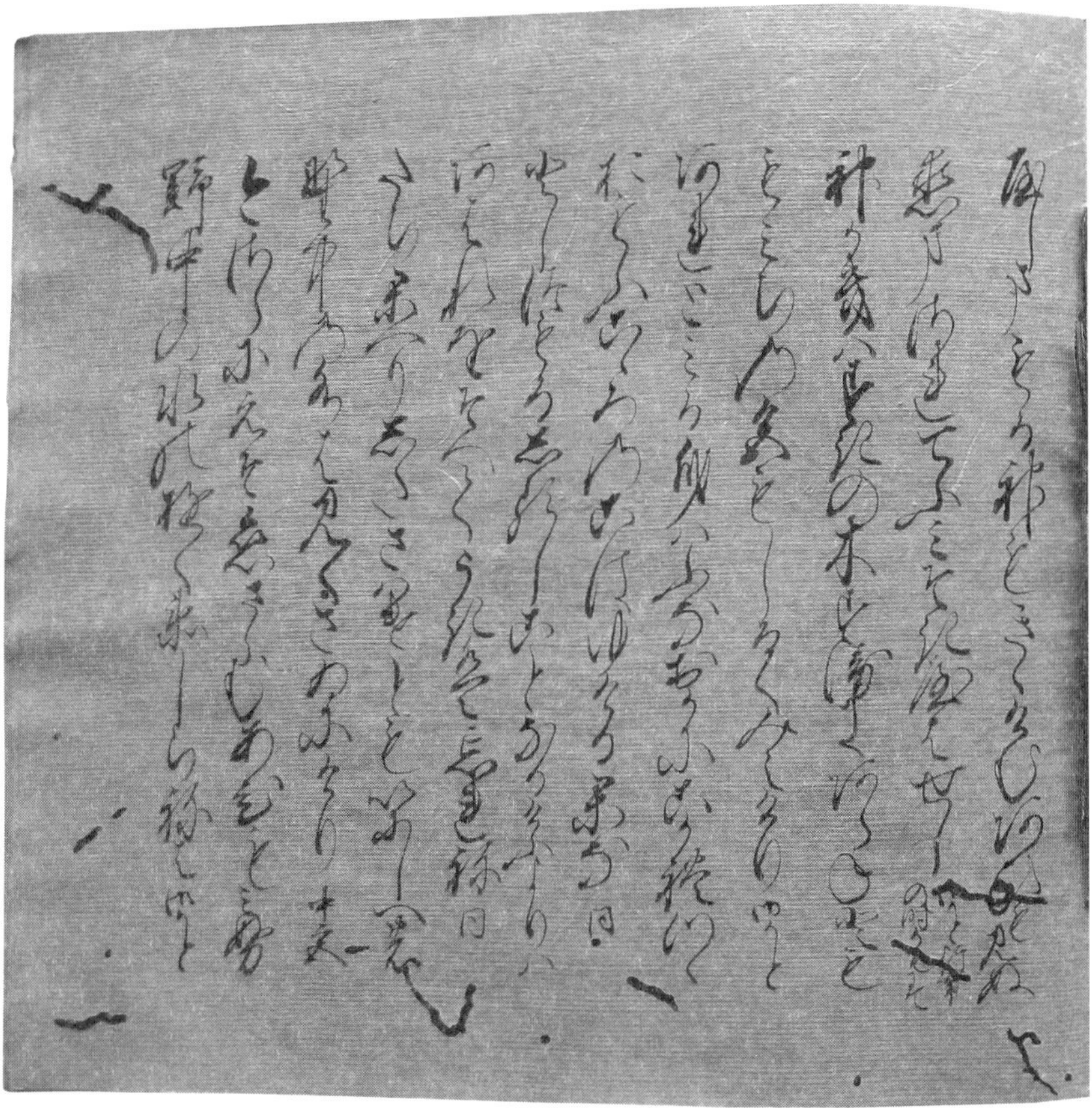

［十九丁オ］

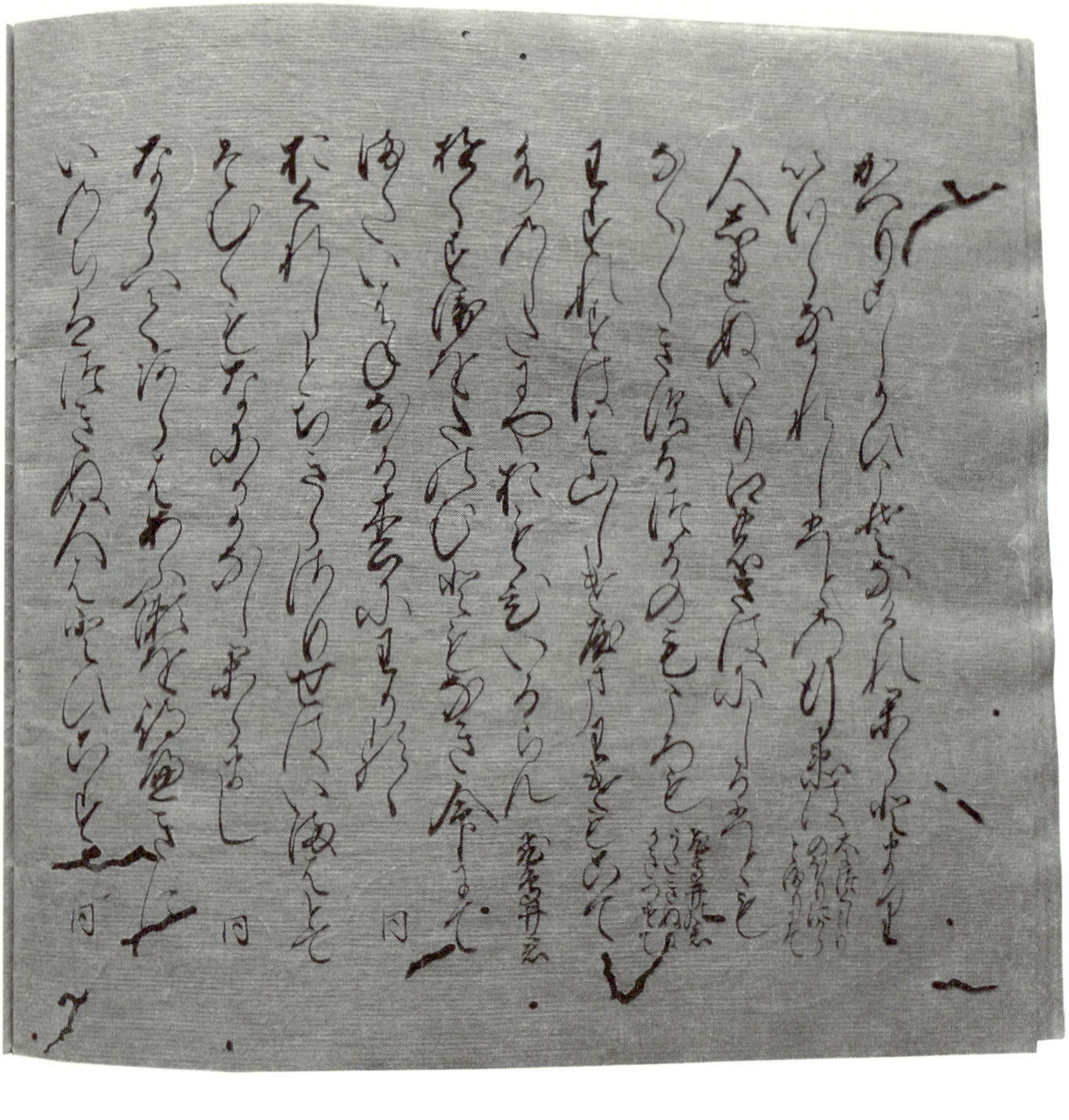

［十九丁ウ］

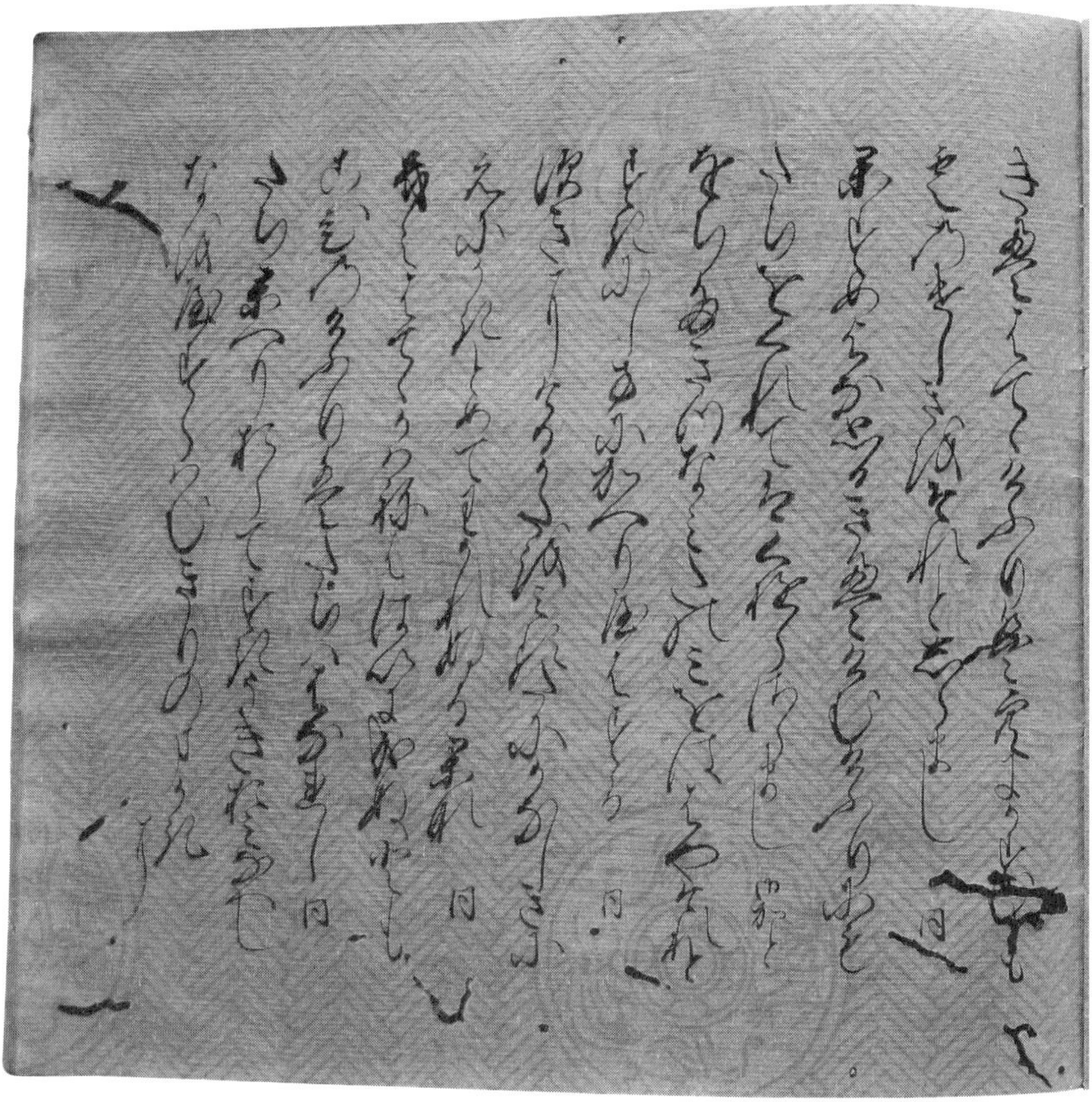

［二十丁オ］

［二十丁ウ］

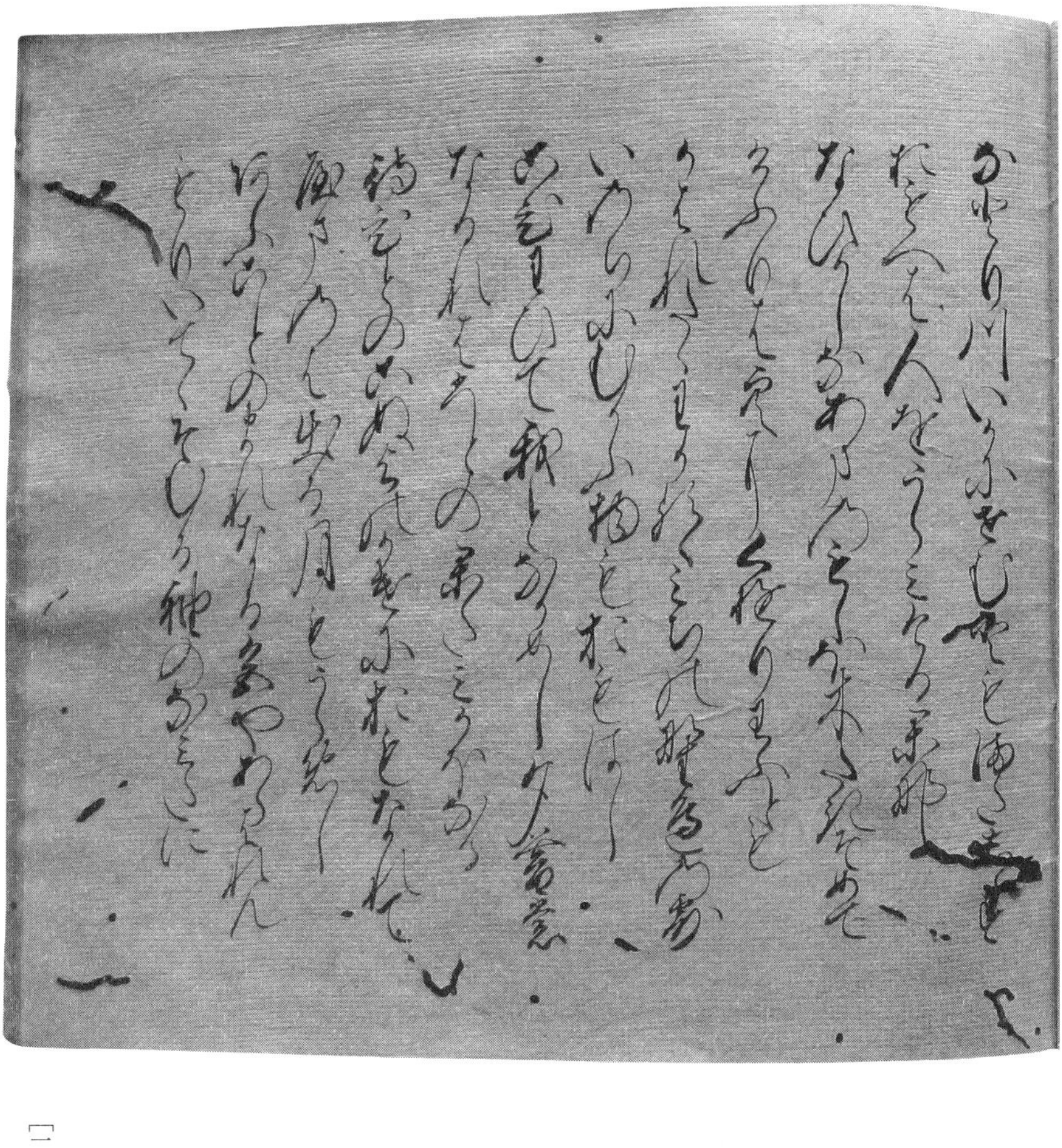

［二十一丁オ］

れ（の）又描たるふ（つ）物をもていろし
うつうより出をるゝ人かして
あらあらのはかやく月かへ人をひき給
ふとも心なきや行かうの方いかにてん
あらあそろんあれ（に）うろん
いせしけ（ふ）のとゝやさん（ゝ）
ろうりふきらう風をもて
かとこのとこてれ秋を見すの
してひもとそれ人気しりふ
木とかと（も）よりつゐじよりれ
はきき月くそ（の）うつのめの月て

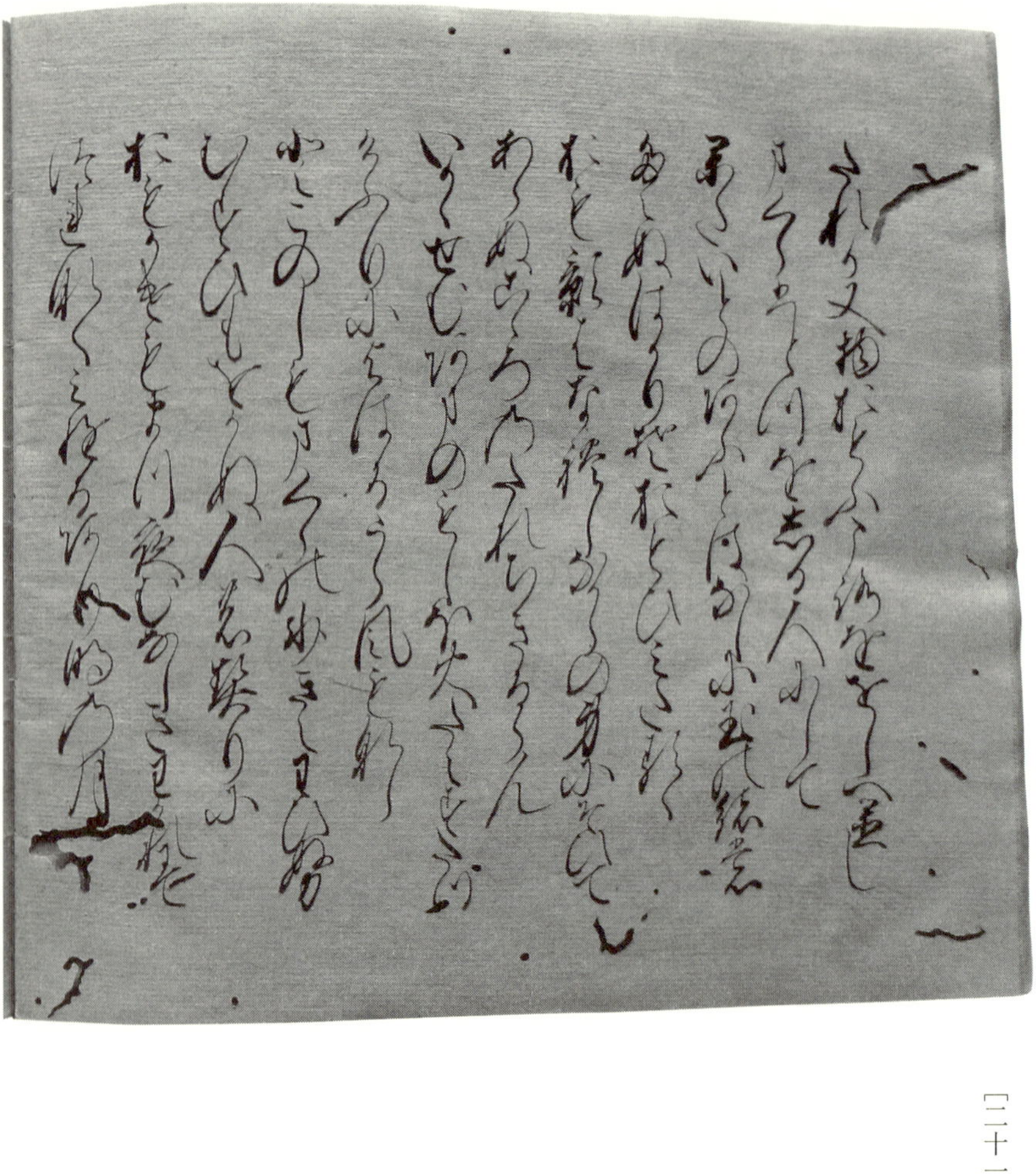

まつちやまさはにぬるゝも
うらねかめのとゝきしあまき
さたのちうひんむへにうら
うらむとそしてもろともあ
ちききまことにもちよろなる
うちぬれにほきのよろし
一とて

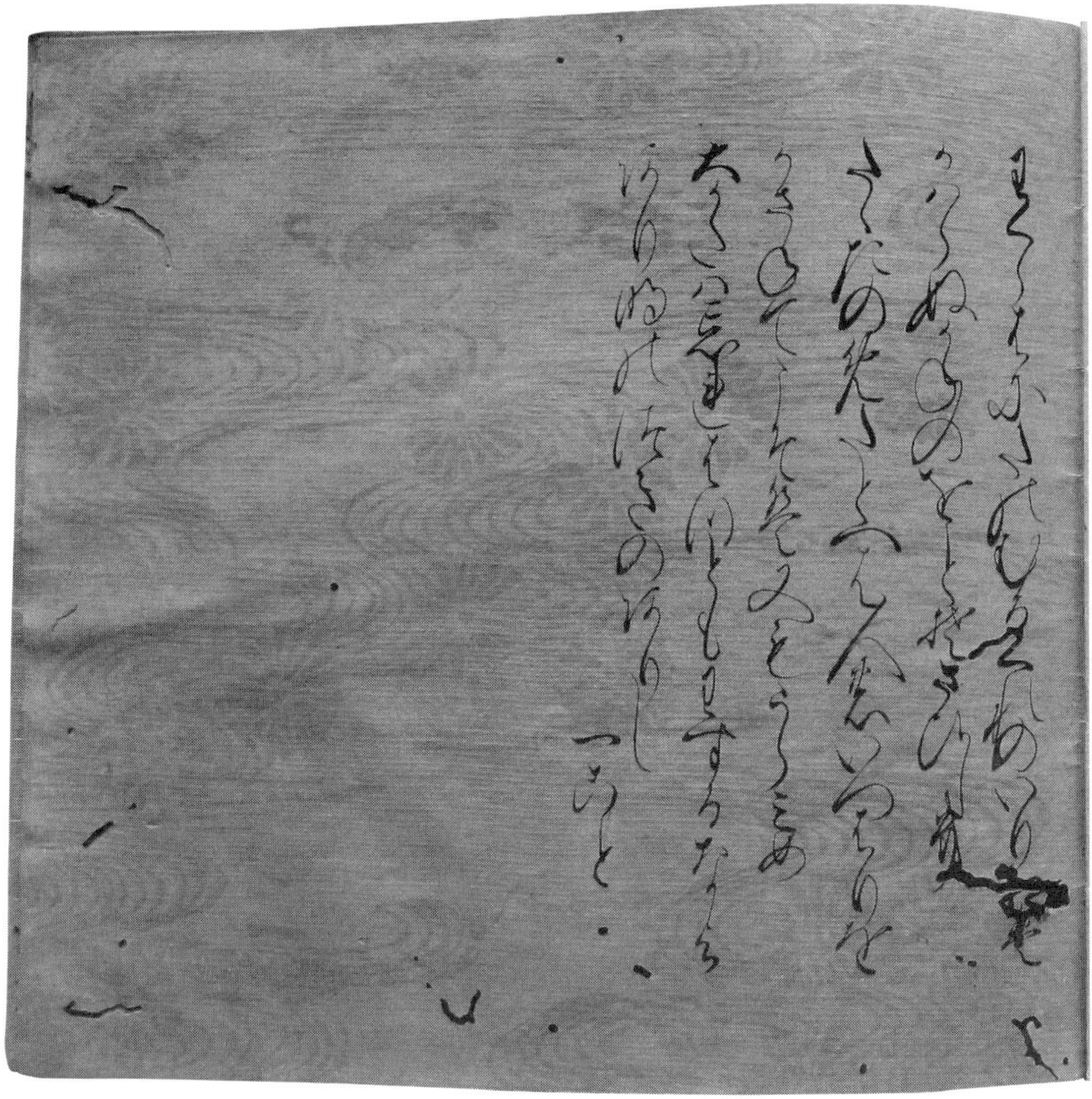

[二十二丁オ]

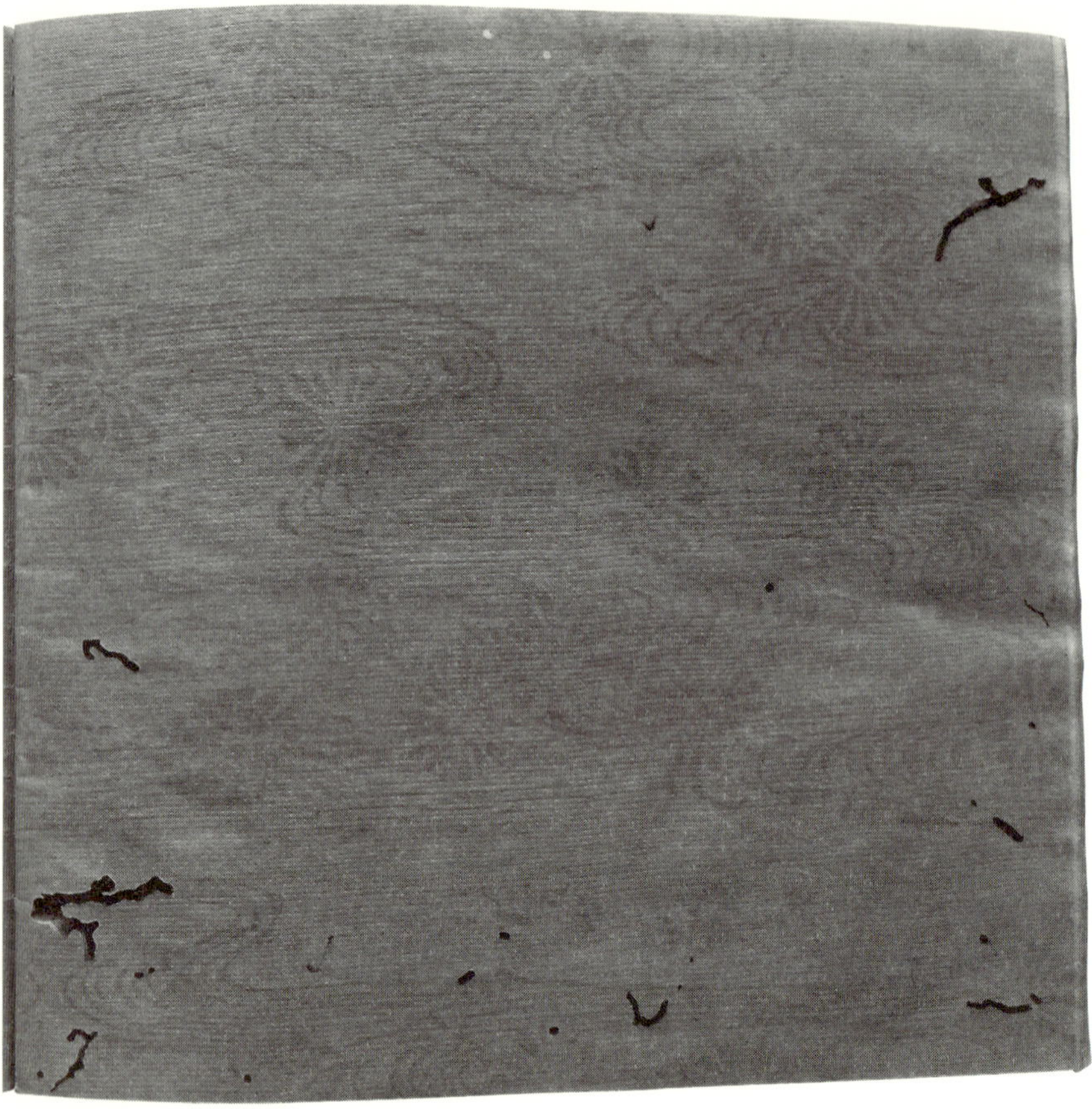

［二十二丁ウ］

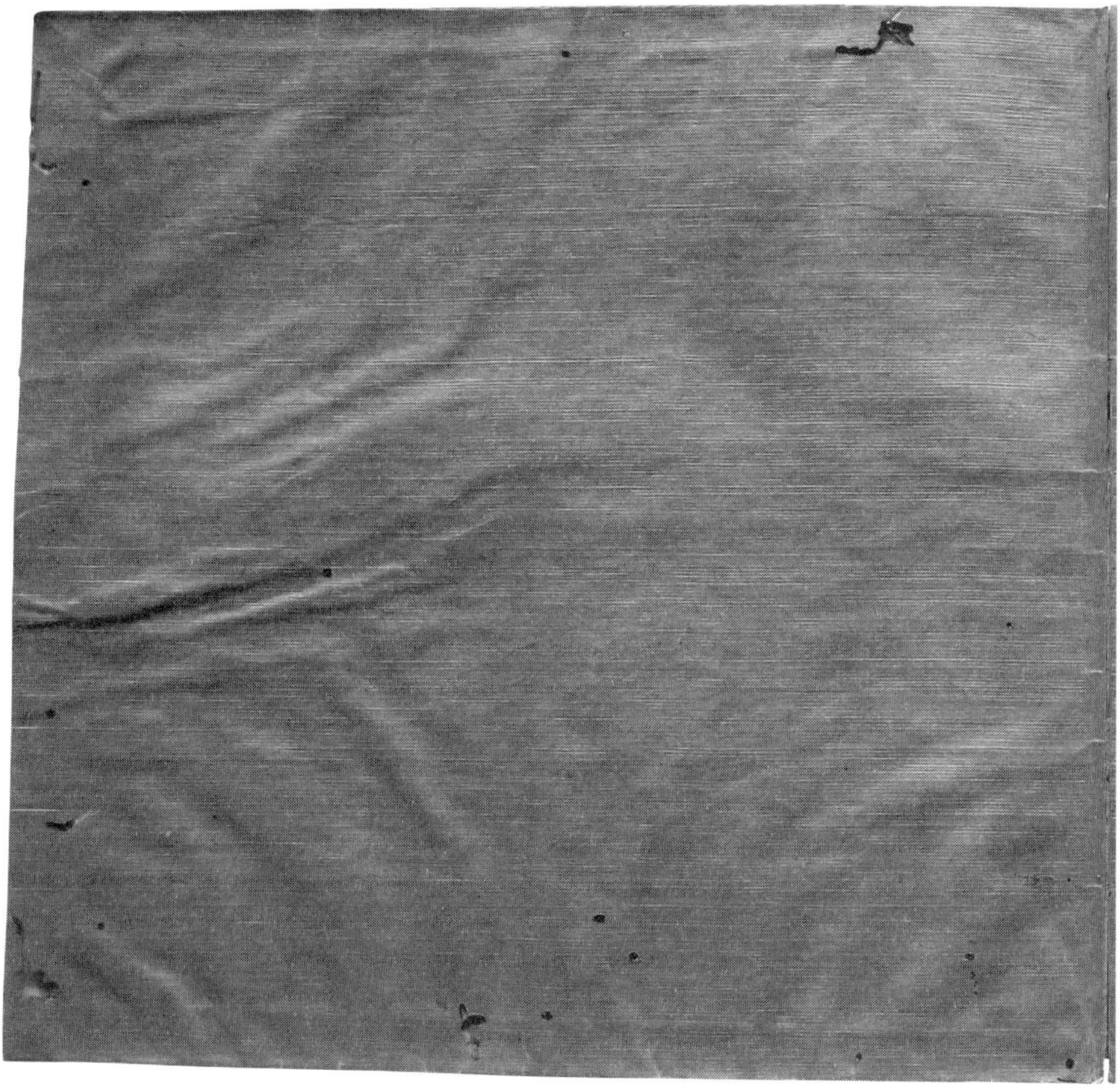

［後表紙裏］

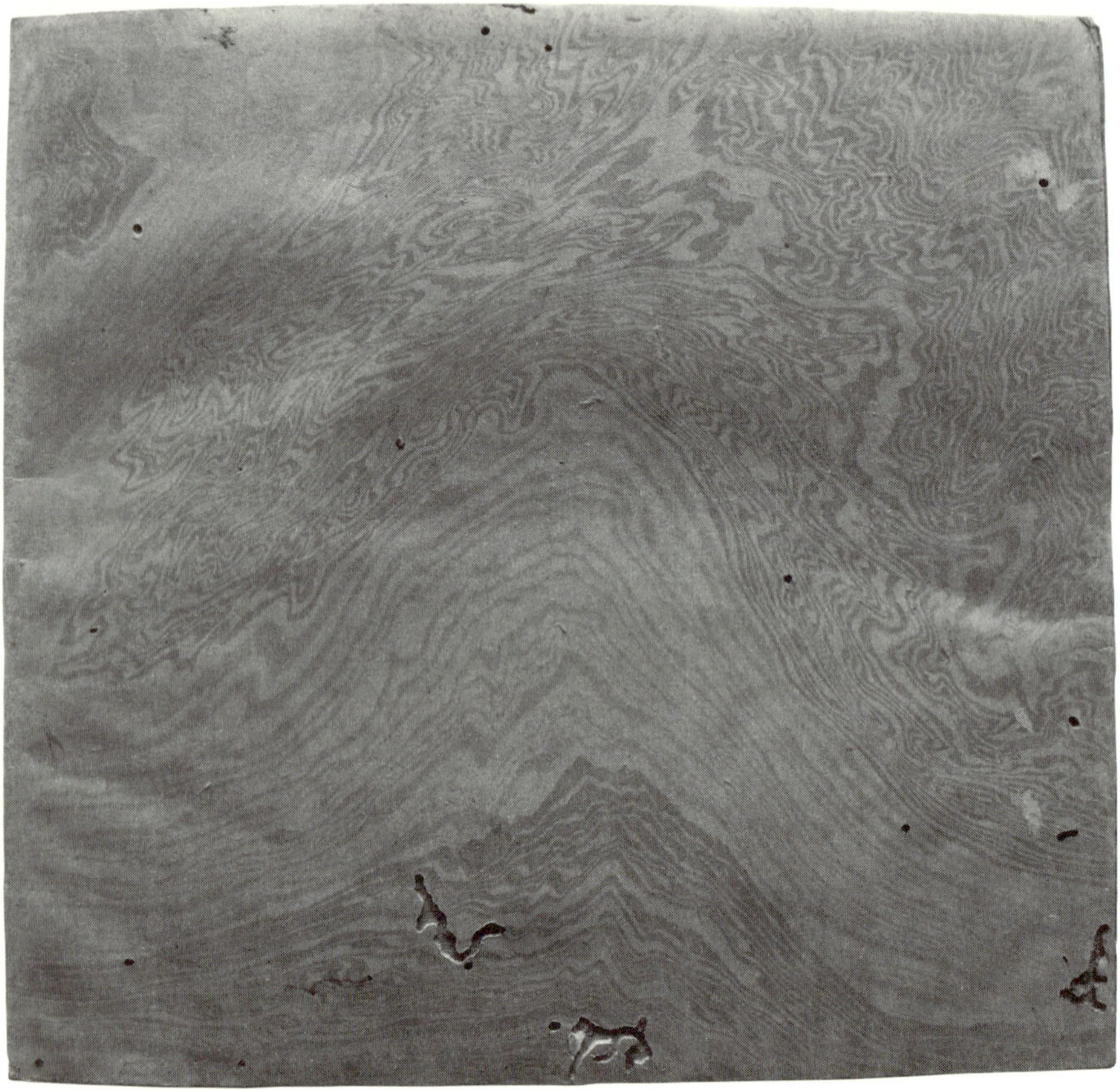

［後表紙表］

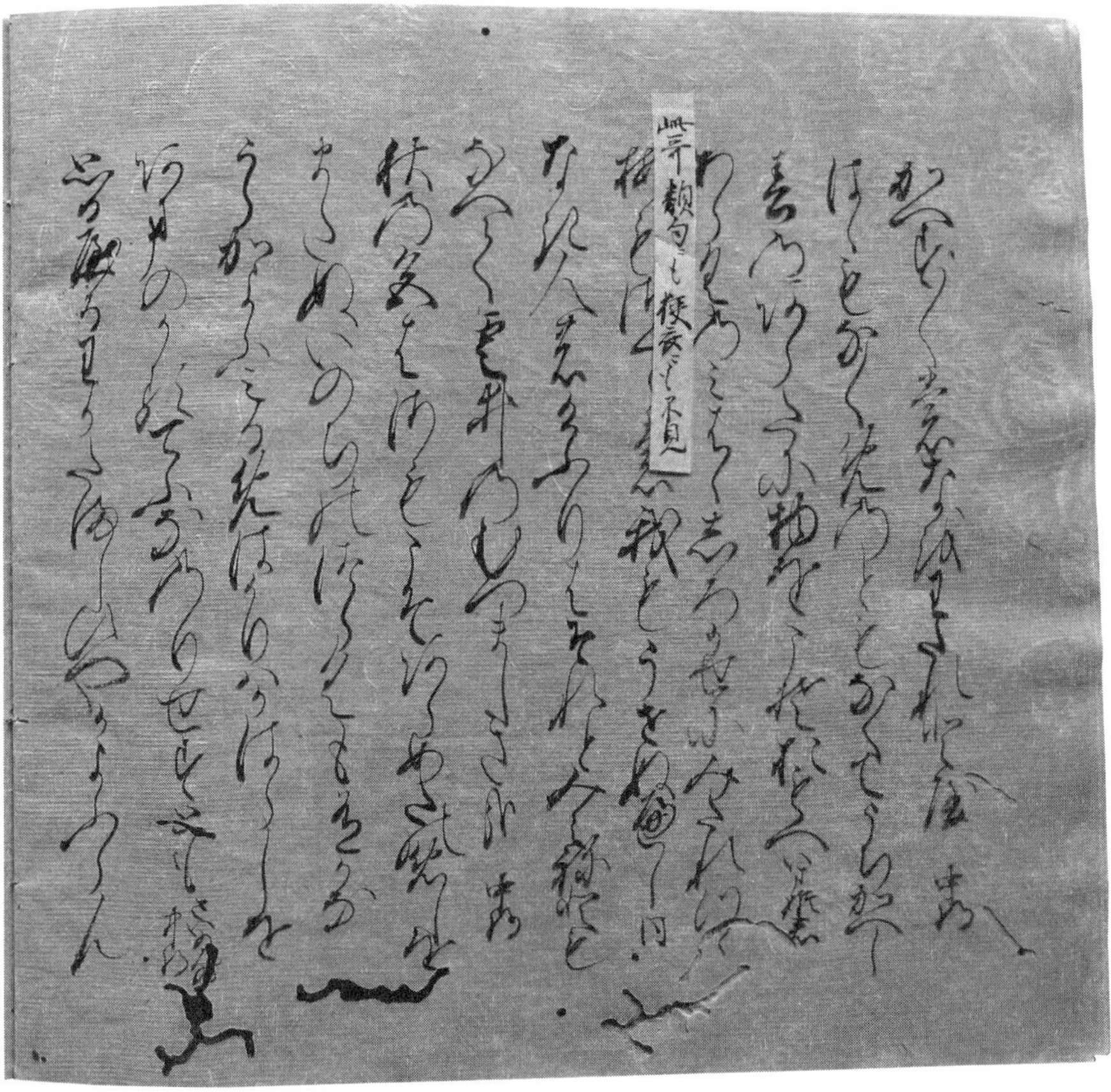

補遺
［九丁ウ貼紙］

執筆者紹介

神田　洋（かんだ・ひろし）
一九五二年兵庫県生まれ。一九七九年立命館大学大学院文学研究科修士課程修了。一九七九年四月より尼崎市立尼崎高等学校勤務。主な論文「柏木と猫の夢」（『物語研究』第4号）、「柏木の「身」意識について」（『論究日本文学』第64号）、「身と身体の相異―源氏物語柏木の人物像から」（『立命館文學』第583号）。

野村倫子（のむら・みちこ）
一九五六年京都府生まれ。一九八五年立命館大学大学院文学研究科博士後期課程単位取得退学。大阪府立高等学校教諭。一九八九年より断続的に立命館大学非常勤講師。論文に「宮の君をめぐる「いとほし」と「あはれ」」（南波浩編『紫式部の方法』）、「物語の「女院」、素描」（高橋亨編『源氏物語と帝』）などがある。

高橋照美（たかはし・てるみ）
一九六五年静岡県生まれ。一九九三年立命館大学大学院文学研究科博士後期課程単位取得退学。一九九四年より加悦町（現与謝野町）江山文庫学芸員を経て、一九九七年より立命館大学文学部非常勤講師。論文に「『大鏡』の兼家像をめぐって」（『論究日本文学』第73号）、「『大鏡』「入道殿御嶽に参らせたまへりし途にて」段の背景」（『立命館文學』第583号）などがある。

松浦あゆみ（まつうら・あゆみ）
一九六五年京都府生まれ。一九九三年立命館大学大学院文学研究科博士後期課程単位取得退学。現在京都女子大学非常勤講師。論文に「『浜松中納言物語』唐后をめぐる中納言の言いつくろい考」（『論究日本文学』第54号）、「『松浦宮物語』における〝破綻〟の方法」（『日本文学』52―12）などがある。

吉岡貴子（よしおか・たかこ）
一九七八年大阪府生まれ。現在立命館大学大学院文学研究科博士後期課程在籍。既発表論文に「『河海抄』と『和歌知顕集』―「伊勢物語云」の意味するものとは何か―」（『中古文学』第79号）などがある。

長谷川正樹（はせがわ・まさき）
一九七二年群馬県生まれ。一九九五年立命館大学文学部卒業。臨時教員として公立高校五校に勤め、二〇〇三年より群馬県立高等学校、二〇〇六年より伊勢崎市立伊勢崎高校教諭。国際浮世絵学会会員。研究分野は和歌文学。

中西健治（なかにし・けんじ）
一九四八年兵庫県生まれ。一九七六年立命館大学大学院文学研究科修了。一九七一年より兵庫県立高等学校、一九九〇年より相愛大学を経て、二〇〇四年より立命館大学文学部教授。博士（文学）。著書に『浜松中納言物語の研究』、『平安末期物語攷』、『浜松中納言物語全注釈』などがある。

安　直哉（やす・なおや）
一九六二年茨城県生まれ。一九八五年立命館大学文学部文学科日本文学専攻卒業。一九九〇年筑波大学大学院博士課程教育学研究科学校教育学専攻単位取得退学。現在岐阜大学教育学部准教授。博士（文学）。著書に『聞くことと話すことの教育学』、『イギリス中等音声国語教育史研究』がある。

藤井佐美（ふじい・さみ）
一九六七年広島県生まれ。二〇〇三年立命館大学大学院文学研究科修了。一九九三年以降尾道短期大学非常勤講師、尾道大学非常勤講師、尾道大学大学院兼任講師。博士（文学）。共著に『とはずがたりの諸問題』、『唱導文学研究』2～6、単著に『真言系唱導説話の研究―付・翻刻　仁和寺所蔵真言宗打聞集』などがある。

須藤　圭（すどう・けい）
一九八四年愛知県生まれ。立命館大学大学院文学研究科博士前期課程在籍。

編集後記

本書は立命館大学名誉教授　伴　利昭先生の古稀をお祝いして、先生の講筵に連なった者が中心になって論文と資料紹介を寄せ一書として編んだものである。

伴先生は一九七六年四月より二十七年間の長きにわたり立命館大学で研究と教育にあたられた。先生の御専門は平安朝文学、とりわけ歴史物語や落窪物語、枕草子などの研究であったが、本書に集まったのは御覧の通り平安後期の物語に関する論考と資料紹介に偏る結果となった。伴先生は立命館大学を退かれる直前に思いがけずも体調を崩され、休職のままご退職になり、爾後、健康回復に専念される日々が今日に及んでいる。時に教え子がご自宅に伺い先生の滋味溢れるお話に浩然の気を養うことしばしばであることを聞くにつけ、名状しがたい和やかな気持ちになるのである。もちろん編者も同様な経験をし、同じ思いをしばしば抱いたことであった。先生の記憶力とお話ぶりは以前にもまして活発なご様子で、教え子達の動向はもちろんのこと、細々したことまではっきりと覚えておられて、本書の随所にもご注文が付けられそうではある。ただ、原稿執筆者一同としては、現在までの研究状況を報告することで、先生の御学恩、御厚情にいささかなりともお応えしたいとの思いは強く、同時に先生の御快癒を心から願う気持ちを等しく抱いていることに変わりはない。

「平安文学研究」という学術雑誌が立命館大学から発信されたのが一九四九年の九月。もう半世紀以上も前のことである。その立命館大学広小路学舎のごく近くにあった寺院がかの紫式部にゆかりの深い廬山寺であった。現在の文学部の学舎は「北山」にほど近い一角にある衣笠山の麓に移っている。校地こそ変わってはいるものの、「平安文学研究」誌が斯界に大きな貢献を遺したことは紛れもない事実であり、立命館大学につながる者としてこれを永く記憶に留めたいと願うことは許されることであろう。

「平安文学研究」誌の精神を、一方で高く掲げて精進したいと願い、機会があれば何らかのかたちで再現したいと考えていた。そのようなとき、昨年秋（十一月二十二日）に中古文学会関西部会の例会を本学で開催し、懇親会の席上で片桐洋一氏から、いつか「平安文学研究」顕彰の機をもってはどうかとの御助言をいただいた。本書の書名決定にはずみをつけた一言であった。

伴　利昭先生の古稀を寿ぎ申し上げると共に、原稿を執筆くださった各位に御礼を申し上げたい。本書は野村倫子氏が発起人になって有志に呼び掛けられたことが初発のことであったが、その後、野村氏は高校現場での要職に就かれ多忙を極められるようになったため、伴先生の後任教員である中西が事務等を引き受けることになったものである。

末筆で恐縮ながら、本書刊行について和泉書院の廣橋研三社長にお世話になった。記して謝意を表する次第である。

（中西健治）

二〇〇九年三月

研究叢書 387

平安文学研究・衣笠編

二〇〇九年三月二〇日初版第一刷発行

（検印省略）

編者 立命館大学 中古文学研究会

発行者 廣橋研三

印刷所 遊文舎

製本所 大光製本所

発行所 有限会社 和泉書院

大阪市天王寺区上汐五－三－八

〒五四三－〇〇〇二

電話 〇六－六七七一－一四六七

振替 〇〇九七〇－八－一五〇四三

ISBN978-4-7576-0505-3 C3395

――研究叢書――

351	浜松中納言物語論考	中西　健治著	八九二五円
352	木簡・金石文と記紀の研究	小谷　博泰著	一二六〇〇円
353	『野ざらし紀行』古註集成	三木　慰子編	一〇五〇〇円
354	中世軍記の展望台	武久　堅監修	一八九〇〇円
355	宝永版本 観音冥応集 本文と説話目録	神戸説話研究会編	一三六五〇円
356	西鶴文学の地名に関する研究 第六巻 シュースン	堀　章男著	一八九〇〇円
357	複合辞研究の現在	藤田　保幸 山崎　誠編	一一五五〇円
358	続 近松正本考	山根　爲雄著	八四〇〇円
359	古風土記の研究	橋本　雅之著	八四〇〇円
360	韻文文学と芸能の往還	小野　恭靖著	一六八〇〇円

（価格は５％税込）

研究叢書

- 天皇と文壇　平安前期の公的文学　滝川幸司著　361　八九二五円
- 岡家本江戸初期能型付　藤岡道子編　362　一二六〇〇円
- 屛風歌の研究　論考篇 資料篇　田島智子著　363　二六二五〇円
- 方言の論理　方言にひもとく日本語史　神部宏泰著　364　八九二五円
- 万葉集の表現と受容　浅見徹著　365　一〇五〇〇円
- 近世略縁起論考　石橋義秀 菊池政和編　366　八四〇〇円
- 輪講 平安二十歌仙　京都俳文学研究会編　367　一二六〇〇円
- 二条院讃岐全歌注釈　小田剛著　368　一五七五〇円
- 歌語り・歌物語隆盛の頃　伊尹・本院侍従・道綱母達の人生と文学　堤和博著　369　一二六〇〇円
- 武将誹諧師徳元新攷　安藤武彦著　370　一〇五〇〇円

（価格は５％税込）